Yasmin Shakarami
Sturmflirren

Yasmin Shakarami

Sturmflirren

cbj

Der Verlag behält sich die Verwertung der urheberrechtlich geschützten Inhalte dieses Werkes für Zwecke des Text- und Dataminings nach § 44 b UrhG ausdrücklich vor.
Jegliche unbefugte Nutzung ist hiermit ausgeschlossen.

Penguin Random House Verlagsgruppe FSC® N001967

1. Auflage 2024
© 2024 cbj Kinder- und Jugendbuchverlag in der
Penguin Random House Verlagsgruppe GmbH,
Neumarkter Str. 28, 81673 München
Alle Rechte vorbehalten
Umschlagillustration und -gestaltung: Max Meinzold
sh • Herstellung: ang
Satz: Buch-Werkstatt GmbH, Bad Aibling
Druck: GGP Media GmbH, Pößneck
ISBN 978-3-570-16703-8
Printed in Germany

www.cbj-verlag.de

Für alle Menschen, die in Unfreiheit leben

1.
The Lizard Man

»*Darf ich vorstellen, das ist Armin. Dieser wunderschöne namibische Schwimmfußgecko – auf Lateinisch Pachydactylus rangei genannt – ist eine ganz besondere Echse. Schaut euch nur mal seine Augen an! Hypnotisch. Und dann erst diese leuchtende transluzente Haut. Wow. So etwas findet man kein zweites Mal. Übrigens besitzt er als einzige Gecko-Spezies vier Schwimmfüße. Perfekt zum effektiven Sandschaufeln. Nein wirklich, ist das nicht exzellentes Sandschaufeln? Schlichtweg einmalig. Armin ist nachtaktiv und ernährt sich von Gliedertieren aller Art. Mein Hübscher hier frisst hauptsächlich Termiten. Gelegentlich gönnt sich Armin aber auch eine kleine Aranea – für Laien besser bekannt unter der Bezeichnung Spinne …*«

Es hat keine drei Minuten gedauert, bis wir die erschreckend umfangreiche und schockierend kriechtierlastige Videokollektion von Timo Holz aka *The Lizard Man* auf YouTube gefunden haben. Beziehungsweise Mira hat sie gefunden, denn meine beste Freundin ist die gebündelte Reinkarnation aller Geheimagenten, die jemals auf diesem Planeten existiert haben. Sie findet *jeden* Dreck unter *jedem* Teppich, ganz gleich wie akribisch auch gekehrt wurde.

Ich sehe Mira vor mir, wie sie sich eine Haarsträhne hinter den Brillenbügel klemmt und mit bitterernster Expertenstimme verkündet: »Der Typ ist ein Freak! Ich wette, am Ende packt er den armen Armin an der Schwanzspitze und schlürft ihn wie eine Spaghetti runter. Roh und zappelnd, so mag er seine Schleimtierchen am liebsten.«

Ich habe den ganzen Kakao verschüttet, so wild musste ich losprusten.

Aber jetzt, wo The Lizard Man aus dem Terrarium-Kasten des TÜV-Süd-Gebäudes tritt, ist mir überhaupt nicht nach Lachen zumute. Ein Blick auf den grimmigen Fahrprüfer genügt, um zu wissen, dass sein Herz einzig und allein den Amphibien gehört.

Der Mann steckt seine fahle, graue, ganz und gar freudlose Visage durch das Autofenster und murmelt: »Tag, Holz ist mein Name.«

»*Gn Tg*«, nuschelt mein Fahrlehrer, der neben mir sitzt und wie immer mit halb verschlossenem Mund spricht. Der Minimalverbrauch von Silben ist seine Meisterdisziplin, und ich bezweifle, dass seine Zähne jemals Tageslicht gesehen haben.

Ich bemühe mich um einen extra neutralen Tonfall: »Hallo, Herr Holz.«

Er runzelt die Stirn. »Kennen wir uns?«

»N-nein.«

Seine farblosen Augen umschließen mich. »Gut. Bereit für die Führerscheinprüfung?«

»Ja«, antworte ich lächelnd.

The Lizard Man zieht den Kopf ruckartig ein (beinahe als hätte ihm mein sorgfältig einstudiertes Siegerlächeln einen Stromschlag verpasst) und öffnet die hintere

Beifahrertür. Während er Platz nimmt, klettert mir ein unangenehm schlammiger Geruch in die Nase, eine Mischung aus Straßenlaub, Gummistiefeln und ... *Schwimmfußgecko?*

»Und Sie heißen noch mal?«, fragt er, nachdem er sich mit beleidigender Gründlichkeit angeschnallt hat.

»Armin«, sage ich wie auf Knopfdruck.

»*Armin?*« Ich könnte schwören, dass sich die Pupillen des Fahrprüfers senkrecht zusammenziehen.

»*Augustin*, meine ich. R-Rea Augustin.« Der Stoff unter meinen Achseln wird feucht. *Reiß dich zusammen, Rea!*

»Sie brauchen keine Angst zu haben«, murmelt er mit der nicht vorhandenen Empathie eines Roboters, der Binärcode spricht. »Atmen Sie einfach ganz tief durch. Das wird schon.«

Meine Kehle verengt sich. Wenn jetzt sogar schon Herr Holzechse merkt, dass etwas nicht stimmt, dann habe ich ein echtes Problem. Vielleicht ist sie ja wahr, die Sache mit dem *Fluch*.

»Ich habe keine Angst«, berichtige ich mit heiserer Stimme. »Ich bin nur ein ganz klein wenig nervös.« *Denn Rea Augustin ist eine Gewinnerin. Rea Augustin schreckt vor keiner Herausforderung zurück. Musterschülerin. Aufsteigerin. Leos neue Freundin.*

Rea Augustin kennt keine Angst.

»Wollen Sie einfach nur dasitzen und das Lenkrad anglotzen?« Durch den Rückspiegel sehe ich, dass The Lizard Man mich beäugt und dabei auf bemerkenswerte Weise demonstriert, wie man gleichzeitig skeptisch, abwertend und missvergnügt dreinschauen kann.

»Geht es denn schon los?«, krächze ich.

»Ja.«

»Das wusste ich nicht.«

»Heute ist der einundzwanzigste Juli. Wir befinden uns in München. Es ist sechzehn Uhr fünfundzwanzig. Die Sonne scheint. Vögel zwitschern. Wir beginnen jetzt offiziell mit der praktischen Fahrprüfung.« Er zieht wichtigtuerisch die Nase hoch. »War das deutlich genug für Sie?«

Mein Fahrlehrer lehnt sich zu mir und murmelt: »Fahrn Sie schn.«

Ich nicke bedröppelt und starte das Auto.

Urplötzlich verwandelt sich Timo Holz in Beyoncé, und mit wackelndem Zeigefinger und divenhafter Attitude macht er: »Ah, ah, ah!«

Verständnislos drehe ich mich zu ihm um.

»Immer zuerst den Rückspiegel und die Seitenspiegel einstellen.«

»Habe ich schon, als ich auf Sie gewartet habe.«

Die Entgeisterung in seiner Stimme bringt meine Ohren zum Klingeln: »Das kann ich doch nicht wissen! Einen Punkt Abzug!«

In meiner Magengrube braut sich ein Höllenfeuer zusammen. Jeder in meiner Klasse hat seinen Führerschein geschafft. Sogar Detlef Scheissner fährt jetzt Auto, dabei hätte ich Detlef Scheissner nicht einmal Stützrad-Fahren zugetraut. Wie peinlich wäre es, wenn gerade *ich* die Prüfung nicht bestehe?! Nein, das darf nicht passieren. Das *kann* nicht passieren, immerhin habe ich schon bedeutend größere Herausforderungen gemeistert – mit Bravour, versteht sich. Die Rolle der vollkommenen Iphigenie im Schultheater, das beste Zeugnis der Jahrgangsstufe, der erste Platz im Schreibwettbewerb, der Ständer in Leos

Calvin-Klein-Boxershorts ... Die Liste meiner Erfolge ist lang. Fazit: Ich bin vorbereitet. Ich habe alles unter Kontrolle. So schnell bringt eine Augustin nichts aus der Ruhe.

»*Haben Sie Tomaten auf den Augen? Das ist eine Dreißiger-Zone!*«

Andererseits: Die Sache letztens während der Matheklausur ist echt eigenartig gewesen. Das Schwitzen, das Zittern, dann diese völlige Leere im Kopf. Am Ende musste ich ein unbeschriebenes Blatt abgeben. Oder am Montag in der Theaterprobe, wo mir während meines Monologs so schwindlig geworden ist, dass ich beinahe von der Bühne gefallen wäre. Dann ein paar Tage später der Zwischenfall beim Französisch-Referat: Mein Magen hat sich derart verkrampft, dass ich gedacht habe, meine Eingeweide explodieren gleich. Auf der Toilette – in einer Wolke aus Körpergasen und Verzweiflung – habe ich mir zum ersten Mal die Frage gestellt, ob mich jemand mit einem Fluch belegt hat. Nicht, dass ich an so einen Unsinn glauben würde, aber noch viel unwahrscheinlicher erscheint es mir, dass mich plötzlich das kleinste Fitzelchen Adrenalin in die Knie zwingt. Normalerweise brauche ich den Nervenkitzel sogar, um meine Bestleistung erbringen zu können. Und dessen rühme ich mich, nämlich dass Mediokrität keine Option für mich ist.

»*Vorsicht! Blinker! Sie müssen den Blinker benutzen!*«

Schon flammt es in mir auf, das Gefühl der Überforderung. Ich stelle mir vor, wie ich vor meinen Eltern stehe, den größten Overachievern überhaupt, und ihnen erkläre, dass ich durch die Führerscheinprüfung gefallen bin. Bestimmt werden sie mir kein Wort glauben. Am Ende werde ich sie von meiner Niederlage *überzeugen* müssen, was furchtbar erniedrigend sein wird. Auch Mira wird denken, dass ich sie auf den Arm nehme. Nichtsdestotrotz wird sie sich über die Vorstellung, dass Detlef Auto fahren darf – und ich nicht –, ausgiebig lustig machen. Wenn sie dann endlich rafft, dass ich *wirklich* auf ganzer Linie versagt habe, wird sie mir tagelang wie eine Glucke hinterherrennen. Und es gibt nichts Schlimmeres, als bemitleidet zu werden.

»*Sind Sie taub? Hören Sie nicht das Hupen?*«

Heiße Nadelspitzen bohren sich in meine Kopfhaut. Leo wird meine Niederlage als Vorwand für Sex benutzen. *Aktionswoche bei McDonalds, vom Zoll beschlagnahmte Albino-Capybara, randalierende Ufo-Sekte* – momentan gelingt es ihm, jedes x-beliebige Gespräch auf die Tatsache zu lenken, dass wir nach fünf Wochen immer noch nicht miteinander geschlafen haben. Ich kann es ihm nicht verübeln. Mittlerweile ist meine Prüderie nicht mehr *geheimnisvoll*, sondern schlichtweg seltsam. Auf die Idee, dass ich noch Jungfrau sein könnte, ist Leo bisher nicht gekommen. Und freiwillig unterrichten werde ich ihn darüber auf keinen Fall. Meine Unerfahrenheit ist der letzte große Makel, den ich noch beheben muss.

»*Rote Ampel! ROTE AMPEL!!! Oh Gott, Sie hätten den Kerl beinahe überfahren!*«

Das Lenkrad unter meinen Händen beginnt zu glühen und eine dumpfe Taubheit befällt meine Beine. *Ob The Lizard Man noch Jungfrau ist? Und falls nicht, müssen seine Bettpartner dann im Echsen-Kostüm antanzen? Dienen die Geckos, die er laut Miras psychologischem Gutachten regelmäßig verspeist, gar als Aphrodisiakum? Wie pflanzen sich Reptilien eigentlich fort? Der überlegene,*

erhabene, Auto fahrende Detlef Scheissner wüsste die Antwort sicher. Hundertprozentig bin ich die Einzige auf der Welt ohne Führerschein und fundiertem Wissen über das Liebesleben des Pachydactylus rangei.
Pachydactylus rangei.
Pachydactylus rangei.
Argh, halt die Klappe, Gehirn!!!
»Oh mein Gott ... Sie müssen sich einfädeln! Das ist eine Autobahn! Sie müssen Gas geben und sich EINFÄDELN!!!«

Nichts dringt mehr durch die Nebeldecke, die sich wie ein bleiernes Gewicht auf meine Gedanken gesenkt hat. Die Gegenwart verzieht sich zu einer Fratze, leere Momente reihen sich aneinander. Auf einmal erscheint alles unwirklich, gedämpft und zeitverzögert. *Angst*, da ist sie – einnehmend und aushöhlend. Jede Faser meines Körpers wird von ihr infiltriert. Ich spüre ihre ganze Wucht, ihre ganze Zerstörungskraft.

Rea Augustin kennt doch Angst.

»Sie bringen uns noch um! Anhalten! SOFORT ANHALTEN!!!«

Als mein Fahrlehrer am Ende des Beschleunigungsstreifens auf die Bremse tritt, habe ich das Gefühl, dass der Anschnallgurt meine Kehle durchschneidet. Dann herrscht Stille; eine Stille mit Reißzähnen und Klauen, die darauf wartet, mich zu zerfleischen. Ich wage es nicht, in die Richtung des Fahrprüfers zu schauen. Das teekesselartige Pfeifen seiner Atemzüge lässt schon mal nichts Gutes ahnen.

Und weil ich hoffe, dass noch etwas zu retten ist, lehne ich mich nach vorne und schalte den Warnblinker an.

»Wow«, keucht The Lizard Man mit fadendünner

Stimme. Es ist überflüssig, zu sagen, dass es sich bei diesem *Wow* nicht um ein *Armin-Wow* handelt, sondern um ein *apokalyptisches Wow*, ein *Wow des reinen Entsetzens*.
»B-bin ich durchgefallen?«, hauche ich.
Sobald ich die Worte ausgesprochen habe, bricht der Fahrprüfer in hysterisches, beinahe wahnsinniges Gelächter aus.
Tränen steigen mir in die Augen. »Es ... es tut mir leid.«
Timo Holz lacht weiter, kalt und donnernd. Dabei greift er sich in die Hosentasche und holt ... *keinen* Schwimmfußgecko, sondern ein Taschentuch heraus.
»Könnten Sie mir bitte noch eine Chance geben?«
Dramatisch seufzend tupft er sich die Stirn ab.
»Sie haben einen völlig falschen Eindruck von mir«, versuche ich es weiter. »K-keine Ahnung, was gerade los war, aber ich *schwöre*, ich kann das!« Hilfe suchend blicke ich zu meinem Fahrlehrer, doch dieser scheint noch immer mit seiner Nahtoderfahrung zu ringen.
Die Empörung in der Stimme des Echsenmanns schält mir beinahe die Nägel von den Fingern. »Ich hatte schon unzählige Prüflinge in meinem Auto, aber das, was ich Ihnen jetzt sage, habe ich noch nie zu jemandem gesagt: Ich bitte Sie – nein, *ich flehe Sie an* –, setzen Sie sich niemals wieder hinter ein Steuer. Ihnen einen Führerschein zu geben, wäre nicht nur verantwortungslos, sondern schlichtweg *lebensmüde*.« The Lizard Man macht eine bedeutungsschwere Pause. »Sie sind die mit Abstand schlechteste Autofahrerin, die mir je begegnet ist. DURCHGEFALLEN.«

⌣

Als ich zu Hause klingele, reißt meine Mutter bereits nach 0,5 Sekunden die Eingangstür auf und jubelt überschwänglich. Eine glitzernde Konfettiwolke hüllt mich ein und im nächsten Augenblick ertönt ein lauter Korkenknall. Mein Vater erscheint hinter einem Wall aus bunten Luftballons und hält mir ein Sektglas entgegen.

»Herzlichen Glückwunsch, Re-Ra! Wir sind wahnsinnig stolz auf dich!«, ruft er, und seine Wangen heben das Brillengestell an, so breit grinst er.

Wortlos nehme ich ihm das Sektglas ab und trinke es in einem Zug leer.

»Okay«, kommentiert Mama, dieses Mal wesentlich nüchterner. »Herzlichen Glückwunsch zum Führerschein, Rea. Wie ich sehe, bist du *durstig*. Soll ich dir ein Glas Wasser bringen?«

Ich stampfe an meinen Eltern vorbei ... und bleibe sogleich wie angewurzelt stehen: Auf dem Couchtisch im Wohnzimmer thront eine aufwendig dekorierte Torte und daneben liegen *Autoschlüssel*.

»Alles in Ordnung, Kleines?«, fragt Papa vorsichtig.

Mama klingt weniger einfühlsam: »Kannst du uns jetzt nicht mal mehr anständig begrüßen?«

»Wem gehören die?«, krächze ich und zeige auf den Schlüsselbund.

»*Dir*, Schatz!« Mein Vater reißt feierlich die Arme in die Luft. »*Überraschung!!!*«

»I-ich dachte, ich bekomme erst mit achtzehn ein Auto.«

»Überraschung!«, wiederholt er und klatscht begeistert in die Hände. »Du warst dieses Jahr so fleißig, deshalb wollten Mama und ich dir eine Freude machen!«

»Sie freut sich aber nicht, Constant*iii*n, merkst du das

nicht«, murmelt meine Mutter augenrollend und betont dabei das i in seinem Namen, wie eine Französin es tun würde.

»Was meinst du damit, Carol*iii*n?«, fragt Papa verdutzt. Auch er näselt das i in ihrem Namen, obwohl ich schon tausendmal dargelegt habe, wie unglaublich peinlich ich das finde. Aber meine Eltern wollen an ihrem Paris-Insider festhalten, an ihrem magischen Jahr in Frankreich, in dem sich die beiden kennengelernt haben.

»Ihr habt mir ein Auto gekauft?«, plärre ich schockiert. »Oh Gott! Wie könnt ihr mir das antun?!«

»Aber« – Papa blickt Hilfe suchend um sich – »du hast es dir doch so gewünscht.«

Mama bläst sich eine Locke aus der Stirn und macht eine richtungsweisende Handbewegung: »Setz dich, Rea, und sag uns, was passiert ist.«

»Sehr gut. Ich hole in der Zwischenzeit den Tortenheber.«

Wir signalisieren Papa mit einem warnenden Blick, dass *Flucht* keine Option ist, und setzen uns mit verschränkten Armen auf das Sofa.

»Nun, ich bin ganz Ohr.« Meine Mutter benutzt jetzt ihre inquisitive Journalistinnen-Stimme, die mich immer zur Weißglut bringt.

»Schon mal auf die Idee gekommen, dass ich keine Lust habe, zu reden?«, herrsche ich sie an.

Ihre linke Augenbraue wandert nach oben. »Darf ich das feine Fräulein daran erinnern, dass sie keine *zwölf* mehr ist?«

»Was ist das für eine Torte?«, zische ich.

»Weiße Schokolade mit frischen Erdbeeren!«, faucht sie zurück. »Deine Lieblingssorte!«

»Danke!«

»Gern geschehen!«

Schnaubend drehen wir uns voneinander weg, und Papa zuckt ängstlich zusammen, denn ihm wird klar, dass er in wenigen Sekunden Opfer unserer emotionalen Unzulänglichkeit werden wird.

»Willst du einfach nur blöd rumstehen, Constant*iii*n?«

»Ja, Papa, bist du gerade am Teppich festgewachsen?«

Mein Vater schleicht auf Zehenspitzen ins Wohnzimmer und nimmt mitsamt Sektflasche auf dem Lesesessel Platz.

»Du darfst mir gerne nachschenken«, brumme ich und halte ihm mein Glas hin.

Mama hebt warnend die Hand. »Nein, darfst du *nicht.*«

»Ich dachte, ich bin nicht mehr *zwölf*!«

»Deinem Verhalten nach zu urteilen schon. Normalerweise *bedankt* man sich, wenn man ein Geschenk bekommt – ein so großzügiges obendrein!«

»Newsflash: Ich brauche euer Geschenk nicht! Ich habe es sowieso nicht verdient.«

»Was redest du da?« Bevor ich etwas erwidern kann, fügt sie mit angestrengter Miene hinzu: »Seitdem du dich mit diesem Theater-Beau abgibst, bist du noch kratzbürstiger und schlechtgelaunter als sonst.«

»Der *Theater-Beau* heißt Leo und ist mein fester Freund!«

»Auf Wolke sieben scheinst du ja nicht gerade zu schweben …«

»Wenn ich kurz etwas einwenden dürfte?« Papa setzt sein charmantestes Verhandlungslächeln auf. »Ich will mich nicht einmischen. Wirklich, ich bin völlig unparteiisch. Aber ich finde, wir sollten ein bisschen *diplomatischer* miteinander umgehen. Vergesst nicht: Wir sind ein Team, wir halten zusammen, wir sind die August*iii*ns!« Auch das *i* in *Augustin* wird von meinen Eltern übertrieben lang gezogen, als wären wir eine uralte französische Adelsfamilie mit einem Vampirproblem.»Was auch geschieht, wir sind die drei Musketiere! Nichts und niemand kann uns trenn...« Mama schickt einen flehenden Blick in meine Richtung. Wir mögen Hitzköpfe sein, aber allen voran sind wir viel zu ungeduldig für Papas ausufernde Friedensreden ...

»Also gut!«, unterbreche ich ihn und hole tief Luft.»Ich bin durch die Führerscheinprüfung gefallen.«

Ungläubiges Schweigen breitet sich zwischen meinen Eltern aus.

»Ernsthaft?«, flüstert mein Vater.

»Ernsthaft.«

»Bist du sicher?«, wispert meine Mutter.

»Ganz sicher«, entgegne ich und seufze niedergeschlagen.

Mama rutscht näher und nimmt mich in die Arme.

»Aber das ist doch nicht schlimm, Rea!«

»W-was?«, stammele ich überrascht. Als ich einmal mit einer Drei minus nach Hause gekommen bin, hat sie mich gefragt, ob ich neuerdings ein Drogenproblem hätte. Meine Mutter ist niemals *nicht* paranoid.»Du bist nicht böse?«

Sie drückt mich fest an sich.»Ich bin überhaupt nicht böse!«

»Waren die Fahrstunden nicht teuer?«

»Ach, zerbrich dir darüber mal nicht den Kopf!«

Ich lese an Papas Gesichtsausdruck ab, wie gerne er ihr widersprechen würde, doch er nickt bloß tapfer.

»Und ihr seid noch nicht einmal ... *enttäuscht?*«, bohre ich nach, denn so handzahm kenne ich meine Eltern nicht.

Inbrünstiges Kopfschütteln.

Schon überrollt mich das schlechte Gewissen. »Tut mir leid, dass ich mich wie eine Furie aufgeführt habe. Gerade ist einfach alles ein bisschen zu viel. Ich freue mich wirklich sehr über das neue Auto. *Danke.*«

Papa schenkt sich Sekt ein – *viel* Sekt.

»Ich werde noch ein paar Fahrstunden nehmen und die Prüfung wiederholen. Bis dahin stellen wir das Auto einfach in die Garage.«

Mama zeigt den Daumen hoch. »Klasse Plan, Schätzchen!«

»Kann ich es mal sehen?«

Papa räuspert sich und betrachtet die Wand mit verdächtiger Intensität.

»Lasst uns zuerst Torte essen!« Mamas Tonfall bekommt etwas Messerscharfes. »Constantin, *jetzt* darfst du den Tortenheber holen.«

»Carol*iii*n«, flüstert Papa.

»Noch nicht«, faucht diese und lacht gekünstelt.

Ich lege die Stirn in Falten. »Alles in Ordnung?«

»Natürli...«

»Das Auto ist nicht hier!«, platzt es aus meinem Vater heraus.

»Oh.« Ich rekapituliere kurz. »Also habt ihr mir *kein* Auto gekauft?«

»Doch, aber ... Die Sache ist etwas komplizierter.«

Ich verschränke die Arme vor der Brust. »Wenn das Auto nicht hier ist, wo ist es dann?«

Mein Vater pult am Etikett der Sektflasche und hüstelt nervös. »In Doha.«

»Doha?«, wiederhole ich verwirrt. »Ist das ein Geschäft?«

»Doha, *Katar*«, erläutert meine Mutter, ohne mich dabei anzusehen.

Ich blinzle verständnislos.

»Dein Vater wurde als Botschafter nach Katar einberufen.« Sie schlägt die Beine übereinander, beinahe, als befänden wir uns nun in einem offiziellen Meeting.

Heiße Panik steigt in mir auf. »Ich verstehe kein Wort.«

»Nun, wir wussten, dass es früher oder später so weit sein würde.« Papa zuckt betreten mit den Achseln.

»Das ist der mit Abstand wichtigste Moment in der Karriere deines Vaters«, fügt Mama hinzu. Es ist offensichtlich, dass sie diesen Satz gründlich einstudiert hat.

Tränen schnüren mir den Hals zu. »W-warum *Katar*?«

»Na ja, ich spreche fließend Arabisch«, erwidert Papa stockend.

»Aber du sprichst auch Finnisch und Koreanisch! Du sprichst sogar *Klingonisch*, verdammt noch mal!«

»Wir ziehen nach Doha, Kleines. So ist es nun mal.«

»Wann?«

»Nach deiner Theateraufführung«, antwortet er.

Mittlerweile schreie ich: »Nächste Woche schon?!«

»Ich habe die Zusage bereits vor einiger Zeit bekommen.«

»Wir wollten es dir früher sagen, aber wir dachten, das wäre ein schöner Touch.« Mama nimmt die Autoschlüssel in die Hand und streckt sie mir mit einem versöhnlichen Lächeln entgegen.

»Ein *schöner Touch*?!« Mit rasendem Herzen stehe ich auf. »Das ist der schrecklichste Moment meines Lebens! Ihr seid solche Verräter!«

»Komm schon, Schatz. Das wird eine einmalige Erfahrung. Ein Abenteuer! Und vergiss nicht das funkelnagelneue Auto, das in Doha auf dich wartet!«

Fassungslos schaue ich sie an. »Ihr könnt euch euer Scheißauto in den Arsch ...«

»Rea, genug!« Papa schlägt mit der Hand auf die Tischplatte. Wenn er *Rea* und nicht *Re-Ra* sagt, meint er es ernst. »Es geht nun mal nicht immer nur um dich!«

Eine entsetzliche Kälte kriecht meine Beine hinauf. Als ich mich umdrehe und durch den Flur stürme, habe ich das Gefühl, in ein Wurmloch geraten zu sein – alles schwirrt und flackert, und meine heile Welt rauscht in Lichtgeschwindigkeit davon.

»Wo willst du hin?« Hinter lautem Störrauschen vernehme ich das Schlurfen von Mamas Hausschuhen.

»Ganz sicher *nicht* nach Doha!«, brülle ich und knalle die Eingangstür hinter mir zu.

2.

Ein Vollidiot, sie zu knechten

Miras Stimme am anderen Ende der Leitung überschlägt sich beinahe: »Scheiße.«

»Ich weiß.«

»Nein, wirklich: *Scheiße*.«

Die Menschen, die mir entgegenkommen, wirken so vergnügt und unbekümmert, dass ich mich persönlich angegriffen fühle. Ich werfe ein paar Haarsträhnen vor die Gläser meiner Sonnenbrille, um mich vor dem aufdringlichen Frohlocken der Welt maximal abzuschirmen. »Ich *weiß*.«

»Die haben dir wirklich ein neues Auto gekauft? Einfach so?«

Ich verziehe das Gesicht. »Das ist hier nicht das Problem. Meine Eltern wollen mich in die Wüste verfrachten, schon vergessen? Sie sind *böse*.«

»Du hast in letzter Zeit so viel darüber geredet, wie sehr du dir ein Auto wünschst. Und ganz nebenbei: Ich habe meinen Führerschein *geschafft*, trotzdem muss ich den alten Fiat mit meinen Brüdern teilen.«

»Dafür zwingt man dich nicht, nach Afghanistan zu ziehen.«

»*Katar*«, korrigiert sie mich. »Übrigens eines der sichersten Länder der Welt.«

»Von wegen!«, ächze ich. »Kopftücher, Kamele und Aladdin Jibbijab – ist doch alles das Gleiche!«

»Falls du damit *Ahmadinedschad* meinst, den ehemaligen Präsidenten des Irans, kann ich dich beruhigen: Den wirst du in Katar garantiert *nicht* antreffen.«

Unter der tiefen Abendsonne funkelt der Asphalt wie ein Band aus Sternen. Goldener Blütenstaub flirrt in der Luft und aus der benachbarten Brauerei weht der Duft von Hopfen. Der Sommer steht kurz davor, seine perfekte Reife zu erreichen, ein Bukett aus Euphorie und Lebenslust mit einem Hauch von traumsüßem Weltschmerz. Nächste Woche beginnen die großen Ferien, und jedes Atom ist randvoll mit diesem magischen Gefühl, dass nichts unmöglich ist.

Für mich hingegen geht alles zu Ende.

Erstaunlich, wie schnell sich ein kleiner Riss in einen gähnenden Abgrund verwandeln kann – und wie leicht man hineinfällt. Vor ein paar Stunden war ich noch Rea Augustin, eine blühende junge Frau mit großen Plänen und noch größerem Potenzial. Fortan bin ich die Verfluchte, die Führerscheinlose, die Unberührte, die irgendwo in *Agrabah* vergammeln wird.

»Bist du noch dran?«, fragt Mira ins Bleigrau meiner Gedanken.

»Womit habe ich das bloß verdient?«, rufe ich verzweifelt, und ein Rauhaardackel kläfft mich empört von der Seite an.

»Beruhige dich, Re-Ra. Erinnerst du dich nicht an die letzte Fußball-WM? Bis heute zerreißt man sich das Maul darüber, wie over-the-top Katar als Gastgeberland gewesen ist. Dort ist alles auf Luxus und Glamour getrimmt. Das ist doch total nach deinem Geschmack!«

»Stimmt überhaupt nicht«, murre ich. »Außerdem ist das Einzige, woran ich mich erinnere, dieser komische Tapir in seinem weißen Flatterkleid.«

Mira seufzt tadelnd. »*Emir*, Rea. Nicht Tapir.«

»Auf wessen Seite stehst du eigentlich?«

»Auf *deiner*, aber nur wenn du aufhörst, mit rassistischen Vorurteilen um dich zu werfen.«

Ich wünschte, ich könnte eine leere Getränkedose aus dem Weg kicken, aber weil München dafür zu sauber ist, zupfe ich *(wütend)* eine Löwenzahn-Blume vom Straßenrand ab und werfe sie *(energisch)* auf den Fahrradweg.

»Glaub mir, du wärst auch am Durchdrehen, wenn du in meinen Schuhen stecken würdest!«

»Im Gegenteil«, berichtigt sie. »Unser letzter Urlaub ist fünf Jahre her und wir konnten uns gerade mal eine Hütte am Gardasee leisten. Das zählt noch nicht mal als richtiges Ausland. Du hast die Gelegenheit, ein Land von Grund auf neu kennenzulernen. Ich finde das aufregend. Außerdem haben wir uns auf die erste Versetzung deines Vaters doch immer so gefreut!«

»Ja, weil wir dachten, dass Papa nach Seoul einberufen wird und wir die Typen von BTS daten können!«

Mira lacht auf eine Art und Weise, die ich nicht einordnen kann. »Mann, du und deine Luxusprobleme.«

In meiner Magengrube sticht es. »Offensichtlich ist dir die Tatsache, dass mein Leben gerade den Bach runtergeht, völlig egal.«

»Mir ist überhaupt nichts egal. Und ich werde dich schrecklich vermissen, wenn du wegziehst. Aber glaub mir: Im Vergleich zum Rest der Menschheit ist dein Leben ziemlich perfekt.«

»Habe ich dir nicht lang und breit geschildert, was in letzter Zeit alles schiefgelaufen ist?! Die Matheklausur, das Referat, die Theaterprobe. Heute die versemmelte Fahrprüfung und die Nachricht, dass ich mich schon bald dem islamischen Gesetz unterwerfen darf!« Kurz muss ich innehalten, um nicht augenblicklich loszuschluchzen. »Und dann erst die Sache mit Leo. Ich habe mich immer noch nicht getraut ... und jetzt werden wir auf brutalste Weise auseinandergerissen!«

»Ich sage es jetzt einfach: Leo ist ein Arsch.«

»Wie bitte?«, krächze ich.

»Seit Wochen drängt er dich dazu, mit ihm zu schlafen. Dabei ist ihm kein einziges Mal in den Sinn gekommen, dass du noch unerfahren bist und deshalb mehr Zeit brauchst.«

»*Unerfahren*«, wiederhole ich und mache ein lautes Würgegeräusch.

»Was ist so schlimm daran? Es ist nun mal die Wahrheit. Ich verstehe nicht, warum du das vor Leo unbedingt geheim halten möchtest. So wichtig kann dir dein Ruf echt nicht sein.«

Es fällt mir schwer, zu glauben, dass das wirklich Mira am Telefon ist. Seit der fünften Klasse sind wir beste Freundinnen, derart gefühlskalt habe ich sie aber noch nie erlebt. Andererseits geraten wir in letzter Zeit immer häufiger aneinander, was mitunter daran liegt, dass sie ständig diese spitzen Kommentare abgibt. Manchmal kommt es mir so vor, als wäre sie unterschwellig wütend auf mich, dabei habe ich nicht den leisesten Schimmer, was ich ihr getan haben könnte.

»Du musst endlich aufhören, dir so viel Druck zu

machen, Re-Ra. Diese Panikattacken, die werden nicht besser, wenn du nicht lernst, auch mal loszulassen, die Kontrolle abzugeben. Irgendwann streikt dein Körper einfach.«

»Panikattacken? Ich bin doch kein *Psycho*!«, zische ich. »Das sind irgendwelche Voodoo-Kräfte, die gegen mich am Werk sind, ich schwöre es!«

»*Voodoo*, klar.« Und dann geht sie endgültig zu weit: »Na ja, vielleicht musst du das alles gerade erleben, damit du lernst, auf was es im Leben wirklich ankommt.«

»Du sagst das nur, weil wir Kohle haben und ihr nicht!«, fauche ich zornentbrannt. »Das hat dich schon immer gestört! Und jetzt verwendest du es gegen mich!«

Mira bleibt lange still.

»Ja, ihr habt Geld und wir nicht«, sagt sie schließlich reserviert. »Und genau deshalb kannst du dich auch über jeden Scheiß aufregen. Am Ende wird sowieso alles gut. Am Ende wartet ein nagelneues Auto auf dich.«

»Wow«, keuche ich. »Ich habe geahnt, dass du mir meine Beziehung mit Leo nicht gönnst, aber das du dermaßen *neidisch* auf mich bist, hätte ich nicht gedacht. Ich wette, *du* warst diejenige, die mich mit diesem verdammten Fluch belegt hat!«

Sie lacht hohl. »Du irrst dich. Ich möchte auf keinen Fall in deiner Haut stecken, nicht einmal für eine Sekunde. Dieser zwanghafte Drang, immer und überall die Beste zu sein, dieses ständige Kopfzerbrechen darüber, was andere Leute über dich denken. Ich kenne wirklich keinen anderen, der ein so geringes Selbstwertgefühl hat wie du. Und das, obwohl du so verdammt privilegiert bist.«

»W-wie bitte?«, röchle ich fassungslos.

»Ist doch wahr! Seitdem ich dich kenne, bist du in diesem Käfig aus Angst und Selbstzweifeln gefangen, dabei könntest du so frei sein! So glücklich! Aber nein, du spielst lieber das Opfer und suhlst dich bei jeder Gelegenheit im Selbstmitleid. Bleibst in deiner Komfortzone, die überhaupt keine ist. Manchmal kommt es mir so vor, als hättest du längst aufgegeben, jemals richtig du selbst zu sein.«

»Wie kannst du es wagen, so mit mir zu reden?«

»Ich sage nur, wie es ist«, schließt sie frostig. »Ich nehme an, du kommst heute nicht mehr zu mir?«

Ich bleibe vor der U-Bahn-Haltestelle stehen. »Nein, ich gehe zu meinem *Freund*! Mein Freund, der mich *liebt* und *begehrt*. Genau, Dinge, die ich habe und du nicht! Außerdem bin ich sehr wohl *frei*. Frei genug, um zu sagen, dass du eine verdammt beschissene Freundin bist!«

Sie legt auf.

Ich stoße einen wütenden Schrei aus und werfe mein iPhone mit solcher Wucht auf den Boden, dass es in tausend Einzelteile zerspringt.

◡

»Rea, was machst du denn hier?« Leo sieht mich durch seine ozeanblauen Augen überrascht an. Er trägt ein weißes T-Shirt mit tiefem Rundausschnitt, das sowohl seine definierte Brust als auch seine Bizepse perfekt in Szene setzt. Kurz gesagt: Er könnte jetzt genauso gut im Blitzlichtgewitter über einen Pariser Laufsteg flanieren.

»Tut mir leid, dass ich nicht Bescheid gesagt habe. Mein Handy ist kaputt.« Ich räuspere mich nervös. »K-kann ich hier übernachten?«

Ich wünschte, es wäre nicht so offensichtlich, dass er sofort an das eine denkt.

»Klar!« Leo schenkt mir ein strahlendes Lächeln und fährt sich durch die goldblonde Löwenmähne – sein Signature Move. Keine Sekunde später regnen engelsgleiche Locken über seine Stirn und im flüchtigen Schattenspiel erscheinen seine Wangenknochen noch dramatischer als sonst. »Meine Eltern sind auf unserem Boot in Italien. Glubschi ist da, aber er ist schon seit Stunden in seine Lektüre vertieft.«

»Cool.« Ich reibe über meine Arme. »Darf ich reinkommen?«

»Aber sicher.« Er macht eine einladende Handbewegung und ich betrete die geräumige Altbauwohnung mit den hohen Stuckwänden.

Plötzlich umarmt er mich von hinten und küsst meinen Hals. »Schön, dass du da bist, *Belladonna*. Ich habe dich vermisst.«

Ich warte auf die Schmetterlinge im Bauch, den Rausch, das Gefühl des Dahinschmelzens, aber mein Kopf meldet sich wie immer schneller zu Wort als mein Herz. *Hoffentlich werde ich gut genug sein*, denke ich bloß.

Jeder ist Leonardo Angelini verfallen, nicht nur die gesamte Mädchenschaft der nördlichen Hemisphäre, sondern auch ein Großteil der Jungs, Lehrer, der alte Griesgram vom Pausenverkauf, Heizungsableser, Obststandverkäufer, Ticketkontrolleure, Streifenpolizisten, Bäcker, Briefträger, also quasi *alle* Vielzeller mit Sexualtrieb und einem rudimentären Sinn für Ästhetik, und Eichhörnchen. Ja, sogar die Sportplatz-Eichhörnchen sind verrückt nach dem einnehmenden, umwerfenden, berückenden Leonardo.

Und *ich* bin seine Freundin. Nicht, dass ich das erste

weibliche Geschöpf wäre, dem diese besondere Ehre zuteilwird, aber zumindest bin ich die Erste aus unserer Schule. Dass Leo sonst nur ältere Mädchen mit anspruchsvollen Studienfächern und erprobten Geschlechtsorganen datet, versuche ich auszublenden. Die Wahrheit ist, dass mich alles, was ihn so begehrenswert gemacht hat, irgendwie verunsichert, seitdem wir zusammen sind. Sobald wir gemeinsam auf der Bühne stehen und uns die Bewunderung der anderen wie ein magischer Nimbus umhüllt, bin ich sicher, dass wir wie füreinander geschaffen sind, doch hinter den Kulissen, wenn es still um uns wird, stelle ich mir oft die Frage, was er eigentlich an mir findet.

»Hi, Glubschi!«, rufe ich, während mich Leo an der Hand durch das Wohnzimmer führt.

Der Junge mit der adretten Hornbrille blickt auf und nickt zum Gruß. Auf seinem Schoß ruht ein dicker Schmöker und neben ihm dampft ein antiker Kelch mit erlesener Trinkschokolade. Ich glaube, ich habe Leos elfjährigen Bruder noch nie in einer anderen Position gesichtet.

Leo schlägt einen unnötig verschwörerischen Tonfall an: »Wir gehen schlafen. Wehe, du störst!«

»Um halb acht?«, fragt Glubschi stirnrunzelnd, und sofort schießt mir die Schamesröte ins Gesicht.

»Lass das mal unsere Sorge sein und widme dich wieder *Pupsis Abenteuern* oder welchen Quatsch du da auch immer liest!«

Glubschi hebt die Augenbrauen und hinter dem ominösen Blitzen seiner Brillengläser erkenne ich eine Mischung aus Belustigung und Bedauern.

Glubschi heißt eigentlich Gabriel und ist ziemlich seltsam. Er verhält sich überhaupt nicht wie ein Kind, auch nicht

wie ein Erwachsener oder ein *Mensch* generell, sondern wie ein Außerirdischer, der plant, die Weltherrschaft an sich zu reißen. Dass ihm seine Brille das skurrile Aussehen eines Koboldmakis verleiht, ist nicht gerade hilfreich.
»Na dann, viel Vergnügen«, sagt er spöttisch und blättert eine Seite um.

Leo schließt die Tür und lässt sich mit einem geschmeidigen Grinsen auf sein Doppelbett fallen. Im Zimmer herrscht das durchschnittliche Chaos eines Achtzehnjährigen, sein Bett hingegen ist makellos hergerichtet. Er klopft auf den leeren Platz neben sich und fragt mit virtuos-doppeldeutiger Stimme: »Gibt es einen besonderen Anlass für deinen Besuch?«

Ich tue so, als würde ich seine überdeutliche Geste nicht bemerken, und setze mich ihm gegenüber auf den Schreibtischstuhl. »Ich hatte einen schrecklichen Streit mit Mira.« Erneut fährt er sich durch die Haare – extra langsam und meisterhaft sinnlich. »Worüber?«

Ich überlege kurz. Reden-Reden ist nicht wirklich sein Ding. Und ich will auf keinen Fall, dass er denkt, ich sei schwach. Oder schwierig. Nein, das Letzte, was ich möchte, ist, vor Leo als *Opfer* dazustehen. »Ach, sie ist einfach eine dumme Kuh«, antworte ich daher schlicht.

»Finde ich auch«, erwidert er. »Ich habe sie nie sonderlich gemocht.«

Ich blinzle überrascht. Überrascht, weil Mira trotz unserer Reibereien in letzter Zeit der beste Mensch ist, den ich kenne. Und überrascht, weil ich ihm für diese Aussage am liebsten eine Ohrfeige verpassen würde.

»Ihr werdet euch bestimmt wieder vertragen«, ergänzt

er beschwichtigend und schenkt mir ein bezauberndes Lächeln. »Und bis dahin können wir beide mehr Zeit miteinander verbringen! Das ist doch auch schön.«
Es ist eine mathematische Unmöglichkeit, Leonardo Angelini länger als drei Sekunden böse zu sein.
»Da gibt es noch etwas ...«
»Du bist so sexy, weißt du das eigentlich?« Er öffnet die Arme. »Wieso kommst du nicht her und erzählst mir alles, während ich dich küsse.«
»Ich ziehe weg!«, platzt es aus mir heraus. »Meine Familie zieht nach Katar.«
In Leos Hirn rattern die Denktraktoren, und er fragt mit schockgeblähten Nasenlöchern: »Aber zur Theateraufführung bist du noch da, oder?«
Ich runzle die Stirn. »Ja.«
»Puh!«, keucht er. »Ich dachte schon, ich muss das ganze Stück wieder von vorne einstudieren – mit einer *neuen* Prinzessin Leia.«
»Keine Sorge, wir gehen erst nächste Woche«, stammele ich, zu perplex, um einen klaren Gedanken zu fassen.
Leo seufzt dunkel und philosophisch. »Nun, das wird einiges ändern. Katar ist ziemlich weit weg.«
Weißglühende Panik durchzuckt mich. *Will er gerade mit mir Schluss machen?*
»Ich bin bereit!«, rufe ich heiser.
Er legt den Kopf zur Seite.
»Lass es uns tun!«
Mein Gefühlsausbruch stößt auf Skepsis. »*Was* tun?«
»Schlafen wir miteinander!«
Von einer Sekunde auf die andere strahlt sein Gesicht heller als eine neugeborene Sonne. »Meinst du das ernst?«

Übelkeit brandet in mir auf, trotzdem nicke ich enthusiastisch. »Ich liebe dich, Leo.«

Sein Blick gleitet lustvoll über meine Brüste. »Ich liebe dich auch, Rea.«

Beklemmung schließt sich wie eine Faust um mein Herz. *Es ist so weit. Mein erstes Mal. Mit Leo. Das ist das, was ich immer wollte. Das ist das, was jeder wollen würde. Es wäre schließlich verrückt, es nicht zu wollen. Und du bist nicht verrückt, Rea. Tue es! Wenn acht Milliarden Menschen auf diesem Planeten Sex haben können, kannst du es auch!*

Ich setze mich auf seinen Schoß und küsse ihn mit zitternden Lippen.

Seine Hände gleiten unter meine Kleidung, kalt und glitschig.

Was bleibt mir schon, wenn ich ihn auch noch verliere?

∪

Ich liege bewegungslos da und warte darauf, dass er sich erklärt. Dass er sich dafür entschuldigt, nicht vorsichtiger, nicht zärtlicher gewesen zu sein. Ich bin so felsenfest davon überzeugt, dass er sich gerade in Grund und Boden schämt, dass ich mir im Kopf bereits den Satz zurechtlege, den ich sagen werde, wenn er mich um Verzeihung bittet. Tröstende Worte, wie: *Du warst nicht grob, du warst bloß leidenschaftlich.* Oder: *Ich weiß, du wolltest aufhören, als ich dich darum gebeten habe, aber das italienische Temperament ist mit dir durchgegangen.* Obwohl mir nach Weinen zumute ist, denke ich darüber nach, wie ich die Situation noch retten kann.

Aber nachdem wir endlose Minuten in den Treibsand des Schweigens hinabgesunken sind, dreht er sich zufrieden seufzend zur Seite und nimmt sein Handy von der Kommode.

»Es war schön«, röchle ich mit einem dicken Kloß im Hals.

Er unterdrückt ein Gähnen und antwortet: »Ja, fand ich auch.«

Ungläubig sehe ich zur Zimmerdecke hinauf, die ihre eigene tiefschwarze Dunkelheit zu erzeugen scheint.

»Schade, dass ich schon so bald abreise.«

»Hm.« Er likt ein Foto auf Instagram.

»Kommst du mich mal besuchen?«

»Irgendwann bestimmt.«

»Leo«, ich nehme all meinen Mut zusammen, »wir sind schon noch ein Paar, oder?«

»Selbstverständlich *nicht*.«

Der Schock durchfährt mich wie eine tödliche Ladung Elektrizität. »Wie bitte?«

»Wir wären in einer Fernbeziehung«, erklärt er und klingt dabei so, als wäre das die wahnwitzigste Idee in der Geschichte der Menschheit.

»Na und?«

Er setzt sich auf. »Tut mir leid, aber Fernbeziehungen sind nicht mein Ding. Mir ist das Körperliche einfach zu wichtig. Außerdem sprechen wir hier vom Nahen Osten«, elaboriert er unverblümt. »Die Ecke hat mich noch nie gereizt.«

Voller Entsetzen starre ich ihn an. »Also wenn ich in *Europa* bleiben würde, würdest du es dir noch mal überlegen?«

»Ja, oder Amerika. Meinetwegen auch Neuseeland, da wollte ich schon immer mal hinreisen.«

»Neuseeland ist *dreimal* so weit weg wie Katar!«

»Entspann dich.« Wieder kommt sein Signature Move zum Einsatz, bloß erinnern mich seine Locken jetzt nicht mehr an Engelshaare, sondern an platt gekochte Fusilli-Nudeln. »Wir können nach der Aufführung noch mal in Ruhe über alles reden.«

»Scheiß auf die Aufführung! Du hast mir noch vor zwei Minuten gesagt, dass du mich *liebst*!«

Er fasst sich gekränkt an die Brust. »Entschuldige mal, das waren weitaus mehr als *zwei Minuten*!«

Unglaublich, wie sich hinter so viel Schönheit so viel Hässlichkeit verbergen kann. Sogar vom tiefen Ozean in seinen Augen fehlt auf einmal jede Spur. Übrig ist nur ein seichtes Pfützengrau, das im Becken seiner Iris träge hin und her schwappt.

Ich taste nach meinem Slip und winde mich aus dem Deckengewirr.

»Ach, *Belladonna*, sei doch nicht so empfindlich! Komm wieder ins Bett!« Erneut verzerrt diese abstoßende Begierde seine Züge. »Wir fangen doch gerade erst an.«

»Oh, wir sind so was von zu Ende!« Ich wünschte, meine Stimme wäre nicht so fadendünn. »Ich gehe jetzt.«

Sogleich perlt jegliches Interesse von ihm ab. »Wie du willst.«

Wankend schlüpfe ich in mein Sommerkleid und versuche mit aller Kraft, die Tränen zurückzuhalten.

»Eins noch.« Er seziert mich mit einem detektivischen Blick. »War das dein erstes Mal?«

»Spinnst du?«, krächze ich mit hochrotem Kopf. »Natürlich nicht! Wieso fragst du so etwas Bescheuertes?«

Er zeigt auf die Matratze. »Weil du geblutet hast.«

Genau so stelle ich mir Folter vor. »Die paar Tropfen?«, lache ich rau. »Ich hatte nun mal länger keinen Sex mehr. D-das ist ganz normal.«
»Ach so. Na dann.« Er rollt sich aus dem Bett. »Hilf mir doch noch schnell, bevor du gehst.«
»Womit?«
»Das Laken abzuziehen.«
Und weil ich nie gelernt habe, wie man mit einer solchen Demütigung umgeht, gehorche ich wortlos.
»Du brauchst dich deswegen nicht schlecht zu fühlen«, schließt Leo mit dem Liebreiz eines Kloakentiers. »Muss eh mal wieder gewaschen werden.«
»Okay, b-bis morgen dann«, presse ich heraus.
»Hey, Rea – *fang*!« Das Bettlaken landet in meinem Gesicht. »Kannst du es beim Rausgehen noch schnell in die Waschmaschine werfen? Du kennst dich ja aus.«

»Tschüss, Glubschi«, murmele ich, nachdem ich das Bettlaken zusammen mit Leos elfenbeinweißem Theaterhemd in die Waschmaschine gestopft und das 90-Grad-Programm gestartet habe.
Er nickt abwesend.
Ich bleibe stehen und drehe mich zu dem Elfjährigen um. Der Arme muss Leos Bullshit schon sein ganzes Leben lang über sich ergehen lassen. »Was liest du da eigentlich, Gabriel?«
Verwundert blickt er zu mir auf. »*Der Herr der Ringe*.«
»Wirklich? Ich bin ein großer Fan von Tolkien.«
Kurz flirren seine Wimpern wie hauchzarte Antennen.
»Hast du gerade geweint?«
»Sag es keinem weiter, aber Aragorn ist schon immer

meine große Liebe gewesen.« Schnell wische ich mit dem Handrücken über meine Wangen.

Er kneift die Augen zusammen. »Ich dachte, mein Bruder ist deine große Liebe.«

Sprachlosigkeit übermannt mich. Mit einem Mal erscheint es mir völlig absurd, einen Menschen wie Leo gernzuhaben.

»Aragorn ist durchaus die bessere Wahl«, ergänzt er und schenkt mir ein aufmunterndes Lächeln.

»Gabriel, es tut mir leid, dass ich nicht immer nett zu dir war.«

Er schlägt die Beine übereinander und betrachtet mich sinnend.

»Oder *n-nie* nett war«, verbessere ich mich und senke schuldbewusst den Kopf.

»Schon okay. Von Leos Freundinnen bist du nur die Siebtschrecklichste.«

Ich nicke langsam. »Ich fasse das mal als Kompliment auf. Allerdings lautet die korrekte Bezeichnung *Ex-Freundin*.«

»Sei nicht traurig deswegen«, entgegnet der Junge – und sogleich wechselt er in eine düstere Erzählstimme: »Du musst wissen, mein Bruder ist wie der *Eine Ring*. Jeder begehrt ihn, jeder will ihn haben, doch besitzt man ihn erst, zieht er seinen Träger in das Reich der Schatten hinüber. Am besten, man bringt ihn zurück nach Mordor und überlässt ihn den Flammen des Schicksalsbergs. Ein Vollidiot, sie zu knechten …«

3.
Die Nacktschneckenkönigin

Meine Mutter steckt den Kopf durch den Türspalt und verkündet in einem fröhlichen Singsang: »Ich habe eine Kleinigkeit für dich, Re...« – sie bricht ab und schnappt hörbar nach Luft – »du meine Güte! Ist alles in Ordnung?« Ich signalisiere ihr mit einem kurzen Handzeichen, dass ich am Leben bin.

»Bist du gestürzt?«

»Nein.«

»Warum liegst du dann mitten auf dem Boden?« Ächzend bahnt sie sich einen Weg durch Umzugskartons, Kleiderberge und demontierte Möbelstücke. »Und wieso trägst du BHs am ganzen Körper?«

»Weil ich mich in die afrikanische Vielzitzenmaus hineinversetzen wollte«, erkläre ich mit monotoner Stimme.

»Die – *was*?«

»*Vielzitzenmaus*. Sie hat vierundzwanzig Brüste, mehr als alle anderen Säugetiere auf diesem Planeten.«

»Ist das so?« Mama räuspert sich verhalten. »Wie wäre es, wenn du – äh – eine Pause einlegst und dir ansiehst, was ich auf dem Nachhauseweg besorgt habe.«

»Habe ich eine Wahl?«

»Nein«, antwortet sie freundlich, aber bestimmt und pausiert die Doku auf meinem Laptop. Sowohl mein Vater als auch ich haben die Angewohnheit, uns von Tierfilmen einlullen zu lassen, sobald wir traurig sind.

Grummelnd setze ich mich auf. »Ich gebe dir drei Minuten. Danach will ich sehen, ob Orengina ihre Vielzitzen-Familie wiederfindet oder ob sie sich allein durch die Sahara schlagen muss.«

Mama streichelt mir über die Haare und verliert dabei sämtliche ihrer Ringe im Dickicht meiner blonden Locken. »Hast du heute schon was gegessen?«, fragt sie, während sie meinen Kopf nach ihren verschollenen Schmuckstücken absucht.

»Positiv«, entgegne ich und halte eine leere Gummibärchen-Tüte in die Luft.

»Ich meine, abgesehen von Süßigkeiten.«

Meine Miene verfinstert sich. »Dir bleiben noch *zwei* Minuten.«

»Du verbarrikadierst dich seit Tagen in deinem Zimmer, dabei beginnen nächste Woche die Sommerferien und wir ...«

»Laufen ins Verderben.«

»Ziehen nach *Doha*«, berichtigt Mama, als klänge das weniger tragisch. »Du solltest in die Schule gehen und Zeit mit deinen Freunden verbringen.«

Ich huste ausgiebig. »Sorry, zu krank.«

»Bestimmt vermisst dich Mira schon. Und der Theater-Beau auch.«

»Du hast noch *eine* Minute«, knurre ich grimmig.

»Ach, komm schon, Rea!«

Ich stöhne genervt. »*Niemand* vermisst mich – kapiert!«

»Das weißt du doch gar nicht ... schließlich kann man dich überhaupt nicht erreichen!« Mit einem triumphierenden Lächeln holt sie eine hübsche Geschenkbox hinter ihrem Rücken hervor. »Voilà, das allerneueste iPhone!« Ich blicke auf die rosa Geschenkschleife – und fühle mich noch elender als zuvor.

»Nein, danke.«

Die Entrüstung steht ihr ins Gesicht geschrieben. »Wie bitte?«

»Ich lehne ab«, sage ich überdeutlich.

»Du brauchst aber ein Handy!«

»Ich will keins.«

Meine Mutter ballt die Hände zu Fäusten. »Was ist los mit dir, Rea? Du liegst hier rum und gibst dich so hilflos und verloren. *Meine* Tochter ist stark!«

»Dann richte deiner *starken* Tochter meine besten Wünsche aus, wenn du sie siehst«, zische ich. »In diesem Zimmer ist sie jedenfalls nicht, du kannst also getrost abziehen.«

Wer Carolin Augustin kennt, weiß, dass *Aufgeben* nicht Teil ihres Vokabulars ist. »Eine dämliche Fahrprüfung sollte dich wirklich nicht derart aus der Bahn werfen! In Doha kannst du wieder Unterricht nehmen, dann hast du deinen Führerschein ruckzuck in der Tasche.«

Typisch Eltern. Als ob ein paar dämliche Fahrstunden in Dohatanamo meine Probleme lösen würden.

»Ich habe gelogen«, offenbare ich giftig. »Das Handy ist mir überhaupt nicht aus der Hand *gerutscht*. Ich habe es auf den Boden geworfen – und zwar mit voller Absicht!«

Kurz herrscht tosende Sturmstille.

Dann stottert Mama entsetzt: »W-warum?«

»Mira hat mich beschuldigt, eine verwöhnte Göre zu sein – da bin ich wütend geworden. Dabei fällt mir auf,

dass sie mit ihrer Einschätzung goldrichtig lag.« Ich zucke mit den Schultern. »Egal, dann bin ich eben ein schlechter Mensch. Ein neues iPhone brauche ich trotzdem nicht. Ich will einfach nur in Ruhe gelassen werden und meine Doku weiterschauen. Die Besuchszeit ist vorbei.«
Mama pfeffert die Box neben mich und sagt böse: »Behalte es! Du kannst nicht ohne Handy rumlaufen!«
Wortlos begebe ich mich zurück in die Waagerechte und stülpe einen BH über meine Augen.
»Du enttäuschst mich, Rea.« Ich höre, wie sich meine Mutter erhebt und den Stoff ihres silbergrauen Hosenanzugs glatt streicht. »Ruf endlich deine Theaterlehrerin zurück. Übermorgen findet die Premiere statt und du hast die letzten beiden Proben verpennt. Frau Spekolato ist schon völlig am Durchdrehen.«

Mit einem lauten Knall schlägt sie die Tür hinter sich zu.

Lange Zeit liege ich einfach nur da, verinnerliche das Chaos um mich herum, die ganze Destabilisierung meiner Welt. Nichts ist mehr an seinem gewohnten Platz, alles befindet sich im Umbruch, in flirrender, quälender Unruhe. Und inmitten der Veränderung fühle ich mich zunehmend stumpf, abgeschnitten von meinen eigenen Gefühlen, als würde sich mein Herz in einen luftleeren Kokon zurückziehen.

Irgendwann überwinde ich mich dazu, meine alte SIM-Karte in das neue iPhone einzulegen. Ich starte das Handy und warte ab. Schalte es aus und wieder ein. Halte es kurz aus dem Fenster. Schüttele es wie eine Schneekugel vor meinem Gesicht.

Die Wahrheit bleibt die gleiche: Meine Theaterlehrerin

ist die Einzige, die mich in den letzten 72 Stunden kontaktiert hat. Keine neue Nachricht von Leo. Kein Wort von Mira. Ich schlucke einen dicken Kloß hinunter und beschließe, meine Tier-Doku fortzusetzen. Als Orengina auf dem Weg zu ihrer Vielzitzen-Familie von einem Schakal verspeist wird, laufen mir die Tränen bereits in Strömen über die Wangen.

‿

Frau Spekolatos Nachricht lese ich erst am nächsten Morgen – und sofort sitze ich kerzengerade im Bett. *Nein, nicht das noch!* In Lichtgeschwindigkeit ziehe ich mich an und stürme zu meinen Eltern in die Küche.

»Ich muss zur Theaterprobe!«, kreische ich, und mein Vater verschüttet vor Schreck den halben Kaffee.

»Himmel, Rea, bist du von allen guten Geistern verlassen? Deinetwegen bekommt Constant*iii*n noch einen Herzinfarkt!«, faucht Mama und zückt die Küchenrolle.

»Keine Zeit für Small Talk!«, rufe ich drängend. »Kann mich einer von euch in die Schule fahren?«

»Wie geht es deiner PM…?« Papa zupft unschlüssig an seiner Brille.

»*S*«, helfe ich ihm. »Meiner PMS geht es hervorragend. Können wir jetzt los? *Bitte.*«

Meine Mutter verdreht die Augen, aber immerhin signalisiere ich Bereitschaft, mein Zimmer zu verlassen, daher urteilt sie diesmal nur *stillschweigend*.

»Okay, ich bringe dich hin«, sagt Papa und trinkt seine Tasse in einem Zug leer.

»Rea, Moment!« Mama eilt uns hinterher. »Vergiss nicht, dass heute der Umzugsdienst kommt!«

»Wie könnte ich das vergessen?«, knurre ich und binde meine Sandalen.

»Hast du alles wie besprochen vorbereitet?« Anstatt zu antworten, stoße ich die Eingangstür auf und laufe zum Auto.

Als ich die Aula betrete, offenbart sich mir das Ausmaß der Meuterei unter glitzerndem Scheinwerferlicht: Leo – in eingelaufenem Hemd und schwarzer Weste – hält Jaqueline aus unserer Stufe in den Armen und spitzt verführerisch die Lippen. Jaqueline – geschmückt mit zwei spiralförmigen Haarknoten – bäumt sich auf und seufzt mit der Inbrunst einer gebärenden Walrosskuh. Der Rest der Theatergruppe hat sich vor der Bühne versammelt und blickt schmachtend zum neuen Traumpaar hoch.

»Ich liebe dich«, säuselt die falsche Prinzessin Leia, scheinbar bemüht, mit dem Klimpern ihrer Wimpern einen ganzen Mückenschwarm zu verscheuchen.

»Ich weiß«, entgegnet Han Solo lässig, und seine Haare legen all die unmöglichen Stunts hin, die man sonst nur aus Shampoo-Werbungen kennt. Dann küsst er sie ohne jede Reue, dafür aber mit umso mehr Zunge.

Der Schmerz trifft mich wie eine Schockwelle. Mit stockenden, zombiehaften Bewegungen nähere ich mich der Bühne, während die Nebelmaschine das knutschende Paar in rosarote Wattewolken einhüllt. Alles wirkt unscharf und albtraumhaft verzerrt, als hätte sich eine pulsierende Membran zwischen mich und die Außenwelt geschoben.

Han Solo greift Prinzessin Leia an die Hüfte – und ich muss an Leos Berührungen denken, an seine schalen Liebkosungen und das kalte Brennen, das seine Hände auf meiner Haut hinterlassen haben. Mag sein, dass ich Zweifel an der Aufrichtigkeit seiner Gefühle gehabt habe, dass ich ihm jedoch so gänzlich egal bin, macht mich fassungslos. Einen Moment lang frage ich mich sogar, ob ich das alles nur träume, doch dann schweift Leos Blick über die gaffende Zuschauerschaft ... *und findet mich.*

Ohne jede Hast löst er sich von Jaqueline und setzt ein amüsiertes Grinsen auf. »Sieh mal an, wen die Galaxis da ausgespuckt hat!«

Alle drehen sich zu mir um und ein erschrockenes Raunen geht durch die Aula.

»W-was soll das werden?«, stammele ich.

»Meinst du das hier?« Leo zeigt zwischen sich und Jaqueline hin und her. »Das nennt man *Showbusiness.*«

Meine Stimme ist kaum mehr als ein wundes Hauchen: »Das verstehe ich nicht.«

»Ich brauche jemanden, auf den ich mich verlassen kann.« Er vollführt eine Reihe zuckender Handbewegungen. »Jemanden, mit dem ich *vibe.*«

Eine ungeheuerliche Wut brodelt in mir auf. »Mir ist scheißegal, mit welchem dahergelaufenen Marsmonster du gerade *vibest,* die Rolle gehört mir! *Ich* bin Prinzessin Leia!«

»Hey!«, kräht Jaqueline – dass sie das bodenlange Gewand völlig falsch gebunden hat, scheint nur mir aufzufallen. »Als *was* hast du mich gerade bezeichnet?«

»Oh mui mui, ich-se nich-se wissen!«, fauche ich und balle die Hände zu Fäusten. »Schleich dich, Jar Jar Binks! Hier gibt es nur *eine* Prinzessin Leia!«

Endlich erwacht unsere Theaterlehrerin aus ihrer Schockstarre und hastet aufgebracht keuchend auf mich zu. »Rea, da bist du ja endlich!« Frau Spekolatos dreihundert Armbänder rasseln lautstark. »Wir haben uns solche Sorgen gemacht!«

»Ach ja? Haben Sie mich deshalb aus dem Stück geworfen?«

»Wir mussten nun mal ein wenig *umstrukturieren*, schließlich hatten wir keine Ahnung, ob wir dich jemals wieder zu Gesicht bekommen!« Sie hickst nervös. »Du hast die letzten beiden Proben geschwänzt. Und die Nachricht über die verschobene Generalprobe hast du ebenfalls ignoriert.«

»Ich würde diese Gruppe niemals im Stich lassen! Niemals!« Ich klopfe mir auf die Brust. »Und das habe ich schon unzählige Male unter Beweis gestellt!«

»Krieg dich wieder ein, Rea!«, mault Leo und schwingt überheblich die Blasterpistole. »Es ist ja nicht so, dass du gar keine Rolle mehr hast.«

»Was heißt das?«, raune ich und schaue zwischen meinen Theaterkollegen hin und her.

Frau Spekolato zupft an ihrem bunt gefleckten Flatterschal und beginnt mit schwacher Stimme: »Nun, wir haben viel diskutiert, denn wir wissen ja, dass du gerade einiges durchmachst.«

»Die verkackte Führerscheinprüfung, zum Beispiel«, erläutert Jaqueline teuflisch vergnügt. »Und deine Deportation nach Katar.«

Ein eisiger Schauder ergreift mich. *Wie konnte sich das so schnell rumsprechen?*

Mittlerweile zeichnen sich Schweißperlen auf Frau Spekolatos Stirn ab. »Du scheinst im Augenblick einfach nicht du selbst zu sein und wir wollten ... na ja ... nichts *riskieren*.«

Ihre Zähne knirschen unangenehm.»Jedenfalls sind wir zum Schluss gekommen, dass es besser wäre, wenn ...«
Leo stöhnt ungeduldig und ruft:»Du bist jetzt *Jabba the Hutt*!«
Ich starre ihn entsetzt an.
Jaqueline grinst bösartig.»Redest du von diesem schleimigen N-Nacktschneckenkönig?«, stottere ich.
»Dem *Huttenkönig*, ja«, bestätigt Leo.
»Aber Detlef ist Jabba the Hutt!«
»Nun, Detlef ist jetzt Jar Jar Binks«, erklärt Frau Spekolato und hüstelt betreten.

Ungläubig sehe ich zu Detlef Scheissner hinüber, der damit beschäftigt ist, seltene Bodenschätze aus den Tiefen seines Nasenlochs freizuschaufeln.

»Das könnt ihr mir nicht antun!« Ich mache einen Schritt auf meine Theaterlehrerin zu.»Es tut mir leid, dass ich untergetaucht bin – *ehrlich*. Aber jetzt bin ich hier. Bitte, geben Sie mir noch eine Chance! Sie können sich nicht vorstellen, wie wichtig mir das ist!«

Frau Spekolatos Miene erwärmt sich leicht, doch Leo fährt grob dazwischen:»Du hast selbst gesagt, dass du auf die Aufführung *scheißt*. Ich werde nicht zulassen, dass du die Show für uns kaputtmachst! Ich habe meine Prinzessin gewählt. Und es bist nicht du.«

»Das Theaterspielen bedeutet mir alles«, wimmere ich und merke, wie sich meine Augen mit Tränen füllen.

»Rea, das ist die letzte Probe vor der Aufführung«, nuschelt Frau Spekolato.»Wir müssen jetzt weitermachen. Ich bitte dich darum, die Entscheidung der Gruppe zu respektieren. Außerdem ist es doch schön, dass Jaqueline auch mal eine Chance bekommt. Sonst spielst immer nur du die weibliche Hauptrolle.«

»Weil ich mit Abstand die meiste Arbeit reinstecke!«, krächze ich.

»Komm schon« – Leo bedenkt mich mit einem anzüglichen Blick – »dir muss bewusst sein, dass deine Performance ziemlich zu wünschen übrig lässt.«

Unterdrücktes Glucksen von allen Seiten.

Ich starre ihn mit offenem Mund an. Noch nie im Leben habe ich mich derart gedemütigt gefühlt.

Im nächsten Moment tritt Detlef Scheissner zwischen uns und hält mir das zusammengeknüllte Jabba-the-Hutt-Kostüm unter die Nase. »Äh, bitte sehr.«

»In diesem Stück wird es vielleicht eine *falsche* Prinzessin Leia geben ... aber keinen Jabba the Hutt!« Ich reiße Detlef den Stoffhaufen aus den Händen und stolpere in Richtung Ausgang. »Ach ja, noch etwas«, ich drehe mich um, und mein Blick speit Feuer, »du bist ein *Arschloch*, Leonardo Angelini!«

»*Han Solo*«, korrigiert er echauffiert. »Du weißt doch, wie sehr ich es hasse, wenn man mich aus der Rolle reißt!«

Ich strauchele durch den leeren Schulkorridor und gerate immer wieder ins Taumeln. Graue Tränenvorhänge tönen meine Sicht und verziehen die Bogenfenster. Ich zittere am ganzen Körper. Das Rauschen meines Bluts scheint sich auf die Wände zu übertragen, alles um mich herum summt und pocht entsetzlich.

»Re-Ra!«

Ich bleibe stehen und schaue zeitlupenartig über die Schulter.

Es ist Mira, sie kommt gerade aus der Mädchentoilette.
»Alles in Ordnung?«
»Sehe ich so aus, als wäre alles in Ordnung?«, japse ich, dicht gefolgt von einem raubtierhaften Aufschluchzen.
»Willst du mir erzählen, was passiert ist?«, fragt sie besorgt.
»Damit morgen die ganze Schule Bescheid weiß?!«, belle ich. »Warum hast du überall herumposaunt, dass ich durch die Führerscheinprüfung gefallen bin? Du bist die Einzige, die Bescheid wusste.«
Ihre Züge spannen sich an. »Ich habe Frau Spekolato informiert, weil ich mitbekommen habe, dass Leo die ganze Theatergruppe gegen dich aufhetzt. Ich wollte sie davon überzeugen, dass dein Verhalten begründet ist und du dich bis zur Premiere wieder einkriegst. Ich wollte *helfen*.«
»Herzlichen Glückwunsch, du hast alles nur noch schlimmer gemacht!«
Ihre Lippen beginnen zu beben. »Du willst also immer noch streiten?«
»Was macht das noch für einen Unterschied?« Der Knoten in meiner Kehle schwillt an. »Nächste Woche ziehe ich nach *fucking* Katar, dann bist du mich eh los! Du hast doch schon lange keinen Bock mehr auf unsere Freundschaft.«
»Das stimmt überhaupt nicht! Es ist nur einfach schwer nachvollziehbar, weshalb du so unglaublich hart zu dir selbst bist. Und wie blind dich das manchmal macht.«
»Ich habe jetzt echt keinen Nerv für deine Psychoanalysen!«
»Komm doch wenigstens kurz in die Klasse und verabschiede dich.« Jetzt kämpft auch Mira mit den Tränen.

47

»Nein«, stoße ich hervor.
»Dann lasse ich dich eben in Ruhe.« Der Linoleumboden quietscht unter ihren Schuhsohlen. »Gute Reise, Rea.«
»Warte!«, krächze ich mit brüchiger Stimme. Plötzlich wird mir bewusst, dass ich meine beste Freundin womöglich zum letzten Mal gesehen habe. »I-ich werde dich vermissen.«
»Du hast eine seltsame Art, das zu zeigen.« Mira sieht mich todtraurig an, dann dreht sie mir den Rücken zu und geht.

∪

Meine Eltern sind nicht zu Hause, Behördengänge oder Ähnliches. Als ich aufsperre und durch die Eingangstür trete, merke ich sofort, dass etwas nicht stimmt. Der vertraute Geruch unserer Möbel, unserer Teppiche, unserer Vorhänge, unserer Küchenschränke, dieses magische Allerlei an Duftnoten, das unser tägliches Leben repräsentiert, ist verschwunden.

Ich laufe durch den Flur und stelle fest, dass die Räume leer sind.

Der Umzugsdienst, erinnere ich mich glühend heiß und stürme die Treppe hinauf in mein Zimmer.

»Nein ...«, keuche ich und schwanke. Alles ist weg. *Alles*. Ich blicke auf das kleine Stückchen Luftpolsterfolie, das vor meinen Füßen liegt, und denke an Mamas Worte: *»Pack deinen Koffer mit den Dingen, die du in den nächsten zwei Wochen zum Leben brauchst. Der Rest wird vom Umzugsdienst eingeladen und nach Katar geschifft.«* Nur habe ich meinen Reisekoffer niemals vom Speicher geholt, geschweige denn *gepackt*.

Wie in Trance schreite ich durch den leeren Raum. Da ist nichts, an dem ich mich festhalten kann, nichts, was mir Halt gibt. Mein ganzes Leben ist aus den Fugen geraten. Mir wird bewusst, dass ich noch immer das Jabba-the-Hutt-Kostüm in den Händen halte. Die ganze Zeit über habe ich mich so fest in den Polyesterstoff gekrallt, dass meine Finger jetzt schmerzhaft knacksen. Ich hebe das grässliche Kostüm vor mein Gesicht und schüttele den Kopf. *So strategisch grausam kann das Schicksal nicht sein. Nein, ich muss verflucht sein, anders lässt sich diese Anhäufung von Pech einfach nicht erklären.* Ungeschickt schlüpfe ich in die grüngelben Hosenbeine und stecke den Kopf durch die braune, wulstige Öffnung.

Das bin ich nun also, die Nacktschneckenkönigin, die überhaupt nicht mehr weiß, *wer* sie ist und *wo* sie ist und *welches Leben* sie geführt hat, bevor sie verhext wurde. Ich bin im Begriff, in die völlige Fremde zu gehen, dabei hat das wahre Unbekannte schon längst Einzug gehalten – und zwar *in mir*.

4.
Der gelbe Lampenbär

Gleich wird ihre Hand gegen die beschlagene Autoscheibe klatschen, dramatisch zucken und langsam hinuntergleiten. Jeder weiß, dass mit dieser Szene der Liebesakt zwischen Jack und Rose im Frachtraum der Titanic eingeleitet wird. Ich pausiere den Film und schiele verstohlen zu meinen Eltern. Mama, die am Fenster sitzt, tippt schon seit Stunden einen Artikel in ihren Laptop, und Papa, dem wir den Mittelplatz zugewiesen haben, scheint tief zu schlafen. Sein Mund steht offen und ein kleines Speichelbläschen wächst und schrumpft im Rhythmus seiner Atemzüge.

Es ist zu erwarten gewesen, dass er sich früher oder später in eine Art Delirium schwatzt. Ich kenne keinen anderen Menschen, der so gerne und vor allem so *viel* redet wie er. In den letzten zwei Stunden hat er jedes noch so belanglose Detail über die arabische Oryxantilope dargelegt, das Symboltier Katars, und das nur, weil ich das gehörnte Viech auf dem Seitenruder des Qatar-Airways-Flugzeugs mit einer *Ziege* verwechselt habe. Das Einzige, was ich aus seinem National-Geographic-reifen Vortrag herausgefiltert habe, ist, dass es sich bei der Antilope eigentlich um einen *Pferdebock* handelt – was mir ein kleines Schmunzeln entlockt hat, bevor ich mich wieder daran erinnert habe, dass wir nach Katar ziehen und alles *scheiße* ist.

Nachdem ich mich vergewissert habe, dass die Wahrscheinlichkeit einer Interaktion mit meinen Eltern gleich null ist, stecke ich den letzten arabischen Mini-Donut in den Mund (zugegeben sehr lecker, auch wenn der Name *Khanfaroosh* eher nach einem wütenden Flaschengeist und weniger nach einem Dessert klingt) und drücke auf *Play*.
Wait a minute.
Ich höre auf zu kauen und blinzle verdutzt in den Bildschirm. Die Szene, in der Jack und Rose im Oldtimer miteinander schlafen, fehlt. Stirnrunzelnd spule ich zurück. Nein, das war kein Glitch in der Matrix, die Sexszene ist definitiv rausgeschnitten worden.
»Aha«, eröffnet mein Vater hellwach und mit bedeutungsträchtiger Stimme.
Ich zucke so heftig zusammen, dass es sich kurz so anfühlt, als stürze das gesamte Flugzeug in ein Luftloch.
Beinahe feierlich setzt er seine Brille auf und lehnt sich an mich: »Vielleicht ist es dir vorhin nicht aufgefallen, aber man hat weder ihren Podex noch ihren Vorbau zu Gesicht bekommen.«
»Ihren *was*?« Schlagartig kommt mir die Szene in den Sinn, in der Jack die berühmte Nacktzeichnung von Rose anfertigt. Stimmt, man konnte wirklich nichts sehen, weder ihren Hintern noch ihre ...« »Argh, Papa!«, zische ich und merke, wie ich knallrot anlaufe. »Erstens: Verwende nicht andauernd diesen frühantiken Spießerwortschatz! Und zweitens: Ich dachte, du *schläfst*!«
Mein Vater lässt sich nicht beirren: »Alles, was als anstößig empfunden werden könnte, wird in den Golfstaaten zensiert. Manchmal ist sogar schon Händchenhalten zu viel des Guten.«

Es verwirrt mich, dass er so unbeschwert lächelt.«Und, findest du das *in Ordnung*?«, hake ich nach. »*Nachvollziehbar* finde ich es nicht, nein. Aber ich bin ja auch nicht religiös.« Er macht eine abwinkende Handbewegung. »Stören tut es mich jedenfalls nicht.«
Es ist zu erwarten gewesen, dass seine Antwort unverfänglich oder allerhöchstens *neutral* ausfällt.

»Du weißt bestimmt, dass *Lightyear* in Katar verboten wurde, weil es eine Szene gibt, in der sich zwei Frauen küssen. Ein harmloser Kinderfilm, trotzdem darf er nicht gezeigt werden. Stört dich das etwa *auch* nicht?«

Papa hebt überrascht die Augenbrauen. »Du hast dich also informiert, dabei hat deine Mutter behauptet, dass du nur *schmollst*.«

»Ach, vergiss es einfach!«, knurre ich und wende mich von ihm ab.

Plötzlich verändert sich sein Tonfall. »Doch, Rea, das stört mich. Sehr sogar. Aber ich bin nicht in der Position, darüber zu urteilen. Meine Aufgabe ist es, die Interessen unseres Landes zu vertreten und die guten politischen Beziehungen zwischen Katar und Deutschland aufrechtzuerhalten.«

»Das hast du ganz wunderbar gesagt. Wirklich, sehr *diplomatisch*«, kommentiere ich sarkastisch.

»Wir werden Gäste sein, Rea, in einem Land mit einer völlig fremden Kultur. Vieles wird uns unvertraut sein und bestimmt werden wir auch einiges nicht verstehen können. Konzentriere dich einfach auf die Menschen. Höre dir an, was sie zu sagen haben. Finde heraus, wer sie sind und welche Geschichten sie erzählen. Ich habe die Erfahrung gemacht, dass das der beste Weg ist, einen neuen Ort kennenzulernen. Und denk daran, dass Wertvorstellungen immer etwas Subjektives sind. Das entschuldigt nicht ...« Er senkt die Stimme. »Das macht die Dinge vielleicht einfacher.« Ich sehe meinen Vater lange an, denn es kommt nur selten vor, dass er so offen mit mir redet.

Schließlich setzt er sein typisches Grinsen auf und verkündet: »Pornos kannst du dir ab jetzt übrigens auch nicht mehr anschauen.«

Das blanke Entsetzen packt mich.

»Nicht, dass ich dir unterstellen würde, dass du das jemals getan hast«, ergänzt er und zwinkert verschwörerisch. »Aber ich wollte es zumindest gesagt haben.« Wieder zwinkert er – und ich könnte vor Scham im Erdboden versinken. *Mira hat doch gemeint, dass niemand etwas mitbekommt, wenn man den Privatmodus aktiviert ...*

»Du bist so nervig!«, fauche ich und verscheuche ihn von meiner Armlehne.

Lachend kuschelt er sich in seine Fließjacke und schließt die Augen. »In knapp einer Stunde landen wir. Ich schlafe noch ein bisschen.«

Darauf falle ich kein zweites Mal rein. Mit Ohrspitzen, die wie Lavasteine glühen, verlasse ich Jack und Rose, die niemals Sex auf der Titanic hatten, und öffne stattdessen die Sky-Map. Und weil ich auf keinen Fall darüber nachdenken möchte, was *genau* mein Vater alles weiß, beginne ich, hoch konzentriert die Ländernamen zu lesen, die unweit unserer Flugroute aufpoppen. *Syrien, Irak, Libanon, Jemen, Iran* ... Ich schlucke einen dicken Kloß hinunter. Das sind alles Länder, die ich sonst nur aus den Nachrichten kenne. Ich zoome näher an das Flugzeug-Symbol heran. Wir befinden uns gerade über Saudi-Arabien. *Krass.*

Langsam wandere ich in Richtung unseres Ziels. Katar ist winzig im Vergleich zu seinen Nachbarn. Wie ein kleiner Balkon ragt die Halbinsel in den Persischen Golf, an drei Seiten ist sie von Wasser umschlossen. Doha, die Hauptstadt, liegt östlich und befindet sich direkt am Meer. Irgendwie wirkt der Rest des Landes ziemlich leer. Kein Wunder, schließlich soll ein Großteil der Fläche von lebensfeindlichen Wüsten bedeckt sein.

»Unser neues Zuhause. Kaum zu glauben, nicht wahr?«, seufzt Papa ergriffen. »Hast du gewusst, dass es in Katar einen Mangrovenwald gibt? Wenn man Glück hat, trifft man dort auf den geheimnisvollen Dugong, einen vom Aussterben bedrohten ... Re-Ra? *Rea?*«

Ich schließe schnell die Augen und atme ruhig und gleichmäßig.

»Meine Güte, Constant*iii*n, gönn dem armen Mädchen doch mal eine Pause! Siehst du nicht, dass sie schläft?«, zischt Mama. »Hier, lies den Artikel, den ich gerade geschrieben habe. Oder mal irgendwas aus. Nur bitte – *hör endlich auf zu reden!!!*«

Ich muss ein Glucksen unterdrücken. Und als ich die Augen einen Spaltbreit öffne, lächelt mir meine Mutter kameradschaftlich zu.

»Rea, wach auf! Es geht los!«

»Was ...?«, grunze ich verwirrt. »W-wie lange habe ich geschlafen?«

»Zu lange«, antwortet Mama vorwurfsvoll. »Ich weiß jetzt alles über katarische Dingdongs.«

»*Dugongs*«, verbessert Papa und zeigt aufgeregt aus dem Fenster. »Wir landen gleich!«

»Am besten, wir tauschen noch schnell die Plätze!« Mama schnallt sich ab und boxt Papa in den Arm. »Mach schon, Constant*iii*n!«

»Das ist nicht nötig«, sage ich gedämpft.

»Doch, du *musst* das sehen!«, entgegnet mein Vater mit Sternchen in den Augen ... und so wechseln wir – unter den panischen Blicken der Flugbegleiter – unsere Sitze.

»Ich kann überhaupt nichts erkennen«, murmele ich, während das Flugzeug immer tiefer sinkt. Draußen ist es schon seit Stunden dunkel und auch jetzt werden die Außenscheinwerfer von tiefschwarzen Wirbeln umschlossen. Dann tauchen sie plötzlich auf, die ersten Lichter, schemenhaft und seltsam flackernd.

»Wir überfliegen gerade den Persischen Golf. Das da unten müssten Fischerboote sein«, erläutert Papa enthusiastisch.

»Urgh! Könntest du mir bitte nicht direkt in den Nacken atmen, das ist total unangeneh...« Ich verstumme. Vor uns erscheint eine Skyline aus futuristischen Wolkenkratzern und einzigartig geformten Rundtürmen. Die hohen Spiegelglaswände schillern wie nasse Regenbögen, aus den Kronen der Hochhäuser dringt ein beinahe überirdisches Leuchten. Kein Bauwerk gleicht dem anderen; jede Form ist von kühner Andersartigkeit, jede Linie von fesselnder Anmut. Aus dem Boden erwachsen Lichtsäulen aus pastellenem Lila, tiefem Indigoblau und samtigem Gold, die sowohl Himmel als auch Meer anscheinen.

»*Wow*«, wispere ich – doch schon zerfließt das gestochen scharfe Strahlen zu einem bunten Schleier, und wir überfliegen ein weites Feld aus Wohnsiedlungen und flachen

Gebäuden. Breite Straßen ziehen schnurgerade Bänder durch das weiße Funkeln, vereinzelt erheben sich feenhaft schimmernde Kuppeln, unter denen sich palastartige Villen und Moscheen abzeichnen.

»Das nenne ich mal einen Empfang«, flüstert Papa – und zuckt leicht zusammen, als ich seine Hand nehme. »Alles in Ordnung, Re-Ra?«

Ich antworte nicht, denn was ich in diesem Augenblick fühle, ist unmöglich in Worte zu fassen. Meine Empfindungen sind so beängstigend intensiv, gleichzeitig so glühend und verheißungsvoll, dass ich mich wie eine Ertrinkende an ihm festhalten muss.

᠊᠊᠊

Als das Flugzeug zum Stillstand kommt und die Anschnallzeichen erlöschen, wird der Lärmpegel in der Kabine so hoch, dass ich kurz erstarre. Ich bin mir sicher, dass gerade zweihundert Menschen auf einmal einen Streit begonnen haben.

»Was ist hier los?«, krächze ich und weiche Papas Rucksackschnalle aus.

»Ich glaube, die Menschen sind einfach froh, zu Hause zu sein«, entgegnet Mama zwinkernd.

Ich drehe mich um und spähe über die Sitzreihen. Tatsächlich gehören zu den lauten Stimmen und wild gestikulierenden Händen freundlich lächelnde Gesichter. Leises Erstaunen flutet mich. Die Frauen in den langen schwarzen Abayas sind mir bereits beim Boarding in München aufgefallen, nun trägt jedoch auch ein Großteil der Männer die traditionelle arabische Tracht: ein weißes Gewand, das bis zu den Fußknöcheln reicht, und dazu ein Kopftuch, das mit einer schwarzen Kordel fixiert ist. Andere Passagiere tragen bunte Saris und orientalisch bestickte Tuniken. Ich entdecke Turbane, kunterbunte Hijabs und Burkas, von denen einige nicht schwarz, sondern königsblau eingefärbt sind. Unterschiedliche Sprachen dringen an mein Ohr, die ich nur schwer zuordnen kann. Wahrscheinlich entstammen sie dem indischen und asiatischen Sprachraum. Lediglich das Arabische mit seinen rauen Zahn- und Kehllauten ist für mich eindeutig identifizierbar. Und es sind genau die Araber und Araberinnen, die mit ihrer hitzigen Sprechweise und ihrem schallenden Gelächter das ganze Flugzeug mit einer überwältigenden Lebendigkeit erfüllen.

»Wann geht es wohl weiter?«, murmelt Mama, die schon seit dem Erlöschen der Anschnallzeichen aufbruchsbereit ist.

»Wahrscheinlich kümmern sie sich erst um die Leute aus der First- und der Businessclass«, antwortet Papa tiefenentspannt und wühlt in seinem Handgepäck.

Sie seufzt müde. »Ich verstehe immer noch nicht, warum du abgelehnt hast, Businessclass zu fliegen.«

»Ach, diesen Schnickschnack brauchen wir nicht.«

Ich bemerke, dass sich draußen ein limousinenartiger Geländewagen in Bewegung setzt. In seinem eleganten Inneren sitzen ausschließlich verschleierte Frauen und Männer in traditioneller Kleidung. Erst nachdem das Auto das Terminal erreicht hat, fährt ein Zubringerbus vor, und eine Flugbegleiterin verkündet zunächst auf Arabisch, dann auf Englisch, dass wir aussteigen dürfen.

Als wir die Maschine verlassen, trifft mich beinahe der Schlag. Mir ist bewusst gewesen, dass die Temperaturen in Katar gerne mal die 40-Grad-Marke knacken, was das aber *wirklich* bedeutet, dafür hat mir bisher schlichtweg die Vorstellungskraft gefehlt. Obwohl es elf Uhr nachts ist, fühlt sich die Luft, die vom föhnartigen Wind herbeigetragen wird, so heiß an, dass meine Haut sofort zu prickeln beginnt. Nahezu schlangengleich windet sich die Hitze um meine Gliedmaßen, feucht und sengend, wobei sie sich seltsam aufbauscht und niemals stillzustehen scheint. Binnen Sekunden, noch während wir die Zugangstreppe hinuntersteigen, bilden sich zwei kraterförmige Flecken unter meinen Achseln, und ich merke, wie mir der Schweiß über den Rücken rinnt.

»Rea, schau mal nach oben«, sagt meine Mutter, oder besser *keucht*, denn auch ihr macht der extreme Temperaturwechsel sichtlich zu schaffen.

Mein Blick klettert den Himmel hinauf und schon entdecke ich die charmante Anomalie: Die Mondsichel befindet sich hier nicht in gewohnt aufrechter Lage, sondern schwebt wie ein breites Grinsekatzen-Lächeln über dem gewellten Flughafengebäude.

»Sogar der Mond ist ohnmächtig geworden in dieser Affenhitze«, brumme ich – und Papa lacht inbrünstig über meinen unlustigen Witz.

Gerade hatte ich noch das Gefühl, vor einer laufenden Flugzeugturbine zu stehen, nun klappern mir vor Kälte die Zähne. Der *Hamad International Airport* mit seiner hypermodernen Einrichtung, den extravaganten Lichtinstallationen und der übermächtigen Klimaanlage ist pure Reizüberflutung für mein erschöpftes Gehirn. Ich habe Mühe, mit meinen Eltern Schritt zu halten, und als

Papa plötzlich stehen bleibt, laufe ich geradewegs in ihn hinein.

»Was ist denn los, Constant*iii*n?«, ruft Mama verwirrt. Sie steht bereits auf der Rolltreppe und fährt mit einer nicht minder verwundert dreinblickenden Araberin abwärts. Ihr Mann ist hinter Papa und mir stecken geblieben.

»Der gelbe Lampenbär!«, ruft mein Vater hingerissen und drückt den Zeigefinger so fest gegen die Sicherheitsscheibe, dass er eine krumme U-Form annimmt. Ein paar Stockwerke tiefer hockt ein riesenhafter kanariengelber Teddybär unter einer schwarzen Stehlampe.

»Und?«, frage ich drängend, denn der Stau hinter uns wird immer verheerender.

»Stell dir vor, ein Mitglied der katarischen Königsfamilie hat sieben Millionen US-Dollar für ihn ausgegeben und ihn von New York hierher nach Doha geschifft. Der Teddy wiegt über achtzehn Tonnen.«

»Das ist äh ... *tragisch*. Können wir jetzt weitergehen?«

»Er hat ihn an seine Kindheit erinnert.« Papa seufzt nostalgisch. »Und jetzt, wo ich ihn mir so ansehe, muss ich auch an die alten Zeiten zurückdenken.«

Als sich ein Herr in arabischer Tracht an mir vorbeischiebt, rechne ich schon mit einem lauten Donnerwetter, doch zu meiner Überraschung legt er die Hand auf Papas Schulter und beginnt, mit ihm gemeinsam das seltsame Plüschtier zu begucken. Dann gesellt sich noch ein weiterer Mann dazu, und im Handumdrehen ergibt sich eine ausgelassene Plauderei – mit einem *überglücklichen* Constantin Augustin mittendrin.

Das Durchkommen zur Rolltreppe ist nun absolut unmöglich, doch dieser Umstand scheint niemanden zu stören. Ganz im Gegenteil: Die Menschen tippen entspannt auf ihren Handys, knipsen Selfies oder lachen herzlich miteinander. Alle warten geduldig ab und keiner drängelt. Ich kann nicht anders, als verblüfft die Augenbrauen hochzuziehen. Eins ist sicher: In Deutschland hätte man sich schon längst die Köpfe eingeschlagen ...

Es dauert noch eine geschlagene Stunde, bis wir endlich den Ausgang des Flughafens erreichen. Mittlerweile hat die Müdigkeit meine Arme und Beine in bleischwere Klötze verwandelt und bei gefühlt jedem zweiten Atemzug muss ich gähnen.

»Hattest du noch mal Kontakt mit dem Fahrer?«, nuschelt Mama, ihre Lider hängen seit der Gepäckausgabe auf halbmast.

»Nein, aber bestimmt wartet er vor dem Gebäude auf uns«, antwortet Papa mit unbeugsamer Fröhlichkeit.

Meine Mutter blinzelt in meine Richtung. »Rea – *Klo*?«

Ich verdrehe die Augen und schüttele den Kopf ... und muss mich kurz richtig konzentrieren, um meine staubtrockenen Augäpfel zurück in Position zu bringen.

Als die Glastüren auffahren und mir erneut der heiße Wüstenwind ins Gesicht bläst, will ich mich schon auf den Boden fallen lassen und losheulen, da stößt Mama ein nervöses Lachen aus. »Ist das *unser* Wagen?«

Beim Anblick des pinken Lamborghinis klappt mir die Kinnlade runter. Der Sportwagen steht vor einer Kolonne türkisfarbener Taxis, und zwar direkt im Halteverbot.

Papa nestelt unschlüssig an seiner Brille. »K-kann ich mir nicht vorstellen.«

Holografisch getönte Scheiben, goldene Felgen, das

Dach glänzt wie ein Schuppenpanzer – etwas derart Luxuriöses habe ich noch nie in meinem Leben gesehen.

»Heißt der Typ, der uns abholen soll, nicht *Abbas*?«, frage ich und deute auf das schwarze Tattoo, das an der Fahrertür klebt: der Buchstabe *A* in einem schnörkeligen Schriftzug.

»Stimmt«, entgegnet Papa rätselnd. »Ist es möglich …?«

Hinter uns fahren die Glastüren auf, und heraus eilen drei uniformierte Angestellte, die einen vergoldeten Gepäckwagen vor sich herschieben. Einkaufstüten mit den Logos sündhaft teurer Marken baumeln neben edlen Designertaschen, auf dem Abstellpodest thront ein Louis-Vuitton-Koffer im glamourösen Vintage-Style.

Dann erstrahlen die Scheinwerfer des Lamborghinis und eine junge Frau tritt aus dem Flughafengebäude. Sie trägt einen schwarzen Hijab und eine nachtblaue Abaya. Unter dem traditionellen Überkleid blitzen mörderisch hohe Lackpumps hervor, an ihren Fingern funkeln Klunker von schwindelerregender Größe.

Wie zwei bonbonfarbene Flügel fahren die Türen des Lamborghinis auf, und die Männer machen sich daran, sämtliche Tüten und Taschen in den Kofferraum zu laden.

»Nun, ich glaube nicht, dass das Abbas ist«, witzelt Papa und wendet sich diskret ab.

Aber ich kann nicht aufhören zu *starren*.

Die junge Frau setzt sich hinters Steuer, schließt die Türen und lässt das Fahrerfenster runter. Als sie den Motor startet, bebt der Boden unter meinen Füßen, und ein heißer Schauer durchpeitscht mich. Sie kontrolliert ihr Make-up im Rückspiegel, zupft mit den rot lackierten Fingernägeln an ihren Wimpern, tupft behutsam über den katzenhaften Eyeliner-Strich. Gleich darauf klemmt sie sich eine Zigarette zwischen die Lippen und holt ein silbernes Zippo hervor. Auf eine Weise, die wild, beinahe schon rüpelhaft erscheint, zündet sie sich die Zigarette an ... und als sie den Rauch langsam ausbläst, blickt sie mir plötzlich direkt in die Augen.

Erschrocken schaue ich weg.

Nur um einen Herzschlag später wieder hinzusehen.

Sie lächelt kühn, tough, herausfordernd. Schnippt Asche aus dem Fenster und setzt sich trotz der Dunkelheit eine dicke Sonnenbrille auf. Und obwohl ihre Augen jetzt von zwei vantaschwarzen Scheiben bedeckt werden, spüre ich, dass sie mich immer noch fixiert.

»Rea, kommst du? Unser Fahrer ist da! *Rea!!!*«, höre ich meine Eltern im Hintergrund rufen.

Ihr Lächeln verzieht sich zu einem frechen Grinsen, bei dem nur die rechte Seite ihrer Mundwinkel nach oben zeigt. Sie spielt mit dem Gaspedal, lässt den Motor mehrmals hintereinander donnern und röhren. Dann ruft einer der Männer etwas auf Arabisch und der Lamborghini antwortet mit einem löwengleichen Brüllen.

Wieder krähen meine Eltern: »Rea! Bist du im Stehen eingeschlafen? Komm endlich!«

Sie nickt mir zu, formt ihre Lippen zu einem stummen *Hi, Rea* – und kristallklares Adrenalin schießt durch meine Adern. Die brennende Kippe landet auf dem Bürgersteig, ehe sie den Blick nach vorne richtet. Die Kopfbewegung, die sie dabei macht, ist so determiniert und ungestüm, dass ich automatisch einen Schritt nach hinten mache.

Laute Musik ertönt – arabischer Rap mit schmetternd lauten Bässen und unwirschen Stimmen.

Jetzt treten auch die drei Flughafenangestellten zurück, sichtlich irritiert von der dominanten, raumeinnehmenden Präsenz der jungen Frau. Einer der Männer fühlt sich dadurch wohl provoziert, denn er rümpft die Nase und macht eine aggressive Handbewegung in ihre Richtung. Und auf genau diese Art von Reaktion scheint sie gewartet zu haben. Mit schamloser Lässigkeit schwingt sie den Arm aus dem Fenster, gibt Gas und zeigt uns beim Wegfahren sturmhupend den Mittelfinger.

5.
Der weiße Schatten

Wir stehen im Türrahmen und starren wie gebannt auf die exzentrische Kulisse aus Tausendundeiner Nacht: orientalische Stuckwände, kandisweiße Marmorböden, wuchtige Kronleuchter, königliche Perserteppiche, exorbitante Sitzgelegenheiten, pompöse Mahagoni-Regale, aufgeplusterte Stehleuchten und wallende Vorhänge. Die gesamte Einrichtung wirkt, als sei sie eben noch in Glasur getunkt und mit Zuckerstreuseln überzogen worden. Und wo kein Gold glänzt, da sind Schnörkel. *So. Viele. Schnörkel.* Purpurne Schnörkel, babyblaue Schnörkel, rubinrote Schnörkel, zitronengelbe Schnörkel, mintgrüne Schnörkel – jedes Kissen, jeder Bilderrahmen, jeder Lampenschirm, jede Truhe, jede Schale, jede Box, jeder noch so nebensächliche Aufbewahrungsapparat explodiert vor Farben und Mustern.

»K-könnte es sein, dass wir uns in der Adresse geirrt haben?«, frage ich in die dröhnende Schockstille hinein. Im Willkommensbrief hieß es, unsere neue Wohnung sei *kommod* und verfüge über eine *funktionale Grundeinrichtung*. Dass wir uns in einem voll möblierten 150-m^2-Luxusdomizil im Zentrum Dohas wiederfinden würden, damit hat keiner gerechnet.

»Auf dem Türschild steht jedenfalls *Augustin*«, murmelt

Papa und wischt sich über den schwitzenden Nasenrücken.

»Ist doch nett hier.«

Mama atmet röchelnd, was bedeutet, dass sie kurz vor einem Meltdown steht. »*Nett?*«, wiederholt sie zehn Oktaven zu hoch. »Wir sind doch keine *Sultane*! Wo sollen denn unsere ganzen Möbel hin, wenn sie ankommen?« Sie lässt ihr Gepäck an Ort und Stelle fallen und marschiert mit polternden Schritten durch das Wohnzimmer. »Das ist keine Dekorationswut mehr – hier ist ein Dekorations*choleriker* am Werk gewesen! In diesem Raum gibt es mehr Vasen als im gottverdammten Louvre!« Sie stürmt ins angrenzende Zimmer, stierartig schnaubend. »Unser Bett hat Stelzen, Constantin! *Goldstelzen!!!* Warum ziehen wir nicht gleich in ein venezianisches Freudenhau…« Das Geschimpfe wird von einem heiseren Aufschrei unterbrochen. »*Panther!!!* Lebensgroßer Porzellanpanther neben dem Kleiderschrank!!!« Sie erscheint wieder – inbrünstig fluchend – und stampft in den nächsten Raum. »Ha! Die Badewanne steht auf einem *Podest!* Wer denkt sich bloß so einen überspitzten Blödsinn aus?«

»Sie klingt schon etwas besänftigt, oder?«, wispert mein Vater.

»Ja, die Badewanne scheint ihr zu gefallen«, entgegne ich und streife die Schuhe ab.

»Oh mein Gott … die Küche!« Wir können hören, wie sie ein Jauchzen unterdrückt. »Constant*iii*n, du musst dir das ansehen! Wir haben jetzt eine HEISSLUFTFRITTEUSE!!!«

»Kommst du zurecht?« Zum ersten Mal höre ich einen Anflug von Müdigkeit in Papas Stimme.

»Logo«, antworte ich. »Und falls ich mein Zimmer nicht

finde, treffe ich unterwegs bestimmt irgendeinen Pharao, den ich nach dem Weg fragen kann.«

Papa gluckst leise. »Melde dich, wenn du hungrig wirst. Ich habe die leise Vermutung, dass der *funktionale* Kühlschrank mit allen erdenklichen Gourmet-Leckereien gefüllt ist.«

»Danke, aber ich will nur noch ins Bett.« Ich drücke ihm einen Kuss auf die Wange und trotte mitsamt Reisetasche los.

Plötzlich sagt er: »تصبحين على خير.«

Verwundert schaue ich ihn an.

»*Gute Nacht* auf Arabisch«, erklärt er lächelnd. »Aber eigentlich bedeutet es: *Mögest du zu guten Nachrichten erwachen.*«

»Klingt schön«, flüstere ich. Irgendwie trifft mich der Satz mitten ins Herz. Und dann spreche ich es aus: »Ich habe Angst.«

Papa nickt behutsam. »Wovor?«

Vor der Einsamkeit, dem Verlorengehen. Davor, nicht zu wissen, wer ich bin. Vor dem Gefühl, ungenügend zu sein. Vor dem namenlosen Unbekannten, das plötzlich omnipräsent ist. Vor Katar.

Ich zucke mit den Schultern. »Keine Ahnung.«

»Nun«, seine Augen bekommen diesen besonderen Ausdruck, der voller Verständnis ist, »ohne Angst gäbe es keine Abenteuer, keine Veränderungen. Wenn wir vor nichts mehr Angst hätten, könnten wir niemals über uns selbst hinauswachsen. Wer keine Angst kennt, der kennt auch keinen *Mut* – und wir brauchen Mut, um in die weite Welt zu ziehen und unsere Wahrheit zu finden. Lass sie also zu, deine Angst, und lerne über sie.« Er macht eine bedeutungsvolle Pause. »Eines Tages wirst du bereit sein, gegen sie anzutreten.«

Ich werde mit einer solchen Heftigkeit aus dem Schlaf gerissen, dass ich in eine Art Paralyse falle: Angsterfüllt reiße ich die Augen auf und bin unfähig, mich zu bewegen. Jeder Winkel der Dunkelheit ist von einem weltentrückten, durchdringenden Gesang erfüllt, der sich wie blaues Licht in meinem Bewusstsein ausbreitet. Gleich einem mächtigen Zauber sickert die Männerstimme durch die Schichten aus Traum und Wirklichkeit, während ich mit aller Kraft versuche, durch die Oberfläche zu brechen.

Dann kehren die Dimensionen an ihre Plätze zurück – und ich schrecke ruckartig auf. Die Welt flirrt, und es dauert einen Moment, bis die Gegenstände um mich herum wieder Gestalt annehmen. Ich lausche fieberhaft. Hinter dem Rasen meines Pulses erklingt es erneut: ein Rufen, so ergreifend und schwermütig, dass mir automatisch Tränen in die Augen treten. Erst als die letzte Zeile angestimmt und mehrmals hintereinander *Allahu Akbar* gesprochen wird, begreife ich endlich, womit ich es zu tun habe: der islamische Gebetsruf.

»Na großartig«, stöhne ich und versuche, die Gänsehaut, die sich auf meinen Armen gebildet hat, wegzureiben. *Allah hin oder her, niemand hat es verdient, zu dieser unmenschlichen Uhrzeit geweckt zu werden!*

Unschlüssig sehe ich mich um. Sogar im fahlen Grau des anbrechenden Morgens könnte man mein neues Zimmer mit Tutanchamuns Grabkammer verwechseln. Oder mit Marie Antoinettes Partykeller. Ich nehme mein Handy vom puppenhausartigen Nachttisch und öffne Instagram: *Mira mit irgendwelchen Mädchen, die ich noch nie gesehen habe, in einem Restaurant, das ich nicht kenne. Der kleine Glubschi, der seinen knapp 6000 Followern ein neu erschienenes Fantasy-Buch vorstellt.* Leo und Jaqueline. Ein dicker Kloß bildet sich in meinem Hals. Unglaublich, wie leicht es ihm gefallen ist, mich zu vergessen. Und noch unglaublicher, wie weh es tut. Eine Wunde, so tief und klaffend, dass ich mich nicht einmal traue, richtig hinzusehen. Ich zoome in ihr Gesicht, zoome in seines. Bei dem Gedanken, wie er auf mir liegt, wie er obszöne Worte in mein Ohr säuselt und keuchend zuckt, bekomme ich das Gefühl, in eisigen Schlamm hinabzusinken. Ich wollte so sehr, dass mein erstes Mal etwas Besonderes wird, doch für Leonardo Angelini war es ein Tag wie jeder andere: unwesentlich und austauschbar.

Um 7:30 Uhr ertrage ich das gedankenüberladene Stillhalten nicht mehr und winde mich aus der luftigen Sommerdecke. Als ich in die Küche trete, muss ich kurz die Augen zusammenkneifen. Auch in diesem vergleichsweise kleinen Areal ist das Konzept *Erschlagende Üppigkeit* minutiös umgesetzt worden.

»Guten Morgen, Rea.«

Vor Schreck springe ich in die Luft und ramme die ovale Kochinsel. Zwischen dem XXL-Kühlschrank, dem schwanenförmigen Toaster und dem mehrstöckigen Einbauofen habe ich meine Mutter überhaupt nicht gesehen.

Sie kichert leise. »Wehe, du zerstörst meine neue Heißluftfritteuse.«

»Musst du dich immer so anschleichen?«, zische ich und zupfe an meinem grünen T-Shirt – ein Werbegeschenk von irgendeiner Telefonfirma.

»Ich sitze doch nur am Tisch und esse mein Frühstück«, verteidigt sie sich und klappt den Laptop zu. »Schlecht geschlafen?«

»Pff, geschlafen habe ich, aber nur bis die arabische Freiluftoper losging«, brumme ich und stibitze ihre Kaffeetasse. »Wo ist Papa?«

»Schon in der Botschaft im Tornado Tower«, antwortet sie. »Er wollte sich vorbereiten, bevor es am Montag richtig losgeht.«

»Streber«, kommentiere ich und beiße in ihren Marmeladentoast.

»Übrigens werde ich am Nachmittag zur West Bay fahren und mich nach einem neuen Büro umschauen. Abbas holt mich um 16 Uhr ab. Begleite mich doch, wenn du Lust hast! Unterwegs können wir einen Abstecher zur Promenade machen.«

Ihre Begeisterung provoziert mich. Nur weil wir in Doha angekommen sind, bedeutet das noch lange nicht, dass ich mich mit dem Umzug abgefunden habe. »Mal sehen«, entgegne ich daher betont desinteressiert und stelle die Tasse mit einem lauten Scheppern in die Spüle. »Ich gehe ein bisschen spazieren.«

»Jetzt gleich?«, fragt Mama verdutzt.

»Nach einer kalten Dusche, ja.«

Sie klatscht sich auf die Oberschenkel. »Alles klar, ich ziehe mich um.«

»Nein«, sage ich bestimmt. »Ich brauche ein bisschen Zeit für mich.«

»Oh.« Mama blickt bedröppelt auf die Toastrinde, die ich übrig gelassen habe.

»Keine Sorge, ich schlendere nur ein wenig durchs Viertel. Erkunde die Umgebung, halte Ausschau nach ein paar schönen Cafés. Ich bin in ein bis zwei Stunden wieder zu Hause.« Als Mama nichts erwidert, lache ich laut auf und frage:» *Was*? Hast du Angst, dass ich von einem Kamel zertrampelt werde?«

Meine Mutter knetet sich seufzend die Schläfe. »Meinetwegen, mach deinen Spaziergang. Aber vergiss nicht, dass es schon am Vormittag sehr, sehr heiß werden kann! Und du kennst dich überhaupt nicht aus.«

»Sonnencreme und Google Maps – jawohl!«, antworte ich in einem militärischen Tonfall.

Wie so oft im Leben verdrehen wir die Augen, und zwar in vollendeter Gleichzeitigkeit.

»Kann ich mir Klamotten von dir ausleihen?«, frage ich grimmig.

Sie macht sich an der raumschiffartigen Kaffeemaschine zu schaffen und nickt. »Bedien dich.«

Im Schlafzimmer meiner Eltern entweicht mir ein verblüfftes Fiepen.

»Ich weiß«, kommentiert Mama, die mir gefolgt ist und nun auf den lebensgroßen Porzellanpanther zeigt. »Wir haben ihn *Hartmut* getauft.«

»Das ist doch alles komplett verrückt!«

»Glaub mir, in Doha gibt es Villen, deren Pissoirs extravaganter sind als diese Wohnung.«

Kopfschüttelnd beginne ich, den großen Wandschrank zu durchforsten. Erwartungsgemäß ist ihre Kleidung bereits perfekt nach Farben und Stilrichtungen sortiert –

typisch Mama eben. »Hast du etwas, das *nicht* nach Spießer-CEO aussieht?«

»Ja, eine braune Kackwurst zum Beispiel«, antwortet sie prompt und zieht die rechte Augenbraue hoch. Sie spricht natürlich vom Jabba-the-Hutt-Kostüm, mein einziges Besitztum.

Touché.

»Gut, ich nehme das hier.« Ich fische ein dunkelgraues Trägerkleid aus dem Schrank und halte es an meinen Körper.

»Dann musst du unbedingt ein Tuch mitnehmen, mit dem du deine Schultern bedecken kannst.«

»Du meinst, ich soll mich *verschleiern*.«

Mama runzelt die Stirn. »Nein, ich möchte, dass du dich vor der Sonne schützt. Für heute hat man über vierzig Grad angesagt.«

»Okay, ich werde daran denken«, murre ich und schlurfe in Richtung Bad.

»Weißt du, Rea, solange du auf meine Unterhosen angewiesen bist, könntest du ruhig ein bisschen netter zu mir sein!«, ruft meine Mutter durch den Flur. »Sonst darfst du nämlich demnächst in Papas Superhelden-Boxershorts rumlaufen!«

⌣

Die Nachbarschaft, in der wir wohnen, trägt den Namen *Msheireb*, was laut Abbas *Ein Ort, an dem man Wasser trinken kann* bedeutet. Auf unserer nächtlichen Fahrt vom Flughafen nach Hause hat uns der freundliche Chauffeur erzählt, dass Msheireb erst vor ein paar Jahren errichtet wurde und zu den nachhaltigsten und innovativsten

Stadtgebieten der Welt gehört. Für seine Erbauung wurden ausschließlich umweltfreundliche Materialien verwendet, darüber hinaus verfügt jedes Gebäude über eigene Solaranlagen, die Strom und Wärme erzeugen.

Als ich unsere Wohnung um kurz nach neun verlasse und Msheireb zum ersten Mal im Tageslicht sehe, halte ich überrascht inne. Vor mir erstreckt sich eine Landschaft von surrealer Harmonie und strikter geometrischer Ordnung. Strahlend weiße Gebäude mit avantgardistischen Gestaltungen, asketischen Säulenreihen und orientalischen Fensterformen erwecken den Eindruck, das hochmoderne Virtuosität auf altehrwürdige Erhabenheit trifft. Sowohl der stufige Aufbau als auch die satten Schattenflächen verleihen der Umgebung eine besondere, beinahe pulsierende Textur.

Staunend laufe ich die breite Fußgängerpassage entlang, die von geräumigen Cafés, Restaurants und Boutiquen gesäumt ist. Künstlich angelegte Grünoasen bestechen mit exotischen Pflanzen und pittoresken Bäumen. Helles Vogelgezwitscher durchwirkt die Luft, und die Akustik zwischen den Häuserwänden ist so kristallklar, das man sogar die zarten Noten hören kann. Über den hohen Dachsegeln wandert die Sonne bereits in Richtung Zenit, hier unten jedoch weht eine angenehme Brise, die nach Meer und Sommerregen duftet.

Trotz der unleugbaren Schönheit dieses Ortes beschleicht mich ein mulmiges Gefühl. Ich bin bereits seit einer halben Stunde unterwegs, doch in der gesamten Zeit ist mir kein einziger Passant begegnet. Die Lokalitäten haben geschlossen, auch die kleine Straßenbahn, die den Fußgängerweg erschließt, ist menschenleer.

Komisch, heute ist doch Freitag, ein ganz normaler Wochentag ...

Ich komme an einem futuristisch anmutenden Platz vorbei, der mit so vielen Brunnen besprenkelt ist, dass das einfallende Licht türkis flimmert. Pummelige Straßenkatzen dösen zwischen abstrakten Kunstinstallationen vor sich hin, doch die weitläufigen Restaurantterrassen sind allesamt verwaist.

An der Hauptstraße verdichtet sich das Mysterium: Auf der mehrspurigen Fahrbahn ist weit und breit kein Auto in Sicht. Ungläubig schirme ich meine Augen vor der Sonne ab und blinzle in das einsame Glitzern des Asphalts. *Was ist hier los?*

In diesem Moment kommt sie angerollt, eine Hitze, biegsam, schwer und fleischig wie ein lebendiger Körper. Ächzend greife ich in meine Tasche und stelle fest, dass ich sowohl die Wasserflasche als auch Mamas Tuch zu Hause liegen gelassen habe. *Mist.*

Ich will schon kehrtmachen, da erregt ein Richtungsschild meine Aufmerksamkeit: *Souq Waqif Traditional Market.* Unschlüssig fächere ich mir mit der Hand Luft zu. Bestimmt kann man dort Getränke kaufen. Außerdem klingt *Markt* nach *Menschen* – und deren Anwesenheit vermisse ich auf einmal am allermeisten.

Zehn Minuten später – mittlerweile läuft mir der Schweiß in Strömen über den Rücken – wird das grelle Sonnenlicht von einem geheimnisvollen, honigfarbenen Gegenschein gedimmt. Ich lasse die letzten Betongebäude hinter mir und durchquere einen palastartigen Rundbogen aus blütenweißem Stein. Die Andersartigkeit der Welt, in der ich mich sogleich wiederfinde, ist so abrupt, dass mir die Kinnlade runterklappt: Ich stehe vor einem Labyrinth aus verwinkelten Gassen, malerischen Lehmhäusern und märchenhaft-orientalischen Bauten. Wo man nur hinsieht, strahlen verschlungene Ornamente, kaligrafische Inschriften und florale Arabesken um die Wette. Die Scheiben der spitz zulaufenden Bogenfenster sind eingefärbt und erzeugen bunte Auren, die über die schmalen Pflasterwege wabern. Aus Wandnischen ragen lange naturbelassene Hölzer, auf denen Turteltauben und kreisrund aufgeplusterte Spatzen sitzen. Jenseits der Dächer erhebt sich ein majestätischer, spiralförmiger Turm aus gelbem Sandstein. Seine Spitze mündet in einen runden Säulenbau, auf dessen Kuppel ein goldener Halbmond thront.

Mit offenem Mund gehe ich an geschmückten Restaurants, Shisha-Bars und Delikatessenläden vorbei. In großen Volieren flattern flammenrote Kanarienvögel umher, Dattelpalmen werfen gestreifte Schatten über die hellen Fassaden. Der betörende Duft von Weihrauch, Nelken und Vanille weht herbei und hinterlässt einen Abdruck von schmerzlich-süßer Sehnsucht.

Noch eine ganze Weile lang schwelge ich in der Magie dieses unwirklichen Ortes, bis mir erneut klar wird, dass die Straßen wie ausgestorben sind. Das Tor, das in den überdachten Basar-Bereich führt, ist versperrt, selbst die Souvenirläden sind verlassen. Ratlos schaue ich mich um ... da huscht plötzlich ein weißer Schatten an mir vorbei.

Ich zucke so heftig zusammen, dass mir die Tasche von der Schulter rutscht. »Verdammt!«, fluche ich und bücke mich nach meinem roten Kirsch-Labello, der klappernd über den Boden rollt.

Doch der weiße Schatten kommt mir zuvor.

Erstaunt blicke ich zu einem Saluki-Windhund auf, der jetzt direkt vor mir steht und mich auf eine Art und Weise mustert, die nicht herzzerreißender, nicht leidvoller, nicht trauriger sein könnte. Seine großen Knopfaugen sind randvoll mit Tränen, die lange Stiftschnauze zittert.

»Wer bist du denn?«, frage ich sanft.

Er schnieft bekümmert und stellt die flauschigen Ohren nach hinten. Das Weiß seines Fellmantels ist makellos, lediglich zwei feine Linien, die Lider und Nase miteinander verbinden, sind dunkel und verleihen ihm etwas Gepardenhaftes.

Behutsam strecke ich die Hand nach ihm aus. »Hast du dich verlaufen?«

Der Windhund legt den Kopf schief und winselt kläglich.

»Keine Sorge, ich helfe dir. Aber zuerst musst du mir meinen Lippenstift zurückgeben.«

Der Kirsch-Labello blitzt verräterisch zwischen seinen Zähnen hervor.

»Na los, spuck schon aus.«

Ein lautes Jaulen ertönt, qualvoll und markerschütternd.

»Ganz ruhig, ich tue dir ja nichts!«, raune ich besänftigend.

Doch der seltsame Hund mit der überlangen Schnauze kommt erst so richtig in Fahrt: Melodramatisch heulend tippelt er auf seinen filigranen Pfoten hin und her, während das Plastik meines Lippenstifts geräuschvoll knackt. Mit der Intensität hundert gebrochener Herzen performt er einen Tanz, der jede Primaballerina vor Neid erblassen lassen würde.

»Meinetwegen«, haspele ich. »Behalte ihn eben!«

Das Tier hält inne und fängt an, triumphierend mit dem Schwanz zu wedeln.

Ich runzle die Stirn. »Ich muss sagen, das war eine solide schauspielerische Leistung.«

Als hätte ich gerade jeden einzelnen seiner wölfischen Vorfahren beleidigt, reckt er die lange Stilnase in die Luft und stolziert in einem ulkigen Dressurschritt davon.

Mittlerweile bin ich so durstig, dass mir immer wieder schwindlig wird. Ich hole mein Handy heraus und tippe: *Warum hat alles zu in Katar?* Der Akku erhitzt sich fühlbar in meinen Händen. *Achtung: Freitag ist Sonntag in Katar*, erscheint es fett gedruckt auf dem Display, *Geschäfte, Restaurants und Freizeiteinrichtungen öffnen erst nach dem Mittagsgebet oder am frühen Abend.* Ich stöhne verzweifelt und schreibe: *Um wie viel Uhr findet das Mittagsgebet statt?*

Doch noch bevor Google darauf antworten kann, geht ein seltsames Knistern durch die Luft. In meiner Nackengrube kribbelt es. Dann passiert alles gleichzeitig: Stimmen durchbrechen die Stille, Türen werden aufgerissen, Motoren starten. Schritte nähern sich, erst fern hallend, dann schwärmend wie Bienen. Ehe ich mich's versehe, strömen von überall Leute herbei; Männer in weißen Gewändern und Frauen in schwarzen Abayas. Aus allen Richtungen: Menschen, Menschen und noch mehr Menschen – laut, geballt und hastend. Sie alle steuern zielstrebig auf den gelben Turm zu, dessen Konturen in der Hitze zu zerschmelzen scheinen.

Nervös nestele ich an meinen Haaren, reibe über meine nackten Arme. Zwischen all den verschleierten Frauen kommt mir meine äußere Erscheinung auf einmal provokant und unangemessen vor. Obwohl mich niemand direkt anschaut, spüre ich die Schärfe, mit welcher ich wahrgenommen werde: meine blanken Schultern, meine ungezähmten Locken, der BH, der sich deutlich unter meiner Kleidung abzeichnet. Es ist diese demonstrative Vehemenz, mit welcher ich übersehen werde, die mir das Gefühl gibt, dass meine Anwesenheit unerwünscht ist.

Als ich mit einer Frau zusammenstoße, bei der lediglich die Augen durch einen schmalen Schlitz sichtbar sind, überwältigt mich der Drang zur Flucht. Keuchend und völlig unkoordiniert, bahne ich mir meinen Weg durch die schiebende Enge. Eine Mädchengruppe lacht keckernd, Männer weichen mir blitzartig aus.

Und plötzlich beginnt der Turm zu singen – *nein, plötzlich singt die ganze Stadt!* Nach allen Richtungen hin breitet sich der Gebetsruf aus und vermengt sich am Himmel mit seinen eigenen Echos. Mir wird schwindlig, dieses Mal jedoch nicht vor Durst, sondern weil ich der Reizüberflutung kaum standhalten kann. Ich biege in eine leere Seitengasse ein und versuche, die Kontrolle über meine Atmung zurückzugewinnen. Ohne Erfolg. Die bunten Fenstergläser verschwimmen zu Klecksen, die Beklemmung in meiner Brust verwandelt sich in Panik. Ich schaffe noch ein paar Schritte, dann gerate ich ins Wanken.

Als ich gegen die Häuserwand sinke, dreht sich alles, und ich habe das Gefühl, dass der Boden vor meinen Füßen steil abfällt. Wie ein wilder Drache atmet mir die Hitze ins Gesicht, setzt meinen ganzen Körper in Brand. *Lass die Augen offen. Bleib bei Bewusstsein. Little ghost, little ghost, wach auf!* Schon überzieht ein pechschwarzes Netz meine Sicht … und mit dem letzten Ruf zum Gebet löst sich die Welt in Rauch auf.

6.
Little Ghost

»*Little Ghost, little ghost, wake up!*«
Eine Zunge schleckt eifrig über meinen Mund. *Mmmh, heiße Küsse mit Kirschgeschmack.* Ich spitze die Lippen und höre, wie jemand leise vor sich hin gluckst.

Erneut ertönt eine Stimme, dunkel wie Mitternachtsregen: »Du musst jetzt aufwachen, kleines Gespenst.«

Ich rümpfe die Nase, weil ich keine Kirschen mehr schmecke, sondern *Hund* – vollmundigen, aromatischen, nassen Hund.

In einem großen Kraftakt hebe ich die Wimpern.

»Salam Aleikum.«

»Salami – *was*?«, lalle ich benommen und finde mich in Gesellschaft eines zutiefst skeptisch dreinschauenden Jungen wieder. Er ist so nah, dass sich unsere Nasenspitzen beinahe berühren. Ein holziger Duft schwebt zu mir auf, es ist jedoch sein Gesicht, das meine ganze Aufmerksamkeit in Anspruch nimmt: nougatbraune Augen mit grünen Sprenkeln, bronzefarbene Haut, weiche Schatten unter hohen Wangenknochen, ein kleiner Kupferfleck im rechten Schwung der Oberlippe. Dann fällt mein Blick in das Dunkel seiner Pupillen, und kurz habe ich das Gefühl, in einen wirbelnden Sog hineingezogen zu werden.

In der nächsten Sekunde weicht er zurück und verschränkt

räuspernd die Arme. »Wieso starrst du so? Bist du schon wieder ohnmächtig geworden?«

»Äh ...«

Er runzelt die Stirn. »Verstehst du kein Englisch?«

»D-doch«, stottere ich. Mir fällt auf, dass sein Kopf von einem schwarz-weiß gemusterten Tuch umwickelt ist, und milde Panik keimt in mir auf. »H-hast du mich gerade geküsst?«

»Du möchtest wissen, ob *ich* derjenige war, der dich am ganzen Gesicht abgeschleckt hat?« Ein schelmisches Grinsen umspielt seine Lippen. »Nein, ich bin ein *guter* Küsser.«

Ich blinzle verblüfft.

»Die speichelnden Zärtlichkeiten kamen von meinem guten Freund Rami.« Er deutet hinter sich. »*Er* hat dich wach geküsst.«

Ich erblicke den Windhund von vorhin, der mich mit überschlagenen Vorderbeinen akademisch begutachtet. Als ich bemerke, dass seine Schnauze kirschrot gefärbt ist, zucken meine Mundwinkel nach oben. »Du warst das also.«

»Ah, deshalb wirktet ihr so vertraut miteinander.« Er zwinkert verschlagen. »Ihr kennt euch bereits.«

»Ja, ich kenne den Dieb.«

»Mein Rami, ein *Dieb*? Niemals!« Er geht zum Hund und tätschelt seine knochige Stirn. »Ich habe ihm beigebracht, immer höflich zu fragen, wenn er etwas haben will.«

»Von wegen«, brumme ich und möchte aufstehen, doch der Junge unterbindet mein Vorhaben mit einer einzigen Handbewegung.

»Du musst Flüssigkeit zu dir nehmen, sonst fällst du

gleich wieder um!« Er holt eine Wasserflasche aus seiner Umhängetasche und reicht sie mir. »Dein Gesicht ist schon so bleich wie dein Haar.«

»Blond«, korrigiere ich ihn.

»*Farblos*, wie ein Gespenst«, schließt er und reckt das Kinn empor.

Ich nehme den Jungen genauer unter die Lupe: Auch er trägt das weiße, knöchellange Gewand, das einem gestärkten Anzughemd ähnelt. Unter dem Saum lugt der Schlag einer hellen Stoffhose hervor, seine Füße stecken in schwarzen Ledersandalen. Im Gegensatz zu den anderen Männern ist sein Kopftuch nicht mit einer Kordel fixiert, sondern fällt ihm lässig über die Schultern. Er sieht ziemlich cool aus, auch wenn mich sein Outfit gänzlich verwirrt.

»Du kannst mich und meine Dischdascha noch in aller Ruhe bewundern, aber jetzt *trink* endlich, bevor du verdurstest!«

Er muss meine Perplexität bemerken, denn er errötet leicht und krächzt mit empörter Stimme: »Ich spreche von meiner Kleidung! *Dischdascha*, so nennt man unsere Landestracht.«

Peinlich berührt führe ich die Flasche an meinen Mund und lasse das kühle Nass durch meine Kehle rinnen. *Himmel, war ich durstig!*

»Langsam, sonst verschluckst du dich!«, bemerkt er schroff und bedenkt mich mit einem Kopfschütteln.

»Die Geschäfte haben alle geschlossen«, keuche ich, mein ganzer Körper bebt vor Erleichterung. »Ich hatte keine Ahnung, dass bei euch freitags Sonntag ist.«

»Wieso habe ich den Eindruck, dass du von ziemlich wenig eine Ahnung hast?!« Er wendet sich von mir ab und elaboriert in einem tadelnden Tonfall: »In dieser Hitze irrt man nicht durch die Straßen. Das kann gefährlich werden. Und dann läufst du auch noch in diesem albernen Nachthemd herum.«

»Ich kenne mich eben noch nicht so gut aus!«, wende ich ein und streiche über meine schweißnasse Stirn.

»August ist der erdenklich schlechteste Zeitpunkt für einen Urlaub in der Wüste. Ich nehme an, du hast keinen einzigen Reiseführer gelesen?«

»Ich wohne hier.«

Er dreht sich überrascht zu mir um. »Tatsächlich?«

»Leider ja. Wir sind gerade aus Deutschland hierhergezogen«, knurre ich. »Wobei ich immer noch hoffe, dass das alles bloß ein schrecklicher Albtraum ist, aus dem ich bald wieder erwachen werde.«

»Na dann, herzlich willkommen in Doha.« Er lächelt sarkastisch. »Wir lieben Westler, besonders diejenigen, die so *charmant* sind wie du.«

Mit einem bösen Augenfunkeln gebe ich ihm die leere Wasserflasche zurück. »*Danke*. Kann ich dir Geld dafür geben?«

»Beleidige mich nicht!« Der Junge nimmt sich einen Moment Zeit, um tief durchzuatmen. »Außerdem hat Rami deinen Lippenstift gefressen. Wir sind quitt.«

Der Windhund wufft bekräftigend.

»Kannst du aufstehen?«

»Ich denke schon«, erwidere ich und rücke etwas von der Häuserwand weg.

Erneut dreht er mir den Rücken zu und schimpft leise vor sich hin: »Ich wette, du hast noch nicht einmal Sonnencreme aufgetragen, und das bei vierzig Grad im Schatten!«

Irgendwie kränkt es mich, dass er überhaupt keine Anstalten macht, mir zu helfen. Gleichzeitig fürchte ich mich davor, dass er mich alleine lässt. Überhaupt habe ich Angst; Angst vor der Angst, die mir heute regelrecht den Boden unter den Füßen weggerissen hat.

Als ich endlich aufrecht stehe, fühlen sich meine Knie butterweich an. Ein unangenehmes Brennen klettert meinen Hals hinauf, meine Zähne klappern vor Anspannung. Hilflos greife ich in die Luft. Zum zweiten Mal an diesem Tag verliert der Untergrund seine Festigkeit und wölbt sich gefährlich auf. *Gleich werde ich fallen ...*

Seine Arme umschließen mich – und mit einem heiseren Aufschluchzen presse ich meinen Körper gegen seinen. Trotz der Nähe, die sich mit überwältigender Wucht zwischen uns manifestiert, weicht er nicht zurück, sondern erlaubt mir, tief in seine Brust zu sinken. Heftig atmend kralle ich mich an seiner Kleidung fest, drücke mein Gesicht in die Biegung seines Halses. Gebe mich ganz dieser schützenden Berührung hin, seiner Stärke, die mich wie ein magischer Schild umhüllt. *Unter keinen Umständen hätte dieser Moment anders verlaufen können* – das ist die Art, mit der er mich festhält, und als er seine Wange an meinen Kopf schmiegt, fühle ich mich zum ersten Mal seit Langem *sicher*.

Doch das Glück währt nicht lange: Er umgreift meine Schultern und schiebt mich unsanft von sich weg. »Man darf uns so nicht sehen!«

»'t-tschuldigung«, stammele ich konfus.

Nachdem er sich vergewissert hat, dass wir keine Zuschauer haben, fragt er mit undurchsichtiger Miene: »Geht es wieder?«

Ich nicke.

»Gibt es jemanden, den du anrufen könntest?«

»*Anrufen*?«, wiederhole ich stutzig.

»Um dich abzuholen. Eltern zum Beispiel.« Er verengt die Augen. »Oder einen Freund.«

»Ja«, krächze ich und fingere mein Handy aus der Tasche.

»Gut. Sag ihm, dass er am Haupteingang des Souqs auf dich warten soll. Ich bringe dich jetzt dorthin.«

Mit einem Mal schäme ich mich für das, was gerade geschehen ist. Ihn so hingebungsvoll zu umarmen – *was habe ich mir bloß dabei gedacht?* »Danke, aber das ist nicht nötig«, sage ich deshalb schnell.

»Doch, ist es«, widerspricht er.

»Tut mir leid, falls ich dir gerade zu nahe getreten bin.« Verlegen klopfe ich an meine Schläfe. »Ich glaube, ich habe mir einen echt fiesen Sonnenstich geholt.«

Er nickt gewissenhaft, doch sein Tonfall trieft vor Zweideutigkeit: »Dann sorgen wir besser dafür, dass es nicht schlimmer wird. Nicht, dass wir uns am Ende *noch* näher kommen.«

Ich bringe keinen Gegenschlag zustande, denn schon beginnt er, sein Kopftuch aufzuwickeln. Dunkelbraunes Haar fällt ihm in die Stirn, wild gewellt und verwegen. An den Seiten ist es etwas kürzer, jedoch nicht minder ungezähmt. Irgendwie erinnert er mich an einen wettererprobten Surfer, wäre da nicht diese ungewöhnliche Zartheit, die seinem Ausdruck innewohnt.

»Hier«, sagt er und hält mir das Tuch hin, »das wird dich vor der Sonne schützen. Und mich vor *dir*.«

Es mag am dunklen Teint liegen, doch auf seiner Haut

lässt sich keine einzige Bartstoppel erkennen. *Wie alt er wohl ist? Mit Sicherheit ein paar Jahre älter als ich. Oder doch nicht?*

»Du musst echt aufhören, mich so anzustarren, kleines Gespenst, sonst verliebe ich mich noch in dich.« Seine Worte züngeln wie Blitze durch mein Inneres und ich laufe knallrot an.

Er seufzt theatralisch. »Na gut, ich helfe dir.« Während ich wie angewurzelt dastehe, wickelt er das Tuch um meinen Kopf. Seine Bewegungen sind ohne jede Hast, die Art, wie er mich ansieht, kühn und forschend. Eine dunkle Sehnsucht schwebt in mir auf und für einen kurzen Moment wird die Welt um uns herum rauchig und schwer wie Sirup …

»Weißt du noch, wie man *telefoniert*, oder musst du erst wieder das Sprechen lernen?«, fragt er in die hypnotische Stille hinein – die Belustigung in seiner Stimme trifft mich mit der Härte einer Abrissbirne.

»Sehr witzig!«, fauche ich und drehe mich entschlossen von ihm weg.

Nachdem ich den Anruf getätigt habe, gehen wir schweigend nebeneinander her. Rami flitzt pfeilschnell von Straßenecke zu Straßenecke und erschnuppert die Neuigkeiten. Manchmal verschwindet er für ein paar Minuten, nur um an den unerwartetsten Orten wieder aufzutauchen. Die Sonne knallt erbarmungslos vom Himmel und die Luft über dem Boden flimmert, unter dem Tuch hingegen fühlt sich meine Haut angenehm kühl an.

Ich schiele zum Jungen: Schweißperlen laufen über seine Schläfen, die wilden Locken kleben an seiner Haut.

Mich überrollt das schlechte Gewissen, und weil ich keine Ahnung habe, wie ich ein Gespräch anfangen soll, murmele ich kleinlaut: »Die Straßen sind so leer.«

»Weil die Menschen in den Moscheen sind und beten.«

»Du bist nicht religiös?«

»Doch«, gibt er locker zurück, »aber wie du sicherlich mitbekommen hast, wurde ich aufgehalten.«

»Hast du eigentlich einen Namen?«

Er schaut mich verwirrt von der Seite an.

»Sorry, die Frage war komisch formuliert. *Natürlich* hast du einen Namen«, haspele ich, und mein Herz flattert wie ein Kolibri. »Ich meine: *Wie heißt du?*«

Er denkt kurz nach, bevor er antwortet: »Shabah.«

»*Schabaa?*« Die kehligen Laute, die er unter den Buchstaben *h* mengt, kann ich nicht nachahmen. »Und weiter?«

»Wie *weiter?*« Er legt seine Stirn in Falten. »Wird das ein Verhör?«

»Ich heiße Rea. Rea Augustin«, verkünde ich und klinge dabei wie eine übermotivierte Bankangestellte.

»Okay.« Er bleibt stehen. »Hier trennen sich unsere Wege.«

Zerknirscht fixiere ich meine Fußspitzen. »D-danke für deine Hilfe.«

»Keine Ursache.« Er gluckst leise. »Ist das da drüben etwa dein Freund?«

Ich blicke auf und entdecke Abbas, der mir aus seinem weißen SUV überschwänglich zuwinkt. Sein grauer Oberlippenbart ist heute noch gezwirbelter als gestern Abend, und die drei silbernen Haarsträhnen, die er mit Haarlack (oder Alleskleber?) über seine Glatze drapiert hat, glänzen wie Aluminiumfolie.

»Das ist unser Chauffeur«, antworte ich und winke zurück.

»Euer *Chauffeur*.« Er pfeift durch die Zähne, doch ich bemerke den Sarkasmus in seiner Stimme. »Nicht schlecht, kleines Gespenst.« Betreten knie ich mich zum Windhund, der wie ein ulkiges Fabelwesen neben seinem Herrchen sitzt und lautstark hechelt. »Tschüss, Rami.« Als ich ihn streichle, stößt er ein emotionales Wuffen aus und legt den zerkauten, speichelnassen Lippenstift-Deckel in meine Hand. »Oh ... *danke*.« Und weil die Art, mit der er mich ansieht, jegliche Mittelmäßigkeit unterbindet, vollführe ich einen kleinen Knicks.

»Ich sage doch, er hat exzellente Manieren«, bemerkt der Junge amüsiert.

»Dein Tuch.« Ich hebe meine Arme, doch er bremst mich, indem er seine Hände auf meine legt. Ganz kurz nur, und trotzdem so elektrisierend.

»Behalte es.« Er lächelt. »Und vergiss mich nicht, ja?«

»Sehen wir uns wieder?« In meiner Magengrube entzündet sich eine Stichflamme. *Was tust du da, Rea? Bist du von allen guten Geistern verlassen?* »I-ich meine, ich kenne hier niemanden. Vielleicht könnten wir eine Tasse Kaffee essen oder ... äh ... ein Bier spazieren. Also, *trinkend* spazieren. Ein *Bier* trinkend spazieren.«

»Alkohol ist in Katar verboten. Du wirst verhaftet, wenn du auf der Straße Bier trinkst.« Er wirkt aufrichtig besorgt. »Wenn du im Gefängnis sitzt, können Rami und ich dir nicht mehr aus der Patsche helfen.«

Ich nicke mechanisch. »W-was ist mit Kaffee?«

Lange sieht er mich einfach nur an.

Dann, nachdem ich hundert Tode gestorben bin, schüttelt er den Kopf und sagt mit dumpfer, schmerzdurchwirkter Stimme: »Lebe wohl, kleines Gespenst.«

»Alles in Ordnung?«, erkundigt sich Abbas und wirft mir einen besorgten Blick durch den Rückspiegel zu. Mit der grün getönten Sonnenbrille, dem dottergelben Leinenanzug und dem burgunderroten Seidenschal erinnert er mich ein wenig an einen exzentrischen Archäologen. Seine quirlige, gesprächige Art und die kuriose Bartfrisur runden den Look perfekt ab.

Ich nicke und murmele stockend: »T-tut mir leid, falls ich Ihren Tag mit meinem Anruf ganz durcheinandergebracht habe.«

»Nichts muss dir leidtun, Frau Rea. Du kannst mich jederzeit anrufen«, erwidert er – dann schalten die Ampeln auf Grün und er beginnt zu hupen.

Mittlerweile hat sich die Hauptstraße in ein Schlachtfeld verwandelt, auf dem wuchtige SUVs mit noch massiveren Pick-up-Trucks um die Vorfahrt kämpfen. Anscheinend sind Verkehrsregeln in Doha nicht existent, denn absolut niemand setzt hier den Blinker, beachtet Straßenschilder oder nimmt auch nur ansatzweise Rücksicht auf andere Verkehrsteilnehmer. Stattdessen wird hupend geschimpft, und zwar mit so viel Leidenschaft und Verve, dass ich mich unweigerlich frage, ob Verkehrsaggression in Katar zum Vergnügen betrieben wird.

Nachdem Abbas den Siebensitzer in die unmöglichste Lücke gequetscht und alle umliegenden Autos ausgiebig verdammt hat, bohrt er mit seelenruhiger Stimme nach:

»Bist du sicher, dass es dir gut geht, Frau Rea? Sollen wir dir unterwegs etwas zu essen kaufen?«

»Nein, alles bestens. Mir ist vorhin nur schrecklich heiß geworden, und obendrein habe ich nicht mehr gewusst, wie ich nach Hause komme«, haspele ich und versuche mich an einem überzeugenden Lächeln.

Der alte Mann gibt ein nachdenkliches Grummeln von sich. Die Frage, weshalb ich *ihn* und nicht meine Mutter angerufen habe, ist der große Elefant auf dem Beifahrersitz. Und wüsste ich *wie*, würde ich ihm erklären, dass ich es nicht aus verletztem Stolz getan habe, sondern aus Beschämung, denn dass mich jetzt sogar ein *Spaziergang* umhaut, ist wirklich ein neues Level von Low.

»Hilft es dir, wenn ich deinen Eltern nichts erzähle?«, fragt er – dabei schweift er auf die entgegengesetzte Fahrbahn aus und überholt eine Limousine und zwei Laster.

»Ja, sehr«, entgegne ich überrascht.

Er lässt das Lenkrad los und greift in das Handschuhfach. Dann, obwohl er das Gaspedal noch immer gedrückt hält, dreht er sich zu mir um und reicht mir eine Wasserflasche: »Es ist jetzt wichtig, dass du viel trinkst, Frau Rea, sonst bekommst du heute Abend schlimme Kopfschmerzen.«

»D-danke. *ACHTUNG!!!*«

Offensichtlich hat Abbas übersinnliche Fähigkeiten, denn als die Ampel auf Rot springt, vollführt er eine perfekte Bremsung, und das ganz ohne einen Blick auf die Straße zu werfen. Während ich leicht verstört trinke, nutzt er die Zeit, um die rote Ampel lauthals und mit wild fuchtelnden Armen zu beschimpfen.

»Hat der Junge dir die Kufiya geschenkt?«, fragt er

schließlich und fährt sich mit der rechten Hand über die Glatze, als würde er eine dichte Haarpracht bändigen.

»*Kufiya?*«, wiederhole ich.

»Das Tuch. Übrigens nicht zu verwechseln mit der *Ghutra*, dem weißen Kopfschmuck der *katarischen* Männer.«

Hastig wickle ich das schwarz-weiße Tuch ab und lege es auf meinen Schoß. »Äh, ja.«

»Dann vermute ich, dass er nicht von hier ist«, schlussfolgert Abbas und räuspert sich bedeutungsvoll.

»Sind *Sie* denn von hier?«, frage ich, um das Thema zu wechseln. Das Letzte, was ich will, ist über den Jungen zu reden, der mir gerade den Korb meines Lebens verpasst hat.

»Nein«, antwortet der Fahrer, und seine Stimme wird hell und schwärmerisch. »Ich komme aus dem Irak. Meine Frau und meine beiden Töchter leben in Bagdad.«

»Das ist ja furchtbar!«, entfährt es mir.

»Ganz im Gegenteil, Frau Rea.« Abbas sieht kurz zurück und schenkt mir ein strahlendes Lächeln. »Bagdad ist eine pulsierende Stadt direkt am Tigris-Fluss mit bunten Märkten und strahlenden Palästen. Es gibt eine Straße, die ganz nur den Büchern und Poeten gewidmet ist. Wir haben wunderschöne Moscheen und Museen, die Artefakte der frühesten Zivilisationen beheimaten. Wusstest du, dass Bagdad einst die größte Stadt der Welt war?«

»N-nein«, antworte ich.

»Und dann erst das Essen! *Hmmm.*« Er seufzt sehnsuchtsvoll. »Nur Arbeit gibt es in Bagdad leider keine für mich. Die Menschen können sich Anwälte schon lange nicht mehr leisten.«

Meine Augen weiten sich. »Sie sind Anwalt?«

Abbas nickt. »Fachanwalt für Strafrecht.«

»Deshalb sprechen Sie so gutes Englisch!«

»Die meisten Iraker sprechen Englisch.« Abbas zwinkert mir durch den Rückspiegel zu. »Viele sprechen sogar Deutsch.«

Es ist peinlich, wie wenig ich weiß und wie groß meine Vorurteile sind. »Besuchen Sie Ihre Familie regelmäßig?«, frage ich, um mich wieder auf sicheres Terrain zu begeben.

»Leider nur zwei- bis dreimal im Jahr. Aber dafür können meine Töchter ein gutes Leben führen. Sie sind übrigens so alt wie du.« Wieder räuspert er sich und spricht in einem bedeutungsvollen Tonfall weiter: »Und ich sage ihnen immer, dass sie aufpassen sollen, mit wem sie sich abgeben. Besonders, wenn es sich um junge Männer handelt, die von außerhalb kommen. Man weiß nie, was die im Schilde führen.«

Seine Sorge rührt mich. Gleichzeitig muss ich wieder an Shabah denken und meine Laune erreicht den Gefrierpunkt. »Ich werde den Jungen nicht wiedersehen«, brumme ich leise. »Er mag keine Mädchen, die wie Gespenster aussehen.«

Abbas lacht schallend, ehe er den Wagen mitten auf der Fahrbahn zum Stehen bringt. »Du hast denselben trockenen Humor wie meine Tochter Amal. Ihr beide würdet euch blendend verstehen.« Als ich nur stumm dasitze, dreht er sich zu mir um und sagt: »Frau Rea, wir sind *angekommen*. Hier ist dein Zuhause.«

»Oh«, erwidere ich und blinzle aus dem Fenster. Was ich sehe, ist ein Gebäude, das ich niemals wiedererkannt hätte.

7.
Life on Mars

49 Grad fühlen sich an, als würde man die Haut mit Brennnesseln einreiben. Die Luft ist so heiß, sie schabt wie Schmirgelpapier am Lungenfell. Nicht einmal die Zeit tickt hier normal; sie kämpft sich durch einen zähen, klebrigen Film der Langsamkeit. Ich habe noch keine einzige Wolke am Himmel gesehen, nur flirrende, ätzende Dunstwirbel, die wie Ameisensäure in den Augen brennen. Die Hitze tönt das Licht gelb. Giftgelb. Manchmal weht Sand aus der Wüste herbei – Windwellen aus glühenden Messersplittern –, der die Schatten der Häuser aufschlitzt und so lange bluten lässt, bis sie rostrot leuchten.

Ich habe keinen Schimmer, welcher Tag heute ist. Wie ein Fremdkörper sitze ich herum und warte darauf, dass diese zermürbende, tonnenschwere Leere von mir abfällt. Die Wucht, mit der ich spüre, dass ich nicht hier sein möchte, lähmt mich. Ich bin ganz allein in Doha – ohne Halt, ohne Freunde, ohne Hoffnung. Und gerade weil ich mich so einsam fühle, so radikal verlassen, frage ich mich, ob in meinem Leben überhaupt jemals etwas _echt_ war. Ob _ich_ jemals echt war, meine Empfindungen, meine Träume, meine Identität im Chaos der Möglichkeiten. Vermutlich nicht. Denn wäre ich je wahrhaftig glücklich gewesen, hätte ich wirklich gewusst, wer ich *bin und worauf es ankommt, würde ich mich jetzt nicht so verdammt verloren fühlen.*

Alles, was hätte schiefgehen können, ist schiefgegangen. Meine beste Freundin hat sich von mir abgewendet; und ich hätte es kommen sehen, wäre ich ihr nur eine halb so gute Freundin gewesen wie sie mir. Ich hätte gemerkt, dass mein Verhalten sie verletzt. Stattdessen habe ich meine ganze Aufmerksamkeit einem rücksichtslosen Lackaffen geschenkt, dessen vermeintliche Liebe schneller verdorben ist als roher Fisch.

Wie surreal, dass ich mit Leo geschlafen habe. Mir kommt es so vor, als wäre diese Erfahrung überhaupt kein Teil von mir. Als wären mein Körper und mein Herz an zwei völlig unterschiedlichen Orten gewesen. Wenigstens hätte die alte Rea einen Punkt auf ihrer To-do-Liste gehabt, hinter den sie einen Haken setzen kann. Die neue Rea hingegen ... Nun, es gibt keine neue Rea. Ich bin bloß ein Geist, ein verschwommener Abdruck meines einstigen Ichs. Und ich hasse beide Versionen.

Im krampfhaften Versuch, immer und überall die Beste zu sein, habe ich alles falsch gemacht. Was geblieben ist, ist das Gefühl überwältigender Mangelhaftigkeit. Was soll's. Im giftgelben Licht hat das alles sowieso keine Bedeutung mehr. Ich halte einfach still, in der Hoffnung, dass die Angst mich irgendwann verlässt ...

Die Garagentür fährt auf.

Hastig schließe ich mein Tagebuch und gehe in Deckung. Ich sitze in meinem neuen Auto, das unbenutzt – wie ein Denkmal meiner Niederlagen – in der Garage steht. Wobei *unbenutzt* nicht ganz richtig ist, denn der dunkelrote

Tesla dient mir schon seit Tagen als Versteck, wenn meine Eltern von der Arbeit nach Hause kommen. Erst nach einer Woche ist den Genies aufgefallen, dass ich die Wohnung niemals verlasse, die große Intervention hat es trotzdem in sich gehabt: *Ob ich professionelle Hilfe benötige, bla, bla. Ob ich in die Botschaft mitkommen soll, damit Papa mich im Auge behalten kann, bla, bla.* Und besonders alarmierend: *Ob es nicht besser wäre, wenn ich anstelle von Privatunterricht eine ganz normale Schule besuche, bla, bla (mit Ausrufezeichen)!* In diesem Augenblick ist mir klar geworden, dass meine dilettantische Tatenlosigkeit von nun an professionelle Undercover-Arbeit benötigen würde.

Mama steigt aus dem silbernen Kombi und behängt ihre Unterarme mit Blusen aus der Reinigung. Papas Lachen hallt durch die Garage, während er Einkaufstüten und zwei fetttriefende Pizzakartons aus dem Kofferraum holt. Mein Magen grollt mit zorniger Sehnsucht. Ich habe heute lediglich einen Halāl-Toast mit Halāl-Butter und einer Scheibe Halāl-Käse gegessen, weil mir die Nahrungsaufnahme im Augenblick genauso wenig Freude bereitet wie alles andere auf der Welt. Na ja, wenigstens lande ich nicht in der arabischen Hölle – das ist schon mal etwas.

Nachdem meine Eltern ins Treppenhaus verschwunden sind, stelle ich den Timer auf genau fünfzehn Minuten. Das ist mein Ritual. Oder anders gesagt: Ich stehe jeden Tag um 6:30 Uhr auf, um mich zehn Minuten lang als tüchtige, gut gelaunte, energiestrotzende Überfliegerin zu präsentieren, dann – sobald meine Eltern das Haus verlassen haben – lege ich mich wieder hin und schlafe bis zwölf, bevor ich mich für ein paar Stunden vor die Glotze setze und ein spärliches Frühstück einnehme. Anschließend blättere ich durch Papas todlangweilige Wirtschaftsmagazine, durchwühle irgendwelche Schubladen oder lasse mich von Social Media daran erinnern, wie glücklich Mira und Leo ohne mich sind; wie glücklich Menschen *generell* sind – wie erfüllt, erfolgreich, vergnügt, sorgenfrei, euphorisch, verliebt ... Diesen Akt der Selbstschikane übe ich meist neben Hartmut aus, denn ich stelle mir vor, dass sich der rassige, seltsam libidinöse Porzellanpanther im Schlafzimmer meiner kartoffeldeutschen Eltern genauso fehl am Platz vorkommt wie ich mir in Katar. Nachdem ich also ausreichend Tränen vergossen und Hartmut meine ganze Leidensgeschichte dargelegt habe, pflanze ich mich meist wieder aufs Bett, auf die Couch oder auf einen der vielen Perserteppiche, in der Hoffnung, dass ich entweder einschlafe oder davonfliege. Gegen 18:30 Uhr putze ich mir die Zähne, spreche Hartmut mein tagesaktuelles Alibi auf, schlurfe in die Garage und verstecke mich in meinem funkelnden Neuwagen. Fünfzehn Minuten nach der elterlichen Invasion verlasse ich meinen Stützpunkt und kehre heim, und zwar von einem *grandiosen* und *ach-so-ereignisreichen* Tag in Doha. *Das* ist mein Ritual.

Ich verstaue mein Tagebuch im Handschuhfach und schiebe den Spiegel der Sonnenblende auf. *Du meine Güte. Ich sollte echt mal wieder duschen.* Mit hervorlugender Zungenspitze reibe ich mir Schlafkörnchen aus den Augen und kämme mit den Fingern über meine Brauen. *No chance.* Nicht einmal eine Extraladung Spucke kann die zwei Zensurbalken in meinem Gesicht bändigen.

»Egal«, sage ich zu meinem Spiegelbild. *Meine Eltern sind sowieso mit ihrem eigenen Kram beschäftigt ...*

Ich zupfe das schwarz-weiße Tuch zurecht (heute mal in Kombi mit Papas Schlaf-T-Shirt und Mamas kariertem Streber-Stiftrock) und will aussteigen, da öffnet sich plötzlich die Garagentür, und meine Mutter tritt ein. Mit ihrer gewohnt hektischen Art stöckelt sie an mir vorbei, entriegelt den Kombi und beugt sich suchend über die Rückbank. Ich schaue ihr dabei zu, völlig perplex, wie ein Reh, das in ein herannahendes Scheinwerferlicht starrt und sich vor Schreck nicht mehr rühren kann.

Endlich findet sie ihre schwarze Lackgeldbörse und schließt die hintere Fahrertür mit einem lauten Knall. Im selben Moment, in dem meine Instinkte wieder einsetzen, kreuzen sich unsere Blicke. Eine Millisekunde lang, denn schon ziehe ich den Kopf zwischen die Schultern und mache mich so klein, dass es in meiner Wirbelsäule bedenklich knackt.

Stille.

Nach einer quälenden Unendlichkeit macht es schließlich *klack-klack-klack* und Mamas Schritte entfernen sich in Richtung Ausgang. Die Garagentür fällt zu – und ich atme die angestaute Luft in meiner Lunge erleichtert aus.

Als ich im Aufzug stehe, murmele ich mit unheilvoller Stimme: »Alles wird gut, vielleicht hat sie dich überhaupt nicht gesehen.« Dann füge ich eine Phrase hinzu, die ich in den letzten Tagen unzählige Male im arabischen Fernsehen gehört habe: »*In sha Allah.*«

So Gott will.

»Hallo, Re-Ra.« Mein Vater sitzt auf dem rubinroten Samtsofa und schaut übertrieben lässig hinter seiner deutschen Tageszeitung hervor. Die Zeitung hält er falsch herum – was schon mal ein sehr schlechtes Zeichen ist.

»Rea!« Meine Mutter kommt mit Schüssel und Rührbesen aus der Küche geflattert und lächelt cartoonhaft. Zu allem Überfluss beginnt sie auch noch zu rühren ... und die leere Schüssel klappert betreten.

»*Constantin. Carolin.* Cool, da wir uns nun alle namentlich vorgestellt haben, verschwinde ich mal kurz ins Bad.«

Wie eine Ninja hüpft Mama mitsamt Küchenrequisiten über den Ohrensessel und stellt sich mir in den Weg. »Willst du uns nicht ein bisschen von deinem Tag erzählen?«

Okay, sie hat mich definitiv gesehen. Macht nichts, ich bin vorbereitet. »Ich war den ganzen Tag unterwegs.« Gleichgültig zucke ich mit den Achseln. »Hauptsächlich in der Mall.«

»Welcher Mall?«, fragt Mama mit affektierter Ungezwungenheit.

»Msheireb Galleria«, entgegne ich, ohne zu zögern.

»Und wo bist du sonst so gewesen?«, erkundigt sich Papa gespielt beiläufig.

Ich erinnere mich an unsere Improvisationsübungen im Theater, daran, dass die besten Lügen immer eine Wahrheit, ein Ablenkungsmanöver und einen Lösungsvorschlag beinhalten. »Auf dem Souq-Waqif-Markt mit einem Freund. Letztendlich mussten wir aber in die Mall flüchten, weil es draußen zu heiß wurde.« Ich fächere mir mit der Hand Luft zu. »Ich war schon vor einer halben Stunde zu Hause, habe mich aber erst mal vor die Klimaanlage im Auto gesetzt. Echt, diese Hitze killt mich noch.«

»Du hast jemanden kennengelernt?«, fragt Mama verdutzt.

»Habe ich euch noch nicht von ihm erzählt?« Ich seufze dunkel. »Na ja, ihr seid ja quasi nie zu Hause ...«

Schon merke ich, wie Papa von Schuldgefühlen heimgesucht wird, meine Mutter hingegen mustert mich mit zusammengekniffenen Augen: »Ist dein neuer Freund von hier?«

»Ja, er ist Katarelanier.«

»*Katarer*«, berichtigt sie skeptisch.

»Sag ich doch.« Ich weiche ihrem Blick aus und richte das Wort an meinen Vater: »Und keine Sorge, wir sind *nur* Freunde.«

»Wie heißt er denn?«, fragt Papa. Sein Interesse klingt aufrichtig. *Bingo.*

»Shabah«, antworte ich und versuche mich an einem überzeugenden Lächeln.

»*Shabah?*« Sein Gesichtsausdruck verändert sich merklich. »Bist du sicher?«

Mein rechtes Augenlid zuckt. »Ja, wieso?«

»Weil das kein Name ist. *Shabah* bedeutet *Phantom* auf Arabisch.«

Sofort schießt mir die Schamesröte ins Gesicht. »Das wusste ich natürlich! Sein richtiger Name ist ja auch *Rami*.«

»Aha«, erwidert Papa und schielt Hilfe suchend zu meiner Mutter.

Diese räuspert sich und verkündet: »Rea, wir haben dich für den Sportunterricht an einer lokalen Mädchenschule angemeldet. Wir verstehen, dass du dir so kurz vor dem

Abi nicht den Stress einer neuen Klasse antun möchtest, aber so kommst du wenigstens ein bisschen raus.«

»I-ich komme auch so raus«, krächze ich.

Meine Mutter runzelt die Stirn. »Du läufst seit zwei Wochen im selben T-Shirt rum.«

»Was kann ich dafür, wenn sich der Umzugsdienst so viel Zeit lässt?«

»Wir haben dir über tausend Riyal für neue Klamotten gegeben.«

»Und ich habe mir damit etwas gekauft!«

»Redest du etwa von diesem Kufiya-Tuch, mit dem du neuerdings verwachsen zu sein scheinst?« Sie verschränkt die Arme vor der Brust. »Man kann dich *riechen*, Rea. Und deine Haare sehen mittlerweile wie Drahtseile aus.«

Papa unterbricht uns mit sägender Stimme und blendendem Staubsaugerverkäufer-Lächeln: »Also, der Unterricht findet immer mittwochs um fünfzehn Uhr statt und dauert anderthalb Stunden. Die Schule befindet sich in Al Jasra, ganz in der Nähe vom Souq-Waqif-Markt.« Er blinzelt nervös. »Du weißt schon, da, wo du dich mit deinem Freund getroffen hast.«

Ich schlucke einen dicken Kloß hinunter. *Keep it together, Rea. Es hätte auch schlimmer kommen können. Einmal die Woche, neunzig Minuten – das schaffst du schon.*

»In Ordnung«, röchle ich.

»Wunderbar!«, ruft Papa halb erleichtert, halb auf der Hut.

»Schatz ...« Auf einmal ringt meine Mutter nach Worten und ihr Blick wird ungewöhnlich wässrig. »Bist du sicher, dass es dir gut geht? Ich mache mir langsam wirklich Sorgen.«

»Natürlich geht es mir gut – *sehr* sogar!« Ich spüre, wie mir Tränen in die Augen steigen. »Irgendwie habe ich gerade richtig Lust auf einen Spaziergang. Ich glaube, ich drehe noch schnell eine Runde!«

»Viel Spaß«, sagt Papa arglos lächelnd und widmet sich wieder seiner Zeitung – dieses Mal richtig herum.

»Aber du bist doch gerade erst nach Hause gekommen!«, wendet Mama ein und zeigt Richtung Küche. »Außerdem haben wir Pizza mitgebracht.«

»*Ich komme überhaupt nicht mehr raus, ich bin gerade erst nach Hause gekommen ...*« Ich gebe einen spöttischen Laut von mir. »Ihr müsst euch schon für *eine* Verschwörungstheorie entscheiden!«

Jetzt mischt sich wieder die altbekannte Ungeduld in ihren Tonfall: »Rea, mach es uns doch nicht unnötig schwer!«

Kurz muss ich ihre Worte verdauen, ehe ein höhnisches Lachen aus mir herausbricht. »*Ich* mache es *euch* schwer? Blödsinn! Ich sehe doch, wie glücklich ihr mit eurem neuen Leben in Doha seid! *Jeder* ist so verdammt glücklich! *Die ganze Welt* ist so verdammt glücklich! Alle, außer mir und Hartmut. Wenn es hier also jemand schwer hat, dann sind es wir beide!!!«

»Redet sie etwa von unserer Schlafzimmerdekoration?«, höre ich Papa noch fragen, bevor ich die Eingangstür hinter mir zuknalle.

‿

In Katar geht die Sonne im August verhältnismäßig früh unter, und als ich gegen 19 Uhr durch die Nachbarschaft spaziere, hat sich bereits eine violette, unvertraut filigrane

Dunkelheit über die Straßen gelegt. Der süße Duft von Jasminblüten strömt mir entgegen, über meinem Kopf findet sich ein tschilpender Spatzenschwarm zusammen, der flirrende, rasch wechselnde Phantasmen in den Himmel malt. Beinahe jedes Gebäude ist mit Lichteffekten ausgestattet, deren einziger Zweck darin zu bestehen scheint, die einbrechende Nacht in rauschvolle Farben und Muster zu kleiden.

Eine schwere Feuchte durchwebt die Luft, und mit jedem Schritt, den ich mache, wird das Tosen meiner Gedanken sanfter, mein Herzschlag ruhiger. Nach so vielen Tagen zu Hause, die sich wie schmelzende Kaugummistreifen hingezogen haben, merke ich, wie gut mir die Bewegung tut.

Kinder laufen an mir vorbei. Sie sind so vertieft in ihr Spiel, dass sie der Zauber ihrer Königreiche leuchtend umgibt. Die Menschen, die mir entgegenkommen, unterhalten sich lachend. Dabei klingt die arabische Sprache wie ein schöner, seltsam numinoser Gesang in meinen Ohren. Keine Blicke, die mich jagen und doch nicht sehen möchten, kein abruptes Ausweichen oder spöttisches Gelächter – im chamäleonhaften Halbdunkel scheinen weder meine buschigen Gespensterhaare noch mein innerer Aufruhr weiter aufzufallen.

Gespensterhaare. Ich wünschte, ich würde nicht so oft an Shabah denken, an den Jungen, der mir noch nicht einmal seinen richtigen Namen verraten wollte. *Wie er mich festgehalten hat, als würde er mich nie wieder loslassen. Wie ich mich an ihm festgehalten habe, als müsste ich nie wieder allein sein. Wie wir einander festgehalten haben und die Angst einfach verschwunden ist.* Sehnsuchtsvoll rieche ich an seinem Tuch, doch der blumige Duft seiner

Haare ist schon längst einem Mief aus Schweiß, Neuwagen und Selbstmitleid gewichen. *Warum gerade* Shabah? *Warum hat er sich ausgerechnet als* Phantom *vorgestellt?*

Seufzend schreite ich durch das faszinierende Labyrinth aus forscher Futuristik und orientalischer Nostalgie. Ich beobachte eine Mädchengruppe in bodenlangen Abayas, die einen teuren Designerladen verlässt. Die kaum zählbaren Tüten – eine Explosion aus Tüll, Pergamentpapier und Schleifen – werden von uniformierten Frauen hinterhergetragen, bei denen es sich wohl um Bedienstete der Mädchen handelt. Männer in strahlend weißen Dischdaschas lehnen rauchend an ihren Maseratis, Aston Martins und Ferraris. Ihre perfekt geschniegelten Bärte werden von den Displays neuester Special-Edition-iPhones angestrahlt. Ich kann nicht anders, als ungläubig den Kopf zu schütteln. Anscheinend gibt es auf dieser Welt *reich* und *Katarreich*. Dass diese opulente Luxusstadt in irgendeiner Weise das Gefühl von Normalität vermitteln soll, erscheint mir jedenfalls völlig undenkbar.

An der nächsten Straßengabelung bleibe ich wie angewurzelt stehen. Das schnörkelige A, die goldenen Felgen – *vor mir parkt der pinke Lamborghini der Verrückten!*

Eine prickelnde Aufregung durchwandert mich.

Ich spähe durch die umliegenden Schaufenster, doch bei keiner der entspannt bummelnden Frauen handelt es sich um die junge Araberin vom Flughafen. Nein, schon allein ihre Körperhaltung ist einer Kampfansage gleichgekommen. Suchend blicke ich mich um und entdecke einen Fußweg, der sich unweit ihres Autos von der beleuchteten Einkaufsstraße abzweigt. Noch bevor ich mir die Frage stellen kann, was ich da eigentlich tue, laufe ich los.

Unablässig wächst mein Schatten die Wände empor, verdoppelt und verdreifacht sich, bis mir ein ganzer Schwarm aus zuckenden Schemen folgt. Der Weg schlängelt sich durch einen Irrgarten aus rechteckigen perlweißen Flachhäusern, deren Fassaden von elektrischen Wandfackeln beschienen werden. Nachtfalter mit gefiederten Fühlern tanzen um die Flammen, und im orangeroten Schein wirkt es so, als fingen ihre Flügel Feuer.

Nach etwa fünf Minuten erreiche ich den verlassenen Vorplatz einer Moschee, der rechts und links von hohen Säulen gesäumt ist. Staunend trete ich in das diffuse Licht, das von nirgendwo herzukommen scheint und gleichzeitig alles erfasst. Der gesamte Ort ist wie aus Kristall gefertigt – weltfremd, mystisch und unglaublich zerbrechlich. Die Moschee selbst erinnert an eine Burg aus schimmerndem Mondstein. In ihrem Zentrum befindet sich eine gewaltige Schwingtür aus goldenen Flechtarabesken, prächtiger als alles, was ich bisher gesehen habe. Die acht Fenster ähneln Zinnenspalten, die an den Rändern bernsteinfarben glimmen. Hinter dem Gebäude ragt ein schmaler Turm in den Himmel; seine Linien sind weich und schwindend wie hauchzarte Bleistiftstriche.

Ich bin so fixiert auf das islamische Gotteshaus, dass ich den Brunnen, der gleich einem Teppich in den Boden eingelassen ist, nicht bemerke. Als ich in das spiegelglatte Wasser trete, entfährt mir ein heiserer Schrei. Ich verliere das Gleichgewicht, vollführe einen dramatischen Stepptanz und falle schließlich bäuchlings in die lauwarme Brühe.

Ein amüsiertes Lachen dringt zu mir vor – und ich wische mir erschrocken das Wasser aus dem Gesicht.

Da steht sie, eingehüllt in dunkle Stoffe, doch auffallender als blutrote Tinte auf schneeweißem Papier.

»Bist du betrunken?« Die junge Araberin zieht an ihrer Zigarette und betrachtet mich mit einem herausfordernden Grinsen. Ihre Augen glühen wie die eines wilden Tigers in einem noch wilderen Dschungel.

Ungeschickt rappele ich mich auf und spüre, wie sich mein Nacken erhitzt. »N-nein.«

»Schade«, entgegnet sie beinah akzentfrei auf Englisch. »Gerade würde ich alles für ein kaltes Bier geben.«

»Ich dachte, Trinken sei in Katar verboten.« Für diese neunmalkluge Bemerkung würde ich mir am liebsten auf die Zunge beißen.

Im Aufflackern der Zigarettenglut blitzt ihr Eckzahn wie ein Rubin. »Dass die Polizei auf weißen Pferden reitet, war mir bekannt. Dass sie jetzt auch weiße *Spione* ausbildet, wusste ich nicht.«

Ich versuche mich an einem versöhnlichen, halbwegs souveränen Tonfall: »Ein kaltes Bier wäre jetzt wirklich schön.«

Kurz scheint sie nicht zu atmen, sondern sich ganz dem Erschließen meiner Person hinzugeben, dann springt sie mit einer Art raubtierhaften Unvermitteltheit auf mich zu und streckt mir die Hand entgegen. »Mein Name ist Farah. Das spricht man *Fa* wie das Geräusch, das man macht, wenn man sich die Zunge verbrennt, und *Ra* wie der ägyptische Sonnengott aus.«

Ich finde, sie hätte auch einfach *Sarah bloß mit F* sagen können, aber was weiß ich schon. Also schüttele ich ihre Hand und sage mit 99 Prozent weniger Selbstbewusstsein: »Ich heiße Rea. Das spricht man aus wie *Re* und … äh … *a*.«

»Ich erinnere mich.« Sie zwinkert und verweist wohl auf den Zeitpunkt, an dem meine nicht arabischen, jedoch nicht minder *volltönenden* Eltern meinen Namen durch den gesamten *Hamad International Airport* gekräht haben. »Und, *Rea*, machst du einen abendlichen Abstecher in die Moschee?« Sie lässt meine Hand los und beginnt, mich lauernd zu umkreisen.

»N-nein, ich wollte mir nur ein wenig die Beine vertreten.« Ich räuspere mich und wünschte, mein Erscheinungsbild wäre etwas würdevoller. Sie ist der Inbegriff maßloser Schönheit, ich repräsentiere das Musterbeispiel akuter Geschmacksverirrung. »Und du?«

Ihre schwarz umrandeten Augen verengen sich. »Sehe ich etwa aus wie jemand, der *betet*?«

Ich schüttele den Kopf, vor allem, weil mir ihre Pose unmissverständlich zu verstehen gibt, dass jede andere Antwort meinen sicheren Untergang nach sich ziehen würde.

»Da bin ich aber erleichtert.« Sie nimmt einen tiefen Zug und blauer Rauch steigt zu ihren Wimpern auf. »Woher kommst du?«

»Aus Deutschland«, antworte ich. »München, um genau zu sein.«

»FC Bayern«, wirft sie lächelnd ein. »Meine Vetter haben ein hübsches Sümmchen in euren Verein gesteckt.«

»Um ehrlich zu sein, schaue ich keinen Fußball.«

Sie runzelt die Stirn – und ich spreche hastig weiter: »Wir sind nach Doha gezogen, weil mein Vater hier als Botschafter tätig ist.«

»Eine *Diplomatentochter* also.« Das Anthrazit in ihrer Iris funkelt gefährlich. »Das bedeutet, du bist immun vor den hiesigen Gesetzen.«

Ich blinzle verdutzt. »K-kann sein.«

Sie schnippt den Zigarettenstummel weg und zertritt ihn mit ihren metallischen Plateau-Sandalen. »Nun, *unantastbare* Rea, wie lautet deine Geschichte?«

»Meine Geschichte?«

Sie bleibt direkt vor mir stehen. »Du scheinst mir wie jemand, der gerade etwas durchmacht. Ärger zu Hause? Heimweh? Geldprobleme? Hm, Letzteres wohl eher nicht.« Als ich nicht antworte, regt sich etwas Raues in ihr. »Wenn dir ein Junge das Leben schwer macht, kann ich helfen. Niemand in dieser Stadt hat bessere Kontakte als ich. Ein Wort genügt, und der Bastard ist Geschichte.«

»N-nein«, krächze ich, geplättet von ihrer messerscharfen Direktheit. »Ich bin einfach noch nicht richtig angekommen. In Katar, meine ich.« Ich zupfe am ausgebeulten T-Shirt. »M-meine Klamotten übrigens auch nicht; die sind noch auf einem Containerschiff irgendwo auf hoher See. Deshalb laufe ich so rum.«

»Du kannst deine Gefühle gut verbergen.« Sie kommt einen Schritt näher und überschreitet dabei eine unsichtbare Grenze. »Jemand, der nicht so ein geschultes Auge hat wie ich, könnte darauf reinfallen.«

Plötzlich greift sie in meine Haare, wickelt eine Strähne um ihre Hand und wringt das Brunnenwasser aus. »Du bist wütend«, flüstert sie, und ihr Blick dringt tief in mein Inneres. »Wut ist *gut*, sie ist weiblich, ein Impuls, klug und voller Erneuerung. Wut ist der Beginn einer Metamorphose, die uns reinigt, stärkt und zu Größerem verhilft. *Zorn* hingegen bedeutet Erstarren. Ein totes Gefühl, das aushöhlt und vernichtet. Zorn ist männlich. Bleib *wütend*, Rea. Erlaube ihnen nicht, zu gewinnen.«

Ich habe keinen Schimmer, wovon sie redet, aber ihr Atem glüht auf meinen Wangen, und ich wage es nicht, mich zu rühren.

»Die Freiheit, zu fühlen, was wir wollen, die Freiheit, zu sein, wer wir sind – egal woher du kommst, egal wohin du gehst, man versucht, sie uns zu nehmen. In meiner Welt noch mehr als in deiner.« Ich kann ihre Haut riechen, ein Bouquet aus regennassen Tropenblumen. »Lass es nicht zu. Lass dich niemals in Ketten legen, weder von den Dämonen, die sie dir einflößen, noch von dem Zorn ihrer Herzen.«

»Ich verstehe nicht, was du ...« Meine Stimme erstirbt, denn plötzlich zieht sie sich die knöchellange Abaya über den Kopf und wirft sie auf den Boden.

Fassungslos beobachte ich sie dabei, wie sie die Knöpfe ihres mondänen, eng taillierten Kleides öffnet, einen nach dem anderen, bis ihr schwarzer BH zum Vorschein kommt.

»W-was tust du da?«, stottere ich und merke, wie ich puterrot anlaufe.

Hüftschwingend streift sie das Kleid ab und steht im nächsten Moment in Unterwäsche vor mir.

Panik durchwandert mich. Mein gesunder Menschenverstand sagt mir, dass ein Moschee-Striptease in einem Land wie Katar das absolute Gegenteil einer *guten Idee* ist.

»Keine Sorge, wir sind allein«, bemerkt sie schmunzelnd. Meine tiefgreifende Verunsicherung scheint sie zu erheitern. »Ich meine, Gott ist vielleicht auch da, aber *ihr* wird das nichts ausmachen.«

Okay, sie ist eindeutig verrückt. Andererseits ist sie auch verstörend schön und von solch elektrisierender Weiblichkeit, dass ich nicht anders kann, als sie mit offenem Mund anzustarren.

»Hier, ich schenke es dir.« Sie reicht mir das Kleid, das bestimmt genauso wertvoll ist wie der pinke Lamborghini. »Manchmal benötigen wir die Rüstung einer Schwester.«

Ich möchte mich bedanken, ihr sagen, dass ich etwas so Kostbares unmöglich annehmen kann, aber ich kriege kein Wort heraus. Stattdessen umschließe ich das Kleid mit klammen Händen und ... *lächle*. Das erste echte Lächeln seit hundert Ewigkeiten.

»Ich wette, du siehst hinreißend darin aus.« Sie schnalzt mit der Zunge. »Das Lächeln steht dir schon mal ausgezeichnet.«

Als ein Handypiepsen erklingt, zucken wir beide zusammen.

»Ich muss los!«, ruft sie und hebt blitzschnell die Abaya auf. Keine Sekunde später bedeckt züchtiger Stoff ihre schwindelerregende Freizügigkeit und sie tastet prüfend über ihren Hijab. »Das ist mein Verlobter.«

Ich blinzle erstaunt, denn irgendwie hätte ich es für viel wahrscheinlicher gehalten, dass sie die Generalin einer Drachenarmee ist als die Verlobte eines Mannes.

Sie ist schon beim Gehen, da dreht sie sich zu mir um und sagt: »Doha ist klein und du bist ganz offensichtlich eine *Stalkerin* – bestimmt sieht man sich wieder.« Ein verheißungsvolles Grinsen nimmt ihren vollen Lippen ein wenig von ihrem Volumen. »Vielleicht zeige ich dir eines Tages die Wüste.«

8.
Das Nazar-Auge

In Katar enden die Sommerferien bereits am 20. August – was unerhört und über alle Maße ungerecht ist. Heute ist Montag, der 21. August, und als es um acht Uhr an der Tür klingelt, schrecke ich entgeistert aus dem Schlaf. *Was?! Habe ich das morgendliche Quinkelieren der Moschee etwa verpennt? Unmöglich!!!*

Ich steige (oder eher *stürze*) aus dem Bett und krieche wimmernd zum Umzugskarton mit der Aufschrift *Kleidung Ronja*.

Erneut schrillt es an der Tür, dicht gefolgt von lautem Klopfen.

»Einen Moment, bitte!«, jaule ich voll schlaftrunkenem Leid und schlüpfe in ein gestreiftes Sommerkleid. *Wieso hat Mama keinen Wecker für mich gestellt? Das hat sie an Schultagen sonst immer getan. Andererseits stehe ich neuerdings auch jeden Tag pünktlich um halb sieben auf, um ein paar Minuten lang so zu tun, als hätte ich mein Leben unter Kontrolle ...*

Unterhosen.

WO SIND MEINE VERDAMMTEN UNTERHOSEN?

Jetzt wird erbarmungslos Sturm geklingelt und mein Gehirn zieht sich schmerzhaft zusammen. »Ich suche nach einem sauberen Höschen, verflixt! Ich kann doch nicht unten ohne rumlaufen!«, brülle ich. Meine neue Lehrerin versteht sowieso kein Deutsch, sie ist Kata*trallala ... Argh, ich brauche dringend einen Kaffee!*

Scheinbar habe ich mein Unterwäschesortiment vollends ausgereizt, deshalb schlüpfe ich in einen Slip von gestern oder vorgestern und stolpere durch den Flur. *So viel zum Thema »Das Leben unter Kontrolle haben«* ...

RING – RING – RING

Ich reiße die Tür auf, in der Absicht, dem unverschämten Störenfried die Leviten zu lesen, doch als ich die stattliche Dame erblicke, die das penetrante Klingelkonzert verursacht hat, verlässt mich sofort der Mut. Mit der Autorität und Strenge eines ganzen Regiments steht sie vor mir und beäugt mich, wie ein Frosch eine Fliege beäugt, kurz bevor er zuschnappt. Sie trägt traditionelle islamische Kleidung, der schwarze Hijab ist so eng gewickelt, dass ihre Wangen rund und drall hervorstehen.

»Sal... Samala ...« Ich hüstele betreten und starte einen neuen Versuch: »*Hallo.*«

Ohne meinen Gruß zu erwidern, marschiert sie in die Wohnung und reißt entsetzt die Arme in die Luft: »Allah! Hat hier eine Bombe eingeschlagen?«

Ich folge ihrem Blick: Inmitten der ohnehin schon *mannigfaltigen* Einrichtung stapeln sich Umzugskartons und verschreckt dreinblickende Ikea-Möbelstücke. »Unsere Sachen aus Deutschland sind vor fünf Tagen angekommen«, krächze ich noch immer ganz benebelt.

»Und ist die Zeit vor fünf Tagen einfach stehen geblieben?«, fragt sie schrill.

Langsam dämmert mir, dass wir Deutsch miteinander

sprechen. »M-meine Eltern mussten arbeiten«, erkläre ich verdattert.

»Auch am *Wochenende?*«

»Im Augenblick schon.«

Für den Hauch einer Millisekunde mischt sich Mitgefühl in ihren tyrannischen Tonfall. »Du armes Ding.«

»Na ja, sie *wollen* arbeiten«, ergänze ich mit vernehmbarem Bedauern und bin selbst überrascht darüber.

»Typisch.«

Sie patrouilliert durchs Wohnzimmer und ich tapse zaghaft hinterher. Trotz ihres fortgeschrittenen Alters ist sie flink und von einer Art respekteinflößender Monumentalität.

»Ich habe nicht damit gerechnet, dass Sie Deutsch sprechen«, erwähne ich schüchtern, während sie mit dem Zeigefinger über die Kommode fährt.

»Ich spreche *sieben* Sprachen, Kind.« Tödliche Laserstrahlen schießen aus ihren Augen, als sie die dicke Staubschicht begutachtet. »Wann wurde hier das letzte Mal sauber gemacht?«

»Da bin ich mir nicht ganz sicher.«

Sie kräuselt die Lippen. »Und *du*? Hast du dich gerade von einem Werwolf zurück in einen Menschen verwandelt?«

»I-ich bin gerade erst aufgewacht.«

»Was du nicht sagst«, knurrt sie zwischen zusammengebissenen Zähnen und steuert in Richtung Badezimmer.

»Zu meiner Verteidigung, das ist mir noch nie passiert!« Ich falle über einen verwaisten Pantoffel. »Normalerweise wache ich auf, wenn die Musik in der Moschee losgeht. Sie wissen schon, der ...«

Sie dreht sich zu mir um, und ich muss scharf bremsen, damit ich nicht in ihren beträchtlichen Busen hineinlaufe.

»Das ist keine *Musik*, du törichtes Kind! Das ist *Adhān*, der heilige Ruf zum Gebet.«

»Genau, *der*.« Ich nicke bekräftigend. »Ich glaube, der Imam hat heute verschlafen.«

»Du gibst also dem *Imam* die Schuld daran, dass dein Gesicht schmutzig und deine Haare zerzaust sind?« Sie schimpft etwas auf Arabisch, aber hinter all der Empörung entdecke ich den Wink eines Schmunzelns. »Gibst du dem Imam etwa auch die Schuld daran, dass du keine saubere Unterwäsche mehr hast?«

Ich laufe rot an und fiepe: »N-nein.«

»Na, wenigstens ein *Fünkchen* Anstand ist vorhanden.« Sie wirft einen kritischen Blick auf die überquellende Waschmaschine und schüttelt entschieden den Kopf. »In diesem Chaos kannst du unmöglich lernen. Wir werden hier erst einmal putzen.«

Ich blinzle ungläubig. »Dann habe ich heute keinen Unterricht?«

»Es gibt Wichtigeres als Mathelernen – *Wischlappen* zum Beispiel! Hat dieser Haushalt so etwas überhaupt schon mal gesehen?« Ihre Augen scannen über Schubladen und Wandschränke, ehe sie mit skalpellartiger Schärfe an mir haften bleiben. »Meine Güte, Mädchen, was stehst du hier noch rum? Bändige dieses Kobranest auf deinem Kopf und mach dich an die Arbeit! Und bei Allah! Zieh dir dein unzüchtiges Kleid richtig herum an!«

Am Nachmittag sind alle Umzugskartons geleert, überflüssige Möbelstücke verräumt *(pharaonische Tempel kommen mit Kellerabteil!)* und die Wohnung so blitzblank, dass sogar die Moleküle in der Luft wie neu funkeln. Ich schließe meinen Kleiderschrank und seufze zufrieden. Dass sich der Besitz von frischer Unterwäsche wie ein olympischer Sieg anfühlen kann, habe ich nicht gewusst.

»Gut gemacht, Ronja.«

Überrascht drehe ich mich zur alten Dame um, die im Türrahmen steht und mir anerkennend zunickt.

»D-danke, Frau Nazgûl!«, entgegne ich freudestrahlend. Die Tatsache, dass mir die mürrische Lehrerin gerade ein Kompliment gemacht hat, löst eine regelrechte Glückseruption in mir aus.

Sie knetet sich die Stirn. »*Nasir*, Kindchen. Wann merkst du es dir endlich?«

Ich will sie darauf hinweisen, dass ich auch nicht *Ronja*, sondern *Rea* heiße, unterlasse es jedoch. Sie hat meine Sachen (vom Umzugsdienst irrtümlich mit dem Label *Ronja* versehen) mit so viel Sorgfalt behandelt, dass sie jedes Recht dazu hat, mich beim falschen Namen zu nennen.

»'tschuldigung, Frau *Nasir*«, nuschele ich und stelle mich vor ihr auf, bereit, den nächsten Befehl entgegenzunehmen.

»Für heute sind wir fertig«, verkündet sie und klopft ihre Abaya ab. »Wir sehen uns morgen wieder – *pünktlich* um acht Uhr.«

Ich folge ihr zur Tür und bin irgendwie traurig darüber, dass sie schon geht. Ihre Putzaktion war gnadenlos, doch trotz der dauernden Schimpferei, des permanenten Gemeckers und der ständigen Kränkungen habe ich mich in der Gesellschaft der Araberin eigenartig geborgen gefühlt.

Nachdem sie in ihre Sandalen geschlüpft ist, taxiert sie mich von Kopf bis Fuß und brummt grimmig: »Ich möchte morgen keinen Herzinfarkt bekommen, wenn du mir die Tür öffnest.« Sie macht das bemängelnde Zischgeräusch, das ich heute schon unzählige Male gehört habe. »Oder anders gesagt: Ich will ab jetzt von einer herausgeputzten Lady empfangen werden und nicht von *Gollum* höchstpersönlich.«

Ich blinzle erstaunt. »Sie kennen die *Herr-der-Ringe*-Bücher?«

»Natürlich, ich habe sie in drei Sprachen gelesen.« Sie wirft die Längen ihres Hijabs über die Schulter. »Und auf keiner dieser Sprachen schätze ich es, als *Ringgeist* bezeichnet zu werden.«

Verlegen senke ich den Kopf und murmele: »Ich werde mich bemühen, nicht wie Gollum auszusehen. Versprochen.«

Auch am Dienstag steht *Unterricht* nicht auf Frau Nasirs Agenda. Nachdem sie meine Rock-Blusen-Kombi, meine sorgfältig zusammengebundenen Haare und meine frisch gezupften Augenbrauen mit einem undefinierbaren *Aha* kommentiert hat, stolziert sie in die Küche und kräht lautstark: »Eine Tasse Karak, bitte!« Ohne überhaupt meine Reaktion abzuwarten, macht sie eine melodramatische Handbewegung und fügt hinzu: »Das habe ich bereits befürchtet!« Sie wuchtet ihre panzerschrankartige Handtasche auf die Arbeitsplatte. »Es gibt Wichtigeres als Mathelernen – *Tee* zum Beispiel!« Sie zieht den Reißverschluss auf und zum Vorschein kommen mehrere Frischhaltebeutel mit bunten Gewürzen, Zucker und getrockneten Teeblättern.

Die nächste Stunde verbringen wir damit, arabischen Tee zu kochen. Er wird *Karak* oder *Karak Chai* genannt – und seine Zubereitung verlangt eine ganze Bandbreite alchemistischer Fähigkeiten. Leidenschaftlich erzählend führt Frau Nasir jeden einzelnen Schritt vor und wirft dabei immer wieder ein, dass Teetrinken wie ein Zauber sei, der Familien, Freunde, Religionen und Regierungen seit jeher zusammenbringe. Zuerst karamellisiert sie den braunen Zucker in einem Topf, dann gießt sie heißes Wasser dazu und lässt das süße Gemisch aufkochen. Als Nächstes streut sie Safranfäden, aufgebrochene Kardamomsamen und frischen Ingwer dazu. Ungefähr fünf Minuten lang simmern die Gewürze – und Frau Nasir berichtet, dass sie drei Söhne, zwei Töchter und sieben Enkelkinder habe. Anschließend gibt sie den Tee hinzu, und während die schwarzen Blättchen ziehen, verrät sie mir, dass sie schon immer ganz versessen darauf gewesen sei, Sprachen zu lernen. Dass ihre Eltern mit ihr die ganze Welt bereist hätten und sie das Gleiche mit ihren Kindern getan habe. Lachend ergänzt sie, dass daher auch ihre Liebe für J. R. R. Tolkien rühre und sie eines Tages – genau wie er – ihre eigene Sprache erfinden wolle. Am Ende addiert sie Milch und bringt den Tee mehrmals hintereinander für ein paar Sekunden zum Köcheln. Als sie den Karak in ein feines Sieb abgießt, verhärten sich ihre Züge, und sie offenbart, dass sie erst seit dem Tod ihres Mannes als Lehrerin arbeite, nicht weil sie *müsse*, sondern weil es schon immer ihr großer Traum gewesen sei.

Am frühen Nachmittag klettern die Temperaturen auf 36 Grad, trotzdem befällt Frau Nasir die Idee, mir Doha zu zeigen.

»Ich kann nicht glauben, wie wenig du von der Stadt gesehen hast, Ronja! Das ist absolut inakzeptabel!«, schmettert sie auf ihre gewohnt aufbrausende Art, während sie das schwarz-weiße Kufiya-Tuch fest um meinen Kopf bindet. »Es gibt Wichtigeres als Mathelernen – *dein neues Zuhause erkunden* zum Beispiel!« Sie unterdrückt ein Glucksen. »*Wallah*, jetzt fehlen nur noch ein Kamel und eine Ziege, dann könntest du glatt als Beduine durchgehen! Wir sollten dir dringend ein paar hübsche Sonnenhüte kaufen.«

Ich habe mich schon drauf eingestellt, dass es sich bei der energischen Alten womöglich nicht um die *umsichtigste* Autofahrerin handelt, dass sie jedoch *noch* waghalsiger und todesmutiger ist als Abbas, damit habe ich nicht gerechnet. Hupend, fluchend und krakeelend bahnt sich Frau Nasir ihren Weg durch den dichten Verkehr; bei einem haltenden Linienbus verliert sie derart die Beherrschung, dass ich mir kurz die Ohren zuhalten muss. Ihr weißer Hummer brüllt mit ihr um die Wette, tobt und schnaubt wie ein wild gewordener Minotaurus. Dabei tun selbst die cremefarbenen Sitze, die stylishen Kopfstützen-Monitore und das hellrosa Ambiente-Licht seiner archaischen Bedrohlichkeit keinen Abbruch.

Armfuchtelnd öffnet Frau Nasir das Fenster. »Fahr endlich, du nichtsnutziger, modernder, alter Saftsack!«

Ich schlucke einen dicken Kloß hinunter und hauche beinahe tonlos: »A-aber die Ampel ist rot.«

Die Lehrerin dreht den Kopf zu mir – und ich spüre die atomare Vernichtungskraft ihres Zorns. »Na und? Die Kreuzung ist *leer*. Bringt man euch in deutschen Fahrschulen nicht bei, auch mal den eigenen Verstand zu gebrauchen?«

Ich zucke mit den Schultern und schaue bedröppelt geradeaus.

»Du hast doch einen Führerschein, Mädchen, oder etwa nicht?«

»Ich bin durch die Prüfung gefallen«, eröffne ich mit gedämpfter Stimme.

»Das verstehe ich nicht. Du scheinst mir doch halbwegs bewandert zu sein!«

Ihre Worte entlocken mir ein schwaches Lächeln. »In letzter Zeit ist einiges schiefgelaufen. Das klingt vielleicht verrückt, aber manchmal fühlt es sich so an, als laste ein Fluch auf mir.«

Die Ampel schaltet auf Grün – und nun ist Frau Nasir diejenige, die die Straße verstopft. »Das klingt überhaupt nicht verrückt. Vielleicht hat dich jemand mit dem bösen Blick belegt. Eine Person, die dir dein Glück nicht gönnen will.«

»Mit dem bösen Blick belegt?«, wiederhole ich stutzig.

Sie nickt, während das Hupen hinter uns anschwillt. »Keine Sorge, du bist nicht die Erste, der das passiert. Ich habe den bösen Blick auch schon abbekommen. Die Menschen, die ihm zum Opfer fallen, sind nicht mehr sie selbst. Eine Katastrophe folgt der nächsten. Manchen fallen die Haare aus, anderen wachsen dicke Warzen im Gesicht. Mir selber hat eine Seemöwe in die Handtasche geschissen. *Prada*. Sie war noch ganz neu. Der verdammte Vogel hat *aus der Luft in die* Tasche geschissen, das musst du dir mal vorstellen! Noch am selben Tag bin ich auf einer Melonenschale ausgerutscht und musste mehrere Wochen lang mit einer gebrochenen Hüfte im Krankenhaus liegen.«

»Das tut mir schrecklich leid!«, rufe ich entsetzt.

»Ja, mir hat es auch leidgetan um meine schöne Prada.« Sie seufzt kummervoll. »Aber zum Glück ist der böse Blick kurzweilig und verblasst irgendwann wieder. Und wenn es doch mal hart auf hart kommt, gibt es gute Abwehrzauber gegen ihn.« Mittlerweile hat sich das Hupen hinter uns in ein unerträgliches Lärmen verwandelt, doch Frau Nasir lächelt bloß und kneift mir liebevoll in die Wange: »Das wird schon wieder, Ronja. *In sha Allah.*«

Dann gibt sie Gas und rast mit haarsträubender Geschwindigkeit über die (wieder) rote Ampel.

Den restlichen Tag verbringen wir im Museum für islamische Kunst, das sich am südlichen Ende der Hafenpromenade befindet. Das imposante Granitgebäude ist wandernden Sanddünen nachempfunden, seine kantigen Höhen leuchten alabasterweiß im Sonnenlicht. Zwischen den breiten Säulengängen, den schattigen Palmengärten und der großen Brunnenanlage weht ein herrlich frischer Wind. Die Luft ist so durchtränkt mit der Feuchte des Meeres, dass sich immer wieder schillernde Regenbögen über dem Museumsgebäude bilden.

Mit unnachahmlichem Elan führt Frau Nasir mich durch die Ausstellung, deren faszinierende Kunstartefakte bis ins sechste Jahrhundert zurückreichen; allerdings nur so lange, bis sie vor einer uralten osmanischen Servierplatte abrupt stehen bleibt und entscheidet, dass es an der Zeit ist, Tee zu trinken.

Im Café verschlinge ich ein großes Stück Erdbeertorte, denn ich merke auf einmal, wie *hungrig* ich bin. Während Frau Nasir ihren Karak schlürft, beobachtet sie mich mit hochgezogenen Augenbrauen und murmelt etwas von Anakondas, Flusspferden und Krill fressenden Blauwalen. Als ich jedoch den letzten Krümel vom Tellerrand picke, ruft sie den Kellner herbei und bestellt mir ein hoch aufgetürmtes Sandwich und Falafelbällchen dazu. Ich danke ihr überschwänglich – und verputze alles in Rekordgeschwindigkeit.

Auf dem Nachhauseweg fahren wir einen (halsbrecherischen) Umweg zu einer Mall, deren gewaltiger klimatisierter Wanst die Kopie eines verstörend akkuraten Mini-Venedigs beherbergt. Der geklonte Canal Grande verläuft durch eine Häuserfront venezianisch anmutender Villen, hinter deren Fassaden sich Geschäfte wie H&M, Zara und Mango verbergen. Männer mit Strohhüten rudern schwarze Gondeln durch das stechend blaue Wasser, das von Lichterketten, Steinbögen und einer nachempfundenen Rialtobrücke überspannt wird. Italienische Musik lädt zum Flanieren ein, Frauen in Burkas und kleine Mädchen in Prinzessinnenkleidern essen Eiscreme und knipsen Fotos. Laut Frau Nasir gibt es in der *Villaggio Mall* sogar einen Freizeitpark, ein Kino und einen riesigen Eisring zum Schlittschuhlaufen; inwiefern das mit der italienischen Lagunenstadt im Einklang steht, bleibt mir allerdings verschlossen. Die Decke des Einkaufszentrums ist das i-Tüpfelchen der kuriosen Illusion: ein gemalter Himmel mit pastellenen Wolken über gewölbter Endlosigkeit, der sich ständig zu verändern scheint. Ich komme zu der Erkenntnis, dass Dohas kreativer Übertreibungswut wahrlich keine Grenzen gesetzt sind.

Nachdem mich Frau Nasir mit der Logistik des *Villaggio*-Konsumdschungels vertraut gemacht hat, zieht sie mich in einen Designerladen und lässt mich eine chaotische Menge an Sonnenhüten anprobieren. Arabische Musik und Schwaden von Parfüm benebeln meine Sinne, und ich bin heilfroh, als sich die alte Dame endlich für ein Exemplar entscheidet.

Während wir in Richtung Kasse marschieren, gelingt es mir, einen Blick auf das Preisschild zu werfen. Ich mache eine Vollbremsung und hickse schockiert: »S-so viel Geld habe ich nicht!«

Frau Nasir bleibt stehen und mustert mich verblüfft. »Der Hut. Er kostet mehr als mein ganzer Kleiderschrank zusammen!«

Die Alte lacht herzhaft und tippt mit dem Zeigefinger auf meine Nasenspitze. »Ich bin deine *Lehrerin*, Mädchen! Es ist meine Aufgabe, mich gut um dich zu kümmern – und ich nehme diese Aufgabe sehr ernst! Ich lasse nicht zu, dass meine Schülerin wie ein Wüstenrebell herumläuft!« Sie zückt die Kreditkarte und zwinkert. »Außerdem hast du die Haut und Haare eines Gespensts – wir müssen dich gut vor der Sonne schützen!«

Obwohl das falsche Venedig auf arktische Temperaturen heruntergekühlt ist, wird mir auf einmal ganz warm ums Herz …

∪

Den Mittwochvormittag verbringen Frau Nasir und ich damit, eine englische Buchhandlung zu durchstöbern, anschließend essen wir im Wolkenkratzerviertel der West Bay zu Mittag. Auf der Rückfahrt besorgen wir ein paar Schulsachen, und als wir am Tornado Tower vorbeikommen, fragt Frau Nasir, ob ich meinem Vater einen Besuch abstatten möchte. Ich schüttele bloß den Kopf und sie begnügt sich mit meiner Antwort.

Wieder zu Hause, erinnert sie mich daran, dass heute der Sportunterricht stattfindet, für den mich meine Eltern angemeldet haben. Ich komme gerade aus der Küche und erschrecke so sehr darüber, dass ich das Tablett in meinen Händen beinahe fallen lasse.

»Irgendwie ist mir das Mittagessen nicht gut bekommen«, ächze ich und stelle die Teetassen auf dem Couchtisch ab. »Ich habe Bauchschmerzen.«

»Nun, vielleicht solltest du das nächste Mal nicht mitten am Tag ein halbes Rind vertilgen. Das Steak hatte die Größe deines Gesichts!« Sie macht es sich auf dem Sofa bequem und nippt am Karak Chai, den ich ganz ohne ihre Hilfe zubereitet habe. »Nicht schlecht, aber verwende das nächste Mal weniger Ingwer.«

»Was ich eigentlich sagen will ...«

Sie unterbricht mich mit einem tadelnden Augenaufschlag: »Ich weiß *genau*, was du sagen willst – und die Antwort lautet *nein*. Du gehst zum Sportunterricht.« Sie deutet auf den Platz neben sich. »Komm doch mal zu mir, Ronja.«

»*Rea*«, murre ich leise und setze mich.

»Sosehr ich unsere gemeinsamen Unternehmungen auch genieße, du kannst nicht den Rest deines Lebens mit einem alten Ringgeist verbringen.« Sie lächelt liebevoll und legt den Kopf schief. »Es ist höchste Zeit, dass du Freunde findest und ein bisschen Spaß hast.«

Dass meine Einsamkeit so offensichtlich ist, lässt mich schwer schlucken. »Ich habe Freunde, a-aber ...«

»Der *Fluch*, ich erinnere mich«, sagt Frau Nasir beschwichtigend. »Um ihn musst du dir von nun an keine Sorgen mehr machen.«

»Wie meinen Sie das?«, frage ich.

Die Alte greift unter ihre Abaya und holt eine filigrane Kette mit einem blau-weißen Augen-Anhänger hervor. »Das ist ein Nazar-Amulett, ein ganz Besonderes sogar. Der Glasmacher ist bekannt für sein Geschick im Kampf gegen die bösen Mächte.« Vorsichtig legt sie das Schmuckstück in meine Hand und ich staune über seine wunderschönen transluzenten Farben. »Dieses Auge wird den Fluch brechen und dich ab sofort vor bösen Blicken schützen.«

Ich bin so gerührt, dass ich nicht anders kann, als sie stürmisch zu umarmen.

»Eijeijei«, grunzt die Lehrerin, »all diese angestauten Emotionen!«

»Vielen Dank, Frau Nasir«, nuschele ich in den Stoff ihres Hijabs hinein. »Mir geht es schon besser. Ich denke, ich kann heute zum Sportunterricht gehen.«

Sie tätschelt meinen Rücken und sagt: »So ist es brav, mein Kindchen.«

Eine Stunde später stehe ich vor einem alten, renovierungsbedürftigen Betonkasten und bin *überrascht*. Dass es in Doha auch Gebäude gibt, die nicht vor reißerischer Extravaganz strotzen, ist mir neu. Missmutig taste ich über das Nazar-Amulett an meinem Hals, dann greife ich in meine Sporttasche und befühle den rauen Stoff des Kufiya-Tuchs. Seitdem ich es besitze, bin ich von diesen furchtbaren Panikattacken verschont geblieben. Aberglaube hin oder her: Ich hoffe, dass mir das Tuch auch heute als schützender Talisman dienen wird.

Mein Herzschlag beschleunigt sich. *Du schaffst das, Rea. Denk daran, dass du nicht immer so inkompetent und sonderbar gewesen bist. Versetze dich in die Zeit zurück, in der Menschen dich gemocht haben und mit dir befreundet sein wollten. Erinnere dich an die Tage, an denen du dich stark gefühlt hast.* Ich kämme mit den Fingern durch meine Haare, setze mein bestes Lächeln auf und öffne die Eisentür.

Doch als ich in der Halle vor der Mädchengruppe stehe, möchte ich am liebsten im Erdboden versinken. Nein, ich möchte *schreien* und *stampfen* und mich mit einem alles vernichtenden Knall in Luft auflösen. Fünfzehn Augenpaare starren mich an, als wäre ich ein Alien mit Tentakelarmen und giftgrünem Irokesen-Haarschnitt. Zwei Mädchen – beide tragen eine Art langarmiges Sportkleid – tuscheln angeregt, und ich wette, sie beraten sich gerade darüber, wie man mich schnellstmöglich wieder loswird. Eine andere Schülerin ist bei meinem Anblick sogar zurück in die Umkleidekabine gestürmt und mit Kopftuch wieder herausgekommen. Jetzt hat sie die Arme vor ihrem Oberkörper verschränkt und beäugt mich durch den schmalen Stoffschlitz ihres Hijabs mit so viel Abscheu, dass mir ganz elend zumute wird. Die Lehrerin, Frau Al-Muhannadi, eine verschleierte Frau mit Nike-Schuhen und Trillerpfeife, zeigt bestimmt schon zum fünften Mal in meine Richtung und erzählt etwas auf Arabisch. Wahrscheinlich weist sie ihre Klasse gerade in die Verteidigungskünste gegen wildlockige deutsche Spukgespenster ein. Englisch spricht keiner, oder zumindest hat sich noch niemand dazu durchgerungen, ein Wort mit mir zu wechseln.

Während des Trainings halten die Mädchen Abstand zu

mir. Nach einer halbstündigen Aufwärmübung spielen wir ein Spiel, das an Völkerball erinnert, und obwohl ich mir nichts sehnlicher wünsche, als vom Ball ausgeknockt zu werden, bin ich zum Schluss die Letzte auf dem Spielfeld. Mein unverhoffter Sieg wird mit säuerlichen Blicken und übellaunigem Gemurmel quittiert.

Neunzig Folterminuten später befinde ich mich *endlich* wieder in der Umkleidekabine und trockne mich ab. Die meisten sind nach dem Unterricht einfach in ihre Abayas geschlüpft und gegangen, nur wenige sind zum Duschen dageblieben. Als das Mädchen im Hijab in den fensterlosen Raum tritt, drehe ich mich schnell weg. Ihre Schritte verstummen. Argwöhnisch spähe ich über meine Schulter und stelle fest, dass sie direkt vor mir stehen geblieben ist. Wie verhext starrt sie auf meine Sporttasche – und als ich ihrem Blick folge, erkenne ich, dass es das *Kufiya-Tuch* ist, welches ihre ganze Aufmerksamkeit beansprucht.

»Ich bin kein Beduine oder so«, verkünde ich mit papierdünner Stimme.

Ihr Blick schießt zu mir auf.

»D-das ist eine Art Glücksbringer für mich.« Trotz der kalten Dusche beginne ich, unter den Achseln zu schwitzen.

Irgendetwas regt sich in ihrem Gesicht, aber da ihr Mund hinter schwarzem Stoff verborgen ist, kann ich nicht sagen, ob es sich um einen stummen Schrei oder ein entsetztes Grinsen handelt.

»Woher hast du die Kette?«

»W-was?«, stammele ich. Ihre Stimme ist überraschend rau. Auch die Tatsache, dass sie perfektes Englisch spricht, bringt mich ganz durcheinander.

»Die Kette *an deinem Hals*, woher hast du sie?«

Obwohl ich relativ groß bin, überragt mich das Mädchen um einen halben Kopf. Sogar unter dem ausgebeulten T-Shirt lässt sich erkennen, wie breit ihre Schultern und wie definiert ihre Armmuskeln sind. Bestimmt verbringt sie viel Zeit im Fitnessstudio.

»W-wieso willst du das wissen?«, frage ich und zupfe an meinem Badehandtuch, das lose um meinen Körper gewickelt ist. Während ich versuche, ihrem Blick standzuhalten, wird mir siedend heiß bewusst, dass ich beinahe nackt bin – und es fühlt sich eigenartig an.

Sie schnaubt vernehmbar und macht eine abfällige Handbewegung. »Du hast recht, es geht mich nichts an.«

Eine Schülerin durchquert die Umkleidekabine und ruft mehrmals den Namen *Qamar* in unsere Richtung.

Das Mädchen im Hijab wendet sich kurz um und zischt etwas auf Arabisch.

»*Qamar*, klingt schön«, bemerke ich und versuche mich an einem versöhnlichen Lächeln. »Ich heiße Rea.«

Wieder schaut sie mich auf eine Art und Weise an, die man nur als *schockiert* bezeichnen kann.

Nervös haspele ich weiter: »Ich hoffe, du fühlst dich nicht unwohl in meiner Gegenwart.« Ich zeige mit dem Finger auf ihr Kopftuch und komme mir dabei reichlich plump vor. »I-ich meine, wegen deiner Religion und so.«

»Ich fühle mich *sehr* unwohl in deiner Gegenwart«, entgegnet sie, und etwas Bedrohliches blitzt in ihr auf. »Mehr noch: Ich *hasse* es, dass du hier bist. Du gehörst nicht zu uns. Wir haben keinen Platz für ungläubige weiße Gören!«

Ich ziehe scharf die Luft ein und merke, wie mir Tränen in die Augen steigen.

»Also tu uns allen den Gefallen« – ein Zittern durchwirkt sie – »und verschwinde dahin, wo du hergekommen bist!«

»W-wie kannst du nur so etwas Gemeines sagen?«, stoße ich fassungslos hervor.

Sie ballt die Hände zu Fäusten – und weil ich Angst habe, dass sie gleich auf mich losgeht, krächze ich: »Okay, *verstanden*. Ich werde mich in Zukunft vom Unterricht fernhalten.«

»Gut«, sagt sie. »Ich will dich hier niemals wiedersehen. Du bist gefährlich für mich.«

Kurz atme ich nicht, sondern sehe sie einfach nur an. Es ist ihre Stimme. Sie klingt weder feindselig noch zornig. Nein. Was ich höre, ist *Verzweiflung*. Dunkle, unaussprechliche Verzweiflung.

Wieder ruft jemand ihren Namen und wir beide zucken zusammen.

Ein letztes Mal wandert ihr Blick zum Kufiya-Tuch, ehe sie sich von mir abwendet und ohne ein weiteres Wort geht.

9.
Das Mondreich

Ich bin gerade dabei, das X einer Gleichung zu berechnen, da spricht Frau Nasir ganz unerwartet in die Stille hinein: »Ich sehe wieder diese Traurigkeit in deinen Augen.«

Verwundert blicke ich von meinem Aufgabenblatt auf. Meine Lehrerin sitzt mir gegenüber am Esstisch, der uns seit zwei Tagen als provisorisches Klassenzimmer dient.

»Ich dachte, ich könnte sie mit den üblichen Mitteln vertreiben: Ordnung, Abwechslung, Essen, Schmuck.« Sie reibt sich nachdenklich das Kinn. »Aber anscheinend hat sie einen viel tieferen Ursprung. Willst du mir davon erzählen?«

»Nein«, antworte ich schnell.

Die alte Dame nickt und widmet sich wieder ihrer Korrekturarbeit.

»Meine beste Freundin redet nicht mehr mit mir«, platzt es keine Sekunde später aus mir heraus. »Mein Freund hat mich, ohne mit der Wimper zu zucken, gegen eine andere eingetauscht. Mein Ehrgeiz hat sich über Nacht in Panik verwandelt. Ich bin an einen Ort gezogen, an dem ich ganz offensichtlich nicht willkommen bin. Und nun stehe ich völlig alleine da und weiß überhaupt nicht mehr, wer ich bin.« Mein Magen schlingert, und ich muss tief durchatmen, bevor ich weitersprechen kann. »Also, *ja* – ich bin traurig. Verdammt traurig sogar.«

Die Bestürzung steht Frau Nasir ins Gesicht geschrieben. »Wissen deine Eltern denn, dass du so unglücklich bist?«

Kopfschüttelnd tupfe ich eine Träne aus dem Augenwinkel. »Sie würden alles nur noch schlimmer machen.«

»Jetzt übertreibst du aber«, murmelt meine Lehrerin und reicht mir eine Praline, die sie unter ihrer Abaya hervorgezaubert hat.

»Sie haben mich in diesen schrecklichen Sportunterricht gesteckt!« Ich ziehe den Rotz hoch und beiße in die weiche Schokokugel. »Zu dem ich üpfigens nie fieder hingehen werde!«

»Es ist nicht gut gelaufen?«

»Glauben Sie mir, *nicht gut gelaufen* ist die größte Untertreibung des Jahrhunderts! Eines der Mädchen wollte mir wortwörtlich an die Gurgel gehen, weil ich ... na ja ... weil ich keine Muslimin bin. So etwas Verrücktes habe ich noch nie erlebt!«

»Du hast noch nie erlebt, dass jemand aufgrund seiner Religion diskriminiert wird?«, fragt sie stirnrunzelnd.

»Nicht *so*.« Ich kratze mich am Hinterkopf. »Sie wissen schon.«

Sie seufzt leise und reicht mir eine weitere Süßigkeit. »Nun, es muss doch etwas geben, das dir Freude bereitet.«

Ich zucke mit den Achseln.

»Komm schon, denk nach.«

»Ich spiele gerne Theater«, offenbare ich zurückhaltend. »Und ich bin gerne mit *Ihnen* zusammen, Frau Nasir.«

»Versuchst du gerade, dich bei einem alten Ringgeist einzuschleimen?«, gluckst sie tadelnd. »Keine Sorge, Kindchen, ich bin auf *deiner* Seite. Ich werde dich nicht zurück in den Sportunterricht schicken. Sport ist sowieso überbewertet, die meisten Kalorien verbrennt man nämlich beim Lachen.«

Ich verspüre eine solche Sympathie für die Alte, dass ich ihr am liebsten einen Schmatzer auf die Wange drücken würde. »Das ist lieb von Ihnen, aber meinen Eltern wird das gar nicht gefallen.«

»Deine Eltern sind nicht *hier* – was ganz offensichtlich Teil des Problems ist«, knurrt sie, und der Rotstift in ihrer Hand biegt sich leicht. Dann schiebt sie sich selbst eine Praline in den Mund und beruhigt sich wieder. »Du magst also Theaterspielen?«

Ich nicke wehmütig. »Auf der Bühne habe ich mich immer am wohlsten gefühlt.«

»Weil du ganz genau weißt, welche Rolle du zu spielen hast«, erklärt meine Lehrerin. »Die Regeln, nach welchen dein Charakter handelt, sind klar definiert.«

Ich schaue sie verwirrt an.

»Das behauptet zumindest meine Enkelin«, fügt sie beschwingt hinzu. »Sie heißt Amila und besucht eine Theatergruppe hier in Doha.«

»Oh«, presse ich hervor. »Das ist aber ein seltsamer Zufall.«

»Es gibt keine Zufälle, Ronja.« Sie steht vom Stuhl auf und zupft an ihrem Kopftuch, als handele es sich um eine Krone. »Du darfst Sport schwänzen, von mir werden deine Eltern nichts erfahren, aber nur unter der Voraussetzung, dass du ab jetzt zum Theaterunterricht gehst.«

»Was ... Ich ... *Nein!*«, haspele ich panisch. »Das kann ich nicht! Ich meine, ich brauche mehr Zeit, um mich hier richtig einzugewöhnen!«

»Du willst also zurück zur *streitlustigen* Muslimin?« Sie setzt ein neckisches Grinsen auf.

»Auf keinen Fall!«

»Dann würde ich sagen, wir haben einen Deal.«

»Ich bin total eingerostet. Außerdem spreche ich kein Arabisch!«

Frau Nasir hebt die Hand und bringt mich so zum Schweigen. »Es ist nicht schlimm, wenn wir uns verändern, Ronja. Wenn wir aufhören, jemand zu sein, mit dem wir uns nicht mehr identifizieren können. Wichtig ist nur, dass wir den Mut aufbringen, jemand *Neues* zu werden. Wenn wir stillstehen und uns von Ängsten zerfressen lassen, verlieren wir unsere Essenz. Denke nicht darüber nach, wer du gestern gewesen bist. Das ist nicht mehr wichtig. Finde heraus, wer du *heute* sein möchtest!«

Ich bin nicht sicher, ob ich die volle Bedeutung ihrer Worte begreife, trotzdem laufen mir Tränen der Rührung über die Wangen.

»Na los, gib mir deine Telefonnummer!« Sie reicht mir ihr Handy und lächelt aufmunternd. »Meine Enkelin wird sich noch heute Abend bei dir melden.«

◡

Das Kleid ist von Chanel. *Chanel.* Ich stehe vor dem Spiegel und streiche staunend über den schwarz glänzenden Samtstoff, der sich wie eine zweite Haut an meinen Körper schmiegt. Alles am knielangen Cocktailkleid schreit *Raubkatze* und *Verführung* und *gefährlich*. Oder anders gesagt: *Farah*. Obwohl ich mir vor der jungen Frau wie ein unförmiges Wurzelgemüse vorgekommen bin, sitzt das Kleid wie angegossen. Anscheinend sind unbezahlbare

Kleidungsstücke Formwandler, die sich sogar Gespensterkurven auf magische Weise anpassen. Ich denke an ihre Worte zurück: *Manchmal benötigen wir die Rüstung einer Schwester.* Unglaublich, dass sie einer völlig Fremden etwas so Kostbares geschenkt hat.

Meine Füßen stecken ich weißen Converse Chucks. Meine Locken sind zusammengebunden und zum ersten Mal seit Wochen trage ich ein bisschen Make-up. »Finde heraus, wer du heute sein möchtest, Rea«, sage ich zu meinem Spiegelbild und straffe den Rücken. Ich sehe Furcht in meinen Augen, aber auch *Entschlossenheit*, und das ist wenigstens ein Anfang. Bevor ich mein Zimmer verlasse, reibe ich mit dem Daumen über das Nazar-Amulett und lege mein Glückstuch um. *Ich bin bereit.*

»Rea, ich wusste gar nicht, dass du zu Hause bist!«

Ich bleibe stehen und schaue überrascht zum Sofa. Zwischen vergilbten Fotos, bunten Notizzetteln und schiefen Papierstapeln sitzt meine Mutter und umklammert ihren Laptop wie eine Rettungsboje.

»W-wieso bist du nicht bei der Arbeit?«

»Ich habe das Büro früher verlassen, um mich durch das ganze Material hier durchzuarbeiten.« Ihr Blick überfliegt das Chaos. »Ich bin an einem großen Fall dran. Es geht um Menschenrechtsverletzu...«

Ich schneide ihr das Wort ab und deute zur Tür: »Sorry, ich habe es eilig.«

»Okay«, entgegnet sie und lächelt entschuldigend. Sie sieht müde aus, überarbeitet. »Wohin gehst du?«

Ich wäge meine Möglichkeiten ab. Es ist Donnerstag, nicht Mittwoch, aber ich glaube, ihr ist das nicht bewusst.

»Zum Sportunterricht« – ich kneife die Augen zusammen – »zu dem *ihr* mich angemeldet habt, schon vergessen?«

Sie nickt zögernd. »Richtig. Gefällt es dir?«

Ich zucke mit den Schultern. »Geht so.«

Mamas Haare sind ungemacht, sie trägt bequeme Kleidung. Es ist einer dieser seltenen Momente, in denen sie wie ein ganz normaler Mensch aussieht, nicht wie ein ferngesteuerter Hochleistungsroboter. Und ein kleiner Teil von mir will sich an sie kuscheln und reden, aber ich bin spät dran, und Mama hat ein Talent dafür, nervige Fragen zu stellen.

»Gut, dann sehen wir uns heute Abend.« Sie drückt eine Taste ihres Laptops und ihr Gesicht leuchtet gespenstisch auf.

»Bis später.«

»Warte«, ihre Stimme verändert sich, »du trägst gar keine Sportklamotten.«

»Ich ziehe mich dort um«, entgegne ich wie aus der Pistole geschossen.

»Ah.« Sie blinzelt unschlüssig. »Ist das Kleid neu?«

»Nein.« Dann hole ich zum großen Schlag aus: »Du siehst mich so selten, dass du nicht mal mehr meine Klamotten erkennst.«

Der hat gesessen.

Mama räuspert sich und zupft an einer Haarsträhne, etwas, das sie nur tut, wenn sie nervös wird. »T-tut mir leid, Rea. Ich weiß, wir arbeiten momentan zu viel. Wenn du willst, können wir am Wochenende etwas unternehmen.«

»Von mir aus«, murmele ich. Und weil sie von unserem Gespräch so offensichtlich erschüttert ist, füge ich mit versöhnlicher Stimme hinzu: »Das wäre wirklich schön.«

Ich nehme zum ersten Mal die U-Bahn, und Doha gelingt es aufs Neue, mich in heißkalte Schockentzückung zu versetzen. Nicht nur die Station hat das Aussehen eines hypermodernen Raumschiffs, auch das Zugabteil, in dem ich mich kurz darauf befinde, ist von solch überzogenem Komfort, dass ich mich beinahe geniere. Frau Nasir hat mir nach dem Unterricht eine sogenannte Goldclub-Karte in die Hand gedrückt, und ich habe das nicht weiter hinterfragt, schließlich ist die ganze Stadt eine Anhäufung exklamatorischer Ausschmückungen, aber jetzt begreife ich, dass es sich bei ihrem beiläufigen Geschenk um eine Art VIP-Ticket handelt.

Dass die Metro so offenkundig in unterschiedliche Klassen unterteilt ist, finde ich befremdlich. Hierzulande scheint Reichtum wahrlich ein Accessoire zu sein, das es allzeit zu präsentieren gilt. Jedenfalls kauere ich ganz allein in den königlichen Gemächern dieser unwirklichen Märchenbahn und bete inständig, dass mein Hintern keinen Schweißfleck auf dem thronhaften De-luxe-Sitz hinterlässt.

An der Haltestelle Bin Mahmoud steige ich aus, und als ich das Bahnhofsgebäude verlasse, höre ich bereits, wie jemand lautstark meinen Namen ruft: »Rea! *Habibti!* Ich bin hier!«

Ich drehe mich zur Stimme um und noch im selben Augenblick werde ich stürmisch in die Arme genommen. »Wie schön, dich zu sehen, Habibti! Meine Tante hat mir schon so viel von dir erzählt! Natürlich nur das Allerbeste! Oh, Habibti, Gott schütze dich! Ich freue mich ja so, dich kennenzulernen!«

»Hallo«, japse ich und klopfe der Fremden unbeholfen auf den Rücken. »F-freut mich ebenfalls.«

Noch ein paar Sekunden lang hält sie mich fest, ehe sie einen Schritt zurück macht und mir überschwänglich die Hand schüttelt. »Ich bin Amila. Ups, das weißt du ja schon. Du kannst mich gerne *Ami* nennen.«

Das rundliche Mädchen mit dem warmen Lächeln und den haselnussbraunen Augen ist mir auf Anhieb sympathisch. Sie trägt ein dunkelblaues Kopftuch und eine schwarze Abaya, unter dem weiten Schlag ihrer Jeanshose lugen bunte Plateau-Sneakers hervor.

»Meine Freunde in Deutschland nennen mich Re-Ra«, erwidere ich – und die Araberin macht vor Begeisterung einen kleinen Luftsprung. »Oh, Re-Ra, Habibti, gewiss werden wir wunderbare Freunde!«

»Was bedeutet *Habibti*?«, frage ich verlegen.

»Na, *Schatz* oder *Liebling*!«, ruft sie völlig unbefangen und lacht auf solch ansteckende Weise, dass ich grinsen muss. »Keine Sorge, Re-Ra, ich werde dir Arabisch beibringen, aber in der Theatergruppe sprechen wir sowieso alle Englisch miteinander. Beinahe jedes Mitglied kommt aus einem anderen Land. Da sind zum Beispiel Pria aus Indien und Chloe von den Philippinen.« Sie hakt sich bei mir unter und führt mich eine breite, stark befahrene Hauptstraße entlang. »Und Min-seo aus Korea und Roopa aus Pakistan. Unsere Lehrerin, Mrs Rodriguez, hat lange Zeit in L. A. gelebt. Wir nennen sie alle bloß *Miss Hollywood*. Ach, ich plappere zu viel, schließlich triffst du die Truppe gleich selbst!«

Das Viertel, das wir schnellen Schrittes durchqueren, heißt *Fereej Bin Mahmoud* und wirkt recht schmucklos im Vergleich zur West Bay, Msheireb oder Al Jasra. Auf den ersten Blick machen sich hier überwiegend Supermarktketten, asphaltierte Parkplatzanlagen und mittelhohe Wohnkomplexe den Platz streitig.

»Dann sind wir also nur Frauen?«, frage ich, hauptsächlich um das Gespräch am Laufen zu halten.

»Aber natürlich! Unsere Theatergruppe ist einhundertprozentig *halāl*, also nach islamischem Glauben zulässig«, antwortet Amila elanvoll. »Andernfalls dürften wir keine öffentlichen Auftritte haben – ganz zu schweigen davon, dass wir jedes Mal langweilige Kinderstücke einstudieren müssten.« Ehe ich etwas erwidern kann, zieht sie mich näher an sich heran und flüstert mit verschwörerischer Miene: »Wieso, Re-Ra? Bist du auf der Suche nach einem Ehemann?«

Ich erröte. »N-nein. Ich war bloß neugierig.«

»Gut, aber wenn du mal ... du weißt schon ... jemanden *kennenlernen* möchtest, lass es mich wissen. Wir haben hier unsere eigenen Wege und Taktiken.«

»Okay, ich merke es mir.«

In den nächsten zehn Minuten erzählt Amila so unglaublich viel, dass mein Kopf beinahe explodiert. Sie schwärmt von ihren drei Katzen Darius, Diyo und Djamal, schimpft über ihren Bruder, listet sämtliche Restaurants und Cafés auf, die ich *unbedingt* ausprobieren muss, und als wir vor einem kargen Rückgebäude stehen bleiben, fragt sie voller Begeisterung: »Also, möchtest du mich begleiten?«

Mein Mund öffnet und schließt sich.

Sie lächelt verständnisvoll und erläutert: »Und dabei zusehen, wie Mohammeds Falke zum ersten Mal fliegt? Du weißt schon, *Mohammed*, mein Zwillingsbruder, der immer nervt.«

»G-gerne«, erwidere ich, denn obwohl ich ihrem quirligen Monolog kaum folgen konnte, macht es mich überglücklich, dass sie so nett zu mir ist.

»Großartig! Dann schicke ich dir heute Abend die Details!« Sie öffnet die Tür und macht eine einladende Handbewegung. »Aber nun, willkommen in unserem kleinen Mondreich!«

Das Theater befindet sich im Keller einer ehemaligen Bücherei, und während wir die schmale Wendeltreppe hinabsteigen, erklärt Amila, dass die oberen Stockwerke bereits seit zwei Jahren leer stehen.

»Eigentlich sollten wir umziehen, in einen Raum mit Licht und frischer Luft, dazu müsste das Erdgeschoss allerdings erst einmal saniert werden. Wir stellen jeden Monat einen neuen Antrag, werden jedoch beharrlich ignoriert. Die Bauämter sind viel zu beschäftigt damit, Doha zu erweitern und mit schillernden Shoppingmalls und Wolkenkratzern vollzustopfen. Keiner schert sich um ein paar Mädchen, die sich ein *einsturzsicheres* Theater wünschen. Die Einzige, die etwas daran ändern könnte, dürfte noch nicht einmal hier sein.« Sie lacht höhnisch. »Für sie gehören wir alle bloß zum *niederen Volk*.«

In meinem Kopf reihen sich die Fragen aneinander, aber ich habe keine Gelegenheit, auf Amilas Bemerkung einzugehen, denn am Ende der Treppe wartet bereits eine Frau mit platinblonder Marilyn-Monroe-Mähne auf uns.

»Da seid ihr ja! Wir sind schon so gespannt auf unsere Newcomerin!«, ruft sie, wobei ihre Worte mehr gesungen als gesprochen klingen. Sie trägt ein enges Kleid mit Leoprint und goldene High Heels, eine Kombination, die ihre Kurven auf spektakuläre Weise zur Geltung bringt.

»Hallo«, krächze ich und lächle schüchtern.

»Na, na, na! Du brauchst dich nicht hinter Ami zu verstecken!« Sie streckt den Arm nach mir aus und ein funkelndes Gemenge aus Strassarmbändern rutscht über ihre sonnengebräunte Haut. »Komm in unsere Mitte und lass dich bewundern!«

Mit hochrotem Kopf trete ich nach vorne und sogleich ertönt von allen Seiten lebhafter Applaus.

»Willkommen in unserer Theatergruppe!«, verkündet ein Mädchen mit indischem Akzent.

»Schön, dass du dabei bist!«, ruft ein anderes. Neben Amila und mir zähle ich sechs weitere Mitglieder – und alle strahlen mir wie Sonnen entgegen.

»Fabelhaft! Wundervoll! Magisch!« Marilyn Monroe wirbelt einmal im Kreis herum und gluckst entzückt. »Ich bin Frau Rodriguez, eure Lehrerin!« Ihre Wimpern flattern, ihr geglosster Mund fängt jeden Schein und jeden Schimmer ein. *Wow. Kein Wunder, dass sie von allen bloß Miss Hollywood genannt wird.* »Wobei *Lehrerin* das falsche Wort ist«, ergänzt sie und legt die Hand auf ihren voluminösen, hoch aufragenden Busen. »Ich sehe mich mehr als eure Wegweiserin, eure Fährtensucherin hin zur perfekten Materialisierung und Verkörperung des Unbekannten. Jede Rolle, die ihr spielt, jede Identität, die ihr annehmt, ist ein sinnliches Abenteuer, eine Verwandlung, die größte Präzision und Hingabe erfordert. *Ich* lege die Asche für euch aus, damit ihr als strahlende Phönixe auferstehen könnt. Wir sind Feuer! Wir sind Flammen!« Sie ballt die Hände zu Fäusten und presst sie schwer atmend an ihr Gesicht. »Und gemeinsam brennen wir die Grenzen des Möglichen nieder!«

»*Die unendliche Fantasie ist unsere Spielweise!*«, rufen alle im Chor, und ich merke, wie meine Nervosität einem Gefühl prickelnder Freude weicht.

Im Anschluss an ihre mitreißende Rede werde ich in eine Sitzecke geführt und die Mädchen stellen sich nacheinander vor. Tatsächlich ist nur Amila Katarerin, alle anderen kommen aus dem Ausland und leben als sogenannte *Expats* in Doha. Ein Großteil ist Anfang zwanzig, Amila und Thea aus Finnland sind siebzehn wie ich und Min-seo aus Korea ist mit ihren sechzehn Jahren die Jüngste. Ich erfahre, dass die Gruppe gerade eine eigene Interpretation von Bram Stokers *Dracula* einstudiert und die Uraufführung im Dezember stattfinden wird. Als Miss Hollywood fragt, ob ich die Gehilfin von *Van Hadil* spielen möchte, der weiblichen Auslegung von *Van Helsing*, nehme ich die Rolle sofort freudestrahlend an.

Anscheinend hat Frau Nasir Amila und Amila wiederum die Theatergruppe vorgewarnt, meine sozialen Kompetenzen nicht übermäßig zu strapazieren, denn nach der kleinen Vorstellungsrunde driftet der Fokus von mir ab, und ich kann etwas durchatmen. Während sich die anderen über mögliche Bühnenbilder beraten, schweift mein Blick durch den fensterlosen Kellerraum. Die Stahlsäulen, die flackernden Röhrenleuchten und die plastische Pop-Art-Einrichtung erzeugen ein eigentümliches Industrieambiente. Die Wände sind von tiefen Rissen durchzogen, und an den wenigen Stellen, wo der Beton nicht bröckelt, hängen Requisiten wie Masken, Schwerter, Federboas, Engelsflügel und Helme. Ich frage mich, ob es Zufall ist, dass sowohl die Mädchensportklasse als auch die Mädchentheatergruppe in baufälligen Gebäuden untergebracht sind oder ob mehr dahintersteckt. Die Bühne selbst ist schwarz lackiert und rund, der königsblaue Bühnenvorhang wird von einem Tüllnetz überzogen, in den silberne Halbmonde eingenäht sind. Auch der Kronleuchter, der über der Bühne hängt, ist mit kunstvollen Blechmonden verziert. Sein Licht verdrängt die triste Fahlheit des übrigen Raumes und verleiht dem kleinen Areal einen Hauch von Festlichkeit.

Plötzlich flüstert mir Amila knurrend ins Ohr: »Sieh mal, wer da ist! Heute ist sie sogar *nur* dreißig Minuten zu spät. Das kommt ja einem echten Wunder gleich ...«

Ich schaue zur Wendeltreppe und ein Schauer überzieht meinen Rücken. *Nein, das kann nicht sein.*

Das denkt wohl auch Farah, die mich mit weit aufgerissenen Augen anstarrt.

Mittlerweile haben auch die anderen ihre Ankunft registriert und die Luft knistert wie elektrisch aufgeladen.

»Salam Aleikum, Farah! Wir haben dich letzte Woche schmerzlich vermisst!« Miss Hollywood stöckelt ein paar Schritte auf sie zu. »Wie schön, dass du es heute geschafft hast!«

Die Intensität, mit der mich die junge Araberin beäugt, erreicht ein zündendes Maximum, ehe sie sich ruckartig abwendet und das Wort an die Theaterlehrerin richtet: »Ich habe die Kostüme dabei. Meine Angestellten holen sie gerade aus dem Auto.«

»Hervorragend!«, zwitschert Miss Hollywood, und die Mädchen um mich herum quieken und glucksen aufgeregt – alle bis auf Amila.

Im nächsten Moment schweben die unglaublichsten Gewänder die Treppe hinunter, jedes einzelne so pompös und wallend, dass man die Person dahinter kaum erkennen kann.

»Die Kleider sind von Hand gefertigt«, berichtet Farah mit träger Selbstverständlichkeit. »Natürlich habe ich dafür gesorgt, dass nur die allerbesten Stoffe verwendet werden.«

Die Mädchen springen auf und umschwärmen die imposanten Roben wie betrunkene Bienen. Amila hingegen dreht sich demonstrativ weg und murmelt so leise, dass nur ich es hören kann: »Du meinst, du hast *Befehle* erteilt, während deine *Sklaven* Blut und Wasser geschwitzt haben.«

»Bringt die Kleider in den Fundus! Hängt sie ordentlich auf! Zerknittert sie nicht!« Wie eine Dirigentin schwingt Farah die Arme durch die Luft. »Und tretet ja nicht auf den Saum! Achtet auf eure verdammten Füße!«

Bei allen fünf der sogenannten *Angestellten* handelt es sich um junge Männer unterschiedlicher Nationalitäten, die den Ausdruck devoter Ergebenheit in den Gesichtern tragen. Nicht *gehend*, sondern *gebückt huschend* befördern sie die schweren Roben in den Ankleideraum, der sich offenbar irgendwo hinter der Bühne befindet.

»Das ist ausgesprochen großzügig von dir, Farah!« Mit einem ekstatischen Lächeln tänzelt Miss Hollywood durch das Geschehen und ihre Pfennigabsätze biegen sich unter dem Wippen ihrer Hüften. »Diese fabulösen Kostüme müssen dich ein Vermögen gekostet haben!«

»Es ist nicht der Rede wert«, winkt sie ab. Überhaupt scheint sie die heftige Verzückung aller völlig kalt zu lassen.

»Ja, weil du *stinkreich* bist«, kommentiert Amila naserümpfend. »Sag mal, kennt ihr euch beide eigentlich? Sie hat dich beim Reinkommen so komisch angesehen.«

»Äh, nein«, antworte ich schnell und reiße den Blick von Farah los. Es ist offensichtlich, dass Amila sie nicht leiden kann, und ich habe nicht vor, die eine Person, die mir wohlgesinnt ist, zu vergraulen.

»Gut, hätte mich auch gewundert. Royals verkehren normalerweise nicht mit dem *gemeinen Pöbel*.« Sie verdreht die Augen.

»*Royals*?«, frage ich verwundert.

»Ja, sie ist die Enkeltochter eines mächtigen Scheichs. Ihre Familie steht in enger Verbindung mit der des Emirs.«

»Aha«, entgegne ich. Zwar verstehe ich die Worte, die sie sagt, die Bedeutung dahinter ist mir jedoch schleierhaft.

»Sie ist vor knapp einem Jahr zu uns gestoßen, dabei bräuchte sie bloß mit den Fingern zu schnippen, und schwups hätte sie ihr *eigenes* Theater. Was rede ich da! Mit ihrem Vermögen könnte sie Hunderte von Theatern errichten lassen, in einer Stadt, die ganz nur ihr gehört!«

»Und deshalb magst du sie nicht?«

Amila blinzelt mehrmals hintereinander – und kurz habe ich Angst, dass ich mit meiner Frage zu weit gegangen bin –, doch dann räuspert sie sich und antwortet mit bedeutungsträchtiger Stimme: »Sie ist arrogant und hält sich für etwas Besseres, aber das ist nicht der Grund, weshalb ich sie nicht ausstehen kann. Ich habe ein Problem mit ihr, weil sie uns alle in große Schwierigkeiten bringen könnte.«

Ich hebe die Augenbrauen. »Wie meinst du das?«

»Menschen mit ihrem Reichtum und ihrem Einfluss sind unverwundbar. Sie können tun und lassen, was sie wollen, ohne dabei jemals Angst vor Konsequenzen haben zu müssen. Das macht sie gewissenlos und leichtsinnig, was für uns wiederum gefährlich werden kann. Im Gegensatz zu ihnen genießen wir nämlich keinen Sonderstatus vor dem Gesetz.« Als Amila meine Konfusion bemerkt, ergänzt sie mit einem aufmunternden Lächeln: »Ach, denk nicht weiter darüber nach, Habibti. Ich werde schon gut auf dich aufpassen.«

Im nächsten Moment höre ich meinen Namen. Es ist Farah, die mich ungeduldig herwinkt. »Bist du taub? Du sollst mitkommen!«

Fragend tippe ich auf meine Brust.

»Ja, *du*. Ich muss deine Maße nehmen, schließlich kannst du nicht in *Chanel* gegen Dracula antreten.«

Mittlerweile sind die Männer wieder gegangen und die Mädchen damit beschäftigt, vor der Bühne einen Kreis zu formen.

»Ausgezeichnet! Begleite Farah in die Garderobe, Newcomerin«, trällert Miss Hollywood, deren Stimmung ein neues Hoch erreicht hat. »Wir anderen machen derweilen ein paar Improvisationsübungen!«

Als ich unschlüssig zu Amila blicke, tätschelt sie mir die Schulter und flüstert: »Keine Sorge, im Theater kann dir nichts passieren.«

Den Backstagebereich erreicht man über einen düsteren Gang, der von der Rückseite der Bühne abführt. Farah überlässt mir den Vortritt, und als ich den Ankleideraum betrete, spüre ich, wie süße Nostalgie in mir aufsprudelt. Auf der rechten Seite stehen Schminktische mit hohen Spiegeln, in deren Rahmen getrocknete Blumen und Gratulationskarten eingesteckt sind. Gegenüber finden sich meterlange Kleiderstangen mit ausgefallenen Roben und Kostümen, ein Sammelsurium von Glitzer, Leder, Tüll,

Fransen, Pailletten, Seide, Lack, Federn, Pelz und sogar Rüstungsstahl. An einem umfunktionierten Garderobenständer stecken Perücken, die von rothaariger Meerjungfrau bis schlangenlockiger Medusa alles abdecken. Entlang eines provisorischen Gitterwalls sind Umhänge, Hüte, Brillen, Fliegen, Bärte und ein paar Plastiknasen angebracht. Und dann sind da noch die eben eingetroffenen Gewänder, edelste Haute-Couture-Stücke, die man niemals – nicht einmal mit viel Fantasie – für Theaterverkleidung halten würde.

»Hübsches Kleid, das du da trägst. Steht dir gut«, bemerkt Farah hinter mir.

»Oh, *das*. Äh, meine Sachen sind mittlerweile in Doha angekommen. Witzig, dass ich ausgerechnet heute ...« Gerade drehe ich mich zu ihr um, da kommt sie bereits angerauscht, stößt mich gegen die Wand und legt die Hände um meinen Hals.

»Was soll das?«, krächze ich entgeistert.

»Wer hat dich geschickt?«, zischt sie, und ihr Griff wird fester.

Panik steigt in mir auf. »I-ich habe keine Ahnung, wovon du sprichst!«

»Es kann kein Zufall sein, dass wir uns ständig begegnen! Also noch mal: Wer hat dich geschickt? Adels Onkel? Adels Vater?« Hass verzerrt ihre Züge. »Adels *Mutter*?«

»Niemand hat mich geschickt«, röchle ich und merke, wie mein Gesicht heiß wird. »Ich bin hier, weil Frau Nasirs Enkeltochter mich eingeladen hat.«

»Wer ist Frau Nasir?«, faucht sie.

»Meine Lehrerin.«

»Und wer ist die *Enkeltochter*?«

»A-Amila«, japse ich.

Ihr Blick dringt tief in mein Inneres, als verberge sich die Wahrheit an der Wurzel meines Herzens. Dann lässt sie von mir ab und weicht einen großen Schritt zurück. »Tut mir leid, du hast mir Angst gemacht.«

Ich reibe über meinen Hals und lache hohl. »*Ich* habe *dir* Angst gemacht? Du wolltest mich gerade *erwürgen*!«

»Übertreib mal nicht. Ich musste dich aus der Reserve locken, um zu sehen, mit wem ich es zu tun habe. Normalerweise erkenne ich, ob Freund oder Feind vor mir steht, aber bei dir gestaltet sich das schwieriger.« Sie mustert mich, als wäre ich irgendetwas Außerirdisches, das gerade vom Himmel gefallen ist. »Deine Augen sind *blau*. Sie sind voller Wasser und Nebel und Realitäten, die verschwimmen.«

»Hast du wenigstens gefunden, wonach du gesucht hast im ganzen *Wasser* und *Nebel*?«, belle ich und schüttele verärgert den Kopf.

»Ja und nein.« Sie lächelt und steckt sich eine Zigarette an. »Du bist schon mal kein Spitzel und auch keine Auftragskillerin, aber *wer* du bist und *warum* uns das Schicksal unbedingt zusammenführen will, muss ich noch herausfinden.«

Verdattert starre ich sie an. »Darfst du hier drinnen rauchen?«

»Warum nicht?« Genussvoll bläst sie den Rauch durch ihre Lippen. »Für jemanden, der aus einem freien Land kommt, bist du ganz schön regelbesessen.«

»Wie auch immer«, knurre ich und strecke beide Arme von mir weg. »Bringen wir es hinter uns.«

»Ich muss deine Maße nicht nehmen, ich kenne sie bereits. Wir haben dieselbe Größe.«

»Dann hast du mich nur hergelockt, um mich zu attackieren?«

»Nicht ausschließlich. Zuerst habe ich dir ein Kompliment gemacht, schon vergessen?« Zwinkernd zeigt sie auf das Kleid, das sie mir bei unserer letzten Begegnung geschenkt hat. »Und jetzt möchte ich mich mit dir unterhalten.«

»Nein, danke«, brumme ich. »Ich gehe wieder zu den anderen.«

»Ach, sei doch nicht so nachtragend, Diplomatentochter!«, nuschelt sie mit der Fluppe im Mund. »Wie wäre es, wenn ich dich zur Wiedergutmachung nach Hause fahre?«

»Ich nehme die Metro.«

»Gut, dann vielleicht nächstes Mal.« Sie zieht einen goldenen Nerzschal aus dem Durcheinander und wickelt ihn sich spielerisch um den Hals. »Trotz allem freue ich mich, dass du dich unserem Mondreich angeschlossen hast.«

Ich möchte ihr den Rücken zukehren und gehen, aber die enorme Zugkraft ihrer Präsenz hält mich fest. »Wieso eigentlich *Mondreich*?«, frage ich und klinge dabei versöhnlicher als beabsichtigt.

»Der Mond ist wandelbar. Jeden Tag verändert er sich, zeigt sich in einer neuen Gestalt. Gleichzeitig bleibt er sich selbst immer treu. Der Mond hört nicht auf, der Mond zu sein, nur weil er eine andere Form annimmt.« Sie schaut in den Spiegel und tupft sich mit einer Puderquaste über die Stirn. »Daher ist er unsere Inspiration. Wir schlüpfen in unterschiedliche Rollen, weil wir herausfinden möchten, wer wir im Kern wirklich sind. *Qamar.*«

Vor Schreck verschlucke ich mich an meinem Speichel und huste heftig. »W-wie bitte?«

»*Qamar*, das arabische Wort für *Mond*.« Verdutzt neigt sie den Kopf zur Seite. »Habe ich einen wunden Punkt getroffen?«

»Ich kenne jemanden mit diesem Namen«, erkläre ich heiser. »Und unsere Begegnung war alles andere als erfreulich.«

»Der Mond hat auch eine verborgene Seite. Vielleicht musst du die Person nur besser kennenlernen?«

»Ich verzichte.« Ich kneife die Augen zusammen. »Andererseits hat *sie* nicht versucht, mich in einem Kostümkeller zu strangulieren.«

Farah lacht schallend und drückt den Zigarettenstummel an der Sohle ihrer Stiefelette aus.

Bevor wir die Bühne erreichen, wo die Gruppe bereits fleißig probt, zupft Farah an meinem Glückstuch und flüstert: »Wenn ich dich erneut dabei erwische, wie du *Chanel* mit einem alten, zerfransten Lumpen kombinierst, erwürge ich dich – aber diesmal *wirklich*.«

10.
Die singenden Dünen

Nach dem Besuch im Mondreich ist die Konsistenz der Welt viel weniger zäh und grau meliert. Die letzten zwei Nachmittage habe ich damit verbracht, den Text für meine Rolle einzustudieren, anschließend habe ich stundenlang mit Amila telefoniert. Auch wenn sie über das zweifelhafte Talent verfügt, ohne Punkt und Komma zu reden, liebe ich, wie offen und lebhaft sie ist. Ihre gute Laune ist ansteckend, und es gibt Momente, da fühlt es sich so an, als wären wir schon unser ganzes Leben lang befreundet.

Nicht nur Frau Nasir ist begeistert über die neusten Entwicklungen, auch meine Eltern wirken sichtlich erleichtert darüber, dass ich mich vom Zombie langsam wieder zurück in einen Menschen verwandle. Gestern beim Abendessen habe ich ihnen von der Theatergruppe erzählt – von Miss Hollywood, Amila und den anderen Mädchen. Die Sache mit dem Sportunterricht habe ich wohlweislich unterschlagen; zum ersten Mal seit Langem haben wir eine richtige Unterhaltung miteinander geführt, da wollte ich auf keinen Fall einen Streit riskieren.

Am Sonntagnachmittag werde ich im weißen Hummer-Geländewagen abgeholt. Frau Nasir sitzt am Steuer, Amila neben mir, außerdem sind noch ihre Mutter, ihre Cousine und zwei Tanten mit an Bord. Alle reden, schnattern und lachen gleichzeitig, während Frau Nasir lautstark den Straßenverkehr beschimpft. Am Anfang fühle ich mich noch etwas nervös, aber nachdem Amilas Tanten mir eisgekühlten Litschisaft in die eine Hand und einen schokoladenüberzogenen Honigmelonenspieß in die andere Hand gedrückt haben, taue ich schnell auf. Die Frauen sprechen Arabisch und Englisch und wechseln in Rekordgeschwindigkeit zwischen den Sprachen hin und her. Amilas Cousine Nilu versteht sogar ein bisschen Deutsch und stellt mir mehrere Fragen rund um Angela Merkel. Offenbar genießt die ehemalige Bundeskanzlerin einen richtigen Superstar-Status im Hause der Nasirs.

Nachdem ich mit Nettigkeiten und Naschwerk überschüttet worden bin, moderiert Amila voller Enthusiasmus unsere Tour an: »Wir brauchen etwa eine halbe Stunde, bis wir die Dünen erreichen. Heute ist der perfekte Tag für einen Ausflug in die Wüste, da es nicht zu heiß ist. In zwei Stunden geht die Sonne unter, dann kühlt der Sand ab und wir können ein schönes Barbecue machen.«

Helle Aufregung durchzuckt mich. »Wir fahren in die *Wüste*?«

Amila legt den Kopf schief. »Natürlich. Dachtest du etwa, wir lassen Mohammeds Falken in einem Einkaufszentrum fliegen?«

Ein Freudenschrei sprudelt meine Kehle hoch.

»Dir ist schon bewusst, dass *ganz* Katar eine Wüste ist, oder? Du befindest dich hier auf dem trockensten Terrain der Erde«, bemerkt Nilu glucksend.

»Ich habe sie noch nie mit eigenen Augen gesehen.«

»Dann kannst du dich jetzt doppelt freuen, denn wir

fahren an einen ganz besonderen Ort, nämlich zu den singenden Dünen!«, verkündet Amila und klatscht freudig in die Hände.

»Wieso *singend*?«

»Du hast noch nicht davon gehört?« Amila räuspert sich dramatisch. »Singende Dünen sind eines der seltensten und geheimnisvollsten Phänomene der Welt. Niemand weiß, wie sie entstanden sind, niemand weiß, wer dem Sand seinen Zauber eingeflößt hat.«

»Sie sind *lebendig*.« Auch Nilu kommt jetzt so richtig in Fahrt. »Ihr Gesang ist so magisch und weltfremd, er dringt direkt in die Seele ein.«

»Manche behaupten sogar, dass sie *sprechen* können«, wirft Amila ein. »Dass sie dir Antworten geben auf all deine Fragen, wenn du nur genau hinhörst.«

»Es heißt, dass sie nachts umherwandern, um sich miteinander zu unterhalten. Daher verändert sich ihre Form auch ständig, bleibt nie dieselbe.« Nilus Blick beginnt zu glühen. »Sie erzählen sich uralte Geschichten und vereinen sich mit den himmlischen Klängen des Universums.«

»Aber vor allem *furzen* sie«, kräht Frau Nasir und lacht schallend.

»Konzentrier dich aufs Autofahren, Großmutter!«, schimpft Amila.

Ich bin völlig baff.

»Vergesst bei der ganzen Aufregung nicht, dass heute Mohammeds großer Tag ist«, wirft Amilas Mutter mahnend ein.

»Ja, ja«, murmelt ihre Tochter augenrollend. »Mo und sein Papagei sind natürlich tausendmal interessanter als verzauberte Sanddünen ...«

»Wo ist dein Bruder eigentlich?«, frage ich.

»Hinter uns. Wir sind heute mit fünf Autos unterwegs.« Als sie meinen verdutzten Gesichtsausdruck bemerkt, ergänzt sie kichernd: »Willkommen in Katar, Habibti! Wir haben hier große, neugierige und *extrem* anhängliche Familien.«

Ich erinnere mich daran, wie ich als Kind zum ersten Mal an den Rand des Meeres getreten bin. Noch nie zuvor sind meine Empfindungen so rein und gleichzeitig so aufwühlend gewesen. Der entfesselten Endlosigkeit gegenüberzustehen, von ihrer ganzen Schönheit und ihrer ganzen Kraft umfangen zu werden und im tiefsten Kern des Seins zu spüren, dass man Teil dieses unerklärlichen Wunders ist – ich habe zu keiner Zeit etwas Vergleichbares empfunden. *Bis jetzt.*

Die singenden Dünen wachsen wie goldene Sturmwellen aus dem staubigen Geröllboden. Ihre Formen sind so surreal und imposant, sie erfüllen jede Zelle meines Körpers mit einer beinahe göttlichen Demut. Der Sand funkelt sternengleich in der Sonne, und immer wieder bilden sich feine Windspiralen, die den Sand – gleich dem Blas eines Walfischs – in die Luft befördern. Über die seichten Abhänge ziehen sich geheimnisvolle Schattenornamente; an manchen Stellen blitzen Adern aus Karminrot und Ockergelb durch die Oberfläche. Die höchste Düne misst bestimmt über fünfzig Meter, und ihr Umriss flirrt, als existierte sie in unterschiedlichen Dimensionen gleichzeitig.

Ich weiß nicht warum, aber mein Herz reagiert mit einem schmerzlichen Sehnen auf die majestätische Naturerscheinung. Obwohl mir der Anblick so fremd ist, blüht ein uraltes Vermissen in mir auf, beinahe, als stünde ich vor den Fragmenten eines früheren Lebens, das voller Zärtlichkeit zu mir spricht.

»Habibti? *Habibti!*« Amila fuchtelt belustigt mit der Hand vor meinem Gesicht herum. »Hast du dich gerade in ein Kamel verliebt?«

»W-was?« Ich entdecke eine Gruppe von Kamelen, die am Fuß der Dünen rastet. Kunterbunte Reitdecken schmücken ihre Höcker, die Maulkörbe bestehen aus handgestrickten Hauben. Ich habe noch nie *sitzende* Kamele gesehen und muss schmunzeln. Durch die angewinkelten, seltsam verknoteten Beine könnte man meinen, dass sie gerade eine Bruchlandung im Sand hingelegt haben.

»Sie sind so süß!«, schwärme ich.

»Vor allem haben sie schiefe Zähne und entsetzlichen Mundgeruch«, bemerkt Nilu, und Amila pflichtet ihr lachend bei.

Wir sind nicht die einzigen Besucher hier. Mehrere Geländewagen und ein Quad parken unweit eines provisorischen Verkaufsstands, an dem Getränke angeboten werden. An den unteren Dünenabschnitten tummeln sich Familien, Pärchen und ein paar kleinere Touristengruppen. Kinder rutschen auf roten Tellerschlitten den Abhang hinunter, die Erwachsenen benutzen dafür lediglich ihre Hinterteile. Dem ausgelassenen Gelächter nach zu urteilen, haben alle einen Heidenspaß.

Hinter uns werden Autotüren zugeschlagen und Amilas Verwandtschaft findet jauchzend, schwadronierend und leidenschaftlich gestikulierend zusammen. Sie begegnen sich mit so viel Freude und Innigkeit, dass ich ganz sentimental werde. Doch dann beobachte ich etwas Ungewöhnliches: Während der Gruß zwischen Mann und Frau ohne Körperkontakt erfolgt, kommen sich die Männer überraschend nahe. Sie führen ihre Gesichter zusammen und geben sich eine Art *Nasenkuss*. Dem ältesten Mann (ich glaube, es handelt sich um Amilas Opa väterlicherseits) wird sogar die Hand geküsst, und besonders die Jüngeren untermalen diesen Akt mit einer huldvollen Verneigung.

Amila bedeutet mir, näher zu treten, und ich stelle mich der Familie schüchtern vor. Die Frauen tätscheln meine Arme und strahlen mich auf eine Art und Weise an, die Polareis zum Schmelzen bringen könnte. Die Männer in ihren weißen Dischdaschas lächeln ebenfalls, halten dabei jedoch höflich Abstand.

Als plötzlich ein Junge in meinem Alter vortritt und Anstalten macht, mich zu umarmen, reißen sich Amila, Nilu und Frau Nasir gleichzeitig einen Schuh vom Fuß und gehen brüllend auf ihn los. Die anderen grölen und klatschen anfeuernd – und es dauert nicht lange, bis ich laut mitlache.

»Das macht man im Westen aber so!«, jault der Junge auf Englisch, während er sich am Boden zusammenkauert und schützend die Arme hochhält.

Die Frauen lassen sich nicht beirren, und es ist offensichtlich, wie viel Vergnügen ihnen die Zurechtweisung des Unruhestifters bereitet.

Nachdem sich der Junge zurück auf die Beine gekämpft hat, schubst ihn Amila in meine Richtung und zischt: »Begrüße meine Freundin – aber diesmal *anständig*!!!«

»Salam Aleikum, ich bin Mohammed, Amilas großer Bruder. Du kannst mich *Mo* nennen«, verkündet er zurückhaltend und legt die Hand auf die Brust. Trotz der

Balgerei ist sein Gewand faltenfrei, auch das schwarze Band, das sein weißes Kopftuch zusammenhält, sitzt perfekt. Anscheinend handelt es sich bei arabischen *Schuh*attacken lediglich um *Schein*attacken ...

»Von wegen *großer Bruder*!« Amila wirft ihren Sneaker nach ihm und wir beide müssen in Deckung gehen. »Du bist nur *zwei* Minuten älter als ich! Das ist übrigens auch die Anzahl der Gehirnzellen, die du abbekommen hast!«

»Freut mich, Mo«, erwidere ich lächelnd und reiche ihm die Hand.

Er errötet. »Ich ... Ich will nicht noch einmal verprügelt werden.«

»Oh, natürlich! T-tut mir leid.«

»So, genug geplaudert!«, verkündet Amila und schiebt sich zwischen uns. »Komm, Rea! Nilu und ich machen eine kleine Wanderung mit dir, derweil kann Mo seinen Piepmatz für den Flug vorbereiten.«

Ich werfe ihm einen entschuldigenden Blick zu, ehe mich die beiden Mädchen in Richtung Dünen ziehen.

Jedes Mal, wenn ich auf den Sandboden trete, habe ich das Gefühl, in das Erdinnere gezogen zu werden. Jeder noch so kleine Laut sickert in die Tiefe hinab und kehrt als überirdisches Raunen an die Oberfläche zurück. Kein Sandkorn scheint jemals still zu stehen, selbst die kleinste Bewegung wirbelt ein ganzes Universum durcheinander.

»Habibti, warte auf uns!«, ruft Amila, doch meine Beine tragen mich immer weiter, schneller und schneller. Ich breite die Arme aus, spüre das brennende Winden der Hitze und bin sicher, dass ich gleich abheben werde. Ich fühle mich so frei, so lebendig ...!

... Und dann fliege ich *wirklich*, und zwar bäuchlings in den Sand.

Lautes Lachen ertönt, aber nicht nur das: ein Summen aus dem Boden, erst unglaublich menschlich, dann metallisch heulend wie ein angestimmtes Theremin. Ich bekomme es mit der Angst zu tun. Hektisch rapple ich mich auf, doch das Einzige, was ich sehe, ist verschwommenes Kupfer, das von meinen Wimpern rieselt.

»Ich habe doch gesagt, dass du langsamer machen sollst!« Amila setzt sich neben mich und wischt mit der Hand über mein Gesicht. »Jetzt wirst du tagelang Sand spucken.«

»Hört ihr das?«, keuche ich. Das Geräusch schwillt an und beginnt zu wandern, verwandelt sich in eine magische Entität, die sich überallhin ausbreitet.

»Ja«, antwortet sie. »Das ist die Düne.«

»Sie *singt*«, ergänzt Nilu, die uns gerade erreicht hat.

»Das kann nicht sein«, hauche ich. »Ich meine, wie ist so etwas möglich?«

»Es hat wohl was mit der Größe und dem Aufbau des Sandes zu tu...«

Amila fällt ihrer Cousine ins Wort: »Das ist *Allahs* Geheimnis.« Dann steht sie auf und steigt ein paar Schritte empor. »Legt euch hin! Ich möchte etwas ausprobieren.«

Nilu wirft mir ein ermutigendes Lächeln zu und wir betten unsere Köpfe in den Sand.

Wieder regen sich die goldenen Wogen und ihr numinoser Gesang rollt auf uns zu. Nur weil Nilu ganz ruhig bleibt, widerstehe ich dem Impuls, aufzuspringen und schreiend davonzulaufen. Die Bewegung erreicht uns und ich halte verblüfft die Luft an. Kaum merklich umfließt uns die dünne Sandschicht, dabei klingt es, als rausche gerade ein Jumbojet über unsere Körper hinweg.

»Das ist das Verrückteste, das ich je erlebt habe!«, rufe ich inbrünstig.

Amila, die auf ihrem Hintern angerutscht kommt, klatscht begeistert in die Hände. »Ich hab doch gesagt, dieser Ort ist außergewöhnlich!«

»Wir sollten wieder zurück, die anderen warten bestimmt schon.« Nilu streckt sich. »Seid ihr bereit?«

»Bereit für *was*?«, frage ich atemlos.

»Na, die Düne runterzurollen!«

»Von so hoch oben?«

Nilu runzelt die Stirn. »Kennt ihr etwa keinen *Spaß* in Deutschland?«

Amila tippt das Kufiya-Tuch an, das ich wie gewohnt über die Schultern geworfen habe. »Binde es um deinen Kopf, damit du keinen Sand in die Ohren bekommst.« Sie kräuselt die Lippen. »Und lass es am besten gleich an. Mir gefällt nicht, wie mein Bruder dich anstarrt.«

Es gibt keinen Teil an mir, der nicht sandig ist – ja, sogar meine Unterwäsche fühlt sich rau und kratzig an –, aber das macht nichts, denn wir sitzen am unteren Hang der Düne und schütteln uns vor Lachen.

Frau Nasir hat recht gehabt: Die Düne singt und heult, und wenn man sie nur schnell genug hinunterrollt, *flatuliert* sie auch – oder zumindest hört es sich verdächtig danach an.

»Ich habe doch gesagt, ich war es nicht!«, winselt Nilu, während ein halbes Terrarium aus ihrem Hijab weht.

»Mit deinem Furz hast du Katar in ein Methanfeld verwandelt! Ein Streichholz genügt und das ganze Emirat geht in die Luft!« Amila ahmt das Geräusch einer Explosion nach und ihr Speichel spritzt in alle Himmelsrichtungen. »In den Nachrichten werden sie sagen, dass du einen Sprengstoffgürtel getragen hast!«

Wieder prusten die beiden Araberinnen los und der Boden unter uns vibriert.

»Blödsinn! Das warst *du*!« Nilu legt den Arm um ihre Cousine. »Dein Po hätte die Düne beinahe zerfetzt! Ein jahrhundertealtes Naturwunder – zerstört durch deine Darmwinde!«

»Warte, ich wette, Re-Ra ist es gewesen!« Die beiden Mädchen zeigen breit grinsend auf mich. »Deine Sphinktermunition bohrt sich gerade durch die Erdkruste und gleich brechen alle Vulkane gleichzeitig aus!«

»Genau!«, grölt Nilu. »Erst die Dinos, jetzt die Menschheit – Reas Arschtrompete ist *apokalyptisch*!«

»In Ordnung«, keuche ich. Vor lauter Lachen habe ich Seitenstechen bekommen. »Ich war's. Und ich bin immer noch ... *geladen*!«

Amila und Nilu springen auf und laufen kreischend vor mir weg.

◡

»Das ist ein sehr wichtiger Moment für Mohammed«, flüstert Amila. Wir haben einen großen Kreis um ihren Zwillingsbruder gebildet, der gemeinsam mit seinem Vater die letzten Vorbereitungen trifft. Die Sonne schwebt tief über dem Horizont und in der letzten halben Stunde hat sich die Düne fast vollständig geleert. Ausgerechnet das Quad ist noch da und prescht brüllend über die Abhänge.

Nicht einmal Frau Nasirs erhobene Sandalette (ganz eindeutig die effektivste Drohgebärde dieser Lande!) konnte den Fahrer zur Flucht verleiten.

»Er ist untröstlich gewesen, als sein Falke vor einem Jahr gestorben ist«, setzt Amila fort, und ich versuche, das Motorheulen auszublenden. »Er hat ihn bekommen, da war er drei. Die beiden sind quasi zusammen aufgewachsen. Zum Glück hat er sich an einen neuen Vogel binden können. Manche Falkner überwinden den Verlust ihres Schützlings niemals.« Ihre Stimme wird weich und zärtlich. »Ich bin stolz auf ihn. Er ist ein begabter Trainer.«

Mohammed, der bemerkt hat, dass seine Schwester über ihn redet, knurrt etwas auf Arabisch, und Amila antwortet mit einem angriffslustigen Zischen.

Ich muss lächeln. Manchmal wünschte ich, ich hätte auch Geschwister.

Schon eine ganze Weile lang sitzt der Falke regungslos auf Mohammeds Arm. Eine lederne Kopfhaube bedeckt seine Augen, sein Schnabel blitzt wie eine scharfe Klinge in der untergehenden Sonne.

»Er ist wunderschön«, raune ich.

»Lass dich von seinem guten Aussehen nicht blenden. Meistens ist er einfach nur extrem anstrengend.«

»Ich spreche vom *Vogel*.«

»Ah, du meinst Saja – *die Lautlose der Nacht*. Ja, *sie* ist ein ausgesprochen schönes Exemplar, eine wahre Königin der Lüfte.« Amila räuspert sich diskret. »Hat meinen Vater ein hübsches Sümmchen gekostet.«

»Kann man Falken im Zoogeschäft kaufen?«, erkundige ich mich.

Sie gluckst belustigt. »Nein, Habibti. Man kauft sie von

ausgewählten Händlern. Es gibt ein Falkengeschäft auf dem Souq-Waqif-Markt, ganz in der Nähe vom Falkenkrankenhaus.«

»Ein Krankenhaus für *Falken*?«, frage ich verdutzt.

»Aber natürlich!« Sie nickt energisch. »Über tausend Jahre lang haben unsere Vorfahren Falken trainiert, um sie für die Jagd in der Wüste einzusetzen. Ohne sie würde es uns heute nicht geben. Sind sie ein wesentlicher Bestandteil unserer kulturellen Identität und oft auch der wertvollste Schatz einer Familie. Wer einen Falken besitzt, würde alles für ihn tun, deshalb gibt es auch spezielle Krankenhäuser für sie. Die Tierärzte dort versorgen alles von gebrochenen Flügeln bis hin zu komplizierten Schnabelverletzungen. Die Kosten für die Behandlungen übernimmt der Emir höchstpersönlich.«

»Euer Präsident zahlt für die Tierarztbesuche?«

»Unser *Herrscher*, ja.«

»Ich glaube, es geht los«, flüstert Nilu, die zu meiner Linken steht.

Mohammed nimmt die Haube ab – und eine sonderbare Regung durchwirkt Saja. Wie aus einem tiefen Schlaf gerissen, beginnen ihre Muskeln zu zucken, und sie streckt die grau-weiß getüpfelten Flügel. Forschend gleitet ihr Blick über die Zuschauerschaft. Und sie nimmt sich Zeit dafür, observiert jedes einzelne Gesicht mit gründlicher Bedachtsamkeit. Als ihre glänzenden Pupillen mich finden, jagt ein Schauer über meinen Rücken. Es ist erstaunlich, wie viel Würde und Anmut diesem zierlichen Lebewesen innewohnt.

»Ein Falke, dessen Augen verschlossen sind, wird seine Gefangenschaft widerstandslos hinnehmen. Es ist beinahe so, als verlöre er jede Erinnerung an sein Wesen«, murmelt Nilu mir zu. »Doch sobald er *sehen* kann – den Himmel, die Wüste, die Grenzenlosigkeit seiner Welt –, entflammt in ihm eine Kraft, die ihn zu einem der mächtigsten und tödlichsten Jäger macht.«

Saja stößt einen schneidenden Ruf aus und Mohammed streicht ihr beruhigend über die Brust. Ihre Augen haben eine zitrusgelbe Umrandung, Stirn und Wangen sind schneeweiß. Ihre Schnabelspitze ist dunkel wie Granit und steht in einem aparten Kontrast zu den silbernen Schwanzfedern. Saja ist wunderschön, noch schöner jedoch ist die magische Verbindung, die zwischen ihr und Amilas Zwillingsbruder zu bestehen scheint.

Schließlich nickt Mohammed in Richtung seines Großvaters und dieser tritt mit einem kleinen Holzkäfig vor.

»Was geschieht jetzt?«, wispere ich.

Der alte Mann öffnet das Gitter und im selben Moment flattert eine Taube über unsere Köpfe hinweg. Kurz macht sie Anstalten, zu landen, dann erblickt sie den Raubvogel und beginnt, panisch aufzusteigen.

Ich reiße den Mund auf. »Oh mein Gott, die hat ja keine Chance!«

»Du wärst überrascht, wie oft Taubenzüchter solche Jagden gewinnen«, bemerkt Amilas Cousine. »Manchmal stürzen sich zehn Falken gleichzeitig auf eine Taube, trotzdem gelingt ihr die Flucht. Dann staubt der Taubenzüchter den Hauptgewinn ab und alle anderen gehen leer aus.«

»Pssst!«, zischt Amila und faltet gespannt die Hände zusammen. »Der Idiot muss sich jetzt konzentrieren.«

Indem er beschwörend auf seinen Schützling einredet, gelingt es Mohammed, Sajas Blick von der Taube zu lösen und zurück auf sich zu lenken. Nun sehen sich Junge und Falke direkt in die Augen, als würden sie Kraft ihrer Gedanken miteinander kommunizieren.

Und dann gibt Mohammed das Zeichen.

Wie ein Todesengel schießt Saja in den Himmel; die Flügel schwingen ohne jeden Laut, der schlanke Körper verschmilzt mit der Atmosphäre. So rasend schnell entfernt sie sich vom Erdboden, dass der Eindruck entsteht, sie steuere geradewegs auf die Sterne zu.

Ein paar Herzschläge später ist Saja in der Abendsonne verschwunden. Auch von der Taube fehlt jede Spur. Staunend und verwirrt zugleich, blicke ich um mich: Frau Nasir sucht mit einem Fernglas den Horizont ab, Amila kaut nervös an ihren Fingernägeln. Mohammed hält den Arm noch immer ausgestreckt, vielleicht, um dadurch die Verbindung zu seinem Falken aufrechtzuerhalten. Unablässig bewegen sich seine Lippen, sein Blick verläuft sich im Nichts.

Sogar das laute Röhren des Quads ist verstummt. Es parkt am oberen Lauf der Düne, und ich stelle fest, dass der Fahrer zu uns hinuntersieht. Bestimmt ist er genauso gespannt wie wir, wie die Jagd ausgehen wird.

»Da ist sie!«, kreischt Amila plötzlich und packt mich am Arm. »Mo hat es geschafft! Er hat es wirklich geschafft!«

Euphorisches Klatschen mischt sich mit Ausrufen der Bewunderung.

Die Rückkehr des Falken holt auch Mohammed in die Realität zurück, und als er die erlegte Taube vor seinen Füßen entdeckt, schreit er vor Freude laut auf. Saja landet wieder auf seinem Arm und in der nächsten Sekunde stürzt sich die gesamte Nasir-Familie auf das siegreiche Duo.

»Wollt ihr nicht zu ihm?«, frage ich Amila und Nilu.

»Damit er sich aufplustert wie ein Gockel? Nein, danke.« Ami bemüht sich, möglichst unbeeindruckt zu klingen, doch ihr Gesichtsausdruck verrät, wie sehr sie sich für ihren Zwillingsbruder freut.

»Ich verstehe das nicht«, sage ich fasziniert. »Saja hätte einfach davonfliegen können. Wieso kehrt sie zu ihm zurück?«

»Weil sie es nicht anders kennt«, entgegnet Nilu. »Sie wurde in Gefangenschaft geboren.«

Amila blickt ihre Cousine schockiert an. »*Unsinn*! Sie kehrt zu ihm zurück, weil er ihr Geborgenheit schenkt, Schutz, das Gefühl von Zugehörigkeit. Seine Liebe zu ihr reicht viel weiter als das fernste Land, das sie jemals erreichen könnte. Er ist Familie für sie. Heimat.« Ihre Stimme verändert sich, aber ich vermag nicht zu deuten, was in ihr vorgeht. »Das ist viel wichtiger.«

»Wichtiger als *Freiheit*?«, gibt ihre Cousine zurück. »Wohl kaum.«

Amila räuspert sich. Es ist offensichtlich, dass Nilus Kommentar sie verstimmt hat.

»Die Antwort ist viel simpler, meine Damen«, verkündet Mohammed und gesellt sich zu uns. »Ich füttere sie mit den saftigsten Mäusen des Morgenlands. Und Saja ist eine echte Feinschmeckerin. Das ist der einzige Grund, weshalb sie nicht schon längst über alle Berge ist.«

»Das war sehr beeindruckend!«, haspele ich, erleichtert über sein Einschreiten. »Vielen Dank, dass ich zusehen durfte.«

»Es ist mir eine Ehre.« Der Junge verbeugt sich vor mir, bevor er das Wort an Amila und Nilu richtet. »Großmutter ruft nach euch. Ihr sollt beim Aufbau des Buffets helfen.«

Amila verdreht die Augen. »Meinetwegen. Re-Ra, du kannst uns begleiten.«

»Auf keinen Fall!« Mohammed hebt mahnend die Hand. »Sie ist unser *Gast*.«

Es ist interessant, wie sich die Dynamik der Geschwister verändert. Eben hatte ich noch den Eindruck, dass Amila das Sagen hat, aber offenbar habe ich mich in dieser Annahme getäuscht.

»In Ordnung«, murmelt diese zwischen zusammengebissenen Zähnen. »Aber vergiss nicht, dass gleich die Sonne untergeht. Und dann beten wir. Wir *beten*, Mo. Allah sieht nämlich alles, auch Brüder, die versuchen, sich an die Freundinnen ihrer Schwestern ranzuschmeißen.«

»Ami ist ein bisschen eigen, tut mir leid«, bemerkt Mohammed lächelnd, nachdem sich die beiden Mädchen grummelnd entfernt haben. Er steht vor mir, hält allerdings einen großzügigen Abstand zwischen uns ein.

»Überhaupt nicht, sie ist meine Seelenretterin!« Unabsichtlich schwanke ich ein wenig auf ihn zu und er weicht dezent zurück. »Ich bin sehr froh, dass ich ihr begegnet bin.«

»Dann gefällt dir Doha bisher?«, fragt er, sein Akzent ist wesentlich stärker als der seiner Schwester.

»Vieles ist anders hier«, entgegne ich mit Bedacht. »Aber langsam wird mir die Stadt vertrauter. Und ich entdecke jeden Tag etwas Neues.« Ich deute auf Saja, die wieder ihre Lederhaube trägt und wie ein unbelebtes Accessoire auf seinem Arm sitzt.

Mohammed sieht mir kurz direkt in die Augen. »Wenn du willst, kannst du sie anfassen.«

»Wie bitte?«, rufe ich, denn schon wieder erklingt das nervtötende Motorkreischen des Quads.

»Sie liebt es, gestreichelt zu werden – wie eine Katze.« Mo fährt mit dem Zeigefinger über die Brust des Falken und nickt ermutigend. »Ihre Federn sind ganz weich.«

Zaghaft mache ich einen Schritt auf den Jungen zu – und dieses Mal bewegt er sich nicht weg, sondern bleibt an Ort und Stelle stehen. Als ich vorsichtig über Sajas Flügel streiche, plustert sie sich auf und gibt gurrende Laute von sich.

»Sie ist sehr verschmust«, bemerkt Mohammed, während ich über die unerwartete Niedlichkeit des Raubvogels staune. *Wäre da nur nicht das penetrante Dröhnen des Quads ...*

»Übrigens hast du dir da ein äußerst ungewöhnliches Modestück ausgesucht.«

Dass das Kufiya-Tuch noch immer um meinen Kopf gewickelt ist, habe ich völlig vergessen. »Ich habe es geschenkt bekommen«, erkläre ich verlegen.

»Ach ja?« Er hebt die Augenbrauen an. »Ich finde, du verdienst viel schönere und teurere Geschenke.«

Ich merke, wie ich rot anlaufe – und Mohammed scheint das zu gefallen. »Außerdem mag ich deine Haare. Sie sind golden wie der Wüstensand.«

»D-deine Schwester meinte ...«

»Hör nicht auf das, was meine Schwester sagt! Ganz bestimmt ist sie in ihrem früheren Leben ein Mullah gewesen, so konservativ, wie sie ist«, gluckst er. »Ich sage immer, sie soll sich bei der Sittenpolizei anmelden, da könnte sie richtig Karriere machen!«

Jetzt lachen wir beide und ich empfinde eine tiefe Sympathie für den aufgeschlossenen Jungen. *Wenigstens erinnere ich ihn an* goldenen Wüstensand *und nicht an ein farbloses Gespenst* ...

Plötzlich stößt Saja einen schrillen Schrei aus und steigt trotz verbundener Augen senkrecht in den Himmel auf. Ehe ich die Hand zurückziehen kann, springt Mohammed panisch kreischend zur Seite, stolpert in den Sand und krabbelt mit unkoordinierten Bewegungen davon. Als ich endlich begreife, was vor sich geht, ist es bereits zu spät. Das Quad rast geradewegs auf mich zu, so ungeheuerlich schnell, dass sich der Raum zwischen uns in brennendes Vakuum verwandelt. Ich versteinere. Atme nicht mehr. Bereite mich auf den schlimmsten Schmerz meines Lebens vor. Auf das Ende.

∪

In der allerletzten Sekunde schwenkt das Fahrzeug aus, schlittert an mir vorbei und bremst so abrupt, dass Mohammed mit einer Ladung Sand überschüttet wird.

Fassungslos starre ich den Quad-Fahrer an. Er trägt einen Helm, trotzdem höre ich, wie er dem wimmernden Jungen das englische Wort für *Feigling* zuruft. Mit einem letzten gespenstischen Aufleuchten versinkt die Sonne am Horizont und die gellen Rufe des Falken schwängern die blassgelbe Luft.

Mohammed rappelt sich auf, stößt einen heiseren Fluch aus und beginnt, Saja mit hektisch rudernden Armen nachzulaufen.

Obwohl ich sein Gesicht hinter dem dunklen Visier nicht erkennen kann, spüre ich, dass der Quad-Fahrer mich ansieht. Die Welt um uns herum verlangsamt sich, verzerrt sich, bis nur noch wir beide als feste Körper existieren. Und im absoluten Stillstand der Zeit glaube ich, das Echo unserer Pulsschläge von den Dünen widerhallen zu hören.

Im nächsten Moment nimmt er den Helm ab – und eine glutheiße Flamme züngelt in mir auf.

»Shabah?«, keuche ich ungläubig.

»Salam Aleikum, kleines Gespenst«, erwidert er und seine Mundwinkel zucken leicht nach oben.

Im Flirren des Staubs wirkt er wie eine Traumgestalt, die beim nächsten Blinzeln schon wieder verschwunden sein könnte. Ich wünschte, es gäbe einen Zauber, der diesen Moment, in dem wir uns einfach nur ansehen, einfängt und unendlich macht.

»Ich habe viel an dich gedacht«, eröffnet er, und kurz scheint es, als wollte er noch etwas hinzufügen, belässt es jedoch dabei.

Ich denke auch an dich ... ständig, möchte ich herausschreien, traue mich aber nicht. Stattdessen quietsche ich mit dem Timbre einer klemmenden Schrankschraube: »Du hättest mich beinahe über den Haufen gefahren!«

Er zwinkert keck. »Deinem strahlenden Lächeln nach zu urteilen, freust du dich aber trotzdem, mich zu sehen.«

Verblüfft fasse ich in mein Gesicht. *Er hat recht, ich grinse dämlicher als ein Honigkuchenpferd ...*

»Außerdem habe ich nicht *dich* beinahe über den Haufen gefahren, sondern diesen Clown mit seinem dressierten Zirkusgeflügel.« Sein Blick leuchtet vor Intensität. »Ich habe dir einen *Gefallen* getan. Jetzt weißt du, dass dein Freund ein Taugenichts ist. Wenn ihm nämlich etwas an dir gelegen hätte, wäre er nicht flennend davongekrochen.

Er hätte sich vor dich gestellt und dich beschützt! Man weicht niemals zurück – nicht bei Menschen, die einem etwas bedeuten.«

»Warte«, raune ich und merke, wie es in meiner Magengrube kribbelt. »Bist du etwa *eifersüchtig* auf Mo?«

»*Mo*. Pah!« Er schnaubt verächtlich. »Du hast ihm also schon einen Kosenamen gegeben.«

Ich kann mir ein Schmunzeln nicht verkneifen. »Keine Sorge, du hast auch einen.«

»Ach ja?«

»Ja«, ich stelle mich der verwegenen Schönheit seiner Augen, »nämlich *Verkehrssünder*.«

Jetzt grinst er, und das Gefühl, das er dabei in mir auslöst, raubt mir beinahe den Verstand.

»Wo wir gerade davon sprechen ... Warum hast du mir nicht deinen richtigen Namen verraten?«, frage ich vorsichtig.

Sofort verfinstert sich seine Miene. »Was meinst du damit?«

»*Shabah*«, erläutere ich, »das bedeutet doch *Phantom*.«

»I-ich verrate niemandem meinen richtigen Namen«, murmelt er stockend. »Es wäre viel zu gefährlich.«

Ich runzle die Stirn. »Bist du auf der Flucht oder so etwas?«

Er macht eine abwehrende Handbewegung. »Du würdest es nicht verstehen.«

»Versteckst du dich vor jemandem?«, hake ich weiter nach und ergänze mit betont beiläufiger Stimme: »Vor einer *Ex-Freundin* möglicherweise?«

»Genau, mein Leben ist eine Hollywood-Komödie«, brummt er sarkastisch.

Ich räuspere mich verlegen. »Vielleicht kann ich dir ja helfen.«

»Niemand kann mir helfen, nicht einmal ein Wüstengespenst mit Kufiya-Turban. Auch wenn ich mir das sehr wünschen würde.« Sein Atem geht schwer, seine Stimme bebt. Was mich jedoch völlig ins Chaos stürzt, ist der Ausdruck in seinem Gesicht: Ich sehe Zärtlichkeit, Sehnsucht, geheime Linien des Verlangens, die sich auf seiner Stirn abzeichnen. Und ich kann spüren, wie sehr der Drang in ihm wütet, diesen Gefühlen Ausdruck zu verleihen.

Im nächsten Moment grölt Amila unweit von uns: »Habibti! HABIBTI! Alles in Ordnung?«

Hastig drückt Shabah einen Hebel am Lenker des Quads und das vierrädrige Biest erwacht zum Leben.

»Warte!«, rufe ich. »Wir grillen gleich zusammen. Bestimmt hätte die Nasir-Familie nichts dagegen, wenn du mitisst. D-dann könnten wir uns noch ein wenig unterhalten.«

»Ich muss los«, bringt er gepresst heraus.

»Oder möchtest du eine Tasse Tee?«, haspele ich. »Meine Lehrerin hat mir gezeigt, wie man einen echten Karak Chai zubereitet.«

Ein trauriges Lächeln umspielt sein Gesicht. »Es war wirklich schön, dich noch einmal gesehen zu haben. Lebe wohl, kleines Gespenst.«

Keine Sekunde später rauscht er mit einer solchen Geschwindigkeit davon, dass zwischen uns ein Wall aus Reifenrauch aufsteigt. Das Kufiya-Tuch weht auf und schmiegt sich um meinen Mund. »Geh nicht …«, flüstere ich in den warmen, sandigen Stoff hinein, während das Phantom zu einem trugbildartigen Schemen verschwimmt.

11.
Gekidnappt

»Komm schon, Diplomatentochter! Mehr hast du nicht zu bieten?« Farah stößt mir mit dem Holzschwert in die Seite und schüttelt tadelnd den Kopf. »Straff den Rücken! Senk die Schultern! Heb das Kinn an! Du bist eine gefürchtete Kriegerin, keine Teekanne! Entfessele deine Kräfte! Zeig uns, was in dir steckt!« Sie fletscht die spitzen Vampirzähne und sticht mir in den Schenkel. »Ich kann deine Angst riechen! Verlasse dich auf deine Instinkte, lausche deiner Intuition – irgendwo hinter diesen Hupen verbirgt sich eine Kämpferin!«

»Hey!«, krächze ich und schirme meine Brüste mit der Hand ab.

»Was?! Sie sind das Einzige an deinem Köper, das sich bewegt. Alles andere ist steif und verkrampft!« Sie geht erneut auf mich los, dieses Mal bohrt sich die Schwertspitze in meinen Bauch. »Also, weniger Glockengehüpfe und mehr Schwung in den Beinen! ... In der Hüfte! ... Hier oben!« Sie zielt auf meinen Kopf und ich ducke mich mit einem panischen Grunzen.

Auch dieses Holzschwert-Duell entscheidet Farah für sich und Miss Hollywoods Stimmungsbarometer steigt von ekstatischer Verzückung zu euphorischer Begeisterung.

»Los, Re-Ra! Du schaffst das!«, ruft Amila, die als Van

Hadil verkleidet ist und sich mit den anderen Mädchen vor der Bühne versammelt hat. »Vampire tötet man am besten, indem man ihnen die Kehle durchschneidet! Dann hören sie nämlich auf zu reden!«

Ich sehe zu meiner Freundin hinunter und versuche mich an einem tapferen Lächeln. Farah (natürlich in der Hauptrolle als Gräfin Dawulah) nutzt die Gelegenheit, wirbelt um mich herum und rammt mir die Klinge in den Rücken.

»Autsch!«, ächze ich. »Das hat wehgetan!«

Sie lässt das Holzschwert fallen, schlingt die Arme um meinen Brustkorb und zieht mich an sich. Jetzt liegt mein Hinterkopf auf ihrer Schulter und ihr Körper presst sich fest gegen meinen. »Du brauchst ihr Mitleid nicht. Das lenkt bloß ab, macht dich schwach. Echte Stärke findest du dort, wo es still ist. Mut gedeiht in Dunkelheit, wenn es nur euch beide gibt – dich und dein wahrhaftiges Selbst.« Sie beißt mir in den Hals, leicht nur, trotzdem schreie ich verdattert auf. Dann wispert sie mir ins Ohr: »Überlege dir gut, wem du dein Vertrauen schenkst. Wer blendet, versucht, Schatten zu verbergen.«

»Es reicht! Lass Re-Ra los!« Mit scheuchenden Handbewegungen stürmt Amila auf die Bühne.

Der Dschungelblumenduft verfliegt und Farah stolziert mit erhobenem Haupt durch das Mondreich. »Deine Gehilfin hat noch viel zu lernen, Vampirjägerin Van Hadil.« Ihr rubinrotes Ballkleid raschelt und eine nachtblaue Haarsträhne gleitet aus ihrem Hijab. »Sie glaubt, die Mächte der Finsternis zu kennen, dabei hat ein Pudelwelpe tiefere Abgründe gesehen als sie.«

»Du musst es nicht immer so übertreiben, Farah!«, feuert Amila zurück und beginnt, mein Kostüm abzuklopfen.

»Wir stehen auf unterschiedlichen Seiten, du und ich.« Farah hebt das Schwert auf und ritzt tödliche Wunden in die Luft. »Aber in einer Sache musst du mir recht geben: Eine Frau, die sich im Kampf zügelt, ist eine tote Frau.«

Amila verdreht die Augen und wendet sich mir zu. »Alles okay, Habibti?«

»Klar«, murmele ich peinlich berührt und lockere das opalgrüne Satinkorsett, das Teil meines neuen Kostüms ist. Sogar als Vampirjägergehilfin trage ich Kleidung, die man ohne Weiteres auch auf einer royalen Gala anziehen könnte – Farah sei Dank.

»Ich frage mich, warum Großmutters Amulett nicht auch gegen sie wirkt«, brummt Ami und zupft an meiner Nazar-Kette. »Bei Mohammed hat der Abwehrzauber doch einwandfrei funktioniert, dabei ist er nicht einmal das *wahre* Böse.« Wieder sieht sie zu Farah und murmelt etwas auf Arabisch, das eine beträchtliche Anhäufung des Wortes *Allah* beinhaltet.

Ich seufze leise. »Erinnere mich bitte nicht an die Sache mit deinem Bruder.«

»Ach, war doch witzig!« Amila setzt ein breites Grinsen auf. »Ich habe meine Familie noch nie so inbrünstig beten sehen. Und Gott hat sie erhört: Der Falke ist zu meinem Bruder zurückgekehrt, auch wenn er jetzt eher an ein gerupftes Huhn erinnert. Also, mein Bruder, nicht der Falke.« Sie gluckst selig. »Hach, ich kann nicht aufhören, daran zu denken.« *Und ich kann nicht aufhören, an meine Begegnung mit Shabah zu denken ...*

Kurz darauf quinkeliert Miss Hollywood, welche Szenen wir bis zur nächsten Stunde auswendig lernen sollen, und entlässt die Gruppe mit einem Bouquet an Luftküssen.

Ich habe mich von Amila verabschiedet und steuere gerade auf die Bin-Mahmoud-Haltestelle zu, da hupt es plötzlich hinter mir. Mit Sicherheit wurde das schrille Pink dem Sonnenkern entzogen, denn als ich mich zum Lamborghini umdrehe, verengen sich meine Pupillen schmerzhaft.

Farah drosselt das Tempo und lässt die Scheibe auf der Beifahrerseite runter. »Steig ein, Diplomatentochter! Ich fahre dich nach Hause!«

Sofort schießt eine Ladung Adrenalin durch meine Adern. »Nicht nötig!«

»Ach, sei nicht so schüchtern!« Sie fährt in Schrittgeschwindigkeit neben mir her und grinst verschlagen. »Du hast mich doch schon in Unterwäsche gesehen!«

Von allen Seiten ertönt wütendes Hupen. Bremsen quietschen, und heranfahrende SUVs müssen haarsträubende Manöver hinlegen, um dem Lamborghini auszuweichen. »Lass mich nicht hängen, Diplomatentochter!« Ihre Augen bekommen dieses raubtierhafte Funkeln, gefährlich und hochgradig magnetisch. »Los, steig ein!«

Das Hupen schwillt an – und die junge Araberin antwortet mit einem markerschütternden Aufheulen des Motors.

»Dir fährt noch einer hinten rein!«, zische ich und kralle mich im Stoff meines Kufiya-Tuchs fest.

»Und das wäre ganz allein deine Schuld«, ergänzt sie schmollend.

»Meinetwegen! Aber nur, weil du mich quasi dazu *zwingst*.«

Ein triumphierendes Lächeln erstrahlt in ihrem Gesicht, dicht gefolgt von einem irritierten Stirnrunzeln. »Worauf wartest du noch?«

»W-wie steige ich ein?«

»Na ja, ins Auto beamen kannst du dich nicht. Mich von dieser Seite des Wagens überklettern, solltest du auch nicht, sonst beschuldigt man uns noch der öffentlichen Unzucht.« Sie tippt auf den Platz neben sich. »Ich empfehle dir also, dich mit dem Hintern voraus auf den Beifahrersitz zu setzen.«

Mit hochrotem Kopf taste ich nach dem Türgriff, der nicht zu existieren scheint. Keine Sekunde später ertönt ein ominöses Zischgeräusch, das ich sonst nur aus Raumschiffen kenne, und der Lamborghini erhebt seinen bonbonpinken Flügel mit solch gründlicher Herablassung, dass ich sofort Minderwertigkeitskomplexe bekomme. Ungeschickt lasse ich mich auf den weißen Ledersitz nieder und schreie auf, als Farah Gas gibt.

»Hey! Die Tür war noch halb offen!«

»Halb *zu*«, korrigiert sie und überholt gefühlt jedes einzelne Fahrzeug, das in den letzten drei Minuten an uns vorbeigefahren ist. »Was machst du da?«

»Na, mich anschnallen!«, jaule ich panisch.

Sie zieht gekränkt die Augenbrauen hoch. »Aha.«

Doch schon entgleitet der Gurt meinen Händen, denn der Anblick, der sich mir bietet, versetzt mein Hirn in einen Zustand schockfaszinierten Errors: Das Armaturenbrett ist silbergrau mit Schaltknöpfen aus glänzendem Chrome. Der digitale Tachometer fluoresziert in leuchtenden Blau- und Violetttönen, dabei erscheinen die Zahlen wie von Hand geschrieben, schnörkelig und seltsam plastisch wie ein Hologramm. Das Lenkrad besteht aus eng verwobenen Metallketten, die nach außen hin einen abgerundeten Kranz bilden und im Zentrum zu einem fein geschliffenen, aufwendig verarbeiteten A zusammenlaufen. Auch auf dem

Schaltknauf ist der Buchstabe A abgebildet (hier mit funkelnden Brillanten verziert), und mir fällt auf, dass das Auto trotz seiner futuristischen Luxusausstattung mit einer manuellen Gangschaltung betrieben wird. »Wow«, hauche ich, »bist du James Bond oder so?«

Sie lacht laut auf. »Nein, James Bond ist ein Amateur, der sich viel zu leicht fangen lässt. Mich kriegt niemand.« Sie drückt das Gaspedal und eine prickelnde Schwere presst mich in den Sitz.

Als ich nach oben sehe, klappt mir endgültig die Kinnlade herunter: Das Autodach besteht aus einer Art halb durchsichtigen Scheibe, die seiden schimmert. Ein großes, gewundenes A zeichnet sich ab, gehaucht bloß wie ein geheimnisvolles Omen.

»Ich fahre übrigens in die Wüste, falls du dich gefragt haben solltest.«

Vor lauter Staunen ist mir völlig entgangen, dass wir uns nicht auf dem Nachhauseweg befinden. Obwohl ich bezweifle, dass Farah auf meine Proteste reagieren wird, zische ich: »Du weißt schon, dass das *Kidnapping* ist, oder?«

Sie klemmt sich eine Zigarette zwischen die Lippen und schüttelt tadelnd den Kopf. »Alles ist für dich entweder versuchter Mord, Erpressung oder Entführung. Du bist jetzt unter Arabern. Intensive Überrumpelung ist für uns ein Ausdruck der Zuneigung.« Sie lässt die beiden Fensterscheiben runter und zückt ihr Zippo-Feuerzeug – selbstverständlich mit protziger A-Gravur. »Glaub mir, du wirst unseren Ausflug nicht bereuen.« Sie nimmt einen tiefen Zug und ihre Stimme klingt wie von Samt überzogen. »Oder soll ich wirklich umkehren?«

Ich will *Ja* sagen – aber noch viel mehr möchte ich herausfinden, was geschieht, wenn ich mit Farah und ihrem pinken Lamborghini in die katarische Wüste hinausfahre. »Was hast du dort überhaupt zu suchen?«, murre ich also stattdessen.

»So einiges«, antwortet sie mit einem süffisanten Lächeln.

Beim Gedanken an das goldene Sandmeer sprudeln Glücksgefühle in mir hoch. »Amila hat mir am Wochenende die singenden Dünen gezeigt.«

»Schön für sie.« Farah überholt einen Motorroller, indem sie auf die entgegengesetzte Fahrbahn ausschweift und fürchterlich abrupt Gas gibt. »Ich weiß, dass Amila mich nicht leiden kann. Bestimmt hat sie schreckliche Dinge hinter meinem Rücken gesagt. Lass dir bloß nichts einreden von ihrem Dschinn.«

»Ihrem was?«

»*Dschinn*, ein böser Geist, der von Menschen Besitz ergreift«, erklärt sie mit gedämpfter Stimme. »Amilas Dschinn ist besonders bösartig. Neid und Eifersucht nähren ihn – und obendrein ist er ein patriarchalisches Arschloch.«

»Ich mag Amila«, brumme ich. »Sie ist sehr nett zu mir.«

»Weil du gefundenes Fressen für sie bist. Sobald du etwas tust, das ihr das Gefühl gibts, keine Kontrolle mehr über dich zu haben, wird ihr Dschinn zuschlagen. Sie ist gefährlich.«

»Komisch, sie sagt das Gleiche über dich.«

»Und, wem glaubst du eher?«

»*Dir*, aber nur, weil ich gerade Angst um mein Leben habe«, quieke ich, nachdem ich einen Blick auf den Tacho geworfen habe. »Ist das nicht eine Dreißiger-Zone?«

Farah deutet auf die leere Fahrbahn vor sich. »Da ist doch niemand.«

»Was, wenn ein Hund auf die Fahrbahn läuft? Oder ein Kind?«

»Ich mag beides nicht, aber ich würde trotzdem bremsen«, entgegnet sie trocken. Doch dann, wahrscheinlich weil sie befürchtet, dass ich gleich aus dem Auto springe, drosselt sie das Tempo und beginnt mit versöhnlicher Stimme: »Hat dir die Düne Antworten gegeben?«

»Wie meinst du das?«

»Du scheinst mir wie jemand, der gerade viele Fragen hat.«

»Die habe ich tatsächlich«, pariere ich. »Zum Beispiel: Wie kannst du dir so eine Luxuskarre leisten? Und: Was bedeutet das A, das hier überall steht?«

»Das sind zwar nicht die Fragen, die ich gemeint habe, aber meinetwegen.« Sie räuspert sich bedeutungsvoll. »Ich kann mir diesen Wagen leisten, weil ich die reichste Frau Katars bin. Ein Reichtum, den ich jeden Tag verteidigen muss, denn Geld schenkt bekanntlich Freiheit – und niemand möchte mich frei sehen.«

Überrascht schaue ich sie an.

»Was das A bedeutet, beantworte ich dir, wenn wir angekommen sind.«

Ich blinzle aus dem Fenster und stelle fest, dass wir uns bereits auf einer Straße Richtung stadtauswärts befinden.

»Vielleicht solltest du dich jetzt wirklich anschnallen«, sagt Farah und grinst gefährlich. »Es könnte ein wenig holprig werden.«

∪

Während eines Familienurlaubs in Ungarn bin ich einmal auf ein Feld hinausspaziert, um mir fernab der Dorflichter die Sterne anzusehen. Je fleischiger die Dunkelheit um mich herum wurde, je tiefer und weiter die Nacht in den Himmel hinaufwuchs, desto bewusster wurde mir, dass mein Verstand nicht vorbereitet war – nämlich auf die rohe, unbeschreibliche Gewaltigkeit der Dinge jenseits dessen, was mir vertraut ist. Mein Herz wäre beinahe geplatzt vor Ehrfurcht und Ergriffenheit. Und genau so fühle ich mich jetzt: zutiefst berührt, denn Farahs Wüste ist quälend schön und ganz anders als alles, was ich bisher gesehen habe.

Schon seit etwa zwanzig Minuten fahren wir in endloses, wild schwirrendes Nichts hinein. Die Glastürme der West Bay sind nur mehr unruhig zitternde Schemen; sie haben jede Farbe verloren und erinnern an ausgeblichene Knochen. Auch der Himmel scheint von einem aschgrauen Belag bedeckt zu sein, als wäre sein Körper in der Hitze verkohlt und nur eine Hülle übrig geblieben. Die Sonne selbst patrouilliert wie eine Wächterin über ihr Reich; alles an ihr gibt unmissverständlich zu verstehen, dass sie die alleinige Gebieterin dieser surrealen Welt ist.

Mit den singenden Dünen hat die Landschaft nichts gemeinsam. Der ockerfarbene Boden ist fest und von ausgedörrten Sträuchern und feinem Geröll übersät. An jedem Stein, jeder Kerbe und jeder Erhebung haften tiefschwarze Schatten, die der Umgebung eine seltsam multiple Dimensionalität verleihen. Aus dunklen Senken erwachsen bizarr geformte Kalkformationen, scharfkantige Plateaus aus grau-weißen Sedimentschichten, die auch außerirdischen Ursprungs sein könnten.

Fasziniert halte ich die Hand aus dem Fenster. Die Atmosphäre ist von einer magischen Bewegung durchwirkt, ein flirrendes Tänzeln, das jedem einzelnen Luftfetzen innewohnt. Doch das, was mich am meisten in den Bann zieht, sind die unvorstellbaren Ausmaße von Weite und Leere, die sich hier nach allen Richtungen hin ausbreiten.

Während ich mich in Gedanken verliere, kommt der Lamborghini plötzlich zum Stehen, und ein Ring aus Staub weht auf.

»Sind wir da?«, frage ich. Farahs Gesicht ist nur ein verschwommener Klecks, denn das grelle Außenlicht hat mich schneeblind gemacht.

»Noch nicht«, entgegnet sie und steigt aus.

Auch die Beifahrertür öffnet sich, und ich schließe daraus, dass ich ihr folgen soll.

Als ich einen Fuß auf den Wüstenboden setze, entfährt mir ein heiseres Aufseufzen.

»Alles okay?«, fragt Farah.

»Dieser Ort hat etwas so …« Vergeblich suche ich nach den richtigen Worten.

»*Befreiendes* an sich«, hilft sie mir, und ihr Blick bekommt eine traurige Schwere. »Ich weiß. Hier schälen sich die Nichtigkeiten ab und das Wesentliche kommt zum Vorschein. Du kannst dich nicht länger verstecken, aber das musst du auch nicht, denn in der Wüste sind alle auf gleiche Art verwundbar, auf gleiche Art unvollkommen und auf gleiche Art menschlich.« Zu meiner Verwunderung hievt Farah einen basketballgroßen Stein zur Seite, ehe sie fortfährt: »Hier habe ich gelernt, dass Makel und Sünde unsere stärksten Attribute sein können, denn sie offenbaren uns, wer wir wirklich sind. Und in der Wahrhaftigkeit verbirgt sich die Art von Stärke, die wir brauchen, um unsere Welt gerechter zu machen.«

Ihre Rede rührt mich, auch wenn ich nicht ganz verstehe, was sie damit ausdrücken möchte. Doch für Fragen bleibt keine Zeit, denn sie gräbt eine mit einem Schloss gesicherte Blechbüchse aus und verkündet: »Dein Handy, bitte. Und falls du eine Smartwatch trägst, kommt die auch hier rein.«

»Was?«, stottere ich konfus.

»Alles, was uns tracken könnte, muss weggesperrt werden.«

»W-wieso?«

»Damit man uns nicht aufspüren kann«, erklärt sie mit Nachdruck.

»Diesen Teil verstehe ich«, ächze ich. »Was ich *nicht* verstehe, ist, weshalb uns jemand verfolgen sollte?«

Sie macht eine abwinkende Handbewegung. »Wir haben jetzt keine Zeit für Grundsatzerklärungen. Vertrau mir einfach.«

Ich atme tief ein und aus. »Na gut, aber für die Zukunft: Wenn du dein nächstes Opfer in die Wüste lockst, das hoffentlich klüger und weiser sein wird als ich, überlege dir bitte etwas Überzeugenderes.«

Ein amüsiertes Glucksen entfährt ihr. »Unsinn, ich bin doch harmlos.«

»Klar«, murmele ich und übergebe ihr mein Handy.

Sie öffnet das Zahlenschloss und lässt unsere Mobiltelefone verschwinden. Anschließend bindet sie – für mich absolut unerwartet! – ihr Kopftuch auf und entblößt eine Mähne der Superlative. Ich glaube, ich habe noch nie perfektere Haare gesehen: blauschwarz, hüftlang, wellig und derart voluminös, dass mein blonder Lockenkopf daneben bestimmt wie ein verdorrter Strohballen aussieht. Da sie noch immer ihre Theaterschminke trägt, wirkt sie nun wirklich wie die Fürstin einer okkultistischen Anderswelt, und ich muss dem Impuls widerstehen, mich vor ihr niederzuknien.

»Was schaust du so, Diplomatentochter?«, fragt sie und zieht die linke Augenbraue hoch. »Dachtest du, wir haben Glatzen unter unseren Hijabs?«

»N-nein, aber ... äh ... du ...«, ich merke, wie ich rot anlaufe, »du hast sehr schöne Haare.«

»Danke, ich finde dich auch attraktiv. Aber du bist einen Ticken zu jung für mich.«

»Sehr witzig. Bist du nicht verlobt?«, frage ich mit einem Stirnrunzeln.

»Und noch dazu schrecklich spießig.« Sie legt den Hijab zu den Handys, vergräbt die Büchse und rollt den Stein zurück an seinen Platz. Dann klopft sie sich den Sand von ihrer Kleidung und schreitet zurück zum Auto. »Komm, wir sind spät dran!«

»Wir sind verabredet?«, krähe ich. »Mit wem?«

Lächelnd sieht sie zurück und antwortet: »Unseren Schwestern.«

12.

»Du meine Güte«, murmele ich und kneife die Augen zusammen. »Siehst du das?«

»Was?«, fragt Farah und beschleunigt auf 120 km/h.

»Na, *das*. Vor uns.«

Wieder erhöht sie das Tempo. »Vermutlich eine Fata Morgana.«

Wir fahren über eine Schotterstraße, die mitten im Nirgendwo begonnen hat und nun konstant an Breite gewinnt.

»Du kannst mir nicht erzählen, dass ich mir das bloß einbilde!« Ich rutsche nervös auf meinem Sitz hin und her. Drei flirrende Sandsäulen nähern sich uns, und zwar verflucht *schnell*. »Vielleicht ein Feuer? Kann es in der Wüste brennen?«

Farah setzt ihre Sonnenbrille auf und seufzt leise.

»Oder Tornados!« Ich ziehe den Kopf zwischen die Schultern. »Besser, wir verschwinden von hier!«

Die junge Frau schließt die Fenster und strafft den Rücken.

»Moment mal, das sind ... *Autos*.« Ich halte mir erschrocken die Hand vor den Mund. »Sind das etwa deine Freunde?«

Der Tacho klettert auf 150 km/h, dann auf 160 km/h.

»Was soll das werden?«, fiepe ich. »Hast du vor, uns in die Erdumlaufbahn zu feuern?!«

»Du erinnerst mich an Adels Tante Bibi. Die stellt auch immer so viele anstrengende Fragen«, brummt Farah und gibt weiter Gas. »*Wann heiratet ihr endlich? Wieso habt ihr keine Kinder? Warum um alles in der Welt studierst du?*«

Ein geller Knall peitscht durch die Luft.

»Oh mein Gott – die haben Waffen!«, kreische ich panikerfüllt und packe Farah am Arm. »Wir müssen sofort umdrehen! Das sind ... Das sind TERRORISTEN!«

Ein Ton konsternierter Belustigung sprudelt aus Farahs Kehle. »Du hast eine lebhafte Fantasie, Diplomatentochter. Das sind keine Terroristen, das ist *Bronze*.«

Meine Stimme überschlägt sich: »Wer?«

»*Bronze*. Sie hat uns gerade ein Zeichen gegeben. Mit einer *Schreckschusspistole* wohlgemerkt.« Mittlerweile röhrt der Motor des Lamborghinis wie ein tollwütiges Ungeheuer. »Drei Schüsse bedeuten, dass Hindernisse auf der Fahrbahn liegen. Zwei Schüsse bedeuten, dass jemand Wild gesichtet hat.« Lässig nimmt sie die rechte Hand vom Steuer und zupft an ihren Wimpern. »Hier leben alle möglichen Tiere: Echsen, Füchse, Sandkatzen, Springmäuse, Oryxantilopen ...«

»Dugongs«, ergänze ich (weil mein Hirn gerade in Flammen steht).

»*Dugo* – was?«

»Nicht so wichtig!« Ich bohre meine Finger in den Ledersitz. »Was bedeutet *ein* Schuss?«

In ihrem Gesicht spiegelt sich ein Ausdruck sprühender Glückseligkeit. »Nun, ein Schuss bedeutet: *It's showtime.*«

Die Autos befinden sich jetzt auf direktem Kollisionskurs mit uns – tödliche Geschosse, die albtraumhaft rapide an Geschwindigkeit gewinnen und ganz offensichtlich das Ziel verfolgen, uns ins Jenseits zu befördern.

»Bist du angeschnallt?«, fragt Farah beschwingt.

»Was hast du vor?« Entsetzen züngelt durch mein Inneres. »Willst du uns umbringen?«

»Bist du angeschnallt?«, wiederholt sie.

»ANHALTEN! SOFORT ANHALTEN!«

Jetzt plärrt auch sie: »BIST DU ANGESCHNALLT???«

»JA!!!«, brülle ich aus Leibeskräften – und dann knallt es ... *Nicht.*

In allerletzter Sekunde schwenken die Autos auseinander und öffnen eine schmale Passage, die sich, kaum dass sie sich gebildet hat, bereits schließt. Farah findet den Durchgang und manövriert den pinken Lamborghini mit solch geschmeidiger Präzision an den rasenden Fahrzeugen vorbei, dass mir ein kehliger Jubelschrei entfährt. Doch die Erleichterung ist nur von verschwindend geringer Dauer. Die Araberin drückt das Gaspedal durch und reißt das Lenkrad so heftig nach rechts, dass das Auto abhebt. Oder zumindest fühlt es sich danach an, als es laut röhrend um die eigene Achse kreist. Sie wiederholt den Vorgang: Beschleunigt energisch, bevor sie eine Drehung initiiert, die so rasant und kraftvoll ist, dass die Hinterreifen zu rauchen beginnen. Wilder, immer wilder schlittert das Auto umher, fegt heulend über den Wüstenboden und fährt dabei haarsträubende Slaloms.

Plötzlich tauchen die anderen Autos hinter uns auf und stürmisches Hupen erklingt. Farah hält an und nickt in den Rückspiegel. Dann wartet sie ab, wie ein Tiger, der im hohen Gras lauert und Blut wittert. Mein Magen schlingert, alles an mir ist bis aufs Äußerste angespannt. Trotzdem rühre ich mich nicht, forme weder Gedanken noch Empfindungen, sondern existiere einfach im unbeschreiblichen Chaos des Augenblicks.

Schon sausen die drei Autos an uns vorbei. *Schwumm. Schwumm. Schwumm.* Farah fixiert die Fahrzeuge und das Glimmen in ihrem Blick bekommt etwas Lüsternes. »Jetzt wird es spannend«, raunt sie, dabei ist ihre Stimme bloß eine dunkle Vibration in meiner Brust.

Aufgewirbelter Wüstensand geht wie Marsregen auf uns nieder. Gerade als sich im Schatten meines Verstandes die Eingebung formt, dass dies vermutlich die letzte Chance ist, mich aus dem pinken Todesgriff des Lamborghinis zu befreien, verkündet Farah voll Inbrunst: »Die Jagd ist eröffnet!«

Die Beschleunigung ist so immens, es gibt kein Organ in meinem Körper, das ich *nicht* spüre. Farah rast mit knapp 300 km/h durch die Wüste, und ich bin sicher, dass weder Raum noch Zeit mit uns mithalten können. Nein, wir fliegen durch ein Gefüge physikalischer Unmöglichkeiten, ein Wurmloch, das in Welten führt, die ich mir noch nicht einmal erträumen kann. Und die Freude, die ich auf einmal verspüre – dieses rauschende, kristallklare Gefühl von Lebendigkeit –, erfüllt mich mit Staunen und Schrecken gleichermaßen.

Trotz des Vorsprungs gelingt es Farah, die Flüchtenden einzuholen, und sie streckt grölend den Arm aus dem Fenster. Kurz fahren die vier Autos in enger Formation nebeneinanderher, dann beginnen sie, zu driften, mal in makelloser Synchronität, mal dermaßen aus dem Takt, dass ein Zusammenstoß unvermeidlich scheint. Doch unmittelbar vor der Katastrophe gleiten die Wagen aneinander vorbei, stabilisieren sich wieder und setzen den außergewöhnlichen Tanz fort.

Irgendwann erreichen Fulminanz und Anarchie einen explosiven Höhepunkt, und gerade als ich glaube, dass mein gesamter Organismus vor lauter Adrenalin gleich abschaltet, zieht Farah die Handbremse und bringt den Lamborghini mit einer letzten ungestümen Halbdrehung zum Stillstand. Die anderen tun es ihr gleich – Reifen quietschen lautstark – und wenige Sekunden später stehen die Autos in Reih und Glied nebeneinander.

Ich habe keine Ahnung, wie ich heiße, mit welchem Buchstaben das Alphabet beginnt oder was sich ergibt, wenn man eins und eins zusammenzählt. Ich bin Glibber, Matsch, Knetmasse. Meine Zähne klappern, meine Beine sind vollkommen taub, mein Atem geht stoßweise.

»Hat Spaß gemacht, oder?«, fragt Farah ins dumpfe Wummern meines Kopfes hinein und öffnet meinen Gurt. »Komm, ich stelle dir die anderen vor.«

Ich nehme verschwommen wahr, wie neben uns Autotüren zugeschlagen werden.

»Huhu, Diplomatentochter! Sind bei dir die Sicherungen durchgebrannt?«

Die pinken Flügel fahren auf und eine ungeheuerliche Hitze flutet den Lamborghini.

»Rea?!« Farahs Umrisse werden unscharf und die Luft knistert wie Aluminiumfolie. »REA!!!«

Mit einem zeichentrickfilmhaften *Plong* lande ich im Wüstensand – und die Welt hat Sendepause.

Fremde Frauenstimmen sprechen Arabisch – hektisch und aufgebracht. Vielleicht aber auch *gelassen* und *freudvoll*, ich kann es beim besten Willen nicht sagen. Das Sonnenlicht flackert vor meinen geschlossenen Lidern und verrät die Anwesenheit von Körpern, die sich rasch hin und her bewegen.

Farah verkündet auf Englisch: »Sie kommt zu sich!«

Ich spüre die Schwere eines feuchten Stoffs auf meiner Stirn, meine Beine sind aufgestellt.

»Hör auf zu lachen, Bronze!« Wieder Farah, und irgendwie hat ihre Stimme etwas Tröstliches an sich.

»Was kann ich dafür?« Ein hochgepitchtes Kichern attackiert mein Trommelfell. »Das war das Komischste, was ich je gesehen habe. Ein Kartoffelsack wäre eleganter aus dem Auto geplumpst als sie.«

»Ich begreife einfach nicht, warum du sie hierhergebracht hast. Sie ist eine Fremde! Sie könnte uns alle verraten!«

»Ich habe gerade erklärt, warum. Und jetzt *Ruhe*! Sie kann euch verstehen.«

»Du hast doch gemeint, wir sollen in ihrer Gegenwart Englisch sprechen« – trotziges Schnauben – »der *Höflichkeit* wegen.«

»Ja, aber nur, wenn ihr etwas *Nettes* sagt!«, zischt Farah und schlägt sogleich einen ungewöhnlich fürsorglichen Tonfall an: »Diplomatentochter, es wird Zeit, dass du aufwachst, sonst holst du dir einen fiesen Sonnenbrand.«

Langsam hebe ich die Wimpern – und noch im selben Moment artet mein zaghaftes Blinzeln in ein ungläubiges Glotzen aus: Vor mir kniet ein Mädchen mit hüftlangen, enzianblauen Haaren, deren Vorderpartie zu zwei Space

Buns gebunden ist. Rote Bänder und abgewetzte Silberspangen schmücken die Knoten, zudem ziert eine alte Fliegerbrille ihre Stirn, an deren Ränder spitze Nieten eingelassen sind. Das, was mich ganz besonders verwirrt, sind ihre Augen: Sie trägt weiße Kontaktlinsen, die ihre Iris komplett überdecken. Mit schwarzer Gesichtsfarbe hat sie sich eine Art Zorro-Maske geschminkt, inklusive zweier blutroter Tropfen, die auf ihren Wangen prangen. Auch ihr Outfit ist absolut irre: ein bauchfreies Crop Top aus rotem Leder mit drei Zierreißverschlüssen, kombiniert mit einem grellgelben Fransenrock und klobigen Springerstiefeln.

»Hallo, Kartoffelsack«, sagt sie grinsend und entblößt dabei funkelnde Schmucksteine auf ihren Schneidezähnen. »Ich heiße Bronze.«

»Hab ich nicht gesagt, dass die Deutsche *schreckhaft* ist?«, seufzt Farah angestrengt. »Wenn du so nah rangehst, fällt sie gleich wieder in Ohnmacht!«

Bronze kichert, und es klingt, als hätte sie Helium eingeatmet. Ein Wust von grobgliedrigen Goldketten klimpert an ihrem Hals, unter den Motiven erkenne ich den Buchstaben A.

»I-ich bin ohnmächtig geworden?«, frage ich mit staubtrockener Kehle.

»Mach dir nichts draus.« Farah deutet auf Bronze. »Die da ist mal während eines Orgasmus ohnmächtig geworden.«

»Stimmt«, Bronze zwinkert frech, »hat sich gelohnt.« Sie reicht mir die Hand und ich schüttele sie baff.

»Das ist Sepideh«, sagt Farah anschließend, und Bronze steht auf, um mir die Sicht frei zu machen.

An einem schmutzigen Toyota lehnt eine junge Frau in

grauem Oversize-T-Shirt, engen Röhrenjeans und spitz zulaufenden Lederstiefeletten. Ihr glattes, braunes Haar schwebt über ihren Schultern, der kurze, markante Pony verleiht ihrem Gesicht etwas Aufmüpfiges. Die dunklen Augen fixieren mich, ihr Ausdruck ist voller Misstrauen.

»Hey«, sagt sie mit barscher Stimme. Ihr rechter Oberarm ist tätowiert, und ich erkenne das Motiv eines gotischen A, das auf zwei gekreuzten Säbeln thront.

»Hi«, murmele ich, eingeschüchtert von ihrer überirdischen Coolness. »I-ich heiße Rea.«

»Okay.«

Farah gibt ein knurrendes Geräusch von sich, woraufhin Sepideh mit einem gequälten Lächeln ergänzt: »Ich meine, *freut mich.*«

Hinter mir parkt ein dunkelblauer Suzuki-Geländewagen, genau so, dass sein kühlender Schatten auf mich fällt. Als ich mich umdrehe, zucke ich so heftig zusammen, dass das feuchte Tuch von meiner Stirn rutscht und mit einem Klatsch im Sand landet.

Eine verschleierte Frau sieht vom Fahrersitz zu mir herunter, die schwarzen Lidstriche betonen die unglaubliche Intensität ihres Blickes. Obwohl sie traditionelle Kleidung trägt, steht sie den anderen in Sachen Style in nichts nach: Um ihren Hijab hat sie ein gemustertes Bandana gebunden, rechts und links blitzen übergroße Kreolen hervor. Ihre Abaya ist nicht schwarz, sondern von einem matten, fast grünlichen Gold, das mich ein wenig an militärische Tarnmuster erinnert. Ihre Hände stecken in neonorangen Netzhandschuhen, an jedem Finger trägt sie mehrere Ringe. Der größte und auffälligste unter ihnen zeigt die Gravur des Buchstabens A.

Was hat diese ständige Wiederholung des Buchstaben A bloß zu bedeuten?

»Das ist Nour. Sie ist eine meisterhafte Stuntfahrerin und bisher ungeschlagen im Street-Racing«, verkündet Farah achtungsvoll. »Ihr haben wir alles zu verdanken.«

»Hallo«, raune ich und senke den Kopf.

»Salam Aleikum«, antwortet sie mit warmer, überraschend wohlgesonnener Stimme.

»Sie hat gestattet, dass du heute zusehen darfst«, führt Farah weiter aus.

Nour ergänzt etwas auf Arabisch, dabei ist ihre Gestik so temperamentvoll, dass sie versehentlich die Hupe betätigt.

Farah nickt ihr zu und übersetzt für mich: »Sie heißt dich herzlich willkommen und sagt, dass dir diese Gemeinschaft immer Schutz gewähren wird, ganz egal, wer du bist, woher du kommst und welchen Plan Allah für dich bereithält. Wir halten zusammen. Wir urteilen nicht. Für uns zählt nur die Freiheit.«

Bronze reißt die linke Faust in die Luft und küsst dabei ihre Halskette.

»Wir nennen uns *Accelerate*«, schließt Farah feierlich. »Flammen der Wüste und Schwestern der Geschwindigkeit. Wir sind der Sturm!«

Dafür steht das A also. A für Accelerate.

Ich bin so perplex, dass ich nur ein gehauchtes *Wow* herausbringe.

»Jetzt aber hoch mit dir, Diplomatentochter!« Farah klatscht auffordernd in die Hände. »Wir zerschmelzen hier alle noch zu Fleischsoße.«

Nour schließt die Autotür und startet den Motor. Im

selben Moment schreitet Sepideh auf mich zu und streckt mir den Arm entgegen.

Strahlend ergreife ich ihre Hand. »Das ist lieb von dir, danke.«

Ein Lachen sprudelt aus ihr heraus. »Ich wollte eigentlich nur mein Halstuch aufheben, aber warum nicht.«

»Oh ...«

Erst zieht sie mich auf die Beine, dann bückt sie sich nach dem eingerollten Stoff, der auf meiner Stirn gelegen hat.

»Äh, Entschuldigung. Und danke, f-für beides«, stottere ich mir puterroten Wangen.

Sepideh nickt mir zu und ruft: »Na, wenigstens hat deine Deutsche gute Manieren, Farah!« Dann steigt sie in den weißen Toyota ein und fährt los.

Bronze stößt ein euphorisches Brüllen aus und rollt sich über die Motorhaube eines gelben Ford Mustangs, ehe sie sich hinter das Steuer setzt und ebenfalls den Zündschlüssel dreht.

»Tobt euch aus! Ich unterhalte mich noch ein wenig mit Rea.« Grinsend bedeutet mir Farah, in den pinken Lamborghini einzusteigen.

»Nein! Auf gar keinen Fall! Mein Herz hält das nicht aus!«, rufe ich alarmiert. »Wirklich, ich bräuchte einen Defibrillator, wenn du noch einmal aufs Gaspedal trittst.«

»Defibrillator.« Die junge Araberin macht ein anzügliches Geräusch. »Diese Art von Vibrator kenne ich noch gar nicht.«

Ich schaue sie verdattert an.

»Ach, Diplomatentochter, verstehst du keinen Spaß?! Da schleudert man dich mit 300 km/h durch die Wüste und du bist immer noch stocksteif.« Die Flügel fahren auf.

»Im Auto ist es kühl und ich habe Getränke dabei. Keine Sorge, ich werde das Lenkrad nicht anfassen.«

Den Frauen dabei zuzusehen, wie sie mit ihren Autos die Struktur dieser unwirklichen Landschaft so völlig durcheinanderwirbeln, ist berauschend. Wo eben noch regungslose Stille geherrscht hat, drängen sich nun Bewegung, Impulsivität und flammende Unmittelbarkeit. Ich werde Augenzeugin der unglaublichsten Fahrmanöver; Kompositionen aus Geschick, Kühnheit und Intuition, die eine Art schockierte Faszination in mir auslösen.

»Das ist der Wahnsinn«, wispere ich. »Ihr könntet damit im Zirkus auftreten.«

»Du findest, dass Araberinnen, die Auto fahren können, in den Zirkus gehören?«, fragt Farah herausfordernd.

»So habe ich das nicht gemeint!«, haspele ich.

»Das weiß ich doch.« Sie stößt mich sachte mit dem Ellbogen an. »Aber du hast echt ein Talent dafür, das Falsche zu sagen.«

»T-tut mir leid. Ich finde es nur wirklich ungewöhnlich, dass … na ja …«

»Dass sich vier Frauen in der Wüste treffen, um Autostunts einzuüben?« Ihr Blick verliert sich in den verschlungenen Mustern aus Sand und Staub, die wie Kondensstreifen über dem Boden flirren. »Du hast recht, es ist ungewöhnlich. Und gefährlich. Aber wir leben nun mal in einer Welt, in der es sich kaum aushalten lässt, wenn man auch nur ansatzweise *anders* ist. Wenn man sich mehr erhofft als das, was die patriarchalische Macht für einen vorgesehen hat.« Farah hält kurz inne. »Dieser Ort ist für uns eine Zuflucht, ein Raum, in dem wir ganz wir selbst sein dürfen. Dabei ist das Stuntfahren viel mehr als nur ein Hobby. Es ist ein Zeichen der Selbstachtung, des Aufstands, ein Akt der Rebellion.«

»Aber es ist Frauen doch gestattet, Auto zu fahren, oder nicht?«, frage ich stockend.

»Du bist lustig, Rea.« Eine tiefe Bedrücktheit schwängert ihren Tonfall. »Die Dinge sind sehr viel komplizierter. Nimm Nour, zum Beispiel. Sie kommt aus Saudi-Arabien, wo Frauen erst seit 2018 hinter dem Steuer sitzen dürfen. Auf den ersten Blick erscheint das vielleicht wie ein Triumph, schaut man jedoch genauer hin, offenbart sich die Scheinheiligkeit dahinter: Frauen benötigen immer noch die Erlaubnis eines Mannes, um ihren Führerschein machen zu dürfen. Es gibt nur wenige Schulen, die Frauen unterrichten. Außerdem sind die Fahrstunden für sie signifikant teurer als für Männer. Ach, und die Frauenrechtlerinnen, die sich für die Fahrerlaubnis eingesetzt haben, sind im Gefängnis gelandet. Sollte also jemand Wind davon bekommen, dass Nour Autorennen fährt, geschweige denn anderen Frauen in der Wüste Stunts beibringt, hätte das fatale Folgen für sie.«

»D-das wusste ich nicht.«

Farah lehnt sich zurück und schließt die Augen. »Mein Vater hat mir auch verboten, einen Führerschein zu machen. Er wollte, dass ich mich seinen Vorstellungen unterwerfe und meinen eigenen Träumen entsage.«

»Du hast keinen Führerschein?«, hickse ich ungläubig.

»Doch.«

»Und dein Vater?«

»Nour hat das für mich geregelt.«

»Sie konnte ihn überzeugen?«

Farah schmunzelt. »So ungefähr.«

Lange mustere ich die junge Araberin, denke darüber nach, was ihr – einem Menschen, der alles zu haben scheint – fehlen könnte und weshalb sie mitten in der Wüste danach sucht.

»Ich habe das Gefühl, dass ein Scharfschütze auf mich zielt«, brummt sie und öffnet wieder die Augen. »Wieso starrst du mich so an, Diplomatentochter?«

»Warum hast du mich hierhergebracht?«, frage ich geradeheraus.

Sie seufzt tiefgründig. »Irgendetwas hält dich zurück, lähmt dich. Du hast Angst, deshalb lebst du in Gefangenschaft *hier*« – sie tippt auf ihre Stirn – »und *hier*« – sie deutet auf ihr Herz. »Ich habe gehofft, dass Accelerate dir ein wenig Mut schenken kann. Dir zeigen kann, dass nur die Freiheit zählt. Und davon hast du mehr als die meisten Menschen auf dieser Welt.«

»Ich weiß nicht, wer ich bin«, platzt es aus mir heraus, lauter und verzweifelter als beabsichtigt. »Da sind so viele Erwartungen, so viele Vorstellungen, mit denen ich mich überhaupt nicht identifizieren kann. Manchmal kommt es mir so vor, als stünde ich in einem Raum, der vollgestopft ist mit fremden Versionen von mir selbst. Ich schreie, kann mich aber nicht hören. Ich sehe mich, kann mich aber nicht fühlen. Nichts kommt mir mehr natürlich vor.« Ein Beben durchwirkt meine Stimme. »Trotz dieser schrecklichen Enge ist meine Wahrheit unerreichbar.«

Farah klatscht energisch in die Hände. »Endlich zeigst du *echte* Emotionen!«

»Gewöhn dich besser nicht daran«, murre ich, denn ihre Reaktion verunsichert mich ein wenig.

»Indem du diese Gedanken laut aussprichst, hast du schon gewonnen, Rea!«, verkündet sie mit derselben Leidenschaft wie Miss Hollywood. »Es gibt so viele Menschen, die in seichten, richtungslosen Gewässern umherirren und sich damit abgefunden haben, dass ihre Herzen für immer bluten werden. Du hingegen möchtest dich spüren, begreifen, dich nicht dem Joch eines falschen Lebens beugen!« Sie lächelt und betrachtet die Autos ihrer Gefährtinnen, die jetzt alle drei in unsere Richtung steuern. »Gib dir einfach ein bisschen Zeit. Es gibt Phasen, da ordnen sich die Dinge neu. Das kann verwirrend sein, manchmal sogar beängstigend. Wenn sich der Sturm aber legt, wird die Sicht klarer sein denn je.«

»D-danke«, stammele ich, tief berührt von Farahs Worten. Ich möchte ihr alles erzählen – von Leo, Mira und Shabah –, aber als ich zum nächsten Wort ansetze, zerreißen mehrere Schüsse die Luft.

Die Gesichtszüge der Araberin verhärten sich.

»Was ist los?«, frage ich alarmiert.

»Wir bekommen Besuch.«

Hinter den herbeirasenden Wagen von Nour, Bronze und Sepideh zeichnet sich ein weiteres Fahrzeug ab, das rasch näher kommt.

»Besuch von *Freunden*?«

»Im besten Fall, ja.«

Panik keimt in mir auf. »Und im schlimmsten Fall?«

»Polizei«, antwortet Farah unheilvoll – doch schon entspannt sie sich wieder und ich erkenne Belustigung in ihren Augen. »Oh, dieser geschmacklose Trottel …«

Die Autos der Accelerate-Frauen erreichen uns und wenden derart abrupt, dass ihre Räder hohe Sandstrahlen speien. Als sie neben uns zum Stehen kommen, ist die Sicht verschwommen, und ich kann kaum mehr Umrisse erkennen.

»Tja, Rea«, beginnt Farah und fächert ihre lange Mähne auf, »in wenigen Momenten wirst du das Nonplusultra männlicher Einfältigkeit kennenlernen, die Spitze des Idiotentums und das Höchstmaß großtuerischer Verunsicherung. Gleich triffst du den berühmten, den berüchtigten, den sagenumwobenen« – sie macht ein Geräusch mit dem Mund, das nach einem nassen Furz klingt – »*Wüstenprinzen.*«

Die Türen des Lamborghinis öffnen sich, und wir steigen aus – Farah schwungvoll und selbstbewusst, ich unter dem Gewicht Tausender Fragezeichen.

Die Accelerate-Frauen bringen sich in Position: Bronze stellt sich mit verschränkten Armen auf das Dach ihres gelben Mustangs. Sepideh setzt sich breitbeinig auf die Motorhaube ihres weißen Toyotas. Nour lehnt sich lässig an ihren dunkelblauen Suzuki-Geländewagen. Und Farah tritt vor – gleich einer Inkarnation der Unerschrockenheit – und stemmt die Arme in die Hüfte.

Als sich die Wirbel aus Gelb und Ocker legen und die Welt dahinter sichtbar wird, frage ich mich für den Bruchteil einer Sekunde, ob ich den Verstand verloren habe. Doch Bronze scheint das Gleiche zu sehen, denn ihr verblüfftes Kichern durchbricht die Stille wie ein elektronisch verzerrter Schluckauf. In etwa zehn Meter Entfernung parkt ein cremefarbener Bentley – eine unerträgliche Mischung aus protzigem Geländewagen und splendider Luxus-Limousine – und daneben steht ein *Pferd*. Schwer atmend scharrt der Hengst mit den Hufen; seine Muskeln pulsieren und das rabenschwarze Fell glänzt wie ein feuchter Turmalin. Der Reiter, ein Mann mit Aviator-Sonnenbrille und Vollbart, trägt ein Gewand aus langem, dunklem Leinenstoff, trotzdem lässt sich unschwer erkennen, dass er bis an die Zähne bewaffnet ist.

Ehe diese Information mein Angstzentrum penetrieren und den ultimativen Alarm auslösen kann, öffnet sich die Fahrertür des Bentleys, und ein junger Mann steigt aus. Er hat ein beiges Sakko an, das an den Schultern mit hellgoldenen Epauletten verziert ist. Das weiße Hemd darunter stellt eine nicht unerhebliche Fläche seiner trainierten Brust zur Schau. Die champagnerfarbene Stoffhose schimmert in der Sonne, als wäre sie aus Wachs gefertigt, und ich bin sicher, dass für seine mondänen Leder-Loafer entweder ein Krokodil oder eine Schlange (oder beides) herhalten musste. Was meine Perplexität jedoch am meisten speist, ist sein Haarschnitt. Obwohl er einen gewöhnlichen Fade-Look trägt, wurzelt sich sofort die Erkenntnis in mir fest, dass sein Friseur unaussprechlich und unvorstellbar *teuer* sein muss. Sogar die Art, wie sein Bart getrimmt und seine Augenbrauen gezupft sind, ist so exquisit, dass man sie nur als *hochherrschaftlich* bezeichnen kann.

Der sogenannte *Wüstenprinz* tritt vor sein Auto und sowohl Pferd als auch Reiter senken demutsvoll den Kopf. »Salam Aleikum«, verkündet er mit einer Stimme, die unerwartet jung klingt. Eben habe ich ihn noch auf Mitte zwanzig geschätzt, jetzt frage ich mich, ob er in meinem Alter ist.

Nour ist die Einzige, die seinen Gruß erwidert, halbherzig zwar, aber immerhin. Die anderen Accelerate-Frauen grinsen schalkhaft, und als Farah etwas auf Arabisch ruft, das sich meinem Verständnis nach auf sein Outfit bezieht, brechen alle in grölendes Gelächter aus. Kurz verspüre ich den Impuls, mitzulachen, doch dann bemerke ich, dass der Neuankömmling mich mustert.

»Wie ich sehe, habt ihr Zuwachs bekommen«, sagt er auf Englisch, nachdem er mich mit seinen dunklen Augen punktiert hat.

»Was willst du, Rahim?«, fragt Farah ebenfalls auf Englisch, ohne auf seinen Kommentar einzugehen.

Der junge Araber namens Rahim lässt sich nicht beirren. »Ist sie vertrauenswürdig?«

Farah zeigt auf den schwarzen Reiter. »Weiß nicht, ist deine Penisverlängerung denn vertrauenswürdig?«

»Das ist mein *Bodyguard*«, berichtigt er knurrend.

Jetzt klingt Farah so, als würde sie zu einem wehrlosen Hundewelpen sprechen: »Ich wusste gar nicht, dass du solche Angst vor mir hast!«

Mit einer großspurigen Geste deutet Rahim auf das Pferd. »Außerdem stehst du vor dem besten Zuchthengst der Welt.«

»Und, hat er dich *auch* ausgelacht, als er dich in diesem Outfit gesehen hat?«, gluckst sie und zündet sich eine Zigarette an.

»Kannst du deinen Kampfhund nicht mal anleinen?«, ruft der Wüstenprinz in Nours Richtung.

»Mich in Fesseln sehen, das hättest du wohl gerne«, entgegnet Farah mit provokanter Langsamkeit. »Mich bestrafen, bändigen, beherrschen – oh, wie sehr dir das gefallen würde! Dabei weißt du ganz genau, dass ich die Mächtigere von uns beiden bin. Die *eine* Frau, die den Wüstenprinzen zu Fall bringen kann – die *jeden* Mann zu Fall bringen kann –, das bin *ich*. Und es quält dich.«

»Auf vier Rädern dagegen hast du keine Chance«, kontert er mit einem arroganten Lächeln. »Ich bin schneller als du. Besser. Furchtloser. Und das quält *dich*.«

Sie duellieren sich mit Blicken, die man wohl nur als *tödlich* bezeichnen kann (oder hochgradig *erotisch*, ich bin mir nicht ganz sicher).

Schließlich schnippt Farah die Zigarette in den Sand und zertritt sie mit solch brachialer Entschlossenheit, dass mir ein Keuchen entfährt. »Wir sind beschäftigt, also spuck endlich aus, weshalb du hier bist.«

Er streicht über sein Sakko und richtet sich zu voller Größe auf. »Morgen ist es wieder so weit. Mein Diener überreicht euch die Koordinaten.«

Der majestätische Hengst setzt sich in Bewegung. Zeitgleich springt Bronze vom Autodach und tänzelt mit schwingenden Armen und erhobener Schreckschusspistole auf das Pferd zu.

»Ich hoffe, ihr werdet mich mit eurer Anwesenheit beglücken«, sagt Rahim, während der Reiter Bronze einen unauffälligen Papierumschlag überreicht. »Du auch, Fremde«, ergänzt er und nickt mir zu. »Vorausgesetzt, du bist mutig genug.«

»Mach dir keine Sorgen, wir werden da sein«, entgegnet Farah und legt den Arm um mich.

Bevor der Wüstenprinz zu seinem Bentley zurückkehrt, blickt er noch einmal zu Nour und deutet eine Verbeugung an. »Es war mir eine Ehre.«

Die Angesprochene murmelt etwas auf Arabisch und entlässt ihn mit einer wegwerfenden Handbewegung.

»Ich habe so viele Fragen!«, sprudelt es aus mir heraus, nachdem sich Limousine, Pferd und Reiter im Wüstenflirren vollständig aufgelöst haben.

Als Farah mich ansieht, könnte ich schwören, dass purpurne Flammen in ihren Augen tanzen. »Ich dagegen habe nur *eine*: Lust, auf eine Party zu gehen, Diplomatentochter?«

13.
Das Phantom

Meine Mutter bleibt wie angewurzelt im Türrahmen stehen. »Oh, Rea! Du hast dich ja richtig herausgeputzt!«

Ich fange ihren Blick im Schrankspiegel auf und runzle die Stirn. »Ist das verboten?«

»Natürlich nicht. Ich habe dich nur lange nicht mehr so – äh – *geordnet* gesehen.« Sie mustert mich mit geradezu kränkendem Erstaunen und zeigt beide Daumen hoch. »Du siehst bezaubernd aus.«

Ich habe Farahs Kleid an, darüber eine schwarze Vintage-Lederjacke, die ich vor ein paar Jahren auf einem Flohmarkt ergattert habe, und meine weißen Chucks. Die Haare trage ich offen und meine Locken demonstrieren wie immer den Superlativ vollkommener Unordnung. Mich *bezaubernd* zu nennen, bedarf einer Form von Fantasie, die nur Eltern innewohnt, aber zumindest bin ich mit dem Gesamtwerk heute nicht radikal unzufrieden – und das ist schon mal ein Fortschritt.

»Du siehst auch hübsch aus«, sage ich zu meiner Mutter, die ausnahmsweise mal nicht im grau schattierten Power-Hosenanzug vor mir steht, sondern in einem Abendkleid.

»Schau mal einer an!« Sie dreht sich tänzelnd im Kreis herum. »Es ist Freitag Abend und wir haben alle Verabredungen! Dein Vater und ich sind zu einer Vernissage eingeladen und du machst ...« Sie blinzelt erwartungsvoll.

»Ich treffe Amila. Wir bummeln ein wenig durch die Mall und gehen anschließend ins Kino«, erläutere ich und ziehe die linke Augenbraue hoch. »Aber das habe ich dir ja schon gesagt.«

Mama hüstelt betreten. »Hast du?«

»Mehrmals.« Dass es sich dabei um eine kleine Unwahrheit handelt, muss sie nicht wissen. Normalerweise lüge ich meine Eltern nicht an, aber seitdem sie mich nach Katar verschleppt haben, finde ich, dass ich irgendwie das Recht dazu habe. Außerdem sind es keine moralisch verwerflichen Lügen, sondern Bequemlichkeitslügen. Oder anders gesagt: Schutzschilder gegen langatmige Predigten und eintönige Diskussionen.

Sie bemüht sich um einen unbeschwerten Tonfall. »In Ordnung. Hauptsache, du passt gut auf dich auf.«

»Werde ich«, erwidere ich lächelnd. *Was sie wohl sagen würde, wenn sie herausfände, dass ich auf eine illegale Wüstenparty gehe?*

»Und vergiss nicht, dass gewisse Dinge in Katar anders laufen als in Deutschland.« Sie spielt mit ihren Haaren und versucht dadurch wohl, ihre Sorge mit lässiger Beiläufigkeit zu kaschieren. »Alkohol, zum Beispiel. Du könntest in große Schwierigkeiten geraten, wenn du in der Öffentlichkeit trinkst. Ich meine, *wirklich* große Schwierigkeiten.«

»Man kann doch eh nirgends Alkohol kaufen«, merke ich an.

»Doch, in sogenannten *Liquor Stores* schon, aber man braucht einen Jobnachweis, eine offizielle Erlaubnis und eine Art Mitgliedskarte – und du hast nichts davon.« Der

Nachdruck in ihrem Tonfall ist so überdeutlich, dass ich am liebsten stöhnend die Augen verdrehen würde. Weil ich jedoch keinen Streit vom Zaun brechen möchte, nicke ich und sage: »Eben. Aber wie bereits erwähnt: Ich gehe bloß in die Mall.«

»Oder, wenn du in der Gesellschaft eines Jungen bist«, elaboriert Mama unbeeindruckt weiter. »Wir sind in einem muslimischen Land und der Austausch von Zärtlichkeiten in der Öffentlichkeit ist verboten. Ich meine, *wirklich* verboten.«

»Mit *Amila*«, knurre ich. »Ich gehe mit Amila in die Mall.«

»Okay.« Sie klimpert unschuldig mit den Wimpern. »Ich wollte es nur kurz erwähnen, so ganz locker und nebenbei.«

»Ist dir prima gelungen.« Mein Handydisplay leuchtet auf und ich falte erleichtert die Hände zusammen. »Sie ist da! Bis später!« Ich sprinte praktisch aus meinem Zimmer.

»Äh – warte!« Mit angehobenem Kleid nimmt meine Mutter die Verfolgung auf. »Wir haben noch gar nicht ausgemacht, wann du nach Hause kommst! Constant*iii*n!!!«

Wir fegen an meinem Vater vorbei, der im Flur gerade seine Krawatte bindet und uns verdutzt hinterherschaut. »Gibt es ein Problem?« Das Quietschen seiner Anzugschuhe erklingt: *uik, uik, uik.*

»Nein, überhaupt nicht«, antwortet Mama mit einer Stimme, die Edelmetalle pulverisieren könnte. »Sie geht bloß ins Kino in einem reizvollen Kleid an einem romantischen Freitagabend.«

»Ah, wie nett. Viel Spaß, Re-Ra«, ruft Papa beschwingt.

»CONSTANT*III*N!«

»Oh, ach so.« Er räuspert sich. »Mit wem gehst du denn ins Kino, Rea?«

»Mit AMILA!!!« Die Haustür ist in greifbarer Nähe – *fast geschafft!* »Braucht ihr das etwa schriftlich?!«

»Na, dann ist doch alles fein«, sagt Papa, dabei klingt seine Feststellung wie eine Frage.

Vor unserem Wohnkomplex wird mehrmals hintereinander gehupt – und Mama reißt triumphierend den Arm in die Luft: »*Aha!* Amila hat gar keinen Führerschein!«

»Das weißt du doch überhaupt nicht!«, keife ich, merke jedoch, wie ich am Rücken zu schwitzen beginne.

Mama kneift die Augen zusammen, was bedeutet, dass ihre Denkprozessoren auf Hochtouren laufen.

»Das Auto ist *pink*, Carol*iii*n!«, ruft Papa, der in die Küche ge*uik*t ist und nun mit platt gedrückter Nase am Fenster steht. »Lass das arme Mädchen doch endlich gehen!«

»Ja, Mama, lass das arme Mädchen endlich zu ihrem arabischen Prinzen gehen, der in einem *pinken* Lamborghini durch die Gegend tuckert.« Ich verschränke trotzig die Arme vor der Brust.

»Na gut. Aber um elf Uhr bist du wieder zu Hause!« Sie reibt sich detektivisch das Kinn. »Ich wusste gar nicht, dass die Nasirs so viel Geld haben …«

Ich nutze die Gelegenheit, schnappe mein Kufiya-Tuch vom Garderobenständer und husche blitzschnell ins Treppenhaus.

»Schnell, fahr los!«, zische ich, nachdem ich eingestiegen bin – und bereue es sofort, denn Farah fackelt nicht lange und beschleunigt von null auf hundert. »So schnell auch wieder nicht!«, ächze ich und merke, wie Magensaft meine Speiseröhre hochsteigt.

»Alles okay?«, fragt sie.

»Nur meine Eltern. Sie haben Angst, dass ich auf ein Date gehe. Ich musste sie davon überzeugen, dass ich mich mit Amila treffe.«

»Amila?« Sie verzieht das Gesicht. »Wieso sagst du ihnen nicht einfach die Wahrheit? Ich meine, nicht den Teil mit der Party, sondern dass du *mich* triffst. Ich bin doch wunderbares Vorzeigematerial.« Glucksend steckt sie sich eine Zigarette an und öffnet die Fenster. Warme Abendluft strömt in den Lamborghini und die letzten Sonnenstrahlen verleihen Doha ein beinahe ätherisches Leuchten. »Keine Sorge, du musst die Frage nicht beantworten. Bestimmt hast du deine Gründe«, nuschelt Farah rauchend. »Eltern können vieles nicht verstehen. Sie bekommen Panik, wenn wir uns ein klein wenig Privatsphäre zugestehen wollen. Jedes Aufflammen von Unruhe verunsichert sie. Dabei ist Chaos so wichtig, um unsere Einzigartigkeit zu finden.« Sie schenkt mir ein herzliches Lächeln. »Jedenfalls bin ich froh, dass du heute mitkommst.«

»Ich freue mich auch«, erwidere ich, was eine maßlose Untertreibung ist, denn ich bin schon seit heute Morgen voll ungeduldiger Aufgekratztheit.

Nachdem der Wüstenprinz abgezogen ist, hatte ich noch einen richtig schönen Nachmittag mit den Accelerate-Frauen. Auch wenn ich die meiste Zeit damit verbracht habe, ihnen beim Stuntfahren zuzusehen, habe ich mich selten so wohl unter Menschen gefühlt.

Nour spricht nur wenig Englisch, hat Farah allerdings für mich übersetzen lassen, dass sie zwei Söhne hat und in einem kleinen Dorf an der Grenze zwischen Saudi-Arabien und Katar lebt. Wenn sie in die Wüste fährt, um die Accelerate-Frauen zu treffen, passt eine Nanny auf ihre Kinder auf. Voller Stolz hat sie von ihren Erfolgen hinter dem Steuer berichtet, darüber, dass sie schon als junges Mädchen so sein wollte wie die *Speed Sisters*, palästinensische Rennfahrerinnen, die weltweit Berühmtheit erlangt haben. Was mich überrascht hat, ist die Tatsache, dass niemand aus ihrem Umfeld – nicht einmal ihre eigene Familie – über ihr besonderes Hobby Bescheid weiß, und das, obwohl es ihr so unglaublich viel zu bedeuten scheint. Als ich mich nach ihrem Mann erkundigt habe, hat sie dieselbe abfällige Geste gemacht, mit der sie auch den Wüstenprinzen verabschiedet hat, und Farah hat mir mit einem heimlichen Kopfschütteln bedeutet, ihn nicht mehr zu erwähnen.

Bronze hat von allen am meisten mit mir geredet, trotzdem habe ich kaum Persönliches über sie erfahren. Was ich jedoch mit Sicherheit sagen kann, ist, dass sie ein großer Fan von Tüpfelhyänen ist, denn sie hat in übereifriger Ausführlichkeit von ihrem Vorhaben berichtet, nächstes Jahr nach Afrika zu reisen, um die Tiere dort in freier Wildbahn zu beobachten. Das außergewöhnliche Merkmal der weiblichen Tüpfelhyäne, wenn man Bronze Glauben schenken kann, sei die sogenannte *Maskulinisation* ihres Geschlechtsorgans, die sie vor sexuellen Übergriffen durch männliche Artgenossen schützt. Die Aufhebung dieser ultimativen Verwundbarkeit habe dazu geführt, dass Hyänenrudel ausschließlich von Weibchen regiert werden, und zwar in hochkomplexen Sozialgefügen. Männchen dagegen – diesen Fakt hat sie besonders hervorgehoben – seien ganz den Entscheidungen der Weibchen unterworfen und werden verstoßen, sobald sie jedwede Form von Aggression zeigen.

Sogar Sepideh ist am Ende aufgetaut und hat mir über ihre Familie im Iran erzählt; über die Kochkünste ihrer Großmutter, die Autowerkstatt ihres Onkels und ihre Cousine Roya, die in Haft sitzt, weil sie während eines Protestmarsches ihr Kopftuch verbrannt hat. Sie selbst wohnt mit ihrer Mutter und ihrer kleinen Schwester in Ar-Rayyan, einer Stadt in der Nähe von Doha, wo sie an der Oberschule Physik und Mathe unterrichtet.

Obwohl mich der Gedanke, auf eine illegale Wüstenparty zu gehen, nervös macht, habe ich das Gefühl, zu Freundinnen zurückzukehren.

»*Rea?*«

Farahs Stimme holt mich in die Gegenwart.

»Wir sind angekommen. Da vorne ist der Treffpunkt«, sagt sie und deutet geradeaus. »Ich hoffe, es ist für dich weiterhin in Ordnung, den Alkohol zu besorgen.«

Mein Blick schweift über die schmale Seitenstraße, die vollgestellt ist mit Mülltonnen, zerfetzten Styroporplatten und ausrangierten Möbelstücken. »K-klar«, entgegne ich schluckend.

»Großartig!« Sie beugt sich über mich und öffnet das Handschuhfach. »Im Briefumschlag ist die vereinbarte Summe.«

»Du meine Güte!«, japse ich ungläubig. Neben dem besagten Kuvert stapeln sich dicke Geldbündel. Zwar kenne ich mich mit dem Katar-Riyal nicht gut aus, aber ich bin mir sicher, dass es sich hier um umgerechnet mehrere Tausend Euro handelt. »Wie viel Kohle bunkerst du in deinem Auto?«

»Genug, um jedem Einwohner Dohas ein Pony zu kaufen, aber nicht genug, um meinen Ruf zu retten, wenn mich jemand dabei erwischt, wie ich in einer dunklen Gasse Alkohol kaufe.« Anscheinend ist Farah unzufrieden mit dem, was sie gerade gesagt hat, denn sie räuspert sich und setzt neu an: »Hör zu, der Mittelsmann hat gewechselt, und ich weiß noch nicht, ob ich dem Neuen vertrauen kann. Du bist die Tochter eines Diplomaten, du hast Immunität vor dem katarischen Gesetz. Dir kann nichts passieren. Außerdem interessiert sich niemand dafür, ob eine Ausländerin Alkohol kauft oder nicht. Bei mir ist das was ganz anderes. Die Leute kennen mich. Trotzdem, ich würde es selbst machen, wenn die Situation zu Hause nicht so angespannt wäre.«

Gestern, als sie mich darum gebeten hat, die *Bestellung* entgegenzunehmen, hat sie erwähnt, dass die Familie ihres Verlobten nichts unversucht lässt, um sie loszuwerden. Die Frage, weshalb dem so ist, hat sie lediglich mit finsterem Gelächter und der Gegenfrage *Hättest du mich gerne als Schwiegertochter?* beantwortet.

»Keine Sorge, ich mache es«, sage ich leise.

»Danke, Rea. Ich schätze es sehr, wenn ein Mensch zuverlässig ist.«

Mit laut wummerndem Herzen nehme ich den Briefumschlag in die Hand und steige aus. Während ich über rutschige Take-away-Boxen und zertretene Softdrinkdosen balanciere, lege ich mir das Kufiya-Tuch so um, dass man nur noch meine Augen erkennen kann.

Das Einschüchterungsspiel verliere ich trotzdem, denn der bullige Mann, der jetzt aus den Schatten tritt, strotzt nur so vor Verschlagenheit. Obwohl er eine dicke Sonnenbrille trägt, kann ich spüren, wie sich sein Blick an mir festheftet. Er hat keine Haare, dafür aber eine Glatze, die einen eingebauten Fusionsreaktor zu besitzen scheint, zumindest leuchtet sie ähnlich orange wie die untergehende Sonne. Die Plastiktüte, die er an seine Brust gedrückt hält, droht jeden Augenblick zu zerplatzen, und ich kann das unangenehme Knirschen von Glas hören.

Er erkennt sofort, dass ich nicht von hier bin, und knurrt in gebrochenem Englisch: »Ich habe mit jemandem gerechnet, der aus der Gegend kommt. Wer bist du?«

Okay, Rea, cool bleiben. Du kannst das. Lizard Man, hast du auch irgendwie überlebt (wenn auch mit Narben). Timo Holz, der Endboss. Denk daran: Seine Schwimmfußgeckos verspeisen Kerle wie ihn zum Frühstück ...

»Armin...e«, krächze ich mit einer Stimme, die man mit dem Kampfschrei einer Feldmaus verwechseln könnte. »M-mein Name ist Armine.«

»Armine?«, wiederholt er stirnrunzelnd.

Ich schenke ihm ein verstrahltes Lächeln.

»Und was führt dich hierher, Armine?«

Ich blinzle konfus. »Nun, ich habe das Geld. Haben Sie ... ehm ... die *Ware*?«

»Kommt darauf an.« Er schaut nach rechts, er schaut nach links. »Wer schickt dich?«

Kühlen Kopf bewahren, Armine! »Sie wissen, wer mich schickt, denn hätte mich die besagte Person nicht geschickt, hätte sie mich woanders hingeschickt, also wäre ich nicht hierhergeschickt worden, daher schickt mich genau die Person, von der sie glauben, dass sie mich geschickt hat.«

Kurz sind wir gemeinsam verwirrt über meine Aussage, dann stößt er ein gequältes Seufzen aus und murrt: »Na los, gib mir die Knete, Mädchen! Wenn *du* eine verdeckte Ermittlerin bist, dann bin ich Kankan Mansa Musa.«

»Wer?«

Er stellt die Plastiktüte vor meine Füße und reißt mir das Geldkuvert aus der Hand, dann erst antwortet er: »Der König von Timbuktu!«

»Das war ganz schön viel Nervenkitzel für zwei Flaschen Wein und ein 6er-Pack Bier«, brumme ich, als ich wieder im Auto sitze.

»Tja, willkommen im Märchenland von Tausendundeiner Nacht«, lacht Farah und fädelt sich auf der Schnellstraße ein.

Vorsichtig frage ich: »Dürft ihr wegen eures Glaubens keinen Alkohol trinken?«

»Verrückt, oder? Immerhin hat es eine Menge Rauschmittel benötigt, um so etwas wie Religion überhaupt erst zu erfinden.« Durch dichtes Auffahren zwingt sie das Auto vor uns, die Spur zu wechseln. »Na ja, es ist nicht so, dass hier niemand trinkt. Männer tun es andauernd in irgendwelchen Hotelbars. Aber laut islamischem Gesetz ist es verboten und für uns Frauen natürlich ganz besonders unschicklich.«

»Dann glaubst du nicht an Gott?«

»Ich glaube nicht an *Religion*«, antwortet sie mit erstaunlicher Forschheit. »Sie ist schon immer ein Instrument der Unterdrückung, Diskriminierung und Ausgrenzung gewesen, ein Katalysator für politische und gesellschaftliche Bevormundung, Gewalt und Fanatismus – und das auf der ganzen Welt. Ich folge keinem System, das über so viel Ungerechtigkeit hinwegsieht, über so viel Leid und Verzweiflung.« Sie schaut kurz in den Rückspiegel, doch ihr Blick ist verschleiert. »Manchmal spüre ich die Anwesenheit einer höheren Macht, besonders dann, wenn ich durch die Wüste fahre – aber diese Macht will, dass ich mich frei fühle, bedingungslos akzeptiert und geliebt, und zwar genau so wie ich bin. Ein barmherziger Gott würde wollen, dass die Würde *aller* Menschen geschützt wird. Nein, ich werde mich niemals einer ideologischen Struktur fügen, die auf den Wunschvorstellungen konservativer, alter Männer basiert.« Sie nimmt dieselbe Ausfahrt, die wir auch gestern genommen haben, und geht dabei scharf in die Kurve. »Was ist mir dir, Diplomatentochter? Glaubst du an Gott?«

»Ein bisschen schon, denke ich. A-aber es ist nicht so, dass wir in unserer Familie irgendeine Religion ausüben. Ehrlich gesagt ist das bei uns noch nie wirklich ein Thema gewesen«, druckse ich unbeholfen. »Und mit der katholischen Kirche kann ich mich nicht wirklich anfreunden. Ich meine, da wo ich herkomme, segnen Priester Bierzelte und Züge, aber homosexuelle Paare, die heiraten wollen, segnen sie nicht.«

Ich muss über meine eigene Aussage schmunzeln, Farah hingegen bleibt bitterernst. »Heiraten dürfen sie in Deutschland aber trotzdem, oder?«, fragt sie.

»Ja, schon.«

»In meinem Land werden Homosexuelle strafrechtlich verfolgt, und zwar unter dem lächerlichen Vorwand, sie *umerziehen* zu wollen. Nicht selten landen sie im Gefängnis, wo man sie auf schreckliche Weise schikaniert und misshandelt. Theoretisch droht ihnen sogar die Todesstrafe, allerdings passt das nicht mehr in das Bild eines modernen Emirats.« Sie gibt ein entrüstetes Schnauben von sich. »Versteh mich nicht falsch, ich bin unendlich froh darüber. Ich wünschte nur, sie würden es aus Überzeugung tun, nicht aus Imagegründen.«

»Gibt es in Katar überhaupt eine, äh, LBQ…« – ich verhaspele mich. *Wie peinlich.*

»LGBTQIA+«, hilft Farah nach.

»Gibt es diese Community überhaupt?«

»Natürlich! Dachtest du etwa, dass ein ganzes Land hetero ist?« Farah schüttelt lachend den Kopf. »Ach, überzeuge dich einfach selbst.«

Bevor ich klären kann, was sie damit meint, zupft sie an meinem Kufiya-Tuch und fragt: »Wieso trägst du eigentlich andauernd diesen alten Lappen? Ist das ein politisches Statement?«

»Nein«, entgegne ich verlegen. »Es ist eine Art Talisman für mich.«

»Verstehe.« Wir lassen die Stadt hinter uns und die Araberin steuert selbstbewusst durch das richtungslose Wüstenflirren. »Ich nehme an, es ist das Geschenk eines Jungen?«

Ich nicke leicht.

»Dein Freund?«

»Nein.«

Schon feuert Farah die nächste Frage ab: »Hattest du schon mal einen Freund?«

»Ja, aber …« Vergeblich suche ich nach den richtigen Worten.

»Er hat dir wehgetan, habe ich recht?« Völlig unerwartet drückt Farah auf die Hupe und schreit: »Oh, wie ich Männer hasse! Sie sind so schrecklich vorhersehbar und minderbewandert!«

Ich muss laut loslachen und merke, wie gut es tut. Farahs radikale Unverblümtheit ist wirklich erfrischend. »Und dein Verlobter?«, frage ich. »Ist er etwa auch *vorhersehbar* und *minderbewandert?«*

Zum ersten Mal entdecke ich einen Ausdruck von Zärtlichkeit in ihrem Gesicht. »Oh nein. Adel ist anders. Er ist mein bester Freund und mein engster Verbündeter. Ohne ihn wäre ich verloren.«

Nachdem wir etwa zwanzig Minuten lang durch das Silberblau der Abenddämmerung gerauscht sind (ohne Scheinwerferlicht zwar, dafür aber in einer Geschwindigkeit, bei der es mich nicht gewundert hätte, wenn dem Lamborghini ein leuchtender Kometenschweif gewachsen wäre), hält Farah an und beginnt, ihren Hijab aufzubinden. »Du kennst den Drill, Diplomatentochter. Alles, was uns den Spaß verderben könnte, wird jetzt in einer Blechbüchse vergraben. Also, Handy her.« Sie hält mir die offene Hand entgegen und zwinkert. »Deinen Glückslappen darfst du anlassen, wobei ich es immer noch kriminell finde, das wunderschöne Chanel-Kleid damit zu verunstalten. Aber ich möchte nicht urteilen – das überlasse ich der göttlichen Modepolizei.«

∪

Ich habe noch nie etwas so Wunderbares gesehen. In der mystischen Geborgenheit der Wüste haben sich um die sechzig Leute versammelt, die ausgelassen feiern. Es handelt sich um die unterschiedlichsten Menschen, die jedoch alle eines gemeinsam haben, nämlich, dass ihre Verschiedenheit sie absolut nicht zu kümmern scheint. Ich sehe

Jugendliche in traditionellen arabischen Gewändern, andere tragen Outfits so fantasievoll und außergewöhnlich, dass sie mich an Besucher des berühmten Burning-Man-Festivals erinnern. Kühn, gewagt und auffallend sind die Kleider der jungen Frauen, die sich so ungehemmt und sorgenfrei durch die Menge bewegen, wie man es nur an einem Ort tun kann, an dem man sich vollkommen sicher fühlt. Natürliche Freizügigkeit trifft auf unverhohlenen Ausdruck; wohin meine Augen auch wandern, überall begegnen mir pure Individualität, inspirierendes Selbstbewusstsein und schillernde Exzentrik.

Ich verstehe jetzt auch, warum Farah gesagt hat, ich solle mich von der Existenz der Queer-Community selbst überzeugen: Unter dem Mondschein der katarischen Wüste werden Menschen sichtbar, die sonst im Verborgenen leben. Frauen halten sich an den Händen, tanzen eng umschlungen, machen ihre Zuneigung füreinander so fühlbar, dass mir ganz warm ums Herz wird. Männer tauschen leise Liebkosungen aus. Ich kann in ihren Gesichtern lesen, wie viel Mut und Überwindung es sie kostet.

Ich bin tief berührt, denn ich hätte niemals damit gerechnet, in einem muslimischen Land auf diese Art von Gemeinschaft zu stoßen. Gleichzeitig schäme ich mich für meine Ignoranz, meine Vorurteile. Ich weiß, dass ich hier lediglich auf ein winziges Fragment einer viel größeren, viel komplexeren Wahrheit schaue, eine Realität, die ein unvorstellbares Maß an Schmerz, Trauma und Schatten bergen muss. Ich blicke auf eine Welt, von der ich absolut keine Ahnung habe.

Farah schenkt uns Wein nach und reicht mir lächelnd den Pappbecher.

»Danke«, sage ich mit bewegter Stimme.

»Ach, Diplomatentochter, du solltest mal dein Gesicht sehen!« Sie kneift mir liebevoll in die Wange. »Du bist wie ein Neugeborenes, das zum ersten Mal die Welt sieht. Ich habe dir doch gesagt: Katar ist ein ganz normales Land mit ganz normalen Menschen, die lieben und geliebt werden möchten, und zwar genau so, wie es für sie in den Sternen geschrieben steht.«

Wir sitzen an einem kleinen Lagerfeuer – Farah, Sepideh, Bronze und ein paar andere Partybesucher, die mich alle freundlich begrüßt haben. Die Runde unterhält sich auf Arabisch, doch obwohl ich nichts verstehe, genieße ich die lebhaften Gespräche, das fröhliche Gelächter und diesen wohlklingenden Lärm, den sie zusammen veranstalten.

Über uns bilden Fernstrahler eine magische Kuppel aus Licht und Farben. Sie sind kreisförmig positioniert und mit bunten Folien überzogen. Die Musik, die aus den Lautsprechern eines Minivans strömt, ist gerade laut genug, um die Gedanken zu beschwingen, sie aber nicht zu übertönen. Dort, wo sich die Dunkelheit in das Leuchten einkerbt, hört man das Heulen von Motoren. Nour und der Wüstenprinz führen ihre neusten Autotricks vor und immer wieder überdeckt das Jubeln der Schaulustigen die hypnotischen Melodien.

Farah zündet sich eine Zigarette an, und ich stelle ihr eine Frage, die mir schon seit unserer Ankunft auf der Zunge brennt: »Wie schafft ihr es, diese Partys geheim zu halten? So viele Leute sind hier. Habt ihr nicht Angst, dass euch jemand verraten könnte?«

»Wir sitzen alle im selben Boot«, bemerkt sie. »Wenn wir auffliegen, wird es diesen Ort niemals mehr geben.

Dann werden wir wieder allein sein. Einsam mit unseren Träumen. Deshalb schützen wir diese Zuflucht wie ein Heiligtum. Wir achten genau darauf, wen wir in unser Geheimnis einweihen und wen nicht.«

Ich schüttele verständnislos den Kopf. »Das erscheint mir trotzdem irgendwie riskant.«

»Du meinst, Menschen zu vertrauen?«, fragt Farah stirnrunzelnd.

»Ja«, antworte ich, ohne zu zögern.

Sie seufzt leise. »Na gut, wir haben noch eine *zweite* Schutzebene.«

»Und die wäre?«

»Keiner will es sich mit dem Wüstenprinzen verscherzen. Oder mit mir. Allen ist bewusst, dass wir kurzen Prozess mit einem Verräter machen würden.«

Ich weiß nicht recht, ob ich Farahs Aussage beruhigend oder beängstigend finde.

»Ganz ungefährlich ist es natürlich trotzdem nicht«, fährt sie fort. »Es gibt gelegentlich Patrouillen in der Wüste. Und nicht jeder Polizist ist bestechlich. Aber wir hatten schon lange keine Zwischenfälle mehr.« Sie legt den Arm um mich und stupst mein Getränk mit ihrem an. »Denk jetzt nicht mehr darüber nach, sondern genieße den Abend! Gleich werde ich dir meinen Verlobten vorstellen. Er war auf Geschäftsreise, dürfte aber jeden Moment eintreffen.«

Ich blinzle überrascht. »Dein Verlobter weiß von diesen Partys?«

»Selbstverständlich ... Oh, da ist er schon!« Sie springt auf und winkt überschwänglich. »Adel! Habibi! Hier drüben!«

Vor Schreck drücke ich den Pappbecher so fest zusammen, dass mir der Wein in die Nase spritzt. Ich muss niesen – einmal, zweimal, dreimal.

Ein Mann in Drag schreitet freudestrahlend auf uns zu. Er trägt eine kupferrote, hochtoupierte Perücke, die sein orange-goldenes Augen-Make-up und den pfirsichfarbenen Lippenstift auf eindrucksvolle Weise zur Geltung bringt. Seine Augenbrauen sind mit einer burgunderfarbenen Linie übermalt, die geschwungenen Außenkanten seiner Klebewimpern geben seinem Gesicht eine katzenhafte Mondänität. Er hat ein smaragdgrünes Abendkleid an, welches er mit einer solchen Grazie präsentiert, wie ich es nur selten gesehen habe. Unter dem Beinschlitz blitzt eine fein geflochtene Strumpfhose hervor, die Satin-Pumps sind so filigran, sie verleihen seiner muskulösen Statur eine beinahe gläserne Zierlichkeit. Und dann sind da noch die vielen Juwelen, Diamanten und Perlen, die ihn wie bunte Blüten schmücken und erahnen lassen, wie vermögend er ist.

»Adel, das ist Rea, die Diplomatentochter, von der ich dir erzählt habe«, sagt Farah, nachdem sie ihm liebevoll eine Haarsträhne hinters Ohr gestrichen hat.

»Freut mich, Rea. Ich habe schon viel von dir gehört!« Lächelnd streckt er mir seine Hand entgegen.

Ich bringe kein Wort heraus, sondern erwidere seinen Gruß mit glühenden Wangen und kaltklebrigen Fingern.

Er erlaubt mir, mich meinem kindlichen Erstaunen hinzugeben, und wendet sich wieder seiner Verlobten zu. »Da drüben ist ganz schön was los. Das Phantom ist aufgetaucht. Rahim hat ihn zu einem Duell herausgefordert.«

Farahs Augen weiten sich. »Das Phantom ist unter den Gästen?«

»Ja, alle sind komplett am Durchdrehen.«

Tatsächlich leert sich das Lagerfeuer rapide, sogar die Tanzenden eilen zur Stelle, an der Nour und der Wüstenprinz bis gerade eben noch ihre Fahrkünste zur Schau gestellt haben.

»Shabah hat sich schon lange nicht mehr blicken lassen.« Farah klopft ihren champagnerweißen Jumpsuit ab und winkt in meine Richtung. »Komm, Rea, wir müssen uns das unbedingt ansehen!«

Ich starre sie mit offener Kinnlade an.

»Was hast du?« Tadelnd verschränkt sie die Arme vor der Brust. »Bist du etwa noch nie im Leben einer Dragqueen begegnet?«

Adel schmunzelt irritiert. »Sie blinzelt gar nicht mehr. Nicht dass sie gleich einen Exorzismus an mir durchführt.«

»W-*wer* ist hier?«, röchle ich. Die Welt ist nur mehr ein flackernder Klecks.

»Das Phantom«, antwortet Farah und kneift die Augen zusammen. »Warte ... Du kennst ihn?« Ihr Blick wandert zu meinem Kufiya-Tuch. »Ist dein Glückslappen etwa von *Shabah*?«

Ich bin nicht in der Lage, ihr zu antworten.

Adel fächert sich mit der Hand Luft zu und verkündet grinsend: »Bilde ich es mir nur ein oder ist die Wüste gerade sehr viel heißer geworden?«

∪

Ich starre wie gebannt auf die zwei Autos, die am Ende einer provisorischen Fahrbahn stehen und im zitternden Licht der Fernstrahler eigenartig lebendig wirken. Die Menge ist mucksmäuschenstill, selbst die Musik aus dem Van ist verklungen.

Mittlerweile umschließt uns die Nacht mit einer solchen Endgültigkeit, dass man meinen könnte, es gäbe nur noch diesen einen Ort auf der Welt, nur noch diesen einen Augenblick, nur noch dieses eine Gefühl. Nie zuvor habe ich eine derartige Gegenwärtigkeit gespürt, eine solche Präsenz der Möglichkeiten, die mein Leben für immer verändern könnten. Gleichzeitig bin ich mir sicher, dass, wenn es das Schicksal wirklich gibt, es genau *hier* ist, und zwar in einer solchen Dichte, einer solchen Konzentration, dass sich jeden Augenblick ein neuer Urknall ereignen könnte.

Ich bin unglaublich nervös, fühle mich roh und seltsam verwundbar, trotzdem würde es keiner Kraft dieses Universums gelingen, mich auch nur einen Millimeter wegzubewegen. Ich will ihn sehen, das Phantom, das immerzu durch meine Gedanken spukt.

Ich will Shabah nahe sein, *so sehr.*

»Nour hat gerade ein Zeichen gegeben«, flüstert Farah, die mit Adel zu meiner Rechten steht. »Gleich geht es los.«

»Was glaubt ihr, wer gewinnen wird? Shabah oder Rahim?«, fragt Bronze hinter mir.

Sepideh murmelt hoch konzentriert: »Schwer zu sagen. Der Wüstenprinz hat ein Auto, das vermutlich mehr kostet als manch eine Villa. Wer weiß, wie viel er an seinem Range Rover herumgepfuscht hat. Das Phantom wiederum ist ein wahrer Meister im Skiing.«

»Worin?«, raune ich, ohne dabei meinen Blick von Shabahs Wagen abzuwenden – laut Bronze ein silberner 3er BMW aus dem Jahr 1996.

»Im Sidewall Skiing«, erläutert Sepideh. »Schon mal was davon gehört?«

Noch im selben Moment erstirbt unsere Unterhaltung,

denn Nour tritt vor die wartenden Fahrzeuge und feuert die Schreckschusspistole ab.

Der Range Rover rast los, dicht gefolgt vom alten BMW. Sie beginnen, in ungestümen, spitz zulaufenden Schlangenlinien hin und her zu fahren, dabei schwanken die Wagen so heftig, dass sie beinahe ins Schleudern geraten.

Was als Nächstes passiert, ist so beängstigend und wahnsinnig, dass ich mich an Farahs Ärmel festklammern muss: Plötzlich reißen sich die Autos vom Boden los, kippen zur Seite und balancieren auf zwei Rädern, nämlich auf dem Vorder- und Hinterreifen der Fahrerseite.

Ich bin fassungslos. Der Anblick ist derart bizarr, dass sich mein Gehirn nicht darauf einlassen kann. Wie zwei magische Objekte rauschen die Autos an den Zuschauern vorbei, dabei scheinen sie völlig schwerelos zu sein, befreit von den Grenzen des Möglichen.

»Das ist unglaublich«, wispere ich. Niemand erwidert etwas, alle befinden sich in einem Zustand tranceartiger Verzauberung.

Doch gerade als der silberne BMW an uns vorbeizieht, geschieht etwas Eigenartiges: Der Wagen gerät ins Wanken. Schlimmer noch: Er ruckelt gefährlich, zuckt mehrmals hintereinander scharf nach rechts und landet schließlich – mit einem hörbaren Aufprall – auf vier Rädern.

Bronze gibt ein ungläubiges Keuchen von sich.

»Was ist passiert?«, krächzt Sepideh entgeistert. »So schnell verliert das Phantom sonst nie die Kontrolle!«

Bronze nickt. »Ob er Probleme mit dem Lenkrad hat?«

»Oder den Reifen?«, fragt Sepideh zurück.

Jetzt ergreift Farah das Wort: »Ich glaube, Shabah hat gerade ein Gespenst gesehen.«

Überrascht drehe ich den Kopf zu ihr und stelle fest, dass sie mich ansieht.

Nachdem die Autos angehalten haben, bricht die Menge in euphorischen Applaus aus. Obwohl der Wüstenprinz das Duell für sich entscheiden konnte, werden beide Autos von jubelnden Fans umlagert. Auch Adel und die Accelerate-Frauen stürzen sich ins Getümmel, machen jedoch einen großen Bogen um Rahims Range Rover. Nur Farah bleibt neben mir stehen und stemmt abwartend die Arme die Hüfte.

»Die zwei scheinen ganz schön beliebt zu sein«, grummele ich und betrachte die vielen Mädchen, die den silbernen BMW binnen Sekunden eingekesselt haben. Auch vor Rahims Wagen wartet eine beachtliche Menge von Verehrerinnen – aber das interessiert mich nicht die Bohne.

»Ja, Shabah liegen die Frauen haufenweise zu Füßen. Niemand weiß, wer er ist und woher er kommt. Das macht ihn so interessant.« Ich höre den fragenden Unterton in ihrer Stimme. »Menschen lieben Geheimnisse.«

»Von mir aus können wir uns wieder ans Lagerfeuer setz…«, ich verstumme, denn die Fahrertür des BMWs öffnet sich.

Shabah steigt aus und sieht mich an – direkt und unvermittelt.

»Ich hatte recht«, flüstert Farah. »Er hat wirklich ein Gespenst gesehen.«

Das Phantom lächelt – und eine Gänsehaut überzieht meinen ganzen Körper.

14.
Unter den Sternen

Sein Lächeln ist bezaubernd – natürlich, tapfer, einnehmend, irgendwie unverfroren und auch ein wenig herausfordernd. Es ist ein Lächeln, das man niemals vergisst, das sich für immer in das Gedächtnis einbrennt, wie Licht und Silber auf Fotopapier. In der Sekunde jedoch, in der ich einen Schritt auf ihn zumache, verschwindet es wieder – dieses *eine* Lächeln –, und sein Blick zerstreut sich in unbestimmte Richtungen. Dann beginnt er auch noch, sich mit den Mädchen zu unterhalten, die ihn regelrecht umzingeln, und es fühlt sich so an, als hätte mir jemand eine schallende Ohrfeige verpasst.

»Das ist ja wie auf dem Basar hier«, knurrt Farah und beginnt, lautstark in die Hände zu klatschen. »Yallah! Yallah! Yallah!« Mit rabiater Vehemenz scheucht sie die Mädchengruppe von Shabah weg und treibt sie in Richtung Lagerfeuer. Verdattertes Tuscheln mischt sich mit leisem Gefluche, aber niemand wagt es, sich ihr zu widersetzen.

Ehe ich mich's versehe, stehen das Phantom und ich alleine da.

Er lacht dezent und faltet die Hände hinter dem Nacken zusammen. Auch heute trägt er eine weiße Dischdascha, kombiniert mit klobigen Dr.-Martens-Stiefeln und einem dunkelgrauen Fransentuch, das er sich locker um die Schultern gebunden hat. Seine kurzen, wuscheligen

Haare fallen ihm ungezähmt über die Stirn, sein Gesicht ist kantiger, als ich es in Erinnerung habe. »Du hast dir ein paar einflussreiche Freunde geangelt.« Spott schwingt in seinem Tonfall mit. »Schön für dich.«

Ich verschränke die Arme vor der Brust. »Und du bist anscheinend ein richtiger Frauenheld. Schön für dich.«

»Für ein kleines Gespenst kommst du ganz schön viel herum. Schön für dich.«

»Du hast dir ein sehr vernünftiges Hobby ausgesucht, kein bisschen machohaft und waghalsig.« Ich zeige auf den silbernen BMW. »Schön für dich.«

»Du trägst mal wieder völlig unzweckmäßige Kleidung, aber wenigstens beweist du heute so etwas wie Modegeschmack.« Er deutet auf das Kufiya-Tuch. »Schön für dich.«

»Du kannst es gerne wiederhaben«, brumme ich hinter zusammengepressten Zähnen.

»Und dir dein Lieblingsaccessoire wegnehmen? Das könnte ich unmöglich verantworten.«

»Ich brauche es nicht mehr!«

Schmollend verzieht er die Lippen. »Dann hast du also aufgehört, mich zu vermissen?«

»Ich habe dich niemals vermisst!«, zische ich.

»Schade.« Langsam schreitet er auf mich zu. »Ich vermisse dich nämlich andauernd, kleines Gespenst.«

Weil sich in meinem Inneren gerade eine Supernova ereignet, frage ich mit der Geschmeidigkeit einer alten Kesseltrommel: »H-hast du vielleicht Lust, ein Bier mit mir zu trinken?«

Er hält inne. »Nein.«

»Wir haben auch Wein«, haspele ich nervös.

»Ich trinke keinen Alkohol.«

»Farah sagt, dass wir hier sicher sind.«

»Ich trinke keinen Alkohol«, wiederholt er.

»Bestimmt gibt es auch andere Getränke: Cola, Fanta, o-oder Tee.« Shabah sagt nichts, und mir wird siedend heiß bewusst, wie sehr ich mich gerade blamiere. »Vergiss es. Ich sollte jetzt zu meinen Freunden zurückgehen.«

»Das solltest du.« Seine Worte sind voll Melancholie und rätselhafter Schwere.

Ich binde mein geliebtes Kufiya-Tuch ab und reiche es ihm. »Das gehört dir.«

»In einer anderen Welt würde ich sofort *Ja* zu einem Getränk sagen.«

Überrascht blicke ich zu ihm auf.

»Ich ... Ich würde so viele Dinge mit dir tun.« Sein Tonfall verändert sich, wird auf sinnliche Weise anzüglich. »Ich meine, ich würde mit dir *trinken*, so viel und sooft du willst.« Die nächsten Sätze flüstert er: »Und ich würde niemals zurückweichen. Ich würde dich sogar vor verrückten Quad-Fahrern beschützen.«

Ich spüre meinen Herzschlag überall: in meinem Hals, meinen Armen, meinen Beinen, in der Luft, im Boden, im Himmel, *überall*. Der Wunsch, den Lärm des Universums auszuschalten und mich einfach in seine Arme zu schmiegen, ist unerträglich stark. Gleichzeitig bin ich völlig überwältigt von dem, was er gerade gesagt hat, von dem, was er mich empfinden lässt.

Die Momente verstreichen und mit ihnen Szenarien des Schicksals, Möglichkeiten, die wir nicht ergreifen.

»Lebe wohl, kleines Gespenst«, sagt er schließlich, genau wie bei unseren letzten beiden Begegnungen.

Als er geht, sehe ich noch, wie sich ein weißer Schatten an seine Fersen heftet. *Rami*. Dann verschwinden die beiden zwischen den Körpern der Tanzenden – und mein Herz zieht sich krampfhaft zusammen.

Die große Wüstenfeier geht weiter, der Alkohol fließt und die Stimmung erreicht langsam ihren Höhepunkt. Ich sitze wieder am Lagerfeuer – mit Farah, Adel, Sepideh und ein paar anderen Partybesuchern – und öffne gerade mein zweites Bier, da kommt Bronze angestürmt und verkündet: »Das ist meine Freundin aus Japan! Die berühmte Designerin, von der ich euch erzählt habe.«

Eine junge Frau tritt neben sie und winkt freundlich in die Runde. Sie hat lange, spiegelglatte Haare und trägt ein silbernes Diadem mit verschlungenen Mustern und leuchtenden Mondsteinen. Sogar im Flackern der Flammen kann ich erkennen, wie bildhübsch sie ist.

»Das Oberteil, das ich trage, ist von ihr«, erläutert Bronze und zeigt auf den Print einer grimmig dreinblickenden, schrecklich unansehnlichen Nacktkatze. »Meine Stiefel sind von ihr, die Tasche ist von ihr«, setzt sie voller Begeisterung fort. »Sogar mein Bustier hat sie entworfen.« Sie ist im Begriff, ihr Top hochzuziehen, doch die Japanerin hält sie zurück, indem sie ihr eine herzliche Umarmung gibt.

»Bronze, du bringst mich in Verlegenheit!«, sagt sie und stellt sich uns vor. »Ich heiße Aya. Bronze und ich haben uns während ihres Auslandssemesters in Tokio kennengelernt. Wir studieren beide Modedesign.« Dann tippt auch sie auf die unterschiedlichen Kleidungsstücke, die sie anhat, und legt dabei einen lustigen Tanz hin. »Mein Rock ist von Bronze, meine Jacke ist von Bronze, meine Schuhe sind von Bronze. Und das hier auch!« Stolz deutet sie auf ihr Diadem.

Zum ersten Mal seit meinem Gespräch mit Shabah bringe ich ein schwaches Lächeln zustande. Aya ist mir auf Anhieb sympathisch.

Als sich die junge Japanerin neben mich setzt, reiche ich ihr zur Begrüßung die Hand. »Hallo, ich heiße Rea. Schön, dich kennenzulernen.«

»Moment mal, diesen Akzent kenne ich doch!«, entgegnet sie freudig. »Meine beste Freundin kommt auch aus Deutschland. Dummerweise liegt sie gerade in Tokio im Krankenhaus, sonst wäre sie heute auch dabei.«

»Oh, das tut mir leid«, sage ich etwas perplex.

»Keine Sorge, sie hat sich bloß beim Butoh-Tanzen das Bein verstaucht. Ihren Verlobten hat es schlimmer getroffen. Der hat sich eine Rippe angebrochen, als sie auf ihn draufgeplumpst ist.«

»Dann machst du alleine Urlaub in Katar?«, frage ich.

»Nein, mit meinem Freund Tasuku«, antwortet Aya. »Er ist irgendwo da draußen. Nour bringt ihm gerade ein paar neue Autotricks bei.«

»Wir sollten dem alten Halunken *Hallo* sagen«, mischt sich Farah ein, die Tasuku ebenfalls zu kennen scheint. »Wer kommt mit?«

Die Accelerate-Frauen stehen auf, so auch Adel und Aya.

Als ich mich nicht rühre, fragt Farah verdutzt: »Hey, Diplomatentochter, willst du hier nur rumsitzen und Trübsal blasen?«

»N-nein«, entgegne ich stockend. »Ich gehe nur noch schnell auf die Toilette.«

Sie mustert mich besorgt. »Sollen wir auf dich warten?«

»Nicht nötig.« Ich bemühe mich um eine heitere Miene. »Geht schon mal vor. Ich finde euch schon.«

»In Ordnung, wir sind dort, wo Shabah vorhin ...« – sie räuspert sich – »wo sich die *vorhersehbaren, minderbewanderten* Einzeller vorhin zum Duell herausgefordert haben.«

⌣

Als ich aus dem Dixi-Klo trete, spüre ich die Wirkung des Alkohols. Meine Beine sind schwer, mein Kopf ist unangenehm wattig und rumorend. Ich schiebe mich durch die feiernde Menge und stoße dabei immer wieder mit schwitzenden Körpern zusammen. Mein Magen sticht, meine Kehle ist wund und rau vor Trockenheit. *Was würde ich für einen Schluck Wasser geben ...*

Ein beunruhigendes Gefühl der Orientierungslosigkeit breitet sich in mir aus. Ich drehe mich im Kreis und versuche, die Geräusche von Automotoren auszumachen, doch mittlerweile ist die Musik so laut, dass sie alles übertönt. Mein Blick prallt am grellen Licht der Flutlichtstrahler ab, die Dunkelheit dahinter wirkt Furcht einflößend und undurchdringlich.

»Farah?«, rufe ich heiser, obwohl mir klar ist, dass das absolut sinnlos ist. Ich greife unter meine Lederjacke und kratze mich an der Schulter. Überall ist Wüstensand – in meiner Kleidung, meinen Socken, sogar in meinen Ohrmuscheln – und langsam reizt er meine Haut.

Fieberhaft überlege ich, was ich als Nächstes tun soll, da entdecke ich einen weißen Schatten, der zwischen den Tanzenden umherhuscht. »Rami?«, raune ich und spüre, wie mich eine Woge prickelnder Hoffnung durchspült. *Ist das Phantom etwa noch hier?*

Keine Sekunde später ist der Windhund wieder verschwunden – und blinzelnd frage ich mich, ob ich mir sein Erscheinen bloß eingebildet habe.

Von dumpfer Traurigkeit erfasst, kehre ich zum Lagerfeuer zurück, das schon fast heruntergebrannt ist. Ich hoffe, die Accelerate-Frauen suchen nach mir, sobald sie merken, dass ich fehle. Diesmal bin ich die Einzige an der Feuerstelle – und genauso fühle ich mich plötzlich auch: *ganz allein.*

»Hey!« Eine Stimme lässt mich hochschrecken. »Du bist doch Farahs neues Anhängsel, oder etwa nicht?«

Ich drehe mich um und erkenne Rahim. Unkoordiniert setzt er sich neben mich und kommt mir dabei viel zu nah. Ich zwinge mich zu einem Lächeln, während ich ein Stück von ihm wegrücke. Sein Atem hat die stechende Schärfe von Alkohol, sein Oberkörper ist unbekleidet. Knutschflecken bedecken seinen Hals und in seinem Mundwinkel kleben die Reste von rotem Lippenstift.

»Genießt du meine Party?«, nuschelt er und rückt auf. Er ist wahnsinnig betrunken, so viel steht fest.

»Ja«, antworte ich schwach. »Danke für die Einladung.«

Er sieht mich an und grinst auf solch obszöne Weise, dass mir sofort die Schamesröte ins Gesicht schießt.

»Du hast sehr schöne Augen«, sagt er.

»Glückwunsch zum Sieg vorhin«, krächze ich ausweichend und beginne, den Stoff meines Kleides zwischen meinen Händen zu kneten. »Bestimmt erfordert das viel Übung. A-also, ein Auto auf zwei Rädern zu fahren, meine ich.«

»Macht dich mein Kompliment nervös?« Er ist offensichtlich darum bemüht, verführerisch zu klingen, dabei sind seine Wörter mehr gelallt als gesprochen.

»Eigentlich warte ich bloß auf meine Freundinnen. Vielleicht ist es besser, wenn ich mich auf die Suche nach ihnen mache.« Ich möchte aufstehen, doch er hält mich an meiner Jacke fest und zieht mich unsanft zurück.

»Bleib hier, Süße.« Er schlingt den Arm um mich und säuselt mit schwerer Zunge: »Mir gefällt, wie verlegen du wirst. Ich will dir noch mehr Komplimente machen.«

Langsam, aber sicher bekomme ich es mit der Angst zu tun.

»Deine Beine, dein Hintern – die gefallen mir.« Er gluckst verschlagen und stößt dabei mehrmals auf. »Deine Brüste haben genau die richtige Größe für meine Hände.« Er grapscht in die Luft, sein Arm auf meiner Schulter wird bleischwer. »Aber am allermeisten mag ich deine Lippen«, er packt mich am Kinn und zieht mein Gesicht an seines heran.

Panik steigt in mir auf – nackte, rasende, wild züngelnde Panik.

Der Wüstenprinz schenkt meiner Gefühlsregung keine Beachtung, sondern dreht meinen Kopf hin und her, als überlege er, wo er zuerst hineinbeißen soll.

Als er seinen Mund spitzt, in der Absicht, mich zu küssen, brandet heftige Übelkeit in mir auf. »I-ich will nicht«, wimmere ich. »Bitte, lass mich los.«

»Komm schon, Blondie!«, zischt er lüstern. Er gibt mein Kinn frei, presst mich aber umso fester an seine klebrige Brust. »Du würdest es doch nicht wagen, mich zurückzuweisen – oder?«

Ich habe das Gefühl, dass mir jemand die Kehle zudrückt. Mein Puls dröhnt, schwarze Punkte flimmern vor meinen Augen. Mir ist so schwindlig, dass ich fürchte, in Ohnmacht zu fallen.

»Jeder weiß, dass Frauen wie du leicht zu haben sind. Kleine Schlampen aus dem Westen, denen nichts heilig ist. Wieso also zierst du dich so, hm?« Er fasst mir grob ins Haar und ich spüre das Reiben seiner Bartstoppeln an meinem Hals. »Du duftest nach süßer Sünde.«

Ich möchte schreien, um mich schlagen, weglaufen, doch mein Körper ist vollkommen außer Gefecht gesetzt. Nichts funktioniert mehr. *Angst.* Da ist bloß noch Angst – und sie lähmt mich, betäubt mich, vergiftet mich wie ein grauenhafter Zauber.

Was als Nächstes geschieht, nehme ich nur zeitverzögert und hinter grauen Schleierböen wahr: Dem Wüstenprinzen wird mit einer solchen Wucht ins Gesicht geschlagen, dass er wie ein Dominostein umfällt. Flirrende Fetzen. Hektische Stimmen. Störrauschen. Bewegungen, die ich nicht zuordnen kann.

Jemand nimmt meine Hand, zieht mich auf die Beine, stützt mich. Hält mich fest.

Shabah.

Wir verlassen den blendenden Lichtbaldachin, entfliehen dem Lärm, dem Durcheinander. Ich weiß nicht, ob ich laufe oder schwebe oder vom Phantom getragen werde. Ich kann noch nicht einmal sagen, ob ich träume oder wach bin.

Sterne, so viele Sterne am Himmel.

Vor uns nimmt der silberne BMW Gestalt an.

Ich lasse mich auf den Beifahrersitz fallen und atme schwer durch den Mund, um bei Bewusstsein zu bleiben.

Shabah redet beruhigend auf mich ein. Auch wenn ich nicht verstehe, was er sagt, ist seine Stimme das Einzige, was mich noch zusammenhält.

Ich schließe die Augen, grabe meine Hände in warmes Hundefell und lasse meinen Tränen freien Lauf.

Shabah dreht den Zündschlüssel und keine Sekunde später flüchten wir in das kosmische Leuchten der Wüstennacht.

◡

Für immer will ich genau hier bleiben, in der Geborgenheit seiner Umarmung, an der Wärme seiner Haut, im Widerhall seines Pulsschlags. Ich will es festhalten, dieses Gefühl, das sich nach unerschütterlicher Bestimmung und bedingungsloser Ewigkeit anfühlt.

Dieser Augenblick soll niemals enden.

Shabah und ich sitzen unter dem Kufiya-Tuch, das uns wie eine schützende Höhle umgibt. Ich lehne an seiner Brust, das Gesicht habe ich im weichen Stoff seines Gewands vergraben. Er streichelt über meine Haare, wiegt mich sanft, flüstert mir immer wieder arabische Sätze ins Ohr, die etwas Ergreifendes, zutiefst Tröstliches an sich haben. Ich bin vollkommen versunken in dem, was er ist – seine Schönheit, sein Duft, seine Unerschrockenheit, all die Geheimnisse, die ihn wie Mondflimmern umgeben.

In diesem Moment in Raum und Zeit – zwischen Verlorenem und Gefundenem – sind wir unzertrennlich.

Aber nun hält er inne, und ich weiß, dass es an der Zeit ist, in die Wirklichkeit zurückzukehren.

»Du bist schon lange sehr still, kleines Gespenst«, raunt er. »Bist du eingeschlafen?«

Es ist merkwürdig, dass er wieder auf einer Sprache zu mir spricht, die ich verstehe.

»Nein«, antworte ich gedämpft. Vom vielen Weinen klingt meine Stimme eigenartig unvertraut.

»Wie fühlst du dich?«

»Ich bin wütend.«

»Keine Sorge, ich werde ihn umbringen, wenn ich ihn das nächste Mal sehe.«

»Nicht auf Rahim«, wispere ich, »sondern auf mich selbst.«

»Was redest du da?«

»Ich hätte mich wehren sollen.«

»Hör auf, so etwas zu sagen.«

»Mein Körper hat mich im Stich gelassen« – ich balle meine Hände zu Fäusten – »schon wieder.«

»Hey!« Er schüttelt mich leicht. »Wie dunkel müsste es in unseren Seelen aussehen, um auf so viel Abscheulichkeit vorbereitet zu sein? Es ist ganz normal, dass du Angst bekommen hast und nicht wusstest, wie du reagieren sollst.« Er fährt mit dem Finger über meinen Handrücken. Die Berührung ist subtil, leise, kaum mehr als das zärtliche Streifen von Schmetterlingsflügeln, trotzdem dringt sie unendlich tief in mich ein. »Denk nicht mehr darüber nach. Du bist jetzt in Sicherheit. Du bist bei mir.«

Als er die letzten Worte ausspricht, verändert sich etwas zwischen uns: Aus unserer Nähe wird Intimität – und das Bewusstsein, dass unsere Körper unglaublich eng aneinandergeschmiegt sind, erfüllt mich mit heftiger Verlegenheit.

»D-danke, dass du mir geholfen hast«, haspele ich und rücke ein wenig von ihm weg.

Shabah räuspert sich und entgegnet befangen: »Ach, das war doch alles Rami.«

In der Sekunde, in der der Windhund seinen Namen hört, steckt er die überlange Stiftschnauze unter das Tuch und schnüffelt so inbrünstig, dass er dabei die Geräusche eines vollgelaufenen Schnorchels erzeugt.

Ich muss kichern. »Dann hat also Rami dem Wüstenprinzen ins Gesicht geboxt?«

Sein filigranes Näschen dreht sich in meine Richtung.

»Er ist spindeldürr, aber zäh«, sagt Shabah und hebt das Tuch an, um Rami in unsere Festung zu lassen. Und der Windhund nimmt die Einladung mit stürmischer Begeisterung an: Fiepend und winselnd schiebt er sich zwischen uns und wedelt so glücklich mit dem Schwanz, dass unsere Kufiya-Konstruktion einzustürzen droht.

»Er sagt übrigens, dass er von nun an immer auf dich aufpassen wird«, ergänzt das Phantom beiläufig und knautscht Ramis Flauschohren.

Ein Feuerwerk entzündet sich in meiner Magengrube. »D-danke, Rami.«

Mit derselben Zögerlichkeit, mit der man eine suspekte Eiscremesorte testen würde, beginnt der Windhund, mein Gesicht abzulecken. Als seine Zunge den Salzteppich erreicht, den meine Tränen auf meinen Wangen hinterlassen haben, wirft er den Kopf zurück und röchelt melodramatisch.

Shabah und ich lachen befreit auf.

»Ich habe eine Flasche Wasser im Auto. Ich bringe sie dir.« Shabah streichelt Rami, der immer noch den sterbenden Schwan mimt. »Bist du bereit für die Außenwelt, kleines Gespenst?«

»Ja«, antworte ich. »Und sorry für all das Weinen und Klammern und …« Voller Peinlichkeit fällt mir der dunkle Fleck auf Shabahs Dischdascha auf: eine expressionistische Schichtung aus Mascara, Rouge und Rotz.

»Heute hätten sehr viel schlimmere Dinge geschehen können.« Er tippt auf sein Gewand. »Und das hier? Das war auch Rami.«

Seitdem wir nicht mehr unter dem Kufiya-Tuch sitzen, ist Shabah in ständiger Bewegung. Mit der Wasserflasche in der Hand beobachte ich ihn dabei, wie er zwischen den gleißend hellen Lichtkorridoren der Autoscheinwerfer und den dunkelschwarzen Balken der Nacht hin- und herwandert. Dabei kommt es mir so vor, als würde sich sein Körper jedes Mal aufs Neue materialisieren und wieder auflösen.

Ich muss an Gitterstäbe denken. Nicht nur aufgrund der optischen Illusion, die entsteht, sondern weil ich ganz deutlich spüren kann, dass ihn etwas gefangen hält. Sein innerer Aufruhr, dieses rastlos Ungezähmte, das mit so viel Kraft gegen verborgene Widerstände schmettert; da ist etwas in ihm, das unbedingt befreit werden möchte, aber nicht frei sein darf.

Rami liegt neben mir im Wüstensand. Seine Ohren sind aufgestellt und mit besorgter Wachsamkeit verfolgt er jeden Schritt seines Herrchens. Ich wünschte, ich wüsste, was in Shabah vorgeht, ich wünschte, ich könnte die Rätsel seines Herzens ergründen.

Doch gerade als ich das Gespräch wieder aufnehmen möchte, bleibt er stehen und stellt mir eine unerwartete Frage: »Willst du etwas Cooles sehen?«

»Äh ... ja«, entgegne ich verdutzt.

Erneut entschwindet das Phantom dem Sichtbaren und im nächsten Moment erlöschen die Scheinwerfer des Autos.

Dunkelheit bricht über uns herein, derart abrupt, dass ich mich kurz in eine Art verzauberte Nichtexistenz versetzt fühle. Doch dann sickert ein silberner Schein durch die Schwärze, und das, was zum Vorschein kommt, raubt mir schlichtweg den Atem: Abertausende Sterne erleuchten den Himmel, dicht gedrängt, gestochen scharf und unbeschreiblich schön. Die erhabene Kühle ihres Glanzes flutet die ganze Weite des Alls, ihr Strahlen kommt der Erde so nah, dass ich das Gefühl habe, es mit meinen bloßen Händen einfangen zu können. Interstellare Nebel ziehen flimmernde Linien durch das Diamantenschillern und noch nie habe ich einen so stolzen Mond gesehen.

»Unglaublich«, hauche ich.

Shabah, der im Nachtglimmen mystischer und attraktiver wirkt denn je, setzt sich wieder neben mich. Es scheint, als hätte das Sternenlicht die seltsame Getriebenheit in ihm gelindert. Er tätschelt Ramis Stirn und beginnt mit melodischer Stimme: »Eine Beduinenweisheit besagt, dass Allah einen Ort erschaffen wollte, an dem nichts vom Wesentlichen ablenkt. Daraufhin entstand die Wüste. Hier ist alles auf seine purste Essenz reduziert, auf das Allerinnerste. Das Äußere zählt nicht. Es wird einfach hinfortgetragen vom Wind. Deshalb fühlen sich die Sterne in der Wüste auch am wohlsten, fernab von Schein und Verblendung.«

Staunend schüttele ich den Kopf. »Mir kommt es so vor, als befänden wir uns gerade auf einem anderen Planeten.«

Shabah lacht leise. »Vielleicht gibt es uns ja wirklich

noch einmal – und genau jetzt, in diesem Moment, schauen wir zusammen in den Himmel einer fernen Galaxie.«

Der Kummer in seiner Stimme macht mich stutzig.

»Manchmal frage ich mich, ob es da draußen mehrere Versionen von uns gibt, vielleicht in einer parallelen Dimension oder einem anderen Universum.« Er sieht steil nach oben. »Und diese verschiedenen Ausgaben unseres Selbst sind nicht ganz identisch. Manche sind besser, geeigneter, authentischer, andere sind schlechter, mangelhafter, irgendwie verfälscht. Für die einen ist das Leben sehr viel einfacher als für die anderen.«

»M-magst du die Erden-Variante von dir?«, frage ich stockend.

»Nein«, antwortet er schlicht. »Du deine?«

»Nein.«

Voller Verwunderung zieht er die Augenbrauen hoch. »Aber warum denn nicht, kleines Gespenst?«

»Das könnte ich dich genauso fragen«, entgegne ich vorwurfsvoll.

»Du bist perfekt, ich bin voller Fehler«, murmelt er und macht eine abwinkende Handbewegung. »Wenigstens ist Rami gut gelungen. Gerüchten zufolge ist er in allen anderen Welten ein Esel.«

Der Windhund wufft zustimmend.

Für eine kurze Weile bringe ich kein Wort heraus. Dass er mich *perfekt* genannt hat, versetzt mich in eine Art Glücksschock – auch wenn ich mir kaum vorstellen kann, dass er das wirklich so gemeint hat. Gleichzeitig frage ich mich mit jeder Faser meines Herzens, welchen Makel ein Mensch haben kann, der so atemberaubend, so einmalig und so faszinierend ist wie Shabah. »Das glaube ich dir nicht«, sage ich endlich. »Du kannst gar keine Fehler haben.«

»Oh, du hast ja keine Ahnung.« Da ist etwas Verruchtes in seinem Tonfall, etwas, das mir Schauer über den Rücken jagt.

Ich atme tief ein, nehme all meinen Mut zusammen und spreche es aus: »Ich finde dich auch perfekt.«

Sein Blick senkt sich, schwer und begehrlich.

Mein Herz schlägt explosionsartig schnell, eine ungeheuerliche Hitze breitet sich in mir aus.

»Woher hast du die Kette?«

»W-was?«, stottere ich perplex.

»Hat *Mo* sie dir geschenkt?« Hinreißende Eifersucht liegt in seiner Stimme.

»Nein, m-meine Lehrerin. Sie soll mich vor bösen Blicken beschützen.«

Kurz ist er vollkommen regungslos. Dann nimmt er das Nazar-Amulett in die Hand, streift es zur Seite und küsst mich sacht zwischen den beiden Wölbungen meines Schlüsselbeins.

Elektrizität durchfährt mich, Energie, in ihrer reinsten, rohesten, maßlosesten Form. Jede Zelle in mir löst sich auf, mein ganzes Sein fließt in den Abdruck seiner Lippen.

Er flüstert etwas auf Arabisch – eine Zauberformel zweifellos –, und sein Atem an meinem Hals prickelt derartig betörend, dass mir ein sehnsuchtsvolles Seufzen entfährt.

»Jetzt kann dir nichts mehr passieren, kleines Gespenst«, haucht er in mein Ohr. In jeder Nuance seiner Stimme liegt hypnotische Anziehung.

Sein Gesicht bewegt sich abermals und ein paar Sekunden lang verweilen seine Lippen schwindelerregend nah an meinen.

Doch dann, im Moment absoluter Versuchung, stößt er eine gekeuchte Entschuldigung aus und zieht den Kopf ruckartig zurück.

Ich bin völlig überwältigt, völlig berauscht und völlig durcheinander.

Und weil ich ihn bloß mit weit aufgerissenen Augen und offener Kinnlade anstarre, hüstelt er verlegen und zeigt in den Himmel: »W-wusstest du, dass man die Uhrzeit an den Sternen ablesen kann? Es ist jetzt genau Mitternacht.«

In meinem Gehirn macht es *klick*. »Oh mein Gott«, röchle ich.

»Ach, im Grunde ist es gar nicht so schwer«, lacht er und kratzt sich am Hinterkopf. »Du musst nur wissen, wie man ...«

»Ich hätte schon vor einer Stunde zu Hause sein müssen!« Meine Stimme überschlägt sich und Rami jault erschrocken auf. »Mist, mein Handy!« Hektisch taste ich über meine leeren Jackentaschen. »Es liegt irgendwo in der Wüste begraben und ich kann die neuen Nummern meiner Eltern nicht auswendig! Sie sind bestimmt schon komplett am Durchdrehen!«

»Keine Sorge, kleines Gespenst.« Shabah legt mir das Kufiya-Tuch um und springt entschieden auf die Beine. »Keiner fährt schneller durch die Nacht als ich. Ich bringe dich im Nullkommanichts nach Hause.«

∪

Während der Fahrt schweigen wir, aber es ist keine unangenehme Stille, sondern mehr ein Schwelgen, das uns erlaubt, die Eindrücke unserer Zweisamkeit auf uns wirken zu lassen. Rasend schnell bewegen wir uns durch die majestätische Unwirklichkeit der Wüste, und als die futuristische Skyline Dohas vor uns auftaucht, bin ich doch froh, in genau dieser Version von mir selbst zu stecken. Vielleicht ist Katar ja nicht ohne Grund das Lieblingsland der Sterne ...

Ich linse zu Shabah hinüber und mein Blick fällt auf seine rechte Hand. Bestimmt hat er schlimme Schmerzen. Die Knöchel sind geschwollen und am Zeige- und Mittelfinger haben sich auffällige Blutergüsse gebildet. Anmerken lassen tut er sich jedoch nichts, und jedes Mal, wenn ich in sein Gesicht sehe, umspielt ein sanftes Lächeln seine Lippen.

Rami schläft auf der Rückbank, über die eine bunte Wolldecke mit orientalischen Mustern gelegt ist. Immer wieder gibt der Windhund niedliche Traumgeräusche von sich, seine regelmäßigen Atemzüge haben etwas Beruhigendes an sich.

Die Vordersitze sind mit Holzperlen-Auflagen bespannt, die ich sonst nur aus alten Fernsehserien kenne. Am Rückspiegel baumeln mehrere Nazar-Augen und eine Kette aus blauen Bernsteinperlen. Generell ist Shabahs BMW der Inbegriff von Old School und das komplette Gegenteil von Farahs pinkem Lamborghini. Trotzdem finde ich, dass er dem italienischen Sportwagen in Sachen Coolness in nichts nachsteht.

Wir erreichen das Msheireb-Viertel und auf den letzten Metern übernehme ich die Navigation zu unserem Wohnkomplex.

Als wir schließlich anhalten und Shabah den Motor abstellt, muss ich schwer schlucken. Die Zeit ist gekommen, sich vom Phantom zu verabschieden, und was das bedeutet, weiß ich noch nicht.

»Hier wohne ich«, sage ich nun schon zum zweiten Mal und räuspere mich nervös.

Shabah erwidert nichts, sondern mustert mich abwartend.

Ich blinzle verunsichert. »W-was ist los?«

»An dieser Stelle fragst du mich doch normalerweise, ob ich ein Getränk mit dir teilen möchte«, bemerkt er und grinst verschmitzt.

»Und du antwortest immer mit einem *Lebe wohl* – und davor habe ich Angst.« Verkrampft blicke ich auf meine Oberschenkel.

»Rea«, haucht er.

Eine Gänsehaut überzieht meinen Rücken. Es ist das erste Mal, dass er meinen Namen ausspricht. Als ich zu ihm aufsehe, kommt sein Gesicht bereits näher. Er neigt den Kopf, schließt die Augen und eine dunkelsüße Sehnsucht legt sich auf seine Züge. Doch in der Sekunde, in der ich begreife, dass er mich küssen will, dreht er sich – wie vorhin in der Wüste – weg.

»Ich dachte, man weicht nicht zurück!«, zische ich und schnalle mich ab.

Mit glühenden Wangen und Tränen in den Augen klettere ich aus dem Wagen, schlage die Tür hinter mir zu und stampfe los – da stoße ich plötzlich mit ihm zusammen.

»Was machst du da?«, keuche ich, denn er schlingt heftig atmend die Arme um meine Taille und presst mich gegen das Auto.

»Du hast recht«, sagt er, und sein Körper erzittert an meinem. »Ich weiche nicht mehr zurück.« Und dann küsst er mich so leidenschaftlich, dass ich den Boden unter den Füßen verliere – und zwar im wahrsten Sinne des Wortes. Er fängt mich auf, hebt mich hoch und setzt mich auf die Motorhaube, während er mich immer weiter küsst, stürmisch, innig und heißer als der Saum einer Flamme.

Über uns wird ein Fenster geöffnet. »Rea, bist du das? REA!«

»Shit!« Ich kichere in Shabahs Mund und drücke ihn sanft von mir weg. »Du musst von hier verschwinden!«

»Nein, noch nicht«, raunt er und küsst mich mit einer neuen Welle des Verlangens.

»REA!!!« Die Stimme meiner Mutter dröhnt wie ein apokalyptisches Inferno und erweckt sämtliche Tiere des Orients.

»Wirklich, ich muss jetzt gehen, sonst bringen sie mich um. Und dich auch!« Meine Worte ersticken im lustvollen Drängen seiner Lippen. *Himmel, wie kann ein Junge nur so gut küssen?*

Jetzt beteiligt sich auch Rami am orchestralen Getöse und irgendwo springt ein Alarm an.

»Okay«, presst Shabah hervor. Küsst mich. Küsst mich noch einmal. »Ich gehe.« Er löst sich mit einem schmerzerfüllten Seufzen von mir und steigt ins Auto.

»Warte«, rufe ich – er kurbelt das Fenster runter. »Werde ich dich wiedersehen?«

»Ja«, antwortet er. »Versprochen.«

»Versprochen versprochen?«, wiederhole ich fragend.

»Versprochen versprochen versprochen, kleines Gespenst.«

Das Phantom gibt Gas und verschwimmt mit den Lichtern der Stadt.

15.
Das Mondmädchen

Es fällt mir unendlich schwer, nicht zu lachen. Ich sitze meinen Eltern gegenüber auf der Wohnzimmercouch und versuche, meine innere Grinsekatze zu bändigen. Schweigend mustern sie mich, und ich kämpfe, kämpfe, kämpfe mit aller Macht gegen den Impuls an, kreischend in die Luft zu springen und einen Freudentanz hinzulegen.

»Wir sind schrecklich enttäuscht, Rea«, sagt meine Mutter schließlich, und mein Vater nickt nachdenklich. »Wir haben uns solche Sorgen gemacht. Constantin wollte schon die Polizei benachrichtigen!«

»Ich weiß, ich habe Mist gebaut«, entgegne ich viel zu überschwänglich. »Wir haben unterwegs ein paar Freunde getroffen und total die Zeit vergessen. Mein Handy habe ich vor lauter Aufregung in Amilas Auto liegen lassen, weil ich ... ehm.« Ich gebe ein schrilles Fiepen von mir und eröffne mit strahlender Miene: »Also, um ehrlich zu sein, habe ich da jemanden kennengelernt!«

»Verzeihung, du hast dein Handy *wo* liegen lassen?«

»In Amilas Auto«, antworte ich meiner Mutter.

»Wir haben genug von deinen Lügen, Rea!« Papa verschränkt die Arme vor der Brust, seine Nasenlöcher blähen sich auf. »Du hast den Bogen maßlos überspannt!«

»Wovon redet ihr?«

»Wovon wir reden? WOVON WIR REDEN?!« Mama schüttelt zornig den Kopf. »Wir reden davon, dass du dich *niemals* mit Amila getroffen hast. Wir waren heute auf der Vernissage – erinnerst du dich noch? –, und zwar mit Amilas *Eltern*. Sie haben gesagt, dass Amila bei ihrer Verwandtschaft in Ar-Rayyan ist – ganz abgesehen davon, dass sie überhaupt keinen Führerschein hat!«

Mein Mund wird trocken, meine Hände kalt und klamm.

»Aber das ist noch nicht alles«, legt sie nach. »Wir haben am Abend, kurz nachdem du gegangen bist, einen Anruf von deiner Schule in Al Jasra erhalten. Du bist nur ein einziges Mal zum Sportunterricht erschienen. Die restlichen Stunden hast du einfach geschwänzt, ohne irgendjemandem Bescheid zu sagen.« Meine Mutter rauft sich die Haare und klingt auf einmal richtig verzweifelt. »Uns ist bewusst, dass der Umzug für dich schwierig gewesen ist, aber dass du unser Vertrauen dermaßen missbrauchst, schockiert mich.«

»Ich wollte nicht …«

»*Was* wolltest du nicht? Uns ins Gesicht lügen?«, zischt sie.

Ich greife zu meiner allerletzten Exit-Strategie: »I-ihr seid nie zu Hause.«

»Nein, Rea«, faucht Mama. »Ich werde mich nicht dafür entschuldigen, dass wir hart arbeiten. Das tun wir nämlich, damit wir dir ein Leben bieten können, das voller Freiheiten und Privilegien ist! Der Führerschein, das neue Auto, die Handys, die du so gerne mal zerschmetterst oder verlegst – das alles kommt nicht von irgendwoher!« Sie gibt ein verächtliches Schnauben von sich. »Mein Ratschlag: Beklage dich weniger darüber, dass deine Eltern tagtäglich schuften, um deinen Ansprüchen gerecht zu werden, sondern zeige zur Abwechslung mal ein bisschen Dankbarkeit!« Sie steht auf, und ich merke, dass sie mit der Fassung ringt. »Und ja, manchmal geht es etwas turbulenter zu, aber gerade dann sollte eine Familie zusammenhalten! Ich musste auch alles zurücklassen und von vorne anfangen. Glaubst du etwa, die Leute in diesem Land nehmen mich als Journalistin ernst?« Sie schluchzt leise auf. »Ich habe nicht die Kraft, mir obendrein noch ständig Sorgen um meine Tochter zu machen. Meine Tochter, die ich so sehr liebe und der ... D-der es überhaupt nichts auszumachen scheint, auf meinen Gefühlen herumzutrampeln!«

Eine Welle überwältigender Schuld erfasst mich. »Das stimmt nicht! Ich habe dich sehr lieb, Mama«, krächze ich.

Papa hebt die Hand und bedeutet mir, still zu sein. »Geh schlafen, Carolin. Ich regele den Rest.«

Meine Mutter nickt. Tränen strömen ihr über die Wangen und sie wirkt auf einmal außerordentlich erschöpft.

»Du hast bis auf Weiteres Hausarrest«, eröffnet Papa, nachdem sie den Raum verlassen hat.

»Was?«, keuche ich. »Aber ich bin *siebzehn*. Ihr könnt mich doch nicht wegsperren!«

»Richtig, du bist *erst* siebzehn und lebst unter unserem Dach. Und solange das der Fall ist, gelten unsere Regeln.« Die Bedrücktheit in seiner Stimme lässt mich schwer schlucken. »Du kannst weiterhin am Theaterkurs teilnehmen, aber nur unter der Bedingung, dass du wieder zum Sportunterricht gehst«, setzt er fort.

»Nein! Auf keinen Fall.« Ich falte entsetzt die Hände zusammen. »Bitte, bitte schickt mich nicht zurück in diesen ALBTRAUM!«

»Es geht ums Prinzip, Rea. Du hättest mit uns reden

können, stattdessen hast du es vorgezogen, uns über Wochen hinweg anzulügen. Heute bist du stundenlang nicht erreichbar gewesen – und dann tauchst du mitten in der Nacht in den Armen eines wildfremden Jungen auf! Die Zeit für Diskussionen ist abgelaufen.«

Nun kommen auch mir die Tränen, aber Papa lässt sich davon nicht beeindrucken.

»Abbas wird dich mittwochs und donnerstags von A nach B fahren. Spätestens zum Abendessen bist du wieder daheim. An den restlichen Tagen bleibst du genau hier und überdenkst deine Entscheidungen. Gute Nacht.« Er steht auf, schaltet das Licht aus und lässt mich im Dunkeln sitzen.

»Ach, und noch etwas.« Eine deutliche Warnung liegt in seinem Tonfall. »Diesen arabischen Casanova wirst du nicht wiedersehen.«

Ich wälze mich im Bett herum und denke an Shabahs Kuss. Noch nie im Leben bin ich glücklicher gewesen als in diesem einen Moment. Der Sturm seiner Lippen, diese unglaubliche Leidenschaft, dieser pure Ausdruck von Empfindung – ich hätte niemals gedacht, dass einem Kuss solch Bedeutung innewohnen kann.

Meine Eltern derartig kummervoll zu sehen, schmerzt hingegen bitterlich. Ich bin egoistisch gewesen, selbstmitleidig und obendrein auch noch ziemlich feige. Ich wünschte, ich hätte ihnen mehr Verständnis entgegengebracht, insbesondere meiner Mutter. Rückblickend verstehe ich überhaupt nicht, weshalb ich ihnen nicht einfach die Wahrheit gesagt habe. Ganz offensichtlich ist der Umzug für alle Beteiligten schwer gewesen und ein bisschen mehr Einfühlungsvermögen meinerseits hätte bestimmt nicht geschadet.

Ich stöhne frustriert und stehe auf. Zu schnell, denn kurz wird mir schwindlig. Normalerweise bereitet Mama eine kleine Mahlzeit für mich vor, wenn ich spät nach Hause komme, aber heute musste ich hungrig ins Bett gehen. Verständlich. Lügende Töchter verdienen keinen Mitternachtssnack.

Mit knurrendem Magen und schwirrendem Kopf trete ich an das Fenster und ziehe den Vorhang zur Seite.

Wie sehr ich Shabah jetzt schon vermisse …

»Wir werden uns wiedersehen, das hat er versprochen«, sage ich tapfer. »Dann wird alles wieder gut.«

Vielleicht wirft er Kieselsteine an die Scheibe und klettert herauf in mein Zimmer? Nein, dafür ist das Gebäude zu hoch.

Vielleicht kommt er einfach zur Tür hineinspaziert, und meine Eltern sind so begeistert von ihm, dass sie unseren Streit vergessen? Nein, dafür müsste er unsere Wohnungsnummer haben – und die ist selbst mir nicht geläufig.

Vielleicht könnte ich ihn auf Social Media aufspüren? Oder im Telefonbuch? Nein, dafür müsste ich erst in Erfahrung bringen, wie er wirklich heißt.

Verdammt, ich kenne noch nicht einmal seinen Namen.

»Wirst du dich an dein Versprechen halten, Phantom?« Mein Atem beschlägt die Fensterscheibe, und mein Herz flüstert beklommen: *Du kennst noch nicht einmal seinen Namen …*

⌣

»Ronja, Roya, *Rea* – du machst mich noch wahnsinnig!« Frau Nasir (die sich meinen Namen immer noch nicht merken kann) schlägt das Geschichtsbuch zu und schickt ein

Stoßgebet zum Himmel.« »Andauernd glotzt du zum Fenster!« Sie watschelt durch den Raum und blickt hinter die mit Ornamenten überladene Kitschgardine. »Versteckt sich ein Dschinn hinter dem Vorhang? Wartest du darauf, dass ein Prophet durch das Fenster steigt? Gibt es hier zwischen Wand und Fenstersims einen Schlussverkauf von Dior? Oh Allah, dieses Kind bringt mich noch zur Weißglut!«

»T-tut mir leid, Frau Nasir«, murmele ich bedröppelt. »Ich kann mich heute nicht besonders gut konzentrieren.«

»*Heute?* Gestern habe ich dich gefragt, in welcher Galaxie sich der Polarstern befindet, und deine Antwort war *Samsung*. Samsung Galaxy.« *Stimmt, das* ist *ein Low-Point gewesen.* »Ich weiß, dass du Hausarrest bekommen hast«, setzt die alte Dame fort. »Von meiner Nichte habe ich erfahren, dass du sie als Alibi benutzt hast, um jemand anderen zu treffen. Und deine Eltern haben mir befohlen, auf keinen Fall einen – ich zitiere – *arabischen Casanova* in deine Nähe zu lassen. Willst du mir verraten, was das alles zu bedeuten hat?«

»Ist Amila sauer auf mich?«, frage ich. »Ich habe mein Handy verloren und konnte mich noch nicht bei ihr melden. Ich sehe sie erst übermorgen wieder.«

Frau Nasir seufzt leise. »Mach dir keine Sorgen um Amila. Sie hat bereits die waghalsigsten Theorien darüber aufgestellt, was du am Freitagabend getrieben hast, und fiebert deinen Berichten entgegen.« Mahnend hebt sie den Finger. »Aber setz meiner Nichte bloß keine Flausen in den Kopf!«

Es ist Dienstag – und noch immer keine Spur vom Phantom. Unmöglich zu sagen, wie viele qualvolle Stunden ich in den letzten Tagen damit verbracht habe, aus dem Fenster zu starren, in der Hoffnung, dass der silberne BMW auftaucht. Aber: *nichts*. Und langsam zerfrisst mich die Sehnsucht – und die Verzweiflung.

»Ricarda, Rihanna, *Rea – HALLO*?! Hörst du mir überhaupt zu?« Die Alte schnippt mit den Fingern. »Erzählst du mir endlich, was los ist?«

»Ich bin VERLIEBT, Frau Nasir! *Das* ist los!«, platzt es aus mir heraus. »Und langsam weiß ich nicht mehr, was ich tun soll!«

»Allah! Ich habe es geahnt!« Sie greift sich an die Stirn und schließt die Augen. »Na gut, Kindchen, mach uns eine Kanne Karak und lass mich versuchen, deine Seele zu retten.«

»F-Frau Nasir«, druckse ich.

»Ja, Ronja?«

»Könnten *Sie* den Tee vielleicht zubereiten? … U-und ich warte solange am Fenster?«

Sie reißt sich einen Hausschuh vom Fuß und hält ihn warnend in die Luft: »In die Küche mit dir, Kindchen! Los! Yallah! Yallah! Yallah!«

Meine Seele retten konnte Frau Nasir zwar nicht, das Gespräch mit ihr hat trotzdem sehr gutgetan. Sie hat mir aufmerksam zugehört, mich mit Süßigkeiten gefüttert und meine minütlichen Kontrollgänge zum Fenster ungestraft gelassen.

Die Sache mit der Wüstenparty habe ich ihr verschwiegen, auch, dass Shabah und ich uns geküsst haben. Was sie weiß, ist, dass ich einen ganz besonderen Jungen getroffen und mich deshalb verspätet habe – und dass meine Eltern stinksauer auf mich sind. Ich habe ihr auch erzählt, dass ich seit unserem Abschied darauf warte, ihn wiederzusehen, dass ich pausenlos an ihn denke und Angst habe, dass er nicht so fühlt wie ich. Frau Nasir hat nach typischer Manier genörgelt, getadelt und sämtliche Notrufe an Gott gesendet, mir jedoch gestattet, während Bio und Mathe am Fenster zu sitzen. Am Ende des Unterrichts hat sie mich tröstend in die Arme genommen und versprochen, mit meinen Eltern zu reden.

Doch dann hat sie mir eine Frage gestellt, die mich seither beschäftigt, nämlich, ob der *arabische Casanova* ein Muslim sei. Als ich ihr darauf keine klare Antwort geben konnte, hat sie merkwürdig gelacht und gemeint, dass die Erklärung für sein Verhalten womöglich viel simpler ist, als ich annehme.

Mittlerweile ist es zehn Uhr abends und ich fühle mich mit jeder verstreichenden Minute ruheloser. Meine Mutter ist bereits schlafen gegangen, und mein Vater schaut sich im Wohnzimmer eine Tier-Doku an – etwas, das Augustins tun, wenn sie traurig sind. Ich seufze in mein Kissen und verfluche mich abermals dafür, nicht ehrlich zu meinen Eltern gewesen zu sein.

Das Bedürfnis, mit jemandem über meine Gefühle zu sprechen, ist so groß, dass ich fürchte, gleich den Verstand zu verlieren. Ich knipse mein Nachtlicht an und linse auf das Festnetztelefon, das auf meinem Schreibtisch thront. Jedes Zimmer ist mit einem solchen Steinzeitknochen ausgestattet, obwohl ich keine Ahnung habe, wozu das gut sein soll. *Na ja, vielleicht kommt es in Katar öfters vor, dass Menschen ihre Handys in Blechbüchsen vergraben ...*

Ich krabbele aus dem Bett und schnappe mir das Telefon. Dann bleibe ich mitten im Raum stehen und beginne, auf dem Zipfel meines Kufiya-Tuchs herumzukauen. Die einzige Nummer, die ich auswendig kann, ist Miras.

Bestimmt legt sie sofort auf, wenn sie meine Stimme hört, schließlich haben wir seit unserem Streit kein Wort mehr miteinander gewechselt. Wahrscheinlich würde sie noch nicht einmal rangehen, wenn sie die zwielichtige Nummer auf dem Display sieht. Nein, keine Chance – ganz sicher hat sie mich schon längst abgeschrieben.

Mira hebt gleich nach dem ersten Tuten ab. »Wie oft muss ich es noch sagen?! Ich möchte keine Kryptowährung kaufen!«

»Hallo, ich bin es.«

»Rea!«, ruft sie überrascht. »Ich dachte, du bist irgendein Spam-Anrufer.«

»I-ich rufe von unserem Festnetztelefon an«, erkläre ich stotternd und schaffe es kaum, meine Nervosität im Zaum zu halten.

»Ist alles in Ordnung?« Ich höre ein Rascheln im Hintergrund. »Ich bin gerade dabei schlafen zu gehen. Es ist schon nach Mitternacht.«

»Oh, t-tut mir leid. Ich habe die Zeitverschiebung ganz vergessen«, haspele ich. »Wenn es dir gerade nicht passt, versuche ich es ein andermal wieder.«

»Nein, nein, so habe ich es nicht gemeint! Offen gestanden, habe ich überhaupt nicht mehr damit gerechnet, dass du dich jemals wieder bei mir meldest.« Kurz herrscht Stille am anderen Ende der Leitung. »Aber ich freue mich darüber. Ehrlich. Du … Du fehlst mir.«

»Es tut mir schrecklich leid, Mira!«, bricht es heftig aus mir heraus. »Unser Streit, meine ich. All die fruchtbaren

Dinge, die ich dir an den Kopf geworfen habe. Mein Verhalten war völlig inakzeptabel. Es ging mir nicht gut und du hast alles abbekommen.«

»Mir tut es auch leid, Re-Ra«, entgegnet sie gerührt. »Ich habe deine Probleme runtergespielt, das war unsensibel von mir. Ich hätte besser für dich da sein sollen.«

Ein wunderbar warmes Gefühl durchflutet mich. »Du glaubst gar nicht, wie gut es tut, deine Stimme zu hören! Ich vermisse dich – so sehr!!!«

Minutenlang giggeln wir wie kleine Kinder und vergießen sogar ein paar Freudentränen.

»Genug mit den Rührseligkeiten! Wir haben einiges nachzuholen!« Mira schnieft entschieden. »Was gibt es Neues? Wie ist Doha? Erzähl mir ALLES!«

»Du mir aber auch!«, rufe ich enthusiastisch. »Wie geht es dir? Hat Detlef Scheissner schon die Schule abgefackelt? Konntet ihr beweisen, dass Herr Schlenke ein Vampir ist? Hat Timo Holz seine genmanipulierten Superechsen auf München losgelassen? Erzähl mir ALLES!«

Und in der nächsten Stunde tun wir genau das: Wir erzählen uns *alles*. Dabei albern wir so viel herum, dass mir bald vor Lachen der Bauch wehtut – der schönste Schmerz der Welt.

»Du hast dein Herz also an einen Katarer verloren?«, schließt Mira mit melodramatischer Stimme. »Oder, um es in deinen Worten auszudrücken: an einen Jungen im weißen Flatterkleid.«

»Ich weiß, ich weiß, es ist total verrückt!« Wieder im Bett rolle ich mich in meine Decke ein. »Das Gewand nennt man übrigens *Dischdascha* und es sieht irgendwie verdammt cool aus.«

Ich höre, wie Mira etwas in ihren Laptop eintippt. »Hm, gewöhnungsbedürftig. Vor allem in Kombination mit dem langen, weißen Kopftuch. Das Phantom könnte in dem Aufzug glatt als deine Braut durchgehen.«

Ich muss kichern. *Wie sehr ich meine beste Freundin vermisst habe!*

»Andererseits sind diese katarischen – äh – *Dischidaschis* um einiges stylisher als bayerische Lederhosen.«

»Danke!«, entgegne ich. »Das finde ich auch.«

»Ist er denn religiös?«

»Religiös?«

»Also, ist er muslimisch?«

»I-ich vermute, schon«, antworte ich gedämpft. Bei unserer ersten Begegnung auf dem Souq-Waqif-Markt habe ich Shabah genau diese Frage gestellt, und er hat sie bejaht, wenn auch nur recht beiläufig. Außerdem scheint er keinen Alkohol zu trinken, was ein weiteres Indiz dafür ist, dass er dem Islam angehört.

»Vielleicht macht er sich ja deshalb so rar«, ergänzt Mira.

»Wie meinst du das?«

»Na ja, theoretisch dürfte er als Muslim doch gar nicht mit dir zusammen sein, oder?« Als ich nichts erwidere, forscht sie weiter nach: »Sonst hast du keine Informationen über ihn? Nicht einmal, wo er wohnt, ob er Geschwister hat oder was seine Lieblingseissorte ist?«

»Ich kenne den Namen seines Hundes«, murmele ich kleinlaut. »Außerdem weiß ich, dass er ein gemeingefährliches Quad besitzt und Autos bevorzugt auf zwei Rädern fährt.«

»Solide«, kommentiert Mira und räuspert sich verhalten. »Leo hat sich übrigens nach dir erkundigt. Jaqueline und er haben Schluss gemacht.«

»Er ist Single?«

»Ja. Du kannst dir sicher vorstellen, für wie viel Wirbel das gesorgt hat. Just in diesem Moment rücken ganze Heerscharen von Uteri an.«

»Uteri?«

»Der Plural von *Uterus*.«

Ich sehe bildlich vor mir, wie sie ihre Brille sachkundig den Nasenrücken hochschiebt.

»Sollen sie ruhig«, brumme ich. »Ich interessiere mich nur noch für *einen* Jungen, alle anderen Penes können mir gestohlen bleiben.«

»Wie bitte?«

»Der Plural von *Penis*.«

Wir glucksen ausgiebig über unsere humorlosen Anmerkungen, ehe Mira sagt: »Lass dich einfach nicht noch einmal von einem Loser an der Nase herumführen. Du verdienst jemanden, der dich aufrichtig liebt.«

»Danke, Mira. Du bist wirklich die Beste.«

Wir vereinbaren, in ein paar Tagen wieder zu telefonieren, und verabschieden uns voneinander.

Bevor ich die Lampe ausknipse, gehe ich ein letztes Mal zum Fenster und blicke auf die verlassene Straße hinunter. Obwohl das Gespräch mit Mira unglaublich heilsam gewesen ist, übermannt mich erneut eine tiefe Niedergeschlagenheit.

Warum bloß brichst du dein Versprechen, Shabah?

∪

Am nächsten Tag erreicht Abbas pünktlich um 14:30 Uhr unseren Gebäudekomplex, um mich zum Sportunterricht nach Al Jasra zu fahren. Ich halte es keine Sekunde länger in der Wohnung aus und stehe bereits im Aufzug, als es an der Tür klingelt.

Endlich Freiheit! Ich strecke die Arme aus und blinzle in den Himmel. Die Luft ist von einer angenehmen Kühle durchwoben; der Wind, der von den Märkten herbeizieht, duftet nach feuchtem Stein, wildem Thymian und einem Gebinde aus Spätsommerblumen. Trüge die Sehnsucht ein Parfüm, würde es dieses hier sein.

Es ist schön, das Sonnenlicht auf meiner Haut zu spüren, auch wenn ich mir gewünscht hätte, dass Shabah jetzt neben mir steht. Langsam, aber sicher schwindet die Hoffnung auf seine Wiederkehr. Fünf Tage sind seit unserer magischen Wüstennacht vergangen – und hätte ihm der Kuss auch nur halb so viel bedeutet wie mir, hätte er einen Weg gefunden, mir ein Zeichen zu geben. Wüsste *ich*, wo er wohnt, würde ich ein Zelt vor seiner Haustür aufschlagen, mich mit Sekundenkleber am Boden festkleben und in den Hungerstreik treten, bis ich ihn wiedersehen darf. Mehr noch: Ich würde die Unsichtbarkeit erfinden, um zu ihm zu gelangen, würde Telepathie und Telekinese erlernen und die ganze Welt ins Chaos zu stürzen, bis Shabah und ich zusammen sein können.

Aber vermutlich ist er in der Zwischenzeit auf einer anderen Wüstenparty gewesen und hat mich gegen ein hübscheres, kompatibleres und weniger gespenstisches Modell eingetauscht. Ich glaube, sogar Farah hat angedeutet, dass Shabah ein Herzensbrecher ist. *Farah – ha! Ob den Accelerate-Frauen jemals aufgefallen ist, dass ich fehle?*

Insgeheim habe ich nicht nur darauf gewartet, dass ein silberner BMW vor meinem Fenster auftaucht, sondern auch ein pinker Lamborghini. *Tja, scheinbar nehmen Märchen aus Tausendundeiner Nacht kein glückliches Ende ...*

Abbas begrüßt mich mit ergreifender Herzlichkeit und gibt Gas, noch während ich mich anschnalle. Bevor er mir eine Frage stellen kann, erkundige ich mich nach seiner Frau und seinen Töchtern in Bagdad, und er beginnt, fröhlich vor sich hin zu erzählen.

Dass ich gleich zurück in den Sportunterricht muss, trage ich mit Fassung. Unglücklicherweise – oder in diesem Fall wohl *glücklicherweise* – ist da nicht mehr viel Spielraum für eine Verschlechterung meiner Lage. Wenn diese furchtbare Qamar wieder auf Ärger aus ist, mache ich mich eben *noch* unbeliebter und beschwere mich bei der Lehrerin.

»Herr Abbas, Sie sind doch Muslim, oder?«, frage ich, nachdem er an einer roten Ampel halsbrecherisch zum Stehen gekommen ist.

»Das bin ich.« Er schaut in den Rückspiegel und zieht die silbergrauen Augenbrauen hoch. »Gibt es etwas, das du gerne wissen möchtest, Frau Rea?«

Ich räuspere mich peinlich berührt. »D-dürfen ein Muslim und eine Nicht-Muslimin eigentlich zusammen sein?«

»Laut Koran spricht nichts dagegen«, antwortet Abbas gelassen. »Solange die Frau einen monotheistischen Glauben hat, also einem einzigen Gott folgt, dürfen die beiden sogar heiraten. Aber leider verhält es sich im Islam wie in allen anderen Religionen auch: Nicht selten werden moralische Grundpfeiler von strengen, oft willkürlichen Traditionen überlagert. Daher haben viele konservative Muslime ein großes Problem damit, wenn sich eine – nach ihrem Verständnis – *Ungläubige* der Familie anschließt.« Er zwirbelt seinen Schnauzer. »Andersrum ist es verboten, also, dass eine Muslima einen Nicht-Muslim heiratet.«

Ich runzle die Stirn. »Wieso?«

»Nun, das Ziel einer Beziehung ist es, genug Stabilität zu erlangen, um ein Leben lang zu halten. Gehört der Mann einer anderen Religion an, sind Streitigkeiten und Meinungsverschiedenheiten praktisch vorprogrammiert, und diese können eine Familie schnell zu Fall bringen.«

»Das bedeutet ja, dass Männern viel mehr Geltung zugeschrieben wird.«

»Oder mehr Intoleranz und Dummheit«, sagt Abbas und gluckst leise.

Ich seufze schwermütig. »Das ist alles ganz schön kompliziert.«

»Betrifft es dich denn, Frau Rea?«

»N-nein.«

Der liebenswürdige Iraker grummelt leise. »Keine Sorge, mein Kind, Liebe findet immer einen Weg. Gott wird dir sicher bald eine Lösung aufzeigen.«

Ich weiß zwar nicht, in welchem Universum Gott Probleme *löst* und nicht stiftet, aber ich bedanke mich trotzdem für seine aufmunternden Worte.

»Wir sind angekommen«, verkündet er schließlich und parkt neben dem baufälligen Betonkasten, der sich *Sporthalle* nennt. »Ich werde hier auf dich warten, Frau Rea.«

»Meine Eltern haben Sie also beauftragt, mich zu überwachen?«

Er dreht sich zu mir um und lächelt entschuldigend.

»Anscheinend besteht bei dir momentan erhöhte Fluchtgefahr.«

Ich verdrehe die Augen – aber da es unmöglich ist, Abbas böse zu sein, steige ich aus und schreite schicksalsergeben meiner persönlichen Version der Hölle entgegen: *Sportunterricht mit Qamar.*

☾

Es überrascht mich, als in der Umkleidekabine mehrere Mädchen auf mich zukommen, um sich nach meinem Wohlbefinden zu erkundigen. *Vielleicht hat Frau Al-Muhannadi ihnen ja eine Standpauke gehalten, nachdem sie mich letztes Mal so beharrlich ignoriert haben. Oder aber, ich habe mir alles bloß eingebildet und sie waren lediglich ein wenig schüchtern ...* Jedenfalls stehe ich bald mit einer ganzen Gruppe zusammen und wir unterhalten uns angeregt über die vergangene Fußballweltmeisterschaft und das Füllgewicht von Oktoberfest-Bierkrügen.

Auf Qamar treffe ich erst in der Halle. Sie steht mit verschränkten Armen da und schaut demonstrativ weg. Wieder ist ihr Gesicht verhüllt, was bedeutet, dass sie mich bereits in der Kabine gesichtet haben muss. Sofort macht sich Unmut in mir breit, aber immerhin sind die anderen Mädchen heute nett zu mir.

Als die Sportlehrerin erscheint, fängt Qamar sie in der Tür ab und beginnt, mit hitziger Stimme auf sie einzureden. Ganz offensichtlich dreht sich die Diskussion um mich, denn die beiden schauen immer wieder in meine Richtung. Schließlich wimmelt die Lehrerin sie ab und begrüßt die Klasse lächelnd. Qamar hingegen funkelt mich böse an und begibt sich zu einem Punkt im Raum, der mit mathematischer Gewissheit am weitesten von mir entfernt ist.

So was Bescheuertes, denke ich und beginne die Aufwärmübung mit schäumendem Eifer.

In der zweiten Hälfte des Unterrichts spielen wir Volleyball. Per Zufallsprinzip werden Qamar und ich in dasselbe Team eingeteilt – und sie lehnt sich so vehement dagegen auf, dass Frau Al-Muhannadi einschreiten muss. Sie bläst in ihre Trillerpfeife und ermahnt Qamar mehrmals dazu, ihre Position auf dem Spielfeld einzunehmen. Obwohl nur Arabisch gesprochen wird, fühle ich mich dermaßen gekränkt, dass ich am liebsten im Erdboden versinken würde. *Was habe ich dieser blöden Ziege bloß angetan?*

Widerwillig marschiert Qamar an ihren Klassenkameradinnen vorbei und stellt sich hinter mir auf.

Ich erschaudere. Dass wir einander auf einmal so nahe sind, bereitet mir großes Unbehagen.

Während des Spiels bleibe ich auf Abstand. Komme ich Qamar aber doch mal zu nahe, dreht sie sich nahezu *angeekelt* von mir weg, und jedes Mal bleibt mir nichts anderes übrig, als fassungslos den Kopf zu schütteln.

Bis ich es nicht mehr aushalte.

»Hey!«, rufe ich und stampfe wutentbrannt auf sie zu. »Wir müssen reden!«

Sie macht einen Schritt zurück und faltet ihre Hände hinter dem Rücken zusammen. »Wir sind mitten im Spiel!«

»Ich will trotzdem mit dir reden!«

»Ich aber nicht mit dir!«, nuschelt sie. »Geh mir gefälligst aus dem Weg!«

Ich runzle die Stirn. »Warum redest du so komisch?«

Sie weicht meinem Blick aus und murmelt undeutlich in ihr Tuch hinein: »Das ist meine ganz normale Stimme. Jetzt verpiss dich endlich!«

»Ich bin nicht freiwillig wieder hier – ich wurde *gezwungen*!«, fauche ich. »Je früher du dich damit abfindest, desto besser!«

Sie zupft an ihrem Kopftuch, das leicht verrutscht ist. »Mir egal, du hast hier nichts zu suchen!«

Als mein Blick auf ihre Hand fällt, bleibt mein Herz stehen. »Was zum ...« Ich taumele zurück. Rudere kurz mit den Armen, weil ich beinahe das Gleichgewicht verliere.

»Was hast du?«, fragt Qamar irritiert.

Mir wird speiübel, gleißende Flecken tanzen vor meinen Augen. Meine Atmung setzt aus, meine Gedanken gefrieren, lähmendes Gift flutet meinen Körper.

»Rea ... Ist alles in Ordnung?«

Die Art, wie sie Rea *sagt ...*

Das nackte Grauen packt mich.

»D-deine Hand«, röchle ich.

Erschrocken blickt Qamar auf die Blutergüsse an ihrem rechten Zeige- und Mittelfinger. Dann sieht sie mich direkt an und sagt: »Ich flehe dich an, kleines Gespenst, mach jetzt keinen Aufstand.«

»Wie hast du mich gerade genannt?« Ich krümme mich, weil es sich so anfühlt, als boxte mir jemand in die Magengrube.

»Bitte« – Qamar wird kreidebleich – »verrate mich nicht.«

Keuchend drehe ich mich von ihr weg und versuche, im grellen Flimmern den Ausgang zu lokalisieren. *Das kann nicht sein. Nein, das ist nicht wahr. Du träumst, Rea. Das ist alles bloß ein Traum.* Wie ein Roboter setze ich einen Fuß vor den anderen, während mein Zwerchfell schmerzhaft krampft und sticht.

Dann höre ich, wie Qamar ruft: »Rea, pass auf!!!«

Im nächsten Moment trifft mich der Volleyball mit voller Wucht im Gesicht und ich falle rücklings um. Bodenlose Finsternis verschlingt mich.

16.
Harām

Shabah hält mich in den Armen und seine Stimme sickert wie eine wunderschöne Melodie durch die Membran meiner Träume. »Kannst du mich hören, kleines Gespenst?«

»W-wo sind die Sterne?«, lalle ich benommen und blinzle in das irisierende Licht, das ihn wie ein Heiligenschein umgibt.

»Wir sind nicht mehr in der Wüste«, flüstert er und beugt sich zu mir herunter. »Das muss unser Geheimnis bleiben, hörst du?«

Ein unbeschreibliches Glücksgefühl durchströmt mich. »Du hast es nicht gebrochen.«

Fragend neigt er den Kopf.

»Dein Versprechen«, raune ich. »Ich hatte solche Angst, dass du unseren Kuss ...«

»Pssst!« Erschrocken legt er die Hand auf meinen Mund. »Nicht hier!«

Ich schmecke Metall und befühle meine Oberlippe, nachdem er losgelassen hat. An meinen Fingern klebt ein wenig Blut. »W-was ist passiert?«

Plötzlich dringen aufgeregte Stimmen an mein Ohr und unsere Sportlehrerin tritt aus den Schwaden. Sie reicht Shabah ein Kühlpad und mustert mich besorgt. »Das wird einen bösen Bluterguss geben.«

Schlagartig verpufft das himmlische Leuchten und ich begreife, dass ich mich in der Turnhalle befinde.

»Was ist passiert?« Mein Herzschlag gerät ins Stolpern.

»Du bist im Sportunterricht in Al Jasra«, antwortet Frau Al-Muhannadi. »Bedauerlicherweise wurdest du von einem Volleyball getroffen und warst kurz bewusstlos. Ich habe bereits nach der Schulkrankenschwester rufen lassen.«

Oh nein, der Sportunterricht!
Aber das bedeutet …

»Du bist gekommen«, hauche ich und hebe die Hand, um Shabah zu berühren. »Du bist wirklich gekommen, um mich zu sehen.«

Er weicht zurück. Die Traurigkeit in seinem Gesicht jagt mir einen eisigen Schauer über den Rücken.

»W-was ist los?«, stammele ich. Irgendetwas stimmt nicht, Shabah ist anders als sonst. Das Kopftuch, das er trägt, ist eng um seine Stirn gebunden, und nicht eine Haarsträhne lugt heraus. Anstelle der traditionellen Dischdascha hat er eine schwarze Adidas-Sportjacke an und darunter ein Oberteil, das verdächtig nach einem Sport-BH aussieht.

»Worauf wartest du noch?«, mischt sich Frau Al-Muhannadi erneut ein. »Du musst ihre Schwellung kühlen, Qamar.«

Ein tödlicher Feuerwind fegt durch mein Inneres. »Wie hat sie dich gerade genannt?«

»Es tut mir so leid«, sagt Shabah tonlos.

Die Erinnerung bricht mit einer solchen Unerbittlichkeit über mich herein, dass ich kurz glaube, von ihr zermalmt zu werden. »D-du bist *Qamar*«, röchle ich und springe blitzartig auf.

»Was tust du da, Mädchen!«, kräht die Sportlehrerin entgeistert. »Du könntest dir eine Gehirnerschütterung zugezogen haben! Setz dich sofort wieder hin!«

Ich renne los, vorbei an der stierenden Klasse und in Richtung Ausgang. Hinter mir zerbröckelt die Welt und erhebt sich zu einer Spirale aus rasenden Trümmern und albtraumhaften Fratzen. Nichts scheint mehr real zu sein, nichts ergibt mehr Sinn.

»Rea! Rea, warte! Rea!«

Ich sprinte aus dem Gebäude – und Qamar packt mich am Arm. »Bitte, lass mich erklären!«

»Fass mich nicht an!«, brülle ich und stoße sie weg.

Tränen gleiten über ihre Wangen. »Ich wollte das alles nicht, das musst du mir glauben!«

Sie weinen zu sehen, erfüllt mich mit einem Schmerz, den ich kaum ertragen kann.

»I-ich schwöre, es war nie meine Absicht, dich anzulügen.« Ihre Hand greift nach meiner.

Ich schubse sie gegen die Eisentür. »Ich will dich nie wieder sehen, hörst du! Lass mich in Ruhe!«

»Frau Rea!«, ruft Abbas aus dem geparkten SUV. »Ist alles in Ordnung?«

Schluchzend laufe ich zum Auto und steige dieses Mal vorne ein. »Bitte, bringen Sie mich weg von hier!«

»Was ist mit deinem Gesicht passiert, Frau Rea?«, keucht Abbas schockiert.

»Ich flehe Sie an, fahren Sie los!«, wimmere ich.

Er nickt und gibt Gas.

Bevor wir den Parkplatz verlassen, drehe ich mich noch einmal um. Qamar steht vor der Schule und sieht mir nach.

Da steht er, mein Shabah – und mein Herz liegt in Scherben.

⌣

»Ach, hier bist du. Ich habe dich in der ganzen Wohnung gesucht. Darf ich reinkomm… Oh nein, Schatz!« Meine Mutter eilt ins Elternschlafzimmer und kniet sich zu mir auf den Boden. »Alles wird gut, ich verspreche es!« Sie quetscht sich zwischen mich und Hartmut (den lebensgroßen Porzellanpanther) und schlingt die Arme um meinen bebenden Körper. »Ich bin ja hier. Du bist nicht allein.«

Ich weine so bitterlich, dass ich immer wieder würgen muss. Mein Körper ist ein schwarzes Loch und die gesamte Dunkelheit des Universums bündelt sich an seinem Ereignishorizont. Da ist keine Kraft mehr in mir, kein Licht, nur grenzenlose Traurigkeit.

Mama drückt mich fest an sich, küsst mehrmals meine Stirn und flüstert: »Sollen wir uns hinlegen?«

Ich nicke und klammere mich schluchzend an ihrer Bluse fest. Im Bett deckt sie uns beide zu und ich kuschele mich in ihre vertraute Wärme. Lange liegen wir einfach nur da, sie krault meinen Rücken und ich gebe mich ganz den Inkarnationen meines Kummers hin.

»Vielleicht sollten wir die Prellung ein wenig kühlen«, flüstert Mama schließlich, als es draußen bereits dunkel wird.

Ich zucke gleichgültig mit den Schultern.

Sie knipst die Nachttischlampe an und begutachtet meine rechte Gesichtshälfte. »Abbas konnte nicht genau sagen, was vorgefallen ist.« Ich fühle, wie sich ihre Muskeln anspannen. »Rea, hat dich jemand geschlagen?«

»Das war ein Volleyball«, nuschele ich.

Sie atmet erleichtert auf. »Gott sei Dank! Ich habe mir solche Sorgen gemacht!«

Beim Gedanken an den Sportunterricht bildet sich sofort wieder ein Kloß in meinem Hals.

»Aber der Volleyball ist nicht der Grund, weshalb du so traurig bist, nehme ich an?«, fragt sie vorsichtig und streichelt über meine Haare.

Ich schüttele den Kopf.

»Hat es etwas mit dem Jungen zu tun, der dich letzte Woche nach Hause gebracht hat?« Als ich nicht antworte, entschuldigt sie sich hastig: »Es tut mir leid, Schatz. Du musst jetzt nichts sagen.«

»Ja«, sage ich mit brüchiger Stimme. »Es ist wegen des Jungen. Ich habe heute herausgefunden, dass er mir die ganze Zeit nur Lügenmärchen erzählt hat.«

Mama nickt verständnisvoll und stellt keine weiteren Fragen – und dafür bin ich ihr so dankbar, dass es mit ungeahnter Intensität aus mir heraussprudelt: »Es tut mir unendlich leid, dass ich euch angelogen habe. Ich hoffe, ihr könnt mir irgendwann verzeihen.«

»Ach, Schatz ...« Meine Mutter muss sich kurz sammeln, um nicht selbst in Tränen auszubrechen. »Wie wäre es, wenn ich dir dein Lieblingsessen koche?«

Ich stütze mich auf und schenke ihr ein schwaches Lächeln. »Spaghetti Bolognese?«

»Du sagst es!«, erwidert sie voller Innigkeit. »Mit Ringelnudeln statt Spaghetti und mit extra viel Parmesan.«

»Das wäre schön.« Zwar habe ich keinen Hunger, aber Mamas Anteilnahme rührt mich zutiefst. »Meinst du, Papa ist zum Abendessen zu Hause?«

»Weißt du was, ich werde ihn anrufen und persönlich dafür sorgen!« Mama klatscht entschlossen in die Hände.
»Und auf dem Heimweg kann er uns auch gleich Tiramisu aus dem Sünden-Laden mitbringen.«

Ich muss schmunzeln. Das Geschäft, das Mama *Sünden-Laden* nennt, führt Importlebensmittel, die nach islamischem Glauben unzulässig, also *harām* sind. Salami aus Schweinefleisch zählt beispielsweise dazu, oder eben italienischer Nachtisch, der mit Likör vollgepumpt ist.

»Ruh dich noch ein bisschen aus.« Sie gibt mir einen Kuss und steht auf. »Ich rufe dich, wenn das Essen fertig ist.« Kurz hält sie inne. »Du hast keinen Hausarrest mehr, Rea. Wir haben uns in den letzten Wochen alle nicht von unserer besten Seite gezeigt. Seien wir von nun an einfach ehrlich zueinander. Wir August*iii*ns halten zusammen.«

»Danke.« Dann flüstere ich: »Ich hab dich sehr lieb. Ab jetzt werde ich dich öfters daran erinnern.«

Mama und Papa lachen in der Küche, und ihnen zu lauschen, spendet mir Trost. Ich höre, wie sie die Gläser zusammenstoßen, was bedeutet, dass Papa nicht nur einen Abstecher in den Sünden-Laden, sondern auch in den Liquor Store gemacht hat. Der Duft von gebratenem Hackfleisch, Zwiebeln und Knoblauch steigt mir in die Nase, und ich merke, wie mir das Wasser im Mund zusammenläuft.

Aber ich bin noch nicht bereit.

Dass Shabah ein Mädchen ist, erscheint mir unvorstellbar. Ich kann einfach nicht fassen, dass ich es nicht gemerkt habe. Entweder ist sie eine wahre Meisterin der Täuschung oder aber ich bin vollkommen blind gewesen.

Wäre es möglich, dass er ein Junge *ist, der* vorgibt, ein Mädchen *zu sein? Ich habe so lange in Shabahs Armen gelegen ... Ich hätte doch was spüren müssen! Andererseits herrscht bei Mira auch eher Flachland und sie ist nicht ansatzweise so muskulös wie er ... sie. Außerdem ist Qamars Verhalten mir gegenüber von Anfang an extrem merkwürdig gewesen. Wenigstens weiß ich jetzt, warum sie mich unbedingt loswerden wollte. Bestimmt hat sie Angst gehabt, dass ich ihrem Geheimnis auf die Schliche komme. Aber, warum? Weshalb führt sie diese Art von Doppelleben?*

Shabah, das Phantom – auch das ergibt nun Sinn.

Egal, ob Shabah ein Junge oder ein Mädchen ist, mein Herz ist gebrochen. Ich kann mir nicht vorstellen, dass dieser Verrat jemals aufhört wehzutun.

Da ich so sehr in Gedanken versunken bin, bekomme ich nur am Rande mit, wie es an der Tür klingelt. Als meine Mutter jedoch den Kopf ins Schlafzimmer steckt und fragt, ob ich wach sei, setze ich mich alarmiert auf.

»Ja, wieso?«

»Eine Mitschülerin von dir ist hier. Sie wollte kurz nach dir sehen.«

Keinen Moment später betritt Qamar den Raum.

»Ich lasse euch zwei allein. Übrigens kannst du gerne zum Abendessen bleiben, Qamar«, zwitschert Mama und wirft mir ein aufmunterndes Lächeln zu, bevor sie die Tür hinter sich schließt.

»Du hast ganz schön Nerven, hier aufzukreuzen!«, zische ich und kralle mich an der Bettdecke fest. »Seit wann kennst du unsere Wohnungsnummer?«

»Ich habe einfach überall geklingelt, bis mich jemand

reingelassen hat«, antwortet Qamar und zupft am Stoff ihrer Abaya. »Und im Treppenhaus hängt euer Namensschild.«

Der schwarze Hijab, das lange, formlose Überkleid – es ist völlig absurd, sie in diesem Outfit zu sehen. Offenbar gehört zu ihrem Täuschungsrepertoire auch die Rolle der konservativen Muslimin.

»Tut es sehr weh?«, fragt sie leise und deutet auf meine Verletzung.

Wut kocht in mir hoch. »Ja, es tut sogar *verdammt* weh! Und ich rede nicht von meinem zermatschten Gesicht!«

Sie hebt beschwichtigend die Hände. »Ich muss mit dir reden.«

»Ich bin keine Lesbe!«, krächze ich, auch wenn mir bewusst ist, wie absolut taktlos das ist.

»Ich schon. Schlimmer noch: Ich bin in dich verliebt, und das, seitdem wir uns auf dem Souq begegnet sind. Vom ersten Augenblick an wusste ich, dass ich dich will. Dass ich mit dir zusammen sein möchte.« Sie atmet hörbar. »Allerdings entschuldigt nichts davon mein Verhalten. Was ich dir angetan habe, ist unverzeihlich, und ich schäme mich sehr dafür. Ich erwarte nicht, dass du mir jemals vergibst. Und ich verspreche dir, dich von nun an in Ruhe zu lassen. Was geschehen ist, wird nie wieder vorkommen. Aber vorher muss ich dich um etwas bitten.«

»D-du bist in mich verliebt?«, stottere ich.

»Das tut jetzt nichts mehr zur Sache«, erwidert Qamar dunkel.

Die Emotionen in mir toben so heftig, dass ich kaum noch klar denken kann. »W-warum gibst du dich als Junge aus?«

»Weil ich als Junge all die Dinge tun kann, die mir als Mädchen verwehrt sind«, antwortet sie knapp.

»Du hast mich *geküsst*, verdammt noch mal!«

Sie blickt zu Boden. »Ich bin immer noch derselbe Mensch.«

Tränen fließen über meine Wangen und eine seltsame emotionale Erschöpfung überkommt mich. »Was willst du von mir?«

»Bitte verrate niemandem mein Geheimnis.«

»Meinetwegen.«

»Nein, du verstehst nicht!« Sie kommt einen Schritt näher und ihre Stimme beginnt zu zittern. »Wenn herauskommt, dass ich mich als Junge ausgebe und auf Frauen stehe, verliere ich *alles*. Meine Familie wäre in Gefahr. Ich könnte nicht mehr zur Schule gehen. Womöglich würde ich sogar im Gefängnis landen. Es wäre mein Ende.«

»Du hast mir das Herz gebrochen, und ich weiß nicht, ob ich jemals aufhören kann, an den falschen Shabah zu denken.« Kurz bricht meine Stimme weg. »Aber ich werde niemandem erzählen, wer du bist. Du hast mein Wort.«

»Danke.« Sie dreht sich weg, als ertrüge sie es keine Sekunde länger, von mir angesehen zu werden. »Mir ist bewusst, dass nichts von dem, was ich fühle, richtig ist. E-es ist ein Fehler, eine Sünde. Dass ich dich da mit reingezogen habe, tut mir aufrichtig leid.«

Ich brauche ein paar Sekunden, um das, was Qamar gerade gesagt hat, zu verarbeiten. »Geh jetzt bitte.«

Sie nickt gefasst. »Und keine Sorge, ich werde versuchen, die Sportklasse zu wechseln.«

Ihre Worte treffen mich härter, als ich mir eingestehen möchte. »Das ist eine gute Idee.«

»Nur noch eine Frage.« Ein trauriges Lächeln zeichnet sich auf ihren Lippen ab, als sie auf Hartmut deutet. »Wer ist das?«

Mir ist klar, dass sie die Stimmung auflockern möchte, doch mein Herz ist voller Rauch und Düsternis. »Das ist *Hartmut*, ein Stück Porzellan, das vorgibt ein Panther zu sein. Bestimmt würdet ihr hervorragend miteinander auskommen.«

»V-verstehe«, stößt sie hervor, und ihre Augen füllen sich mit Tränen. »Lebe wohl, kleines Gespenst.«

In meinen Ohren beginnt es zu rauschen. »Lebe wohl, Phantom.«

ᴗ

Als ich am nächsten Tag in Bin Mahmoud ankomme, wartet Amila bereits vor dem Bahnhofsgebäude auf mich.

»Habibti!« Wie ein Flummi hüpft sie mir entgegen und umarmt mich stürmisch. »Ich habe dich fürchterlich vermisst!«

Nachdem ich die ganze Nacht durchgeheult habe, fühle ich mich nun wie ein Abgesandter der Schattenwelt. Trotzdem bemühe ich mich um ein tapferes Lächeln. »Es ist schön, dich zu sehen, Ami. Du hast mir auch gefehlt.«

Sie begutachtet mein Gesicht mit schreckgeweiteten Augen. »Bist du in eine Schlägerei verwickelt gewesen?«

Ich schüttele den Kopf. »Nein, ich wurde im Sportunterricht von einem Ball ausgeknockt.«

»Allah!« Sie streckt die Hände gen Himmel. »Konnte der Ball etwa Kung-Fu?«

Wir steuern in Richtung Theater und Amila hakt sich bei mir unter. »Hast du wirklich dein Handy verloren?«

Ich nicke. »Tut mir leid, dass ich mich nicht bei dir melden konnte.«

Sie senkt die Stimme. »Stimmt es, dass du vorgegeben hast, mit mir ins Kino zu gehen, um dich heimlich mit einem Jungen zu treffen?«

Ich kräusele die Augenbrauen. »Hat deine Großmutter dir das erzählt?«

Amila zuckt mit den Achseln. »Meine Familie ist eben ausgesprochen redselig. Aber keine Sorge, wir behalten diese Dinge für uns.«

»Ein Glück, dass du nur *dreißig* Familienmitglieder hast«, brumme ich sarkastisch.

»*Einundfünfzig*, um genau zu sein.« Sie grinst unschuldig.

»Nun, ich habe mich mit keinem Jungen getroffen.«

Ami blinzelt verdattert. »Oh nein! Hat Großmutter etwa Demenz?«

»Na ja, ich habe mich *schon* mit jemandem getroffen, aber es ist nicht so, wie du denkst. Es hat nichts zu bedeuten.« Ich hefte den Blick auf den Boden. »Können wir bitte das Thema wechseln?«

Sie hüpft ein paar Schritte voraus und beginnt, rückwärts vor mir herzugehen. »Lass mich raten, du hast dir eine dieser verbotenen Dating-Apps runtergeladen und bist auf ein Blind Date gegangen?«

»Nein.«

»Okay, neuer Versuch.« Amila schnippt aufgeregt mit den Fingern. »Du hast einen Verflossenen in Deutschland, der den ganzen Weg nach Doha geflogen ist, um dich zurückzuerobern.«

»Nein.«

»Hm ... Ich hab's!« Sie weicht einer Straßenlaterne aus und wechselt in eine feurige Erzählstimme. »Du hast eine mysteriöse Nachricht bekommen, die dich an einen verwunschenen Ort geführt hat, an dem ein geheimnisvoller Verehrer auf dich gewartet hat. Dort bist du in ein prickelndes Abenteuer verwickelt worden. *Moment mal!*« Sie keucht entsetzt. »Ist mein Zwillingsbruder etwa dein heimlicher Verehrer? Oh, dieser gerissene Schurke! Von wegen, er hilft Onkel Hussein beim Kellerausräumen ...«

»Ami!«, unterbreche ich sie. »Natürlich habe ich mich *nicht* mit Mo getroffen!«

Jetzt wirkt sie ratlos.

»Also gut, hier kommt die Auflösung.« Ich seufze geschlagen. »Ich habe die Person auf einer Wüstenparty kennengelernt. Aber wie gesagt, der Fall ist abgeschlossen. Wir werden uns nicht wiedersehen.«

»Du warst auf einer Party? In der *Wüste*?« Amila bleibt abrupt stehen und ich laufe beinahe in sie hinein. »Die sind illegal.«

»Keine Sorge, ich war die ganze Zeit mit Farah zusammen.«

»*Farah?*« Ihr Gesicht nimmt einen ungesunden Grauton an.

»Sie ist eigentlich ganz in Ordnung.«, haspele ich und merke, wie meine Achselhöhlen feucht werden. »D-du würdest sie sicher mögen, wenn du sie besser kennenlernen würdest. Ich wollte dir von der Party erzählen, ehrlich, aber ich hatte keine Ahnung, was auf mich zukommt. Nächstes Mal kannst du bestimmt mitkommen!«

»Ich gehe auf keine illegalen Partys mit Menschen wie Farah«, spuckt sie empört aus. »Und du solltest es auch nicht. Wenn diese Information an die falschen Leute gerät, könnte das fatale Folgen für dich haben.«

»Ist das eine Drohung?«, frage ich irritiert.

»Es ist eine *Warnung*, Rea.« Kopfschüttelnd mustert sie mich. »Ich kann nicht glauben, dass du dich mit Farah abgibst, obwohl du ganz genau weißt, dass ich sie nicht leiden kann.«

Ich schlucke schwer. »Mir war nicht bewusst, dass du so ein großes Problem damit hast.«

»Habe ich aber«, entgegnet Amila mit einer Ernsthaftigkeit, die ich nicht von ihr gewohnt bin. »Vielleicht verhält es sich in Deutschland anders, aber in meiner Kultur spielen Treue und Loyalität eine wichtige Rolle!«

»D-dann werde ich mich in Zukunft eben von ihr fernhalten«, murmele ich, hauptsächlich um dem unangenehmen Gespräch ein Ende zu setzen.

»Das hoffe ich, um unserer Freundschaft willen.« Sie macht eine bedeutungsträchtige Pause. »Und zu deiner eigenen Sicherheit.«

Obwohl wir uns ein wenig verspäten, ist Farah noch nicht im Theater – und ich bin heilfroh darüber. Nach meiner Unterhaltung mit Amila fühle ich mich noch deprimierter und ausgelaugter als zuvor. Für Amila dagegen scheint sich die Sache erledigt zu haben; während wir uns im Kostümraum umziehen, quasselt sie mit altbekannter Lebhaftigkeit von ihrem Wochenende bei ihren Tanten in Ar-Rayyan. Ich höre nur mit halbem Ohr zu, denn ich bin immer noch ganz taumelig von den Vorwürfen, die sie mir gemacht hat.

Hatte Farah womöglich recht, als sie sagte, Amila sei

von einem bösen Dschinn besessen, der sie kontrollsüchtig mache?

Oder hat Amila gute Gründe für ihren blinden Hass auf Farah? Sorgt sie sich vielleicht wirklich bloß um mein Wohlergehen?

Haarsträubende Auto-Stunts, Alkoholbeschaffungen bei Dealern, illegale Wüstenpartys und übergriffige Gastgeber – seitdem ich mit Farah Zeit verbringe, hat sie mich schon allen möglichen Gefahren ausgesetzt. Zudem scheint es sie kein bisschen zu interessieren, wie es mir geht, geschweige denn, ob ich noch am Leben bin. Rahim hätte mich genauso gut unter einer Sanddüne verscharren können und es wäre ihr bis heute nicht aufgefallen ...

Ich bin gerade dabei, mein Korsett zuzuschnüren, als Farah den Backstagebereich betritt.

»Hey, Diplomatentochter!«

Ehe ich auf ihre Begrüßung reagieren kann, wirft sie den Arm zurück und ruft: »Fang!«

Im nächsten Augenblick fliegt mein Handy durch die Luft und verfehlt Amilas Gesicht nur um Haaresbreite. Ich fange – und starre sie entsetzt an.

»Ausgezeichnete Reflexe.« Farah zwinkert mir zu und streift ihre Designerhandtasche ab. »Ich habe auch gleich meine Nummer eingespeichert.«

»Sie will deine Nummer aber nicht!«, faucht Amila erbost.

»Oh, du bist auch hier.« Farah schnaubt verächtlich. »Ich habe dich gar nicht bemerkt.« Dann zeigt sie auf mein blaues Auge. »Was ist passiert?«

Erneut geht Amila dazwischen: »Das geht dich einen feuchten Dreck an! Lass uns gefälligst in Ruhe!«

»Oh, sei unbesorgt, ich habe absolut kein Interesse an dir, Dschinn-Brut.« Sie rümpft die Nase, als ginge von Amila ein schrecklicher Gestank aus. »Rea hingegen liegt mir sehr am Herzen, daher wäre ich dir verbunden, wenn du mal kurz den Schnabel halten könntest.«

Amilas Wangen färben sich puterrot. »Ich lasse mir von dir nichts vorschreiben, du gottlose, heuchlerische Schlampe!«

Ehe ich den Ernst der Lage ganz begriffen habe, geht Farah zum Angriff über. Sie packt ihre Rivalin an beiden Handgelenken und dreht ihr die Arme hinter den Rücken. Amila schreit vor Schmerz laut auf – und ich vor Schreck.

Binnen Sekunden schiebt Farah sie zur Tür hinaus, verpasst ihr einen leichten Stoß und schließt von innen ab. Zufrieden lächelnd reibt sie sich die Hände. »Wo waren wir stehen geblieben?«

»Spinnst du?«, krächze ich schockiert.

Draußen klopft Amila brüllend gegen die Tür.

»Deine Freundin *nervt.*« Sie geht auf mich zu – und im nächsten Moment finde ich mich in ihren Armen wieder. »Was auf der Party geschehen ist, tut mir unendlich leid. Ich hätte besser auf dich aufpassen sollen. Falls es dich tröstet: Rahim hat seine gerechte Strafe bekommen.«

»W-was hast du gemacht?«

»Ich musste nicht mehr viel machen. Er wurde von Shabah k. o. geschlagen, weil er sturzbesoffen ein Mädchen belästigt hat. Die Schande ist Strafe genug.«

»Farah«, knurre ich.

»Na gut, ich habe jemanden losgeschickt, der ein paar Knotentechniken an seinem Hodensack ausprobiert hat.« Sie zuckt mit den Schultern. »Ist nur vorübergehend, sieht aber schön festlich aus. Und bald ist ja schon Weihnachten!«

Kurz überlege ich, ob sie Witze macht, aber der Gedanke allein erfreut mich zu sehr.

»Willst du mir endlich verraten, woher du das blaue Auge hast?« Sie nimmt mein Gesicht in die Hände. »Offensichtlich habe ich noch einiges an Blutrache zu leisten.«

»Niemand ist schuld daran. Das ist im Sportunterricht passiert.« Ich löse mich von ihr und verschränke die Arme vor der Brust. »Außerdem kann es dir doch egal sein. Du hast dich in den letzten Tagen nicht gerade darum bemüht, nach mir zu sehen.«

»Weil du Hausarrest hattest und ich nicht wusste, ob du deinen Eltern von mir erzählt hast«, ergänzt sie energisch. »Ich wollte dir nicht noch mehr Ärger einbrocken.«

»Woher wusstest du, dass ich Hausarrest habe?«

»Ich finde alles heraus, Rea.« Gemächlichen Schrittes beginnt sie, mich zu umkreisen. »Und ich *habe* nach dir gesehen. Der Lebensmittellieferant, die Briefträgerin, die Fensterputzer-Crew, euer schnurrbärtiger Fahrer aus dem Irak – sie alle haben diese Woche doppelt verdient, und im Gegenzug haben sie mir berichtet, wie es dir geht.«

»Du bist ja verrückt!«, stoße ich hervor.

»Was mir allerdings *keiner* sagen konnte, ist, was zwischen dir und Shabah vorgefallen ist. Das Einzige, was ich mitbekommen habe, ist, dass ihr zusammen in die Sternennacht entschwunden seid.«

Ich runzle die Stirn. »Ich dachte, du findest *alles* heraus?«

»Nun ja, fragen kostet nichts. Und du hast mich diese Woche schon einiges gekostet.« Sie grinst herausfordernd.

»Shabah hat mich nach Hause gefahren, das ist alles«, sage ich knapp.

Sie neigt den Kopf. »Für mich hat es danach ausgesehen, als liefe da etwas zwischen euch.«

»Du täuschst dich.«

»Du hast viel geweint.«

Ich atme hörbar. »Haben deine Spitzel dir das auch erzählt?«

»Nein.« Ihr Blick umschließt mich. »Ich sehe es dir an.«

Mittlerweile hämmert Amila so heftig gegen die Tür, dass die Hüte, Bärte und Nasen an der Wand nur so wackeln.

»Du kannst mir ein andermal berichten, was geschehen ist. Jetzt überlasse ich dich wieder deinem Dschinn, bevor er das ganze Theater zum Einsturz bringt.« Farah schreitet zu der Requisitenkiste und wirft sich eine getrocknete Knoblauchkette um den Hals. »Ich finde, wir beide verdienen einen luxuriösen Wellness-Tag, an dem wir alles in Ruhe besprechen können.« Als Nächstes greift sie nach der Glasphiole und besprenkelt sich mit falschem Weihwasser. »Komm am Sonntagnachmittag zu mir, dann lassen wir es uns so richtig gut gehen. Ich texte dir meine Adresse.« Zuletzt zückt sie das Kruzifix, das normalerweise zur Ausrüstung der Vampirjäger gehört, und verkündet: »In Ordnung, ich bin bereit. Du kannst den Dämon reinlassen.«

17.
Das Reich der wilden Göttinnen

»Bist du sicher, dass wir hier richtig sind, Constant*iii*n?«, wispert meine Mutter und drückt ihre Nase an der Autofensterscheibe platt.

»Rea?«, fragt mein Vater, ohne den Blick vom imposanten Eingangstor abzuwenden.

Ich öffne Farahs Textnachricht und lese die Adresse noch einmal laut vor.

»Das muss es sein, Carol*iii*n.«

»Welche Rolle spielt deine Freundin noch mal in eurem Theaterstück?«

»Vampirgräfin Dawulah«, antworte ich schmunzelnd, denn ich ahne bereits, worauf sie hinauswill.

»Und ist ihr Vater zufällig Graf Dracula?« Sie reibt sich fröstelnd die Arme. »Es ist doch unmöglich, dass Normalsterbliche so reich sind. Ich meine, das ist völlig absurd!«

Ich lasse meinen Blick über die Steinmauer schweifen, die das Anwesen umgibt. Sie ist makellos und schimmert wie geschliffener Bergkristall. »Der Lamborghini, von dem ich letztens abgeholt wurde, gehört auch ihr«, bemerke ich flüsternd.

Papa wird sofort hellhörig. »Lamborghini? Welches Modell?«

»Äh, *pink*.«

Mama stöhnt tadelnd. »Und schon haben wir deinen Vater an die Untoten verloren.«

Im nächsten Augenblick ertönt ein metallisches Klickgeräusch und das Eisentor schwingt auf.

»Wahnsinn«, raunen wir alle drei im Chor.

Zwischen formvollendeten Dattelbäumen und exotischen Blumengewächsen erstreckt sich ein Weg, der mit perlmuttartigem Kiessplittern überzogen ist. Am Ende der märchenhaften Passage steht eine orientalisch anmutende Villa mit riesigen Säulenbögen und bunten Mosaikornamenten.

»Wieso fährst du nicht, Constant*iii*n?«, nuschelt Mama, während sie wie verzaubert nach vorne sieht.

»Weil ich Angst habe, dass unsere Autoreifen zu schmutzig sind«, gibt Papa zurück.

»Unsinn.« Sie räuspert sich dezent. »Oder was meinst du, Rea?«

Weil ich den Mund vor lauter Staunen zu weit aufgerissen habe, knackt mein Kiefer beim Sprechen. »Keine Ahnung, aber wir können nicht ewig hier rumstehen, langsam wird es peinlich.«

Papa nickt und fährt leicht geduckt los. Auch der Kombi scheint sich zu genieren, denn er gibt seltsam hüstelnde Auspuffgeräusche von sich.

Je näher wir der Villa kommen, desto mehr faszinierende Details werden sichtbar: Ein steinerner Tiger thront auf dem gewellten Zeltdach, geflügelte Pferde und schwertzückende Kriegerinnen bevölkern Reliefs und Fensterumfassungen. Aus tintenblau eingefärbten Wandnischen quellen Rosengewächse, deren Blüten an magentafarbene Tränen erinnern. Die Außenfassade wirkt wie von einem zarten Schneemantel umhüllt, derart hoheitlich glänzt der Marmor.

»Achtung!!!«, kreischt meine Mutter plötzlich – und mein Vater erschrickt so sehr, dass er kurz Gas gibt.

Ein dumpfes *Plomp* ertönt.

»Oh mein Gott.« Grauen spiegelt sich in Mamas Gesicht wider.

»Was war das?«

»Eine Ente«, röchelt Papa.

Mama versetzt ihm einen leichten Hieb auf den Hinterkopf. »Das war keine Ente, Constant*iii*n – das war ein PFAU!«

»Papa«, krächze ich schockiert. »Hast du gerade einen Pfau überfahren?«

»Was machen wir jetzt?«, stammelt er. »Sollen wir umkehren?«

»Das wäre Fahrerflucht!«, zischt Mama. »Okay, wir müssen einen kühlen Kopf bewahren! Sehen wir uns das Ganze doch mal aus der Nähe an.«

Wir steigen aus und versammeln uns vor der Tragödie.

»Ach, du heilige Scheiße!«, stößt Papa hervor.

Wieder wird er von meiner Mutter attackiert, dieses Mal mit dem Ellbogen. »*Sprache*, Constant*iii*n!«

Er knetet sich die Stirn und keucht verzweifelt: »Rea, könntest du mal googeln, wie viel Pfauen kosten.«

»*Weiße* Pfauen«, ergänzt Mama.

Ich tippe emsig. »Ich finde keine Preise.«

»Verflixt!«, schimpft sie. »Das bedeutet, dass die Federviecher teuer sind! Wie konntest du ihn übersehen, Constant*iii*n?! Der Vogel hat die Größe eines gottverdammten Truthahns!«

»*Sprache*, Carol*iii*n.«

»Oh, ich zeige dir gleich …«

»Wie ich sehe, habt ihr Gor-Gor ins Jenseits befördert.«
Plötzlich steht Farah hinter uns – und wir alle drei zucken vor Schreck zusammen.

»E-es tut uns fürchterlich leid!«, stottert mein Vater und senkt den Blick. »Das war ein tragischer, tragischer Unfall. Bitte, richte deinen Eltern aus, dass wir für den Schaden unverzüglich aufkommen werden.«

»Wir werden weder Kosten noch Mühe scheuen, um die Sache wiedergutzumachen«, verlautbart Mama und deutet auf den toten Pfau. »So ein hübscher Vogel, äh, Gar-Gar. Wirklich einzigartig. Wir sind untröstlich.«

Farahs Augen funkeln amüsiert. »Machen Sie sich bitte keine Vorwürfe, Frau und Herr Augustin. Gor-Gor hat zuletzt unerträgliche Starallüren an den Tag gelegt. Hat so getan, als würden diese Straßen ganz allein ihm gehören. Typisches Hahn-Getue eben.« Sie zieht den Finger über die Kehle. »Wirklich, ich wollte den Tyrannen schon längst selbst abschießen.«

Meine Eltern tauschen verdatterte Blicke aus – und ich ergreife die Gelegenheit: »Mama, Papa, das ist Farah.«

»F-freut uns sehr«, stammelt meine Mutter. »Ihr habt ein sehr schönes Zuhause.«

»Meinen Sie das hier?« Farah deutet auf die prächtige Villa. »Das ist unsere Garage, Frau Augustin.«

Die perplexen Gesichter meiner Eltern sind urkomisch, allerdings staune auch ich nicht schlecht darüber.

»Meine Tochter hat erzählt, dass deine Familie einen Lamborghini fährt.«

»*Ich* fahre einen Lamborghini, ja«, antwortet sie meinem Vater. »Mögen Sie Lamborghinis, Herr Augustin?«

Er gerät in Verlegenheit. »Ja, s-sind nette Autos.«

Oh Mann, Papa ...

»Was ist Ihre Lieblingsfarbe, Frau Augustin?«, fragt Farah.

»Nun ... äh.«

»Mamas Lieblingsfarbe ist Grau«, antworte ich an ihrer Stelle.

»Eigentlich ist meine Lieblingsfarbe« – sie fummelt nervös an ihrem Armband – »Silber.«

»Also, *Grau*«, murmele ich. Gleichzeitig ahne ich, dass Farah etwas im Schilde führt, und kneife skeptisch die Augen zusammen. »Wieso fragst du?«

»Ach, nur so.« Sie zuckt mit den Achseln. »Möchten Sie die Autos sehen, Frau und Herr Augustin? Ich habe auch einen Maserati und ein paar Ferrari-Oldtimer. Was soll ich sagen, ich liebe die schlanken Italiener.«

»Die Autos gehören alle *dir*?«, quakt meine Mutter ungläubig.

»Nein, nein, sie gehören selbstverständlich meinem Vater«, erwidert Farah und lächelt unschuldig. »Er ist gerade auf Geschäftsreise, aber Sie können gerne den Rest der Familie kennenlernen. Meine Großmütter sind da, meine Tanten, meine Schwestern, meine Cousinen und Großcousinen. Möchten Sie reinkommen und allen Hallo sagen?«

»Ein andermal gerne, aber heute müssen wir noch ein paar dringende Erledigungen machen«, haspelt Mama leicht panisch und beginnt, Papa in Richtung Kombi zu ziehen. »Komm, Constantin, lassen wir die Mädchen ihren Spa-Tag genießen.«

»Und der Lamborghini?«, quengelt Papa.

»Constant*iii*n!« Sie lacht peinlich berührt und fügt dann extra charmant hinzu: »Nächstes Mal.«

»Bist du sicher, dass wir deine Eltern nicht irgendwie für die Ente entschädigen können?«, fragt Papa reuevoll, nachdem er sich angeschnallt hat.

»*Pfau*«, hustet meine Mutter im Hintergrund.

»Nein, ganz im Gegenteil.« Farah vollführt einen dramatischen Knicks. »Dank Ihnen sind wir den Plagegeist endlich los.«

»O-okay, dann noch viel Spaß euch beiden.« Er startet den Motor und weiße Federn wehen auf. »Re-Ra, wir holen dich um neun Uhr ab.«

»In Ordnung.« Ich winke schwach.

Nachdem sich der Torbogen hinter ihnen geschlossen hat, stößt Farah ein gerührtes Seufzen aus und sagt: »Deine Eltern sind echt niedlich.«

»Und du bist ein *Vollprofi*.« Ich hebe beeindruckt die Augenbrauen. »Oder ist gerade wirklich deine gesamte weibliche Verwandtschaft zu Besuch?«

»Natürlich nicht. Aber ich wollte, dass deine Eltern sich keine Sorgen um dich machen. Und, ich wollte sie *loswerden*.« Sie zwinkert keck, krempelt die transparenten Ärmel ihres feengrünen Midi-Kleides zurück und hebt den toten Pfau auf.

»Bist du sicher, dass deine Eltern nicht böse sein werden?«, murmele ich zerknirscht.

»Meine Eltern sind nicht da«, entgegnet sie unbeschwert. »Gor-Gor und seine Brüder sind Geschenke des ehemaligen Emirs an meinen Vater gewesen. Laute, langweilige, prahlerische Kackmaschinen, die leidenschaftlich gerne vor fahrende Autos springen. Wirklich, es ist beeindruckend, mit wie viel Eifer und Kalkül Pfauen darauf hinarbeiten, auf sinnlose Weise zu sterben. Zwei haben wir schon überrollt, drei, wenn man Gor-Gor mitzählt. Glücklicherweise sind lebensmüde Königspfauen Sachmets Lieblingssnack. Sie wird sich freuen.«

»Sachmet?«, frage ich verwirrt.

»Meine Katze«, antwortet sie schlicht und führt mich zu einem Fahrzeug, das wie die Luxusausgabe eines Golfmobils aussieht. Der Pfau landet auf der Gepäckablage und wir setzen uns nebeneinander auf die gepolsterte Bank.

»Festhalten«, sagt Farah und tuckert gemächlich los – was ich überaus ironisch finde, wenn man bedenkt, dass sie diese Warnung nicht ausgesprochen hat, als wir mit 300 Stundenkilometern durch die Wüste gerauscht sind.

Wir fahren einen labyrinthartigen Weg entlang, der von hohen, nachtblauen Hecken gesäumt ist, und als das eigentliche Domizil in Erscheinung tritt, verschlägt es mir den Atem. Noch nie im Leben habe ich etwas Erhabeneres gesehen: ein goldweißer Palast mit türkisfarbenen Kuppeln und gewaltigen Spitzbogenfenstern, deren Rahmen aus hochkomplexen, ineinander verschachtelten und übereinandergesetzten Mustern bestehen. Florale Arabesken ranken sich die Fassaden empor, verbinden sich mit gewundenen Inschriften und geometrischen Ornamenten und bilden ein Gesamtkunstwerk traumartiger Superlative. Aus Wölbungen erwachsen schmale, safrangelbe Türme mit spitzen Hutdächern, deren halbmondförmige Fenster bunt eingefärbt sind.

Vor dem Palast erstreckt sich ein paradiesischer Garten mit außergewöhnlichen Dschungelpflanzen, zinnroten Glockenblumen, pittoresken Vogeltränken und einer kunstvoll angelegten Stufenterrasse. Der wahre Blickfang ist jedoch der spiegelglatte grafitschwarze Brunnen, der sich nahtlos in den Boden einfügt. Man könnte ihn mit einem rechteckigen Stein verwechseln, wären da nicht all die Diamanten, die aus seinem Inneren wie eine verwunschene Lichtessenz herausleuchten.

»Hier wohnst du?«, hauche ich.

»Ja«, antwortet Farah und bremst vor der feierlichen Empfangstreppe. Wir steigen aus und im selben Augenblick öffnet sich die Eingangstür. Männer eilen herbei, entladen den toten Pfau und fahren das Golfmobil aus dem Weg. Ich bedanke mich murmelnd, Farah hingegen schenkt ihnen keine Beachtung, sondern zieht mich in das flimmernde Zwielicht ihres geheimnisvollen Reichs.

◡

Ein Saal, so opulent und hoheitsvoll – jedes beschreibende Adjektiv ist schon im Vorhinein dazu verdammt, eine maßlose Untertreibung zu sein. Das Meisterwerk beginnt mit der domartigen Decke, die aus einem goldenen Schnitzwerk besteht und einen Kronleuchter beherbergt, dessen funkelnde Kristalle die Größe von Wassermelonen besitzen. Gigantische Seidenteppiche hängen an den Wänden, einer schöner und strahlender als der andere. Sie sind mit pastellenen Musterungen überzogen, und wenn man genau hinsieht, erkennt man Frauen in orientalischer Kleidung, die neben eigentümlichen Instrumenten und magischen Fabelwesen posieren. In den Zwischenräumen hängen diamantenbesetzte Krummdolche und silberne Schwerter, die mit filigranen Gravuren verziert sind. Gelegentlich funken Gemälde dazwischen, die wilde Himmel, verwegene Schleiertänzerinnen und zweibeinige, menschenartige Leoparden mit Bogenwaffen und Hoheitszeptern zeigen. Wallende Samtvorhänge färben das einfallende Licht purpurn, in ihren Schatten lungern fantasievolle Vasen, dickbäuchige Samoware und altägyptische Schatztruhen.

Auch die Möbel sind nicht minder spektakulär. Sie bestehen aus edelstem Mahagoni, schimmerndem Elfenbein und feinsten Ebenhölzern. Kunterbunte Perserteppiche bilden Oasen für exorbitante Sitzgelegenheiten und kuriose Antiquitäten. Und dann sind da noch die endlos hohen Regale voller Bücher und Schriftrollen, deren bildschöne Einbände wie Magnete an mir ziehen …

»Wow«, keuche ich, nachdem ich mich eine ganze Weile staunend umgeschaut habe. »Ich habe nicht gewusst, dass du in einem Märchenschloss wohnst.«

»Orte wie dieser sind beinahe immer böse. Zentren der Unterdrückung und Unfreiheit, in denen gestohlene Reichtümer gehortet werden und Männer ihre Macht missbrauchen. Jahrelang war mein Zuhause gleichzeitig auch mein Gefängnis – die Ausgänge sorgsam bewacht, das Innere kalt und grausam.« Farah zündet sich eine Zigarette an und lächelt, als wäre das, was sie gerade gesagt hat, nicht erschütternd. »Aber die Zeiten haben sich geändert. Ich konnte dieses Haus von seinem Geschwür befreien und etwas völlig Neues erschaffen.« Sie winkt mich zu einer Rundtür, die vom Saal abführt. »Mein Verlobter und ich residieren im Südflügel. Allerdings ist Adel oft auf Geschäftsreisen.« Wir betreten einen weitläufigen Gang, der von taubenblauen Steingirlanden geschmückt ist. »Der Rest des Hauses wird von meinen afghanischen Schwestern und ihren Familien bewohnt. Seitdem die amerikanischen Truppen abgezogen und die Taliban an die Macht gekommen sind, haben die Frauen jegliche Rechte auf

Bildung und Arbeit verloren. Wir haben eine Reporterin hier, mehrere Lehrerinnen und Ärztinnen. Eine berühmte Schriftstellerin, eine Boxerin und zwei Polizistinnen. Sie alle sind geflüchtet, weil man ihnen verboten hat, ihre Berufe auszuüben. Von hier aus können sie ihren Landsleuten helfen, ohne dabei ihr Leben aufs Spiel zu setzen – und ich finanziere alles, was sie dazu benötigen. Wir haben auch ein paar Kinder aus Jemen, Syrien und Palästina bei uns aufgenommen. Sie werden von den ehemaligen Mitarbeiterinnen meines Vaters umsorgt.«

»Das ist beeindruckend!«, bemerke ich baff. Unglaublich, dass Farah kaum älter ist als ich und trotzdem schon so viel Verantwortung für andere Menschen übernimmt.

»Das Vermögen meiner Familie ist das Resultat jahrzehntelanger Kriegstreiberei, Ausbeutung und Unterdrückung«, nuschelt Farah mit der Fluppe im Mund. »Es ist das Mindeste, was ich tun kann.«

»Wo sind deine Eltern jetzt?«, frage ich vorsichtig. Während ich gerade noch das Gefühl hatte, in einem verzauberten Palast aus Tausendundeiner Nacht zu stehen, erscheint es mir nun, als begehen wir ein hochmodernes Schauhaus aus stilvollem Aquamarin und elegantem Cremeweiß.

»Meine Mutter ist nach meiner Geburt abgehauen und meinen Vater habe ich auch lange nicht mehr gesehen. Ich habe keine Geschwister. Die Familie meiner Mutter kenne ich nicht und mit der Familie meines Vaters habe ich keinen Kontakt mehr. Adel ist die einzige Familie, die ich habe.«

»Das tut mir sehr leid.« Ich wünschte, ich könnte in ihrem Gesicht ablesen, was sie fühlt, aber sie geht vor mir her und dreht sich beim Sprechen nicht um.

»Nichts muss dir leidtun, ich bin glücklich.« Sie hält

kurz inne, bevor sie fortfährt. »Ich habe meinen Schicksalskäfig zum Einsturz gebracht und bin frei. Das ist das Einzige, was zählt.«

Bevor ich ihr eine weitere Frage stellen kann, betreten wir einen vergleichsweise kleinen Raum, dessen Wände aus gewellten Spiegeln bestehen. Eine Rokokobank steht in der Mitte, daneben ein Regal mit Bademänteln, Handtüchern und flauschigen Hausschuhen.

»Was machen wir hier?«, frage ich, als Farah ihre Pumps abstreift und sich an den Knöpfen im Nacken ihres Kleides zu schaffen macht.

»Na, uns ausziehen«, antwortet sie und steht sogleich in gewagter Spitzenunterwäsche vor mir.

Verlegen schaue ich weg. »W-wieso?«

»Weil wir gleich ein Dampfbad in meinem Hamam nehmen werden.«

»Ein *was* im *wo*?«, krächze ich.

»Rea, sieh dich an. Du bist blass, deine Haut ist trocken, deine Haare sind spröde. Dein ganzer Körper verlangt nach etwas, das du ihm verweigerst.« In altbekannter Raubkatzenmanier beginnt sie, mich zu umkreisen. »Du steckst in deiner eigenen Haut fest, die schon viel zu eng geworden ist. Wir müssen sie abreißen, damit du dein Potenzial endlich ausschöpfen kannst.«

»Du willst mich *häuten*?«

»Metaphorisch betrachtet *ja*.« Sie zwinkert frech. »Wir werden dich heute zum Erstrahlen bringen. Diese Anspannung und Traurigkeit, die schwitzt du gleich ganz einfach aus!«

Ich seufze leise. Die letzten drei Tage sind wirklich schrecklich gewesen. Ein Delirium aus Tränen und Trübsal. Dass man sich in einem solch unbeschreiblichen Maße nach jemandem sehnen kann, der eigentlich überhaupt nicht existiert, ergibt einfach keinen Sinn. *Shabah ist Qamar –* das ist Tatsache. Trotzdem kann ich nicht aufhören, an das Phantom zu denken. An die Art, wie er mich angesehen hat: brennend, unverfroren und ergreifend. Blicke, unter deren Bann ich mir unsagbar wertvoll vorgekommen bin. An seine Küsse, die alles, was ich jemals gefühlt habe, alles, was ich geglaubt habe, je fühlen zu können, in den Schatten gestellt haben. Küsse, die mein Herz beinahe zum Zerbersten gebracht haben. *Ihre* Küsse, *Qamars* Küsse. *Ich bin immer noch derselbe Mensch –* in Dauerschleife spuken ihre Worte durch meinen Kopf.

»In Ordnung«, sage ich mit fester Stimme. *Ich mache alles, um mich von diesen quälenden Gedanken zu befreien. Und wenn es Farahs ominöses Dampfbad ist …*

»Exzellent.« Sie schlüpft aus ihrer Unterwäsche und bindet sich einen Bademantel um. Dann neigt sie fragend den Kopf. »Was hast du, Diplomatentochter?«

»Äh …« Ich zupfe an meinem T-Shirt und räuspere mich verhalten. »Würdest du dich vielleicht kurz umdrehen?«

»Aha, die *Scham.*« Anstatt sich von mir abzuwenden, macht sie einen großen Schritt auf mich zu. »Eines der mächtigsten Geschütze des Patriarchats. Seit Anbeginn der Zeit versuchen sie uns weiszumachen, dass unsere Körper Herde des Bösen und Ursprung allen Unheils sind. So viel Hass und Abscheu haben sie uns eingeflößt für das, was das Natürlichste an uns ist. Ihretwegen misstrauen wir unserem Gewissen, unserer Intuition, unseren Fertigkeiten und unserer Kraft. Sie haben unser Fleisch vergiftet bis zu dem Punkt, an dem uns unsere eigene Nacktheit zuwider ist und wir es als eine Art moralische Verpflichtung erachten, unserer Weiblichkeit zu entsagen.« Sie lacht höhnisch. »Die Unsicherheit, die sie uns eingeträufelt haben, reicht so tief, dass wir uns sogar voreinander genieren – von Frau zu Frau. Dass wir uns gegenseitig kritisieren und über die vermeintlichen Imperfektionen der anderen urteilen. Aber, soll ich dir etwas verraten?«

Ich nicke verblüfft.

»Insgeheim fürchten sie sich vor unseren Körpern, weil sie ganz genau wissen, dass die Wölbung einer einzigen Frauenhüfte mehr Macht hat als eine Armee aus tausend Schwertern. Wir tragen das Leben in uns, die Gabe, ungeheuerlichen Schmerz zu ertragen und unvorstellbare Liebe zu geben. Wie könnte sich ein Mann jemals gegen ein solches Wunder behaupten? Uns wohnt die Fähigkeit inne, alles zu verändern und die Welt in etwas völlig Neues zu verwandeln. Das wissen sie. Scham ist ihr Schild, der eine wirksame Zauber, der verhindert, dass wir uns in wilde, mächtige Göttinnen verwandeln.« Sie öffnet ihren Bademantel und entblößt ihren Körper. »Vor mir muss dir nichts peinlich sein. Da sind keine Makel, wo so viel Schönheit ist.«

Ich merke, wie sehr ich erröte, dennoch entkleide ich mich ohne ein weiteres Wort. Für mich ist Feminismus immer etwas gewesen, dass sich um Gleichberechtigung bemüht, eine Bewegung, die der Benachteiligung von Frauen entgegenwirken soll. Farahs Ansichten sind sehr viel radikaler – beinahe schon ein wenig skandalös –, nichtsdestotrotz beeinflusst mich ihre Rede, auch wenn ich nicht ganz durchdringen kann, wieso.

Die junge Araberin nickt zufrieden und bedeutet mir,

ihr zu folgen. Wir schreiten durch einen schummrig beleuchteten Zwischengang, und ich vermag es kaum, meinen Blick von ihr abzuwenden. Wer hätte gedacht, dass blanke Haut mit so viel Haltung, Anmut und Würde getragen werden kann.

Als wir durch eine beschlagene Glastüre treten, entweicht mir ein entzücktes Keuchen. Der Hamam befindet sich in einem fensterlosen, halbdunklen Raum, der ganz in Honiggold und Ultramarin getaucht ist. Sowohl die Decke als auch der Boden bestehen aus flamingorosanem Marmor, der von weißen Schnörkeln durchwoben ist. Im Zentrum des Bades steht eine runde Liegeplatte aus dampfbenetztem Onyx, auf der ein paar Stumpenkerzen brennen.

»Setz dich hin und schließ die Augen. Dein Körper muss sich erst einmal an die Temperatur gewöhnen«, sagt Farah und führt mich zur Steinplatte.

Die Hitze ist geschmeidig und duftet angenehm nach ätherischen Ölen. Ein mythischer Glanz durchwirkt die Luft und in den milchigen Wirbeln zwirbeln sich meine Locken in alle Himmelsrichtungen auf.

Mir gefällt das Prickeln der Feuchte auf meinem Körper, die Wärme, die sich sinnlich kräuselnd an mich schmiegt. Trotz der Aufregung kann ich spüren, wie sich meine Muskeln entspannen und mein Herz einen gemächlichen Rhythmus findet.

»Weiß der Dschinn, dass du heute hier bist?«, fragt Farah nach einer kurzen Weile.

»Nein, ich habe es ihr nicht erzählt«, gestehe ich. »Amila hat ein großes Problem damit, dass wir Zeit miteinander verbringen, und ich weiß noch nicht, wie ich damit umgehen soll.«

»Für mich ist es okay, dass ihr befreundet seid, ich hoffe nur, dass du nichts an sie weitergibst, das den Accelerate-Frauen schaden könnte.« Ihre Stimme bekommt einen unheilvollen Unterton. »Amila möchte meine Welt brennen sehen, und ich habe geschworen, meine Schwestern zu beschützen.«

Schlagartig erinnere ich mich an Amilas Drohung und ein mulmiges Gefühl beschleicht mich. »Das würde ich niemals tun.«

»Gut, ich vertraue dir.« Sie rekelt sich genussvoll. »Komm, es ist Zeit für den nächsten Schritt.«

Wir nehmen auf zwei kniehohen Messinghockern Platz, neben denen unterschiedlich große Kannen bereitstehen. Farah nimmt eine davon und gießt Wasser über sich. Ich tue es ihr gleich und lasse das lauwarme Nass über meine Schultern gleiten. Es ist himmlisch erfrischend und wohltuend.

»Nimm ein Leinentuch und lass es sich ganz mit Seife vollsaugen.« Sie greift nach einem Stoffballen und tunkt ihn in eine seidenartige Flüssigkeit. »Das ist eine Mischung aus Oliven, Honig, Rosenblättern, Oud-Duftöl und pulverisiertem Gold.« Sanft schüttelt sie das triefende Tuch auf und beginnt, ihre Arme damit einzuseifen. Bald überziehen Schichten und Schichten aus schillernden Seifenblasen ihren Rücken, ihr Dekolleté, ihre Brüste, winden sich wie magische Schleier um ihren Schoß und ihre Beine. »Es ist wunderbar kühlend«, seufzt sie und wirft den Kopf zurück. »Du solltest aufhören, mich anzustarren, und es selbst ausprobieren.«

»T-tut mir leid«, stottere ich und laufe rot an.

Sie gluckst leise. »Ich mach doch nur Spaß! Es stört mich

nicht. Wir sollten einander viel häufiger bewundern. Ich finde dich auch sehr schön.«

Da ist nichts Anzügliches in ihrer Stimme, nichts, was mich beschämt oder verlegen macht. »Danke«, entgegne ich daher lächelnd und tauche meinen Schwamm in die holzig-süß duftende Seife ein.

»Da wäre noch etwas, das ich dich fragen muss.« Sie hüstelt leise. »Und es betrifft wieder deine Freundin Amila.«

»Nur zu.« Fasziniert betrachte ich den Schaum auf meiner Handfläche, der in allen Regenbogenfarben glitzert.

»Hast du ihr euer Geheimnis verraten?«

»Wessen Geheimnis?«, frage ich und puste Seifenblasen in die Luft.

»Deines«, antwortet sie und macht eine bedeutungsschwere Pause. »Und Shabahs.«

Ich zucke zusammen. »W-wovon redest du?«

»Es war schwierig, der Sache auf den Grund zu gehen. Sehr schwierig sogar. Letzten Endes ist es das Nummernschild ihres Autos gewesen, das mich auf die richtige Fährte gelockt hat.«

Voller Entsetzen starre ich sie an.

»Ich wusste, dass nach der Party irgendetwas vorgefallen ist«, erklärt sie ruhig. »Es ist nicht zu übersehen, wie sehr es dich mitgenommen hat.«

»Das war ein Volleyball!«

»Ich rede nicht von deinem Gesicht.« Ihre Miene verhärtet sich. »Das Phantom hat sich schon viel zu lange in Geheimnisse gehüllt. Es war höchste Zeit, herauszufinden, wer er ist und was es mit seinem Versteckspiel auf sich hat.« Sie dreht sich ganz zu mir. »Ein flüchtiger Moment der Unaufmerksamkeit kann bewirken, dass wir alles verlieren: Accelerate, unser Paradies in der Wüste, unsere Freiheit. Das kann ich nicht riskieren. Genau deshalb darf Amila auch niemals davon erfahren.«

Mein Magen schlingert. »Ich verstehe nicht, was das mit ihr zu tun hat.«

»In ihren Augen sind Menschen wie Shabah gefährliche Parasiten, die beseitigt werden müssen. Wenn sie wüsste, dass Qamar homosexuell ist, würde sie zur Polizei gehen und es melden. Das könnte unser Untergang sein.«

Dass sie Shabahs wahren Namen kennt, trifft mich mit der Wucht einer Abrissbirne. »Ich habe es niemandem erzählt. U-und ich bitte auch dich darum, es keinem zu verraten. Ich musste Shabah versprechen, ihr Geheimnis für mich zu behalten.«

»Natürlich, ich bin äußerst diskret vorgegangen. Außer dir und mir weiß niemand, dass Shabah eine Frau ist«, sagt Farah. »Ich habe immer gedacht, das Phantom ist bloß ein selbstverliebter Angeber, der es genießt, vor seiner schmachtenden Anhängerschaft den Unnahbaren zu spielen. Jetzt, wo ich weiß, welche Bürde sie trägt, werde ich meine schützende Hand über sie halten. Über euch beide.«

»Es gibt aber kein ›Euch beide‹.« Ich stehe auf und schlinge die Arme um meinen Oberkörper. Trotz der hohen Temperatur fröstele ich auf einmal. »Na ja, vielleicht hat es das kurz gegeben, aber das war, *bevor* ich herausgefunden habe, dass sie mich die ganze Zeit über angeschwindelt hat.«

»Hat sie denn versucht, dir weiszumachen, dass sie ein Junge ist?«, fragt Farah.

»Nein, n-nicht wirklich«, erwidere ich stockend.

»Du hast es also schlichtweg nicht gemerkt.«

Ich bestätige ihre Aussage mit einem vagen Achselzucken. Sie forscht weiter nach: »Hat sie sich dir in irgendeiner Weise aufgedrängt?«

»Nein.«

»Habt ihr euch geküsst?«

»J-ja.«

Ich höre, wie sie die Hände zusammenschlägt. »Wie war es?«

Beim Gedanken an Shabahs Lippen auf meinen durchrauscht mich eine wilde, in Flammen gewickelte Sehnsucht. »Schon irgendwie ...«

»Irgendwie?«

»Sehr«, sage ich.

»Was?«

»Genau.«

»Irgendwie sehr *was??!*«, ruft Farah voll entzückter Ungeduld.

»*SCHÖN!*«, rufe ich und drehe mich zu ihr um. »Der Kuss war unglaublich, unglaublich schön! Und leidenschaftlich! Und magisch! Und atemberaubend! Nein, *verstandraubend!!!*«

Sie runzelt die Stirn. »Dann verstehe ich dein Problem nicht.«

»Mein Problem ist, dass sie ein *Mädchen* ist!«

»Aus religiösen Gründen?«

Verdutzt schüttele ich den Kopf.

»Politischen?«

»Äh, nein«, krächze ich.

»Also, aus *unerfindlichen* und *dämlichen* Gründen.« Im nächsten Augenblick wirft sie mir den Leinenschwamm ins Gesicht.

»Hey!«, rufe ich und spucke Seife aus.

»Man verliebt sich in *Menschen*, Rea! Nicht in Geschlechter oder Hautfarben oder Nationalitäten oder Religionen. Das solltest du doch eigentlich wissen!« Sie atmet tief durch und schreitet zurück zur Steinplatte. »Leg dich zu mir, ich möchte dir etwas erzählen.«

Ich hebe abwehrend die Arme. »Danke, aber die Sache ist für mich erledigt. Qamar will nicht mit mir zusammen sein und ich will es auch nicht. Ende der Geschichte.«

Farah lässt sich nicht beirren und beginnt in einem orakelhaften Tonfall: »Als ich so alt war wie du, also vor etwa drei Jahren, war mein ganzes Leben bereits vorgezeichnet. Nicht von mir, sondern von meinem Vater. Jeden Tag erdrückte er mich mit bedeutungslosen Aufgaben, Verwandtschaftsbesuchen, gesellschaftlichen Anlässen. Ich hatte keine einzige Minute für mich allein, für meine Träume, meine Wünsche. Jede Form von Gedankenbildung, Autonomie, jeder sich regende Widerstand in mir wurde sofort im Keim erstickt. Er zwang mich in eine vorgefertigte Schablone, bannte mich in einen Zustand existenzieller Verlorenheit. Und ich glaubte, das sei meine ganze Welt; die einzige zulässige Daseinsform einer Frau. Doch dann traf ich die Accelerate-Frauen. Sie waren das unvorhersehbare Wunder in meinem Leben – und meine Retterinnen. Durch sie begriff ich, dass ich eine Gefangene war, dass meine vermeintlichen Verbündeten in Wirklichkeit meine größten Feinde waren und dass ich ausbrechen musste, solange ich noch konnte. Ich beschloss, mich nie wieder bevormunden zu lassen, von niemandem. Nour stellte mir Adel vor, einen Mann, der über genug Geld verfügte, um eine ganze Stadt darin zu ertränken. Er wollte weder meinen Körper noch meinen Besitz – er wollte nur eins, nämlich eine legitime, rechtmäßige Verbindung, die ihm erlaubte, weiterhin er selbst zu sein. Wir gaben unsere Verlobung bekannt und versprachen einander, von nun an das Alibi des anderen zu sein, damit jeder den eignen Bestrebungen nachgehen konnte. Mein Vater tobte vor Wut. Er bedrohte mich, und als seine Worte keine Wirkung zeigten, sperrte er mich ein. Die Accelerate-Frauen taten den letzten Schritt. Sie schickten meinen Vater fort und schenkten mir mein neues Leben – ein Leben voller Möglichkeiten. Ihnen habe ich meine wahre Geburt zu verdanken.«

Ich stehe wie angewurzelt da, sprachlos und zutiefst berührt.

»Nun fragst du dich sicher, was ich dir damit sagen möchte.« Sie sieht mich lächelnd an. »Du kannst dein Leben nach deinen eigenen Vorstellungen gestalten, frei entscheiden, wer du sein und wen du lieben möchtest. Du hast die Chance, die Dinge selbst in die Hand zu nehmen und zu lenken. So vielen Menschen auf dieser Welt ist dieses Privileg verwehrt. Baue dir nicht deinen eigenen Käfig, Diplomatentochter. Verrate nicht die eine Sache, um die Frauen wie ich so erbittert kämpfen müssen.« Sie streckt mir die Hand entgegen. »Sei mutig! Lebe und liebe wie ein Sturm!«

»Ich verstehe dich, a-aber ...« Kurz halte ich inne, ehe es wie ein Wasserfall aus mir heraussprudelt: »Ich habe noch nie auch nur einen Gedanken daran verloren, bi zu sein. Das ist niemals ein Teil von mir gewesen. Und ich weiß einfach nicht, wie ich mit diesen neuen Empfindungen umgehen soll. Seit ein paar Tagen frage ich mich sogar, ob ich überhaupt jemals *hetero* gewesen bin! Zu meinem damaligen Freund habe ich mich jedenfalls nie richtig hingezogen gefühlt. Also, nicht so wie bei ... *Argh*!« Ich raufe mir die Haare. »Ich meine, bin ich plötzlich *lesbisch*? Oder bin ich es möglicherweise schon mein ganzes Leben lang gewesen, nur eben völlig« – ich suche nach dem richtigen Wort – »*ahnungslos*? Ich meine, ich kann mich doch unmöglich so schlecht kennen, oder?« Ich seufze verzweifelt. »Wieso ist das alles so verdammt kompliziert!«

»Rea«, Farah schmunzelt gelassen, »hast du vor, ein Nachschlagewerk zu schreiben?«

»Hä?«

»Oder eine psychologische Abhandlung?«

Ich blinzle verdattert. »N-nein, wieso?«

»Weil du dich gerade hoffnungslos verzettelst und das Wesentliche dabei völlig aus den Augen verlierst«, antwortet sie.

»Und das wäre?«

Sie runzelt die Stirn. »Muss ich mich wiederholen?«

»Man verliebt sich in *Menschen*«, murmele ich.

»Ganz genau«, bestätigt sie. »Alles andere sind nur Worte. Begriffe. Labels. Sie sind erst mal nicht wichtig. Mit der Zeit wird sich alles fügen, Sinn ergeben. Aber jetzt« – sie macht eine bedeutungsträchtige Pause – »jetzt zählen nur deine Gefühle für Qamar.«

Ich setze mich neben Farah und merke, wie Tränen über meine Wangen laufen. »Leider bezweifle ich, dass Qamar mich wiedersehen möchte. Ich war schrecklich gemein zu ihr, und sie hat gesagt, dass sie mir in Zukunft aus dem Weg gehen wird.«

»Oder aber sie kann *auch* nicht aufhören, an dich zu denken, egal, wie sehr sie es auch versucht.« Farah streicht

mir zwinkernd eine Haarsträhne aus dem Gesicht. »Und wenn ihr euch begegnet, dann verspreche mir, diesen ganzen Lärm auszublenden und nur auf dein Herz zu hören.«
»Ich verspreche es.«
Anschließend erzähle ich ihr von dem Tag, an dem mir Qamar zum ersten Mal begegnet ist, von der Art, wie sie mich in den Armen gehalten und die Angst in meinem Körper zum Schmelzen gebracht hat. Ich berichte ihr von der Wüstennacht, Rami, unseren Gesprächen, den Sternen und unserem Kuss, der meine ganze Welt auf den Kopf gestellt hat. Ihr Duft, das Gefühl ihrer Haut an meiner, das sinnliche Drängen ihrer Lippen, die Sehnsucht in ihrem Blick, die tiefer reicht als der fernste Punkt des Apogalaktikums – all das teile ich mit Farah. Sie hört mir aufmerksam zu, lacht, seufzt und kichert – und für einen kurzen Moment glaube ich sogar, ein tief grollendes Schnurren zu hören.

Bald schon fühle ich mich vollkommen schwerelos, und ich stelle mir die Frage, ob da draußen womöglich wirklich etwas auf mich wartet, das ich nie habe kommen sehen. Seitdem ich in Katar wohne, hat die Welt so viele neue Farben und Schattierungen bekommen. Zum ersten Mal in meinem Leben schrumpft diese schmerzvolle Distanz zwischen mir und meinem Herzen. Ich spüre mich, das Glühen der Hoffnung und den Sturm in meiner Brust, der darauf wartet, entfesselt zu werden. Vielleicht hat Farah ja recht – vielleicht sind wir wilde, mächtige Göttinnen.

18.
My Girl

»Rea! Rea, wach auf!« Mamas Zahnpasta-Atem kitzelt meine Nase.

»W-was ist los?«, nuschele ich und reibe mir den Schlaf aus den Augen.

»Du musst dir das unbedingt ansehen!«

Die Stimme meiner Mutter ist mindestens zehn Oktaven zu hoch und ich verziehe gequält das Gesicht. »Autsch, nicht so laut!«

»Wir wollten gerade in die Arbeit fahren, da fällt uns auf, dass ein Briefumschlag auf der Fußmatte liegt! *Golden!* Mit *Sternchen*!!!« Sie stößt ein Geräusch aus, das nach ungestimmter Geige und Capybara-Schluckauf klingt.

»Wie spät ist es?«, brumme ich gähnend und ziehe die Decke über den Kopf.

»Halb sieben«, antwortet Mama und fährt voller Spannung fort: »Dein Vater öffnet den Briefumschlag – und stell dir vor! Es ist ein Autoschlüssel!«

Ich stöhne angestrengt. »Mein Wecker klingelt erst in einer Stunde!«

»Aber das ist noch nicht alles: Neben dem Schlüssel finden wir einen Zettel mit der verheißungsvollen Aufschrift *Front Door.*«

Ich könnte heulen, so verdammt müde bin ich.

»Wir nehmen also den Aufzug nach unten ... Die Aufzugtüren fahren auf ... Ich sage noch zu deinem Vater, dass sein Hosenstall offen ist«, erzählt Mama aufgeregt weiter.
»Wir gehen nach draußen und ... *BÄM!* Da steht es.«
»Steht *was?*«
Sie schüttelt entschieden den Kopf. »Das musst du mit eigenen Augen sehen!«
Fluchend stehe ich auf, binde meinen Morgenmantel um, den Mama schon für mich bereitgehalten hat, und schlüpfe in meine Pantoffeln.
Es ist Mittwoch – *Sportunterrichtstag* –, und vor lauter Aufregung konnte ich die ganze Nacht kaum schlafen. In Dauerschleife habe ich mir die Fragen gestellt, ob Qamar heute da sein wird oder ob sie wirklich die Klasse gewechselt hat.
Mama drückt auf den Aufzugknopf und tippelt ungeduldig mit den Füßen.
»Ich kann nicht glauben, dass du mich so früh geweckt hast«, grummele ich und presse meine Stirn gegen die Wand. »Wenn da nicht gleich ein geflügeltes Kamel steht, will ich entschädigt werden.«
»Kein Kamel mit Flügeln.« Mama reißt die Eingangstür auf und verkündet: »Dafür aber ein nigelnagelneuer Lamborghini.«
Mir klappt die Kinnlade herunter. Vor unserem Wohngebäude parkt ein blitzender Sportwagen, auf dessen Motorhaube eine rote XXL-Schleife haftet. Er ist *silbern* – Mamas Lieblingsfarbe.
»Unfassbar!«, keuche ich.
»Ich weiß, es ist völlig verrückt. *Katar-verrückt!*«
Mir fällt auf, dass Papa im Auto sitzt. »Was tut er da?«

»Hauptsächlich flennen wie ein Baby«, erwidert meine Mutter. »Ich habe ihn noch nie so glücklich gesehen. Nicht einmal auf unserer Hochzeit hat er so viel geweint. Bei deiner Geburt übrigens auch nicht.«

Ich kann mir ein Grinsen nicht verkneifen und trete an die Fahrertür. »Papa, ist alles in Ordnung?«

Er lässt die Fensterscheibe runter und schaut mit glitzernden Rehkitzaugen zu mir auf: »Ich bin verliebt, Re-Ra.«

»Das merke ich.«

Das Lenkrad ist feucht, und ich frage mich, was schuld daran ist – Tränen, Rotz oder ausfließender Speichel?

Mama stellt sich neben mich und klopft gegen die Tür. »Constant*iii*n, wir müssen jetzt wirklich los, sonst verspäten wir uns. Ich habe gleich ein Meeting.«

Sein Blick bekommt etwas Flehendes.

»Nein, wir nehmen unser *eigenes* Auto«, knurrt sie. »Den Lamborghini geben wir wieder zurück.«

Ein heiseres Winseln entweicht seiner Kehle.

»Hast du den Verstand verloren?« Sie zeigt ihm den Vogel. »Diese Kiste hat um die hunderttausend Euro gekostet!«

»Rea?«, fragt Papa, und der Ausdruck in seinem Gesicht ist herzzerreißend.

»Nix *Rea*!« Mama schiebt mich zur Seite. »Deine Tochter wird nach oben gehen und ihrer Freundin schreiben, dass wir zwar überaus dankbar sind, ein so teures Geschenk aber unmöglich annehmen dürfen.« Sie dreht sich kurz zu mir. »Hast du das zur Kenntnis genommen?«

»Dass du eine *Spielverderberin* bist?«, frage ich zurück.

»Hey, du bist doch auf meiner Seite, oder etwa nicht?«, ruft sie echauffiert.

»Bin ich, keine Sorge.« Ich mache eine beschwichtigende Handbewegung. »Aber ich finde, ihr solltet heute ausnahmsweise im Lamborghini zur Arbeit fahren. Oder besser noch: Nehmt euch den Tag frei und erkundet Doha zusammen – *im* Lamborghini!«

Meine Eltern tauschen versuchte Blicke aus.

»Das fände ich sehr schön, Carol*iii*n«, säuselt Papa – ein bisschen zu verführerisch für meinen Geschmack.

»Nun …« Mama spielt mit ihrem Pferdeschwanz. »Rein theoretisch ließe sich mein Meeting auch auf morgen verschieben.«

»Wir könnten uns unterwegs ein kleines Frühstück besorgen und zum Strand fahren. Vielleicht sehen wir sogar einen« – er quietscht wie ein verliebter Teenager – »DUGONG!«

»Okay, ich gehe wieder ins Bett«, murmele ich.

»Du kannst mitkommen«, bietet Mama mit schwärmerischer Stimme an. »Ich könnte Frau Nasir sagen, dass du dich erkältet hast. In den Sportunterricht musst du auch nicht, wenn du keine Lust hast.«

»Das Letzte, was ich möchte, ist meinen Eltern beim Dirty-Dugong-Talk zu lauschen! Außerdem« – eine kitzelnde Verlegenheit überkommt mich – »m-möchte ich zum Sportunterricht.«

Meine Mutter nickt anerkennend. »Das freut mich, Rea. Es war wirklich sehr aufmerksam von deiner Freundin, dass sie dich letzte Woche besucht hat, um nach dir zu sehen. Sie scheint sehr nett zu sein.« Sie neigt den Kopf. »Wie heißt sie noch mal?«

»Qamar«, hauche ich, und ein ganzer Schmetterlingsschwarm erwacht in meiner Magengrube zum Leben.

Papa hupt und wir beide zucken zusammen.

»Steig endlich ein, Baby!«

»*Ewwww* – Papa!«, schimpfe ich.

»Was?« Er zuckt unschuldig mit den Schultern. »Ich fühle mich wie ein Scheich – und Scheiche sind nun mal verwegene Draufgänger!«

»*Unwiderstehliche* Draufgänger!«, zwitschert Mama und steigt unkontrolliert giggelnd ein.

Brüllend erwacht der Lamborghini zum Leben.

»Aber vergiss nicht, Farah zu schreiben! Der Sportwagen muss noch heute Abend zurü-*huuuuuuiiiiiiii*…«

Papa düst los und ich winke ihnen lachend hinterher.

∪

Ich bin die Erste in der Turnhalle – glühend und bebend vor Nervosität. Alles kommt mir so surreal vor; hier zu stehen und voller Sehnsucht auf den einen Menschen zu warten, vor dem ich jüngst noch schreiend davonlaufen wollte. Auf Shabah, der kein Junge ist, sondern ein Mädchen. Ein Mädchen, das Autos auf zwei Rädern fährt, küsst wie ein Gott und cooler ist als jeder Mensch, der mir je begegnet ist. Ein Mädchen, das mir nicht mehr aus dem Kopf geht.

Die ersten Schülerinnen treffen ein und begrüßen mich freundlich. Sie erkundigen sich nach meinem Befinden und begutachten den Bluterguss in meinem Gesicht, von dem nur mehr ein violetter Schimmer übrig ist. Meine Antworten sind abgehackt, mehr gebrabbelt als gesprochen, und jedes Mal, wenn meine Sicht auf den Eingangsbereich versperrt wird, erfasst mich eine hektische Unruhe.

Die Halle füllt sich – und mittlerweile glaube ich, mich gleich übergeben zu müssen. Mein Puls dröhnt, mein

Mund ist staubtrocken und beim Schlucken schnürt sich meine Kehle unangenehm zu.

Bestimmt habe ich mir schon um die hundert Sätze im Kopf zurechtgelegt, mit denen ich ein Gespräch einleiten könnte. Ausschweifende Reden über das Kuriosum, das sich Liebe nennt, und den rätselhaften Eigensinn von Gefühlen. Dinge, die ich ihr sagen möchte, wenn ich mich dafür entschuldige, so grob und unsensibel gewesen zu sein. Sogar vor dem Spiegel habe ich geübt, wieder und wieder, während ich darüber gestaunt habe, wie verändert ich wirke. Vielleicht ist Farahs zauberisches Dampfbad der Auslöser für meine Metamorphose gewesen, vielleicht aber auch die Tatsache, dass ich nie zuvor etwas derart Intensives für jemanden empfunden habe; ein Gefühl, so bedeutungsvoll und neu, dass ich es noch nicht einmal benennen kann.

Unsere Sportlehrerin schneit herein – was bedeutet, dass der Unterricht vor circa fünfzehn Minuten begonnen hat (Frau Al-Muhannadi ist eine notorische Zuspätkommerin).

»Ich bin in dich verliebt, und das, seitdem wir uns auf dem Souq begegnet sind. Vom ersten Augenblick an wusste ich, dass ich dich will. Dass ich mit dir zusammen sein möchte.« Dies sind Qamars Worte gewesen – bevor sie die schockierende Aussage getroffen hat, dass ihre Empfindungen für mich eine *Sünde* seien. In meinem Hals bildet sich ein Kloß. *Ich hoffe so sehr, dass sie uns noch eine Chance gibt. Und noch mehr hoffe ich, dass ich den Mut aufbringen werde, ihr meine Gefühle zu offenbaren. Denn Farah hat recht: Man verliebt sich in* Menschen. *Alles andere werde ich mit der Zeit ergründen.*

Unsere Lehrerin fordert uns auf, im Kreis zu laufen, und als ich mich nicht rühre, bläst sie mahnend in die Trillerpfeife. Meine Bewegungen sind völlig unkoordiniert, und ich stoße so oft mit meinen Mitschülerinnen zusammen, dass sie bald einen großen Bogen um mich machen.

Zehn Minuten später ist Qamar immer noch nicht aufgetaucht und meine anfängliche Sorge über ihr Nichterscheinen verwandelt sich langsam in beißende Panik.

Hat sie wirklich die Klasse gewechselt?

Die Anweisung, für die nächste Aufwärmübung Paare zu bilden, bekomme ich nur am Rande mit. Auch das anschließende Trillerpfeifenarmageddon geht beinahe komplett an mir vorbei, denn plötzlich bewegt sich die Türklinke nach unten.

Mein Herzschlag setzt aus.

Die Welt schaltet auf Zeitlupe.

Bitte, bitte, bitte ...

Qamar betritt die Turnhalle – und die Erleichterung, die mich in diesem Moment durchpeitscht, ist so ultimativ, so überwältigend, dass ich laut losschreien könnte.

Sie bleibt stehen, knetet ihre kurzen Haare und schaut sich suchend um. Dann findet sie mich – ihr Blick ist aufgewühlt und fragend zugleich.

Mit zitternden Lippen lächle ich ihr zu – versuche, dadurch zum Ausdruck zu bringen, wie viel es mir bedeutet, sie zu sehen.

Und plötzlich verändert sich *alles*: Sie erwidert mein Lächeln, und in ihren Augen erstrahlt ein Leuchten, das mir schlichtweg den Atem raubt.

Doch unsere Sportlehrerin lässt sich nicht länger ignorieren. Zeternd stampft sie auf Qamar zu und macht scheuchende Handbewegungen. Als ich endlich begreife, was sie von uns will, erhitzen sich meine Wangen gefährlich. Die Schülerinnen haben sich auf Matten begeben und machen Sit-up-Übungen, wobei immer eines der Mädchen auf den Füßen des anderen sitzt.

Das Lächeln in Qamars Gesicht verwandelt sich in ein schalkhaftes Schmunzeln. Sie schlendert zur einzigen Matte, die noch frei ist, legt sich hin und winkelt die Beine an. Dann verschränkt sie die Arme hinter dem Kopf und betrachtet mich mit einer Miene, die meinen ganzen Körper zum Kribbeln bringt.

»Rea, los!« Frau Al-Muhannadi stöhnt angestrengt. »Jetzt mach doch endlich, Kind!«

Heftige Verlegenheit brandet in mir auf, während ich mikroskopisch kleine Schritte in Qamars Richtung mache.

Was soll ich bloß zu ihr sagen?!

Farahs Worte schießen durch mein Gedächtnis: *Höre nur auf dein Herz.*

Wie elektrisiert setze ich mich vor Qamar und lasse meinen Blick über ihren Körper wandern. Sie trägt ein weißes, hochgekrempeltes Kapuzenshirt und dunkelgraue Trackpants. Während ich noch überlege, was ich als Nächstes tun soll, schnellt sie zu mir vor und kommt mir *so unglaublich nahe*, dass ich sicher bin, gleich von ihr geküsst zu werden.

Doch stattdessen verharrt sie ein paar Sekunden lang mit ihrem Mund vor meinem, ehe sie sich wieder auf den Boden absenkt und hörbar ausatmet.

Innerlich kreische ich. Nein, ich brenne! Explodiere! Und setze jedes Atom in Flammen!

Erneut bäumt sich ihr Oberkörper zu mir auf – und als

uns nur noch ein dünner Luftfaden voneinander trennt, grinst sie mich verschmitzt an.

Oh. Mein. Gott.

Abermals gleitet sie zurück, nur um sich mit neuem Schwung hochzustemmen. Diesmal verweilt sie in dieser Stellung, positioniert die Hände rechts und links von mir und blickt mir tief in die Augen. Etwas Sinnliches umspielt ihre Lippen, die sich nun leicht öffnen. Ihre Pupillen weiten sich. Ich spüre ihren Atem, die Sehnsucht, die sich unbeherrscht und betörend zwischen uns aufwallt.

»Wechseln!« Frau Al-Muhannadi bläst in die Trillerpfeife – und weil wir uns beide nicht regen, kräht sie noch einmal: »WECHSELN!«

Mittlerweile bin ich davon überzeugt, dass jeder Mensch in ganz Doha das Überschallpumpen meines Herzens hören kann. Ungeschickt lege ich mich hin – meine Finger hinterlassen feuchte Linien auf der Matte – und hoffe, dass Qamar nicht merkt, wie hibbelig ich bin. Sie verlagert ihr Gewicht auf meine Füße und umfasst meine Knöchel.

Eine berauschende Wärme geht von ihrer Berührung aus, durchströmt meine Venen wie süßer, sinnbetäubender Rauch. Ich falte die Hände im Nacken zusammen und setze zu meinem ersten Sit-up an – da entweicht mir ein verblüfftes Keuchen. Die Knochen in meinem Körper sind so butterweich, dass es mir nicht gelingt, mich vom Boden hochzuheben. Ganz offensichtlich bestehe ich nur noch aus krispelnder Zuckerwatte.

Ich höre, wie Qamar leise lacht.

Dann beugt sie sich über mich, schließt die Arme um meinen Rücken und zieht mich zu sich hoch.

Die Linien ihres Halses, ihr Schlüsselbein, ihre Haut,

die geschmeidige Regung ihrer Muskeln, ihr Duft – ich kann einfach nicht glauben, wie sehr mein ganzes Wesen danach verlangt, ihr nahe zu sein. *Näher, noch viel, viel näher als jetzt ...*

Es ist unsere Sportlehrerin, die uns aus unserer fiebrigen Trance reißt: »Qamar! Qamar! Komm her und hilf mir beim Aufbau!«

Qamar rückt so abrupt von mir weg, dass ich beinahe wieder nach hinten kippe. Beklommen schaue ich ihr hinterher, als sie zum Geräteraum läuft oder eher *flüchtet* – denn so kommt es mir vor. Und weil ich mich unweigerlich frage, ob ich gerade etwas falsch gemacht habe, verwandelt sich meine Perplexität in Verunsicherung und meine Verunsicherung in Scham. Ich rappele mich auf und schließe mich einer Gruppe von Mitschülerinnen an, in der Absicht, mich für den Rest der Stunde unsichtbar zu machen.

Auch Qamar wahrt Distanz, und am Ende des Unterrichts bin ich so verwirrt über ihre gemischten Signale, dass ich blitzschnell – und ohne noch einmal in ihre Richtung zu sehen – zu den Duschen eile.

Nachlässig werfe ich meine Sportsachen über den Wandhaken, streife meinen BH und meinen Slip ab und betrete eine der Kabinen. Sie sind blassgrau gekachelt, schmal und durch Sichtschutzwände voneinander abgetrennt.

Ich drehe das Wasser auf – und im selben Augenblick, in dem der Duschstrahl mein Gesicht berührt, spüre ich Qamars Anwesenheit. So deutlich, dass ein prickelnder Schauer meine Haut überzieht.

Langsam, ganz langsam drehe ich mich zu ihr um.

Da steht sie in ihrem Shirt, verschwitzt und unverschämt

verwegen. Sie sieht mich an, dann meinen nackten Körper, und ihr Blick lässt mein Allerinnerstes auflodern.

Ehe ich mich daran erinnern kann, zu atmen, stürmt sie auf mich zu und beginnt, mich zu küssen. Sie drückt mich gegen die Wand, küsst mich wild, küsst mich leidenschaftlich, küsst mich so hingebungsvoll, dass mir bald ein lustvolles Seufzen entfährt.

Schnell dreht sie das Wasser voll auf, damit uns das laute, dampfende Rauschen ganz einhüllt, und küsst mich weiter. Ein Feuerwerk sinnlichster Empfindungen durchrauscht mich, und auf einmal verspüre ich ein solches Drängen, ein solches Begehren, dass ich fürchte, gleich das Bewusstsein zu verlieren. Ich packe sie an ihrer Kleidung und ziehe sie enger an mich heran. Atme heiß in ihre Haare und falte die Arme über meinem Kopf zusammen.

Sie küsst meinen Hals – unbeherrscht und feurig – und ihre Hand wandert hinab zu meiner Brust. Kurz nur, dann zügelt sie sich mit einem beinahe schmerzerfüllten Keuchen und krallt sich an den Kachelfugen fest.

Plötzlich sind die Stimmen mehrerer Schülerinnen zu vernehmen und wir beide horchen auf.

Mit unerwarteter Inbrunst presst Qamar ihre Lippen ein letztes Mal auf meine und flüstert: »Triff mich bei meinem Auto.«

Dann entfernt sie sich von mir und verschwindet in den aufsteigenden Dampfschwaden – wie ein Phantom.

∪

»Ich mach noch was mit Qamar, ok?«, texte ich in unseren Familienchat.

Mama antwortet mit einem Daumen-hoch und einem

Selfie von sich und Papa vor dem silbernen Lamborghini. Ich leite die Nachricht an Abbas weiter und er schickt zwei Herzen und ein kicherndes Affen-Emoji.

Entschlossen verlasse ich die Umkleidekabine. Ich habe wieder meine normalen Klamotten an: ein bodenlanges Kleid mit Blumen-Print und Chucks. Auch das Kufiya-Tuch habe ich mir eilig um die Schultern gewickelt. Meine Haare sind noch nass – und auch sonst fühle ich mich roh und wirr und völlig eingenommen von den Dingen, die gerade verwirrt, sind.

Ich laufe über den Parkplatz und suche nach Qamars Auto. Mein Blick flirrt vor Aufregung, mein ganzer Körper vibriert, so rasend schnell geht mein Herzschlag.

Der BMW steht recht versteckt in der äußersten Reihe – derselbe BMW, der in der Wüste haarsträubende Stunts gefahren ist, von einem Mädchen, das sich Shabah nennt und von sämtlichen Frauen der nördlichen Hemisphäre angehimmelt wird. Mein Mund verzeiht sich zu einem Grinsen. *Das Leben ist schon verrückt; ein wunderschönes, kurioses und leicht beschwipstes Wunder.*

Qamar wartet bereits im Auto – als ich jedoch nach dem Türgriff lange, erstarre ich. Sie trägt ihren Hijab und dazu eine schwarze Abaya.

Hab. Jetzt. Mut. Rea!

Mit extra viel Schwung öffne ich die Beifahrertür und setze mich neben sie. Einen Augenblick lang wirkt sie überrascht, dann schenkt sie mir ein glückliches Lächeln und dreht den Zündschlüssel um.

Wir reden nicht, sondern hören Musik – schwerelose Indie-Gitarren und unpolierten Grunge –, und als wir das Stadtzentrum hinter uns lassen, entspannt sich Qamar merklich. Sie öffnet die Fenster, stützt lässig den Arm auf und beginnt, einhändig zu fahren.

Da ist er wieder: *Shabah*. Ihre Bewegungen, die Art, wie sie das Lenkrad festhält, ihre kühne Präsenz, das leicht Forsche – Qamar und Shabah verschwimmen miteinander, werden langsam zu ein und derselben Person.

Trotzdem schießen mir hundert Fragen durch den Kopf: *Fühlt sich Qamar mehr als Junge oder Mädchen? Würde sie ihr Geschlecht ändern, wenn sie die Möglichkeit dazu hätte? Gibt es in Katar überhaupt Transmenschen?*

Oder hat das nichts mit ihrem Körper zu tun, sondern mit ihrer Religion? Gilt es als Sünde, jemanden zu lieben, nur weil er oder sie oder they dasselbe Geschlecht hat?

Glaubt Qamar an Himmel und Hölle?

Ist es wirklich so gefährlich, in einem Land, das derart modern ist wie Katar, queer zu sein?

Mein Blick schweift über bunte Sonnenschirme und wehende Palmen.

Und was bedeutet das eigentlich alles für mich?

Zehn Minuten später parkt Qamar auf einem verlassenen, berückend schönen Sandstrand. Ich steige aus dem Auto und betrachte die unermessliche Schönheit des Persischen Golfs. Das Wasser ist türkis und kristallklar, die Wellen zart und rhythmisch, als würde der Meeresgrund unter ihnen atmen. Der Sonnenuntergang malt pastellrosa Linien in das idyllische Glänzen, die Gischt flimmert wie ein fluoreszierender Zauber. Auf der anderen Seite des Binnenmeers liegt der Iran, Sepidehs Heimat.

Hinter mir schlägt Qamar die Autotür zu. Ich drehe mich um und beobachte, wie sie auf der Motorhaube Platz nimmt. Sie hat ihre Überkleidung abgelegt, auch ihr Kopftuch, und trägt nun eine schwarze Stoffhose und ein lockeres T-Shirt mit abgewetztem Nirvana-Print. Ihre Haare sind noch feucht und die zerzausten Wellen schimmern nachtblau.

Ich gehe auf sie zu – zu schüchtern, um sie direkt anzusehen – und klettere auf das Auto. Beziehungsweise ich *klatsche* frontal gegen die Motorhaube und rutsche mit einem peinlichen Quietschen ab. Qamar hilft mir und gleich darauf blicken wir gemeinsam auf das leuchtende, traumgleiche Blau hinaus.

Sie lehnt sich an mich.

Wassertropfen fallen aus ihren Strähnen, ziehen zuckende Linien über ihr Gesicht und sammeln sich im Schwung ihrer Lippen. *Ihre Lippen.* Ich denke daran, was sie unter der Dusche mit mir gemacht hat, und erbebe. *Hundertprozentig küsst keiner auf diesem Planeten besser als sie.*

Sie bemerkt, dass ich sie anstarre, und setzt ein freches, unwiderstehliches Grinsen auf. Und weil ich auf einmal *alles* fühle – Sehnsucht, Lust, Begehren, Euphorie und wallende, Funken sprühende Verliebtheit –, beschließe ich, das Schweigen zu brechen, in der Hoffnung, dass ein paar gesittete Worte das heiße Brodeln in mir abkühlen. »Dongs«, röchle ich.

Sie blinzelt verwundert.

»D-Dugonge«, versuche ich es noch mal und komme dabei völlig durcheinander. »D-D-Dujiongseee.«

»*Dijon?*«, fragt sie verwirrt und ein heiseres Lachen sprudelt aus ihrer Kehle. »Du willst französischen *Senf?*«

»Nein«, krächze ich und zeige mit hochrotem Kopf auf das Wasser. »Duschwon!« – ich spitze meine Ellbogen zu

Flossen und gebe einen unappetitlich reihernden Laut von mir – »Du weißt schon! Dingsa-Dongse! DINGDONGS!«
Sie bricht in schallendes Gelächter aus. »Du meinst Manatis? *Seekühe?*«
»Ja«, fiepe ich und könnte vor Scham im Erdboden versinken. »Die leben hier in Katar. A-also, im Meer.«
Im nächsten Moment schlingt Qamar den Arm um mich und zieht mich fest an sich. Dann sagt sie mehrmals hintereinander dieselben arabischen Worte – und ich fühle mich so geborgen, wie noch nie zuvor in meinem Leben.
»Was bedeutet das?«, wispere ich. »*Kleines Gespenst?*«
»Nein«, sagt sie bedeutungsvoll.
»Was dann?«
Sie übersetzt die Worte ins Englische: »*You are my girl.*«
»Ich bin unendlich froh, dass du nicht die Sportklasse gewechselt hast«, hauche ich in ihre duftende Wärme hinein.
»Wieso?«, fragt sie – dabei kann ich spüren, wie sie lächelt.
»Ich glaube, du weißt, wieso«, entgegne ich leise.
Qamars Griff um mich wird fester. »Und ich bin unendlich froh darüber, dass ich nicht die Willenskraft hatte, dir aus dem Weg zu gehen.«
Das Glück in meiner Brust schwillt an. »Wieso?«
»Ich glaube, du weißt, wieso.«

19.
Vampirjägergehilfin

Wir sitzen noch immer eng aneinandergeschmiegt auf dem Dach des BMWs, als ein Auto die angrenzende Straße entlangfährt.

Sofort nimmt Qamar den Arm von meiner Schulter.

»Ist es nicht normal, dass sich Frauen in Katar umarmen?«, frage ich vorsichtig. »Ich kann mir nicht vorstellen, dass jemand deshalb Verdacht schöpft.«

»Nein, aber die Leute werden denken, dass ich ein *Junge* bin, und das kann Ärger geben. Vergleichsweise harmlosen Ärger, aber dennoch Ärger«, erwidert Qamar.

»Das ist alles fürchterlich kompliziert«, seufze ich.

Sie zuckt mit den Achseln. »Es ist eben unsere Kultur. Der Austausch von Zärtlichkeiten gehört in den privaten Raum.«

»Oder unter öffentliche Duschen«, ergänze ich und erröte leicht.

»Es ... Es tut mir leid. Ich bin unvorsichtig gewesen.«

»Ich hatte damit kein Problem.«

Ihr Blick senkt sich auf meine Lippen und eine unwiderstehliche Dunkelheit flackert in ihr auf. Doch dann atmet sie hörbar ein und zieht den Kopf zurück. »Von nun an müssen wir uns an gewisse Regeln halten, damit wir zusammen sein können.«

Mein Herz macht einen Satz. »Du willst mit mir zusammen sein?«
»Mehr als alles andere«, antwortet sie. »Es sei denn, d-du hast schon einen Freund.«
Ihre plötzliche Unsicherheit ist so hinreißend, dass ich nicht anders kann: »Tatsächlich gibt es da einen Mann in meinem Leben.«
»Wen?«, fragt sie erschrocken.
»Aragorn.«
»Wie bitte?«
»Arathorns Sohn.«
Sie runzelt die Stirn.
»Frodo? Gollum? Sauron?«, versuche ich es weiter. »Noch nie von ihnen gehört?«
Trotzig verschränkt sie die Arme vor der Brust. »Redest du schon wieder von *Seekühen*?«
»Nein, das sind Charaktere aus meinen Lieblingsbüchern.«
»Aha.«
»Ich will *auch* mit dir zusammen sein!«, rufe ich voller Inbrunst.
Qamar lächelt, doch schon unterwandert Schmerz ihre Züge. »Es tut mir leid, dass ich mein Versprechen von jener Nacht in der Wüste gebrochen habe. Ich konnte mir einfach nicht vorstellen, dass du mich noch willst, wenn du die Wahrheit herausfindest. Ich dachte, indem ich mich von dir fernhalte, erspare ich uns so viel Leid. Wenn wir uns nur in unseren Träumen begegnen, kann uns niemand etwas anhaben. Ich wollte so sehr, dass es reicht. Dass eine Einsamkeit, die deinen Abdruck trägt, mir genug gibt, um der Versuchung zu widerstehen.« Sie schüttelt den Kopf. »Aber

ich habe es nicht mehr ausgehalten. Ich musste dich einfach wiedersehen. Ich ertrage es nicht länger, zu ignorieren, wer ich bin. Auch wenn ich noch nicht weiß, was das bedeutet.«

»Ich kann dir sagen, was es garantiert *nicht* bedeutet, nämlich dass du in irgendeiner Weise *schlecht* bist. Oder die mangelhafte Version von etwas«, wende ich ein. »Du hast letztens schreckliche Dinge gesagt, die nicht wahr sind. Und ich entschuldige mich dafür, so unsensibel gewesen zu sein. Mit meiner Reaktion habe ich die Situation nur noch schlimmer gemacht.«

»Ich wäre an deiner Stelle auch überfordert gewesen«, sagt Qamar verständnisvoll.

»Darf ich ehrlich sein?«

Sie nickt.

»I-ich bin immer noch überfordert.« Mein Stottern artet in ein hektisches Haspeln aus. »Es ist alles so ... so neu für mich. Ich meine, ich will auf keinen Fall etwas falsch machen. Dinge sagen, die unangemessen oder verletzend sind.«

Ihr Blick wird seidenweich. »Du kannst überhaupt nichts falsch machen, kleines Gespenst. Sei einfach ganz du selbst.« Sie legt ihre Hand auf meine. »Ich bin dein. Und den Rest finden wir gemeinsam heraus.«

»Ich war noch nie mit einem Mädchen zusammen«, bricht es aus mir hervor.

»Das habe ich mir fast gedacht.«

»Oh.« Beschämt presse ich die Lippen zusammen.

»So habe ich es nicht gemeint«, berichtigt sie. »Bestimmt hast du unzählige Verehrer.«

»Ich hatte erst einen Freund, falls du darauf hinausmöchtest.«

Sie schnaubt hörbar. »Und ich werde dafür sorgen, dass du ihn ganz schnell wieder vergisst.«

In meiner Magengrube kribbelt es. »Hattest du schon mal einen Freund?«

Ein verdutztes Lachen bricht aus ihr heraus. »Nein.«

Die nächste Frage flüstere ich: »Und eine *Freundin*?«

»Es fällt mir schwer, über diese Dinge zu sprechen.« Qamar wuschelt sich durch die Haare.

»Du musst nicht«, sage ich.

»Doch.« Sie zögert kurz. »Ich habe ein paar Erfahrungen gesammelt mit fünfzehn, sechzehn, aber in einer richtigen Beziehung bin ich noch nie gewesen. Zugegeben habe ich die meiste Zeit damit verbracht, gegen meine Neigung *anzukämpfen*, nicht, sie auszuleben. Außerdem ist die Stadt, aus der ich komme, klein und die Gemeinde sehr konservativ. Ich wollte meine Eltern und meine beiden Schwestern nicht in Gefahr bringen. Wenn man uns erwischt, sind es niemals nur wir, die bestraft werden. Es sind immer auch unsere Familien, die den grässlichen Schikanen ausgesetzt sind.«

»Wissen deine Eltern überhaupt, dass du lesbisch bist?«

Es ist unschwer, zu erkennen, wie sehr sie der Begriff *lesbisch* aus dem Konzept bringt. »Mein Vater ist der Einzige, dem ich es erzählt habe. Wir haben uns immer sehr nahegestanden. Er hat mir gezeigt, wie man boxt, Fußball spielt, mit Gewichten trainiert. Als Kind wollte ich mich ständig mit den Jungs aus der Nachbarschaft messen, ihnen beweisen, dass Mädchen genauso stark sind wie sie. Mein Vater ist stolz darauf gewesen. Wir haben viel Sport zusammen gemacht, das habe ich geliebt. Und schließlich hat er mir das Autofahren beigebracht, früh schon, mit dreizehn. Das hat mein Leben verändert. Beim Fahren ist der ganze Hintergrundlärm nämlich nicht mehr von Bedeutung.« Sie seufzt schwermütig. »Von meinem Vater habe ich auch meine ersten Stunts gelernt, sehr zum Leidwesen meiner Mutter. Einmal hat er mich zur Seite genommen und gesagt, dass ich seine Lieblingstochter sei, weil ich so anders bin, so rebellisch. Unser Land brauche mehr Frauen wie mich, Frauen, die mutig sind und ihren Kopf durchsetzen. Ein paar Monate später, als ich siebzehn wurde, habe ich ihm schließlich gebeichtet, dass ich auf Mädchen stehe.« Sie schluckt schwer, und ich merke, wie viel Überwindung es sie kostet, weiterzureden. »Ich habe meinen Vater vor diesem Tag noch nie weinen gesehen. Er hat sich schreckliche Vorwürfe gemacht. Hat behauptet, er trage die Schuld daran. Dass die Art, wie er mich großgezogen hat, für meine Abtrünnigkeit verantwortlich sei. Er hat mich angefleht, zur Vernunft zu kommen, den rechten Weg einzuschlagen. *Deine Liebe zu Gott muss größer sein als eine Liebe, die dich ins Verderben stürzt.* Seine Worte haben mir das Herz gebrochen.« Sie ringt mit der Fassung und setzt mit hohler Stimme fort: »Wir haben danach nie wieder über die Sache gesprochen, trotzdem war ich für ihn nicht länger die *mutige* Tochter, sondern die Tochter, die gerettet werden musste. An meinem achtzehnten Geburtstag hat er mich gebeten, von zu Hause fortzugehen. Er hat es nicht getan, um mich loszuwerden, sondern weil er verhindern wollte, mich für immer zu verlieren. Ich glaube, ihm ist klar gewesen, dass ich es keine Sekunde länger in diesem Lügenkäfig ausgehalten hätte.« Sie lauscht den Wellen. »Seit Rami und ich in Doha wohnen, ist vieles besser geworden. Ich kann wieder atmen. Keiner kennt mich hier – und wenn mir danach ist, werde ich zu Shabah. Dann fühle ich mich frei. Eingelassen habe ich mich dennoch nie wieder auf jemanden. Und ich hatte es auch nicht vor – bis *du* mir begegnet bist.«

»Es tut mir unendlich leid«, hauche ich.

»Das braucht es nicht.« Sie macht eine abwinkende Handbewegung. »Es ist meine Wahl gewesen und ich muss mit den Konsequenzen leben.«

»Blödsinn.« Ich merke, wie sich Tränen in meine Augen schleichen. »Du kannst nichts dafür, dass du so bist, wie du bist. Sexualität ist etwas Fluides, ein Spektrum. Alles ist erlaubt, solange niemand zu Schaden kommt. Und dass sich zwei Frauen oder zwei Männer lieben, hat in der gesamten Geschichte der Menschheit noch keinem ein Haar gekrümmt.«

Was ich gerade gesagt habe, scheint sie zu irritieren, und was sie als Nächstes sagt, verwirrt wiederum mich: »Man hat immer eine Wahl. Man kann sich jeden Tag dazu entscheiden, Gottes Willen zu befolgen.«

»*Gottes Wille* ist doch nur eine Frage der Auslegung.«

»Allah ist für mich keine Frage der Auslegung!« Sie springt vom Auto und zischt: »Regel Nummer eins, wir reden nicht über Religion!«

»Nein«, entgegne ich energisch. »Regel Nummer eins, wir reden über *alles* – auch wenn es schwierig ist. Vielleicht nicht heute, vielleicht nicht morgen, aber irgendwann.«

»M-meinetwegen«, krächzt sie perplex.

»Regel Nummer zwei, du hörst auf, diese furchtbaren Ausdrücke zu verwenden, wenn du über deine« – ich forme meine Finger zu Anführungszeichen – »*Neigung* sprichst.

Dadurch beleidigst du nämlich auch das, was *wir* haben. Und das willst du doch nicht, oder?«

»Natürlich nicht.«

»Gut.« Ich verschränke die Arme vor der Brust. »Und ja, ich *weiß*, Regel Nummer drei lautet, dass wir uns in der Öffentlichkeit nicht berühren dürfen.«

»Hmm.« Sie bohrt ihre Schuhspitze in den Sand. »Du hast die wichtigste Regel vergessen.«

»Ich bin ganz Ohr!«

»Du musst schon herkommen.«

Ich will protestieren, aber ihre Anziehungskraft ist zu groß und die Magie, mit der sie mein Herz befallen hat, zu mächtig. Grummelnd klettere ich von der Motorhaube – und sie schreitet mit einem herausfordernden Lächeln auf mich zu.

Ein verblüffter Aufschrei entfährt mir, denn in der nächsten Sekunde stellt sie mir ein Bein, schlingt die Arme um mich und lässt sich mit mir in den Sand fallen.

Dass ich auf einmal unter ihr liege, entfacht in mir ein betörendes Feuer. Sterne werden geboren, Sterne gehen unter – nichts kann sich mit der Gewaltigkeit dieses Augenblicks messen; mit dem Gefühl, das sie in mir auslöst, als sie mich küsst, unbändig und hingebungsvoll. Sie greift in meine Haare, nagelt mich unter sich fest – und ich ergebe mich ganz ihrer Sinnlichkeit und dem fiebernden Dursten ihrer Lippen.

»Das ist die wichtigste Regel«, keucht sie. »Nämlich, dass wir uns immer versöhnen. Und zwar *so*.« Sie küsst meinen Handrücken, die Innenseite meiner Unterarme, die Grube an meinem Schlüsselbein, meinen Hals ... Und ich bin sicher, vor Verlangen gleich den Verstand zu verlieren.

Doch kurz darauf ertönt erneut das Rauschen eines herannahenden Autos und Qamar rollt sich seufzend von mir ab.

Mir geht es genauso: Ich weiß nicht, wohin mit dem unbedingten, elektrisierenden, marternden Bedürfnis, sie *mehr* zu spüren, *ganz* zu spüren, so maßlos es nur geht.

»Alles okay, kleines Gespenst«, fragt sie, nachdem wir beide wieder zu Atem gekommen sind.

Mein Hirn ist Marshmallow-Grütze und ich grinse sie bloß glückstrunken an.

»Am besten, ich fahre dich jetzt nach Hause. Wenn Rami sein Abendessen nicht pünktlich bekommt, spielt er tagelang die beleidigte Leberwurst.«

Mein Lächeln gefriert.

»Und morgen sehen wir uns wieder«, fügt sie eilig hinzu. »Versprochen.«

»Ich habe bis spätnachmittags Theater. Wir studieren gerade *Dracula* ein.« Ich fummele am Zipfel meines Kufiya-Tuchs herum. »Wenn du willst, kannst du mich danach abholen.«

»Rami und ich werden da sein.« Sie salutiert im Liegen und dreht den Kopf zu mir. »Welche Rolle spielst du?«

»Äh, also …« Ich räuspere mich verlegen. »Ich bin eine Vampirjägerin.«

»Eine Vampirjägerin?« Ihre Augen blitzen gefährlich. »Das finde ich sexy.«

»Du hast mich erwischt!«, krächze ich heiser. »Ich spiele eine Vampirjäger*gehilfin*.«

Prustend lacht sie los.

»Hey!«, murre ich. »So übel sind Vampirjägergehilfinnen auch wieder nicht.«

»Ganz und gar nicht«, presst sie hicksend hervor. »Nein wirklich, kleines Gespenst, Vampirjäger*gehilfinnen* machen mich sogar noch mehr an.«

⌣

Als ich das Mondreich am nächsten Tag verlasse, entdecke ich Rami, den schneeweißen Saluki-Windhund, sofort. Er sitzt vor dem Eingang des Theatergebäudes und blickt mir mit aristokratischer, dramatisch tiefsinniger Miene entgegen. Dass der alleräußerste Teil seiner Schwanzspitze wedelt, ist das einzige Indiz dafür, dass er sich freut, mich zu sehen.

Ich gebe Amila eine Umarmung und trompete überschwänglich: »Bis bald! Ich schreibe dir!«

»Autsch! Jetzt bin ich taub«, ächzt sie und reibt sich die Ohren. »Hey, wohin gehst du? Re-Ra!?«

Ihre Stimme verblasst hinter dem Wummern meines Herzschlags.

»Hallo, Rami«, begrüße ich den Hund und tätschele seine schimmernde Stirn.

Er rümpft die Schnauze und wufft kokett.

»Oh, Verzeihung.« Ich mache einen Knicks. Feenhafte Schwanenhunde streichelt man nicht einfach so – man huldigt ihnen zuerst.

Der Saluki erhebt sich und stolziert in einem adretten Trabschritt voraus. Ich folge ihm – und die Vorfreude, die sich in mir zusammenballt, ist so groß, dass ich Luftsprünge machen könnte.

Qamar wartet in einer Nebenstraße auf mich, lässig an ihrem Auto lehnend. Sie trägt heute wieder das traditionelle arabische Herrengewand, um den Hals hat sie sich eine rot-weiß gemusterte Kufiya gebunden. Mit ihren klobigen schwarzen Schnürboots und den wilden Surfer-Haaren sieht sie wie immer unglaublich cool aus, wenngleich es mich ein wenig verunsichert, dass sie heute *Shabah* ist.

»Hi«, piepe ich schüchtern und bleibe vor ihr stehen.

Lächelnd deutet sie auf das Auto. »Steig ein, kleines Gespenst.«

Rami scheint ein großes Problem damit zu haben, auf der Rückbank sitzen zu müssen. Er jault so lange in der Tonlage eines elektrischen Glasbohrers, bis ich ihm erlaube, auf meinem Schoß Platz zu nehmen.

»Habt ihr es bequem?«, fragt Qamar amüsiert und biegt in die Hauptstraße ein.

Ich puste mir Ramis Löckchen aus dem Gesicht und antworte: »Abgesehen davon, dass sich seine Knochen wie Zahnstocher anfühlen, *ja*.«

»Wie war die Probe« – ihre Stimme wird rauchig – »Vampirjäger*gehilfin*?«

»Wir kommen gut voran«, entgegne ich. Dass ich Textpatzer gehabt habe, weil ich pausenlos an sie denken musste, verschweige ich ihr. »Übrigens ist Farah auch in der Theatergruppe. Bestimmt kennst du sie von den Wüstenpartys.«

Hinter uns wird lautstark gehupt.

»Natürlich kenne ich Farah. Jeder kennt sie«, erwidert Qamar. »Ich bin ein großer Bewunderer der Accelerate-Frauen, sie sind herausragende Stunt-Fahrerinnen. Allerdings habe ich nie mit ihnen geredet. Ich gehe nur dann auf Partys, wenn ich zum Duell herausgefordert werde.

Danach verschwinde ich wieder. Ich ziehe es vor, Menschenansammlungen zu meiden.«

Noch mehr Wagen hupen.

»Möchtest du sie irgendwann mal kennenlernen?«, frage ich eifrig. »Farah würde sich sicher freuen. Sie ist ein toller Mensch!«

»Ach ja?« Sie runzelt die Stirn. »Willst du mich etwa mit ihr verkuppeln?«

»Nein«, krächze ich.

Sie seufzt dunkel. »Hast du dich in sie verguckt?«

Ich verdrehe lachend die Augen. »Vielleicht. Aber *verliebt* bin ich in eine andere.«

»Ist das so?«

»Ja, sehr sogar.« Ich erröte. »O-okay, ich gebe zu, das hat ganz schön abgedroschen geklungen.«

Sie legt ihre Hand auf meinen Oberschenkel und drückt sanft zu. »Ich würde dir jetzt gerne zeigen, wie viel mir das bedeutet.«

Ihre Berührung erregt mich. »Dann ... zeig es mir.«

Sie setzt ein verruchtes Grinsen auf. »Das werde ich, wenn wir allein sind.«

»Wohin fahren wir eigentlich?«

Bevor sie darauf antworten kann, wird das Hupen so penetrant, dass es sich nicht länger ignorieren lässt.

In der nächsten Sekunde peitscht ein pinker Lamborghini an uns vorbei und lenkt so abrupt auf unsere Spur, das Qamar scharf bremsen muss.

»Das ist Farah!«, rufe ich überrascht – Rami kommentiert die Ereignisse mit einem rügenden Bellen.

»Versucht sie gerade, die Aufmerksamkeit der gesamten katarischen Verkehrspolizei auf sich zu ziehen?!«

»Nein«, antworte ich. »Ich glaube, nur *unsere*.«
Im selben Augenblick klingelt mein Handy.

Ich pule es aus meiner Hosentasche, und als ich den Namen auf dem Display sehe, frage ich verdattert: »Farah, was willst du?«

»Jetzt weiß ich, warum du heute so *abgelenkt* gewesen bist«, zwitschert sie am anderen Ende der Leitung. »Ich bin mächtig stolz auf dich, Diplomatentochter! Wobei, wenn sie wirklich so gut küsst, wie du behauptest, hätte wohl keiner der Versuchung widerstehen können …«

Schnell verringere ich die Gesprächslautstärke und räuspere mich verkrampft. »Gerade ist kein guter Zeitpunkt. Kann ich dich später zurückrufen?«

»Folgt mir in die Wüste!«

»Wie bitte?«

»Folgt mir in die Wüste – keine Widerrede!«

»Was ist los?«, fragt Qamar.

Ich drücke das Handy an meine Brust und flüstere: »Sie will, dass wir mit ihr in die Wüste fahren.«

»Wieso?«

»*Wieso?*«, rufe ich in den Hörer – aber Farah hat schon aufgelegt.

Aufgegeben hat sie jedoch noch lange nicht: Jedes Mal, wenn wir sie überholen möchten, drängt sie uns zurück, und wenn wir die Richtung ändern wollen, schneidet uns der pinke Lamborghini den Weg ab.

»Deine Freundin ist ganz schön hartnäckig.« Vergeblich versucht Qamar, Farah mit einem falschen Blinkzeichen abzuhängen. »Vertraust du ihr?«

»Ja«, antworte ich ohne Zögern.

Sie seufzt geschlagen. »Ich wollte sowieso in die Richtung, dann legen wir eben einen kleinen Zwischenstopp ein.«

∪

Den Ort, an den Farah uns führt, erkenne ich sofort wieder: Es ist derselbe Wüstenabschnitt, den die Accelerate-Frauen für ihre Zusammenkünfte nutzen. Als wir ein paar Meter hinter dem Lamborghini zum Stehen kommen, beschleicht mich ein eigenartiges Gefühl. *Warum zeigt sie Qamar den geheimen Treffpunkt ihrer Gruppe?*

Wir steigen aus. Farah steht bereits in gewohnter Power-Pose vor ihrem pinken Sportwagen und wartet auf uns. Kurz läuft Rami mit, doch dann wittert er etwas, das ihn zu beunruhigen scheint, und er huscht leise winselnd zurück zum BMW.

»Du hast es wirklich geschafft, ein Phantom einzufangen!«, ruft Farah und spendet Beifall. »Den *einen*, der nur Rauch ist. Vorstellung. Fantasie.« Sie lächelt gefährlich. »*Illusion.*«

»Hey, Farah«, sage ich in einem gepressten Tonfall. »Warum wolltest du uns sehen?«

Sie antwortet nicht, sondern mustert Qamar mit funkelnden Augen. »Es ist mir eine Ehre, dich endlich persönlich kennenzulernen, Shabah.« Mit einer Gemächlichkeit, die beinahe einschüchternd ist, schlendert sie auf uns zu. »Du bist der beste Stunt-Fahrer, der mir je begegnet ist.«

Qamar zieht die Schultern zurück und erwidert mit undurchsichtiger Miene: »Freut mich auch. Und ich bedanke mich für die schmeichelnden Worte, aber du musst mich mit jemandem verwechseln.«

»Ah, attraktiv *und* bescheiden.« Sie schnalzt mit der Zunge. »Gut gemacht, Diplomatentochter!«

Ich merke, wie ich rot anlaufe.

Farah steckt sich eine Zigarette an und hält Qamar die Schachtel hin.

»Nein, danke«, sagt sie und positioniert sich schützend vor mir.

»Ich kenne Rea noch nicht lange.« Die junge Araberin spricht in einer Melodie, die sich auch für ein großes Heldenepos eignen würde. »Aber sie bedeutet mir sehr viel.«

»Darum geht es also.« Abwehrend hebt Qamar die Hände. »Keine Sorge, ich werde sie nicht anrühren.«

»Oh, erspar mir die Heuchlerei! Von mir aus könnt ihr euch gegenseitig ins Delirium vögeln! Meinen Segen habt ihr.«

»Farah!«, zische ich empört.

Qamars Tonfall wird forscher: »Was willst du *dann*?«

Lilagrauer Qualm strömt aus Farahs Nasenlöchern. »Ich wünsche, dass ihr mich in eure Pläne einweiht.«

»Warum interessieren dich unsere Pläne?«

»Reas *Sicherheit* interessiert mich.«

Qamars Blick verdunkelt sich. »Ich würde sie niemals in Gefahr bringen.«

»Ach ja? Kannst du das *garantieren*?«

»Ich kenne mich in der Gegend gut aus«, knurrt Qamar gereizt. »Ich weiß, was ich tue.«

»Dann bist du mit den Routen der Polizei vertraut?« Farah hebt zweifelnd die Augenbrauen. »*Ich* nämlich schon.«

»Wir werden vorsichtig sein.«

»Sie haben die Kontrollen in den letzten Wochen stark ausgeweitet.« Raubkatzenhaft beginnt sie, uns zu umkreisen.«Ihre Patrouillen dringen immer tiefer in die Wüste vor. Wenn man euch erwischt, seid ihr geliefert.« Qamar schnaubt verächtlich. »Pärchen schleichen sich andauernd in die Wüste, um ein paar ungestörte Stunden miteinander zu verbringen. Das ist nichts, was die Polizei nicht schon unzählige Male gesehen hätte.«

»Pärchen wie *ihr*?«

Farahs Worte lassen mir das Blut in den Adern gefrieren.

»W-was soll das heißen?«, stammelt Qamar mit schreckgeweiteten Augen.

»Dieses Areal, auf dem wir uns gerade befinden, wird bei den Polizeistreifen ausgelassen. Ich zahle dafür jeden Monat eine beträchtliche Summe an einen korrupten Kommissar. Natürlich besteht immer ein gewisses Restrisiko, aber ...«

Qamar schneidet ihr den Satz ab: »*Pärchen wie ihr* – Was meinst du damit?«

Mein ganzer Körper wird taub. Ich kann nicht fassen, dass Farah mir derart in den Rücken fällt. »Sie weiß es«, gestehe ich mit papierdünner Stimme.

Qamar weicht ungläubig zurück. »Du hast es ihr erzählt?«

»Nein« – Farah schnippt die Kippe in den Sand – »ich habe es selbst herausgefunden.«

Völlig panisch schaut Qamar sich um. »Ich muss hier weg.«

»Oh, sei nicht so dramatisch!« Farah stampft ungeduldig mit dem Fuß auf. »Glaubst du wirklich, ich laufe morgen mit einem Megafon durch Doha und erzähle jedem, dass du ein Mädchen bist?«

»Geh mir aus dem Weg!«

»Oder hast du Angst, dass Gott dich bestraft, weil du nicht auf Schwänze stehst?«

Qamar brüllt etwas auf Arabisch und zweifelsohne fallen wüste Beschimpfungen.

Aber Farah lässt sich nicht beirren: »Sag mir, *Phantom*, schämst du dich, mit Rea zusammen zu sein?«

Qamars Fluchen verstummt.

»Gut, dann reiß dich jetzt zusammen und hör dir an, was ich zu sagen habe.« Die junge Frau strahlt nun eine solche Autorität aus, sie könnte genauso gut eine Heerschar befehligen. »Hiermit schenke ich euch einen Ort, an dem ihr sicher seid. Unter diesem Himmel müsst ihr euch nicht verstecken. Ihr könnt ganz ihr selbst sein. Euch lieben, in Würde und Freiheit, und zwar als *Menschen*, nicht als Aussätzige.«

Eine Träne gleitet über Qamars Wange. »W-wo ist der Haken?«

»Nour«, eröffnet sie. »*Nour* ist der Haken. Sie misstraut jedem Mann, der ihr über den Weg läuft, und das aus gutem Grund. Du musst ihr sagen, wer du wirklich bist.«

Plötzlich schwängern Motorengeräusche die ockerfarbene Stille. »Sind sie das?«, keuche ich erschrocken und zeige auf die drei herannahenden Autos.

»Ja.«

Furcht glimmt in Qamar auf. »Aber noch wissen sie von nichts, richtig?!«

»Nein, sie haben keine Ahnung«, antwortet Farah ruhig.

Für den Bruchteil einer Sekunde schaut Qamar mich an. Dann dreht sie sich weg und flüchtet in Richtung BMW.

»Feigling!«, ruft Farah – und hält mich am Arm fest, als ich die Verfolgung aufnehmen möchte.

»Qamar! Qamar!«, schreie ich.

»Lass sie.«

»Du hast alles kaputtgemacht! Du hast alles ruiniert!« Verzweifelt winde ich mich in ihrer Umklammerung. »Wie konntest du mir das bloß antun?«

»Du musst noch so verdammt viel lernen, Diplomatentochter!«, faucht Farah. »Wenn die falschen Leute herausfinden, dass ihr ein Paar seid, nimmt man euch fest. Und weißt du, was dann mit dir passiert?«

»Was?«, plärre ich.

»*Gar nichts*. Weil du eine Deutsche bist. Eine Deutsche mit Diplomatenstatus. Aber weißt du, was mit *ihr* passiert?« Sie umgreift mein Kinn und zwingt mich, ihr in die Augen zu sehen. »Verschleppung! Schläge! Vergewaltigung! Folter! Soll ich die Liste weiter fortsetzen?!«

Ich schluchze heftig.

»Sie werden sie so lange quälen, bis nichts mehr von ihr übrig ist! Dann werden sie sich auf ihre Familie stürzen, ihre Freunde. Qamar wird alles verlieren. *Alles*. Verstehst du das? Geht das irgendwie in deinen Schädel rein, Rea? *Deshalb* möchte ich, dass ihr euch Accelerate anschließt! Damit Qamar in Sicherheit ist!« Mit diesen Worten gibt sie mich frei – und ich falle wie ein Zementklumpen in den Sand.

»Jetzt ist sowieso alles vorbei«, wimmere ich. »Alles ist verloren.«

»Du irrst dich. Sie ist noch nicht losgefahren.«

Eine Stichflamme der Hoffnung schießt in mir empor: Qamar ist eingestiegen, den Motor hat sie allerdings nicht gestartet.

Zeitgleich bremsen die Accelerate-Frauen neben dem

pinken Lamborghini – und als Nour aussteigt, ist sie außer sich vor Wut.

»Hi, Rea.« Bronzes Cowboystiefel erscheinen neben mir. »Baust du da unten eine Sandburg? Oder bist du wieder ohnmächtig geworden?«

Ich erwidere nichts, sondern starre wie gebannt auf den silbernen BMW.

»Wieso bringst du Fremde in unser Refugium?«, zischt Sepideh. Sie sagt noch etwas, doch ihre Worte werden von Nours ungestümem Gefluche übertönt.

Und weil Farah trotz der Aufregung noch immer kein Wort gesagt hat, blicke ich fragend zu ihr auf: Auch sie fixiert den BMW und in ihrer Miene spiegelt sich ein ganzes Kaleidoskop an Emotionen.

»Moment mal!«, ruft Bronze. »Kommt euch die alte Kiste nicht bekannt vor?«

Nour brummt etwas auf Arabisch, und ich höre, wie Sepideh ungläubig nach Luft schnappt.

»*Ma sha Allah*!« Bronze stößt ein ekstatisches Jauchzen aus. »Das ist das Auto des Phantoms! Das ist *Shabah*!«

Erstaunen macht sich breit.

»Ist das wahr?«, keucht Sepideh.

Endlich rührt sich Farah: »Ja.«

»Unglaublich!« Bronze gluckst und fiept wie besengt. »Sep, wie sehe ich aus? Oh, ich kann mein Glück kaum fassen! Das legendäre Phantom, hier bei uns! Wenn ich das Aya und Tasuku erzähle, werden sie ausflippen!«

Nour stellt eine Frage und Farah antwortet auf Arabisch.

»Was!?«, hickst Bronze verdattert. »Shabah ist dein *Freund*? Rea, *wallah*, das habe ich nicht gewusst! Bitte, vergib mir. Ich würde ihn dir niemals wegnehmen!«

»Schon gut, e-es ist noch ganz frisch«, entgegne ich überrumpelt.

»Das erklärt trotzdem nicht, warum du ihn hierhergebracht hast, Farah«, murmelt Sepideh mit subtilem Nachdruck. »Du weißt, dass Nour keine Männer duldet.« Plötzlich steigt Qamar aus, schlägt die Fahrertür hinter sich zu und läuft uns eilig entgegen.

Farah quittiert die Entwicklung mit einem triumphierenden Lächeln, während Sepideh und Bronze tuschelnd zusammenrücken.

Als Qamar an mir vorbeikommt, zieht sie mich auf die Beine und flüstert: »Ich hoffe, du kannst mir verzeihen, Rea.« Dann wendet sie sich den anderen zu und verkündet mit bedeutungsvoller Stimme: »Mein Name ist Qamar, und ich bitte euch darum, meine Freundin und mich bei euch aufzunehmen.«

Eine kurze, aber hitzige Diskussion entfacht zwischen den Accelerate-Frauen.

Schließlich sagt Bronze merklich aufgewühlt: »Das ist leider nicht möglich. Wir akzeptieren keine Jungen in unserer Gruppe. Es tut uns sehr leid.«

»Nun« – Qamar nimmt meine Hand – »ich bin kein Junge.«

In der Ferne sind die Rufe einer Wüstenkreatur zu vernehmen, so ungeheuerlich still wird es.

Offensichtlich versteht Nour mehr Englisch als erwartet, denn sie ist die Erste, die in ungläubiges, nahezu verstörtes Gelächter ausbricht.

»Soll das ein schlechter Scherz sein?«, spuckt Sepideh.

Bronze schnaubt entrüstet. »Das ist das mit Abstand Verrückteste, das ich seit Langem gehört habe!«

Ich merke, wie Qamar der Mut verlässt. Doch noch bevor ich einschreiten kann, marschiert Nour auf uns zu, winkelt den Arm an und greift Qamar in den Schritt. Ich boxe ihr ins Gesicht. So fest, dass sie ächzend zurücktaumelt.

Die Accelerate-Frauen stöhnen erschrocken auf.

»Rea ...«, keucht Qamar.

Ich blecke die Zähne, zittere vor Wut. *Niemand verdient es, so behandelt zu werden.*

Die Araberin wischt sich das Blut von der aufgeplatzten Lippe und befühlt ihre Kinnlade. Innerlich bereite ich mich auf das Schlimmste vor ... Was jedoch als Nächstes passiert, fühlt sich an, als würde Licht auf die Oberfläche eines dunklen Sees treffen.

Denn Nour lächelt und sagt: »*Welcome to Accelerate, sisters.*«

20.
Beifahrerprinzessin

Farah und ich sitzen im Sand, der uns in der anbrechenden Dämmerung wohlig wärmt, und beobachten die Autos dabei, wie sie abenteuerliche Kurven fahren. Der Staub, der dabei aufgewirbelt wird, leuchtet in der untergehenden Sonne wie schwarz-roter Drachenatem. Es duftet nach Benzin, nach heißem Stein und nach Farahs Orchideen-Shampoo. Es ist ein Moment, dessen Echo für immer in meiner Erinnerung fortleben wird.

Gelegentlich halten die Autos an – und Qamar, Nour, Bronze und Sepideh steigen aus, um sich leidenschaftlich gestikulierend ihre Techniken zu erklären. Die Stunts werden mit Händen und Füßen nachgestellt; es wird diskutiert, gegrölt und ausgiebig gelacht. Dass Qamar von den Accelerate-Frauen nahezu vergöttert wird, ist offensichtlich, und es macht mich unendlich froh, sie so befreit zu sehen.

Überhaupt ist es faszinierend, Qamar in ihrem Element zu beobachten: Sie ist die Schnellste, die Geschickteste und bei Weitem auch die Kühnste der Stunt-Fahrerinnen. Und als sie den silbernen BMW abermals zum Kippen bringt und auf zwei Rädern durch die Wüste rauscht, bekomme ich am ganzen Körper eine Gänsehaut.

»Danke«, wispere ich und bette meinen Kopf auf Farahs Schulter.

»Wir Schwestern halten zusammen, komme, was wolle.« Farah stößt mich sanft mit dem Ellbogen an. »Aber jetzt genug mit der Gefühlsduselei! Am Ende wird deine Freundin noch eifersüchtig.«

Hinter uns gibt Rami ein unzufriedenes Grollen von sich. Er versteckt sich im Schatten des Lamborghinis und lässt Farah schon seit geraumer Zeit nicht mehr aus den Augen.

»Was hat er bloß?«, frage ich und schüttele ratlos den Kopf.

»Wahrscheinlich riecht er meine Katze Sachmet an mir«, murmelt sie. Farah macht keinen Hehl daraus, dass sie Hunde nicht ausstehen kann (und ich muss immer noch darüber schmunzeln, dass sie den majestätischen Saluki vorhin eine *vierbeinige Stelzenklobürste* genannt hat).

Sepideh steigt in den gelben Mustang um. Als Nächstes gibt Bronze Gas, während sich die Perserin an der offenen Beifahrertür festhält und auf ihren Schuhsohlen über den Boden schlittert.

»Wahnsinn!«, keuche ich. »Das sieht irre gefährlich aus!«

»Alles bloß eine Frage der Übung«, nuschelt Farah und zündet sich eine Zigarette an. »Was ist mit dir, Beifahrerprinzessin? Wann zeigst du uns endlich, was du draufhast?«

Ich blinzle verständnislos.

»Deine *Fahrkünste*«, hilft sie nach.

»I-ich fahre nicht.«

Sie rümpft die Nase. »Wie? Du fährst nicht?«

»Ich bin durch meine Prüfung gefallen.«

»Welche Prüfung?«

»Meine Führerscheinprüfung.«
»Na und?«, krächzt sie mit sich überschlagender Stimme.
»Schnapp dir meinen verdammten Lamborghini, den deine Eltern nicht haben wollten, und leg los!«
»Das findet die Versicherung bestimmt klasse. Außerdem habe ich bereits ein Auto. Ein *Elektro*auto, wohlgemerkt.«
Das Entsetzen in Farahs Gesicht ist schier grenzenlos.
»Elektroautos sind gut und wichtig für unsere Umwelt!«, protestiere ich.
Sie formt ihre Hand zu einem Telefon und murmelt: »Hallo, ist da die Polizei? Ich habe hier ein Hippiemädchen mit Elektroauto. Ja, ich gebe Ihnen sofort den Standort durch.«
»Hey!« Lachend zwicke ich ihr in den Arm.
Qamar und die Accelerate-Frauen gesellen sich zu uns.
»Was ist denn mit der los?«, fragt Bronze und deutet auf Farah, die sich übertrieben die Stirn reibt.
»Das erzähle ich euch unterwegs!« Die junge Araberin springt auf und klopft ihre Kleidung ab. »Ladys, ich habe für heute genug gesehen und gehört. Fahren wir nach Hause und gönnen den beiden ein wenig Zweisamkeit!«
Qamars Blick streift mich, so fühlbar, dass mich ein sinnlicher Schauer überläuft.
Mit Umarmungen und überschwänglichen High Fives verabschieden sich die Accelerate-Frauen von uns und steigen in ihre Autos.
»Du erinnerst dich daran, was ich dir über die Grenzpunkte des Gebiets gesagt habe, Phantom?«, fragt Farah abschließend, und Qamar nickt. »Seid vorsichtig auf dem Heimweg. Und vergrabt eure Handys, bevor ihr das

nächste Mal herkommt. Rea kennt die Vorgehensweise.«
Sie schlägt die Tür zu und lässt die Fensterscheibe herunter.
»Apropos deutsche Diplomatentöchter: Wusstest du, dass deine Freundin keinen Führerschein hat *und* Elektroautos bevorzugt? Du musst dringend etwas unternehmen, Shabah. Am Ende will sie noch« – sie würgt theatralisch – »*Automatik* fahren.«

‿

»Tut deine Hand sehr weh?«, fragt Qamar, als wir schon ein paar Minuten lang im Auto sitzen und Rami dabei zusehen, wie er übermütig im Sand herumtollt. Farahs Abwesenheit scheint ihn mit einer ganz neuen Lebensenergie infiziert zu haben.

»Nein, es geht schon.«

»Das glaube ich dir nicht. Zeig mal her.« Qamar tastet vorsichtig über meine Finger. »Es tut mir leid, dass du wegen mir Schmerzen hast.«

»*Mir* tut es leid.« Ich räuspere mich betreten. »Was Nour getan hat, war nicht in Ordnung.«

»Ach, das habe ich schon längst wieder vergessen«, entgegnet sie beschwichtigend. »Außerdem hatte sie bestimmt ihre Gründe.« Sanft dreht sie meinen Arm und küsst die Stelle, an der meine Pulsadern durchscheinen.

Es ist unglaublich, wie schön Qamar ist: Der Abdruck des Fahrtwindes in ihren Haaren, das verwegene Funkeln im Dunkel ihrer Iris, dieses Einnehmende, ganz und gar Magnetische, das jeden Teil von mir an sie fesselt.

»Ich denke oft daran, was du neulich in der Wüste gesagt hast«, beginne ich leise. »Nämlich, dass du die Erden-Version von dir selbst nicht magst.«

Sie streicht mir eine Haarsträhne hinters Ohr. »Nun, seit unserem Gespräch hat sich vieles verändert. Ich mag die Version jetzt schon ein ganzes Stück mehr.«

»Aber ...«

»Was liegt dir auf dem Herzen, kleines Gespenst?«

»Wärst du lieber ein Junge?« Sofort übermannt mich eine heftige Verlegenheit. »I-ich meine, ich habe dich nie gefragt, ob du mit männlichem oder weiblichem Pronomen angesprochen werden möchtest.«

»Nein, ich wäre *nicht* lieber ein Junge«, antwortet sie. »Aber ich lebe in einer Gesellschaft, die Mädchen wie mich nicht akzeptiert. Ich glaube an einen Gott, dem man nachsagt, dass er Mädchen wie mich in die Hölle steckt.« Schmerz glüht in ihrem Gesicht auf. »Ich bin nie in die Rolle des Shabahs geschlüpft, weil ich ein Junge sein wollte, sondern weil ich als Junge *verkleidet*, das Mädchen sein darf, das ich schon mein ganzes Leben lang gewesen bin. *Qamar*, die Männerkleidung trägt, Auto-Stunts fährt und auf Frauen steht, ist für die meisten Menschen ein *Fehler*. Etwas, das nicht sein sollte und deshalb ausgegrenzt und bestraft werden muss. *Shabah* dagegen, der dieselbe Kleidung trägt, die gleichen Leidenschaften hegt und auf die gleiche Weise liebt, wird bejubelt und verehrt.«

»Ich kann Menschen nicht ausstehen«, platzt es aus mir heraus – und darüber müssen wir beide traurig lachen.

»Was ist mit dir?« Sie neigt fragend den Kopf. »Du hast etwas ganz Ähnliches gesagt, das habe ich nicht vergessen.«

»Lass uns darüber ein andermal reden«, entgegne ich und lehne mich zu ihr vor. »Ich würde dich jetzt nämlich viel lieber *küssen*.«

»Nein«, sie weicht zurück, »ich möchte dich kennenlernen, kleines Gespenst. Warum magst du deine Erden-Version nicht?«

»Ich habe mich in den letzten Monaten oft verloren gefühlt«, erkläre ich zögerlich. »Als würde man hinter die eigene Fassade schauen und nichts finden, worauf man stolz sein kann oder was einem wirklich etwas bedeutet. Es klingt vielleicht komisch, aber ich habe plötzlich überhaupt nicht mehr gewusst, wer ich eigentlich bin, geschweige denn, wer ich sein *möchte*. Und mit dieser Leere, mit diesem lähmenden Gefühl, ungenügend zu sein, ist die Angst gekommen. Alles hat mich nur noch fertiggemacht, selbst Dinge, die mir davor leichtgefallen sind. Schule, Freundschaften, Prüfungen.« Ich zupfe an den Enden meines Kufiya-Tuchs. »Da ist diese unsichtbare Linie – und wenn ich die überschreite, packt mich eine Art Panik. Ich versteinere dann und fühle mich total machtlos. Irgendwie ausgeliefert. Deshalb bin ich auch durch diese blöde Führerscheinprüfung gefallen; nicht, weil ich eine schlechte Autofahrerin bin, sondern, weil sich mein ganzer Körper gegen mich verschworen hat.«

Qamar nickt nachdenklich. »Nun, ich bin keine Expertin auf dem Gebiet ...«

»Ich weiß, t-tut mir leid. Das waren ganz schön viele Informationen auf einmal«, haspele ich.

»*Rami* allerdings schon«, fügt sie bedeutungsvoll hinzu. »Und *er* behauptet, dass wir uns im Laufe unseres Lebens immer wieder verändern – manchmal sanft und beinahe unmerklich, manchmal laut und so spürbar, dass unsere ganze Welt aus den Fugen gerät. Wie ein Sturm, der beginnt. Unaufhaltsam. Das kann einem schon mal Angst machen. Aber genau *so* finden wir unsere Wahrheit. Nur wenn wir das Verborgene in uns aufdecken, können wir das Leben führen, das wirklich für uns bestimmt ist.«

Heiße Tränen steigen mir in die Augen und Qamars Gesicht verschwimmt.

»Rami sagt auch, dass wir jedes Mal lernen müssen, unserem neuen Ich zu vertrauen. Wir bekommen nämlich nur dann Angst, wenn wir das Gefühl haben, die Kontrolle zu verlieren, und dabei vergessen, dass wir uns auf uns selbst verlassen können.« Ihre Stimme verändert sich, wird rau und sehnsuchtsvoll. »Und manchmal brauchen wir ein fremdes Augenpaar, das hinter dieselbe Fassade schaut und keine Leere sieht, sondern unermessliche Fülle.« Sie greift in meinen Nacken und ihr Atem streichelt meine Haut. »Mut, Stärke und einen unbändigen Willen.« Sie küsst meine Tränen, liebkost meinen Hals und wispert sinnlich in mein Ohr: »Und Schönheit, die mich wahnsinnig macht.«

Ich stöhne leise auf – doch wenige Herzschläge später hält sie inne und schaut mir provokant in die Augen. »Jetzt will ich endlich sehen, was du kannst!«

Milde Panik flackert in mir auf. »Wie bitte?«

»Deine Fingerfertigkeit, deine Technik, deine verborgenen Talente – zeig sie mir!«

»I-ich ... was?!«

Sie grinst spitzbübisch und öffnet die Autotür. »Los, tauschen wir Plätze, kleines Gespenst! Ich möchte dich *fahren* sehen.«

Bevor ich weiß, wie mir geschieht, sitze ich am Steuer des alten BMWs und beäuge den Schalthebel mit wachsendem Unmut.

Qamar räuspert sich verhalten. »Dir ist geläufig, wie man den Motor startet, ja?«

»Äh, klar«, erwidere ich und tue so, als würde ich den Rückspiegel einstellen.

»Du musst die Kupplung runterdrücken«, hustet sie in den Kragen ihres Hemdes. »Dann drehst du den Zündschlüssel.«

Das Auto springt an – und meine Freude darüber versetzt Qamar in eine Art verstörte Verwunderung.

»Handbremse«, presst sie hervor, nachdem ich den Schaltknüppel mit perverser Akribie befummelt habe.

»Hach, natürlich!«, flöte ich betont unbeschwert und bohre meinen Daumen in den metallenen Druckknopf.

Im nächsten Augenblick macht der BMW einen Satz nach vorne und Qamar hält sich erschrocken am Armaturenbrett fest. »Hast du gerade die Kupplung losgelassen?«

»Ehm, nein«, lüge ich schwitzend und starte das Auto erneut.

Der Motor brüllt wütend.

»Du befindest dich im Leerlauf.«

»Ach so.«

»Weißt du denn, wie man in den ersten Gang schaltet?«

»Mach dich nicht über mich lustig!«, quieke ich schrill und operiere erneut am Schalthebel.

»Das ist der *dritte* Gang.«

»Das sehe ich!«

»Und das der *Rückwärtsgang*.«

Ich umgreife das Lenkrad und unterdrücke einen Schrei.

Qamar nutzt die Gelegenheit und stellt den korrekten Gang ein. »Nun lass die Kupplung langsam kommen und drück vorsichtig das Gaspedal.« Sie zuckt zusammen. »*Sanft*, nicht so, als wolltest du es zertrampeln!«

Wieder macht der BMW einen sportlichen Sprung nach vorne und gibt den Geist auf.

»Sie muss kommen!«, ruft Qamar verzweifelt. »Die Kupplung muss kommen! Langsam – und mit Gefühl!!!«

Abermals würge ich den Motor ab und giggele unkontrolliert.

»Darf ich dich etwas fragen?«, murmelt Qamar, nachdem ich mich wieder halbwegs eingekriegt habe.

»J-ja.«

»Hast du *Automatik* gelernt?«

Die Peinlichkeit trifft mich wie ein Einschlaghammer und ich nicke bedröppelt.

Sie reibt sich nachdenklich das Kinn. »Und nicht bestanden. Hmm.«

Als sie die Augen schließt und anfängt, ihre Lippen zu bewegen, krächze ich verdattert: »Was tust du da?«

»Ich bete.«

»Für *was*?«

»Deine Sicherheit. Meine Sicherheit. Die Sicherheit *aller* Verkehrsteilnehmer. Aber hauptsächlich um Geduld.«

»Wie auch immer!«, fauche ich und ruckele am Türgriff. »Wechseln wir wieder die Seiten!«

»Du musst zuerst die Verriegelung hochziehen«, brummt Qamar.

»Wieso musst du auch ausgerechnet einen prähistorischen Schrottstinker fahren!?«

Sie schimpft in ihrer Muttersprache los – dabei fällt mehrmals das englische Wort für *Elektroauto*.

»Elektroautos sind *gut* und *wichtig*!«, spucke ich händefuchtelnd aus. »Da, wo ich herkomme, hätte man deinem dämlichen Verbrenner-Beamer schon längst die rote Plakette verpasst!«

Wir steigen aus und laufen um das Auto herum – ich stampfend, sie inbrünstig fluchend –, und als sich unsere Wege kreuzen, küssen wir uns so stürmisch, dass wir erst gegen die Stoßstange und dann gegen den Außenspiegel prallen.

Keuchend sinken wir zu Boden. Ich sitze auf ihr und sie schlingt die Arme um meine Hüfte. Drängend ist ihre Lust, und ich muss mich an ihrer Kleidung festhalten, um der Intensität ihrer Küsse standzuhalten.

Im nächsten Moment geschehen zwei Dinge, die mich aus der Fassung bringen: Erstens, ihre Hand wandert unter mein T-Shirt, und zweitens, meine Hose fängt an zu vibrieren.

Ich klettere von ihrem Schoß und lasse mich ungeschickt in den Sand fallen.

»Shit, meine Eltern rufen an!«, ächze ich – und als ich die Uhrzeit auf meinem Handydisplay sehe, verfalle ich endgültig in Panik. »Es ist gleich zehn!«

Qamar steht auf, und man kann ihr ansehen, wie unangenehm ihr die Situation ist. »Sag ihnen, dass ich dich sofort nach Hause bringe.«

∪

Wir flitzen durch die Hochhausfluchten der West Bay und ich blicke staunend die schillernden Spiegeltürme empor. Hier bündeln sich futuristisches Neon, feenhaftes Pastell und elegantes Gold zu einer Lichtexplosion der Superlative. Keiner der Wolkenkratzer scheint aus irdischen

Materialien zu bestehen; manche fluoreszieren hypnotisch und wechseln immerzu die Farbe, andere erzeugen die Illusion, Form und Oberflächenstruktur zu verändern. Die Stadt ist lebendig, beseelt durch einen Zauber, der pulsiert und wandert, genau wie die magische Wüstenhitze, die sie beheimatet.

»Es tut mir leid. Ich wollte vorhin nicht …« Qamar hüstelt verkrampft.

Verwundert drehe ich mich zu ihr. »*Was* wolltest du nicht?«

»Ich wollte dich nicht bedrängen.«

»Oh, als du …?«

»Jepp.«

»Ich hatte erst einmal im Leben Sex«, platzt es aus mir heraus – und der BMW gewinnt rasant an Geschwindigkeit. »Es war schrecklich. Er hat noch nicht einmal gewusst, dass es mein erstes Mal ist. Ein paar Minuten später hat er mit mir Schluss gemacht, weil er keine Fernbeziehung wollte.«

Wie vorhin in der Wüste wechselt Qamar die Sprachen und grollt so ungehalten auf Arabisch, dass Rami erschrocken winselt.

»Du machst ihm Angst!«, zische ich und lehne mich nach hinten, um die Pfote des Salukis zu streicheln.

»Nein, *der Typ* wird Angst haben, wenn ich ihm gegenüberstehe«, faucht sie zornentbrannt. »Wie lautet seine Adresse?«

»Nun, es ist eine *deutsche* Adresse«, bemerke ich stirnrunzelnd. »Und im Grunde hat er nichts falsch gemacht. Ich bin diejenige gewesen, die vorgegeben hat, erfahren zu sein, weil ich Panik hatte, dass er mich sonst langweilig findet.« Ich seufze leise. »Ich wollte keine Schwäche zeigen, mich nicht noch angreifbarer machen, als ich mich ohnehin schon gefühlt habe.«

»Wer solche Dinge nicht spürt, ist absichtlich ignorant«, behauptet Qamar. »Schließlich ist die Essenz von Intimität, so tief in die andere Person hineinzufühlen, dass man alles über sie erfährt. Dass man eins wird.«

»Ich will eins mit dir werden«, hauche ich, auch wenn mir bewusst ist, wie ultrakitschig das klingt.

Sie lächelt. »Mir ist wichtig, dass du dich niemals vor mir verstellen musst. Oder Hemmungen hast, Grenzen aufzuziehen.«

Schmollend schürze ich die Lippen. »Ich möchte aber nicht, dass da Grenzen zwischen uns sind.«

»Du weißt, wie ich es meine.« Wir erreichen das Msheireb-Viertel und sie biegt in unsere Straße ein. »Wir können uns Zeit nehmen, kleines Gespenst. Nichts wird jemals etwas daran ändern, dass ich dich begehre. Und wenn du bereit bist, werde ich dir zeigen, wie *sehr*.«

In meiner Magengrube erwachen Flugsaurier zum Leben. »In Ordnung, d-damit kann ich leben.«

Sie parkt vor unserem Gebäude – und als ich mich nicht rühre, fragt sie verdutzt: »Bist du nicht spät dran?«

»Meine Mutter klang ganz schön verärgert am Telefon, dabei haben wir uns gerade erst wieder vertragen.« Ich räuspere mich befangen. »Bestimmt denkt sie, dass ich …«

»Dass du mit *Shabah* unterwegs bin?«, beendet Qamar meinen Satz.

Ich nicke.

»Warte vor der Eingangstür auf mich. Ich ziehe mich schnell um.«

»Was hast du vor?«

»Ich gehe mit dir nach oben und beweise deinen Eltern, dass du nicht wegen eines Jungen die Welt um dich herum vergessen hast«, entgegnet sie, und ihr Blick wird anzüglich. »Sondern wegen *Rami*.«

An der Art, wie meine Mutter die Tür aufreißt, lässt sich bereits erahnen, wie wütend sie ist. »Rrrrrreeee…« Als sie Qamar erblickt, verschluckt sie sich an ihrem Speichel und wird kurz von einem heftigen Hustenanfall durchgeschüttelt. »H-hallo, Qamar«, röchelt sie schließlich und bemüht sich um ein kultiviertes Lächeln. »Schön, dich wiederzusehen!«

Qamar, die jetzt Hijab und Abaya trägt, schüttelt ihre Hand.

»*Uhhhhh*, wer ist denn das?«, säuselt mein Vater mit ulkiger Babystimme und tippelt entzückt auf den Zehenspitzen.

»Papa!«, zische ich und spüre, wie mir das Blut in die Ohren schießt.

»Das ist Rami«, entgegnet Qamar. »Darf er reinkommen?«

»Aber natürlich!«, zwitschert er und lässt sich auf die Knie fallen. Und dem Windhund scheint das zu gefallen, denn er spaziert in die Wohnung und begrüßt meinen (jauchzenden, kichernden, frohlockenden) Vater schwanzwedelnd.

»Möchtest du auch reinkommen, Qamar?«, fragt Mama und wartet keine Antwort ab, sondern zieht uns beide in die Wohnung. »Ich habe einen großen Kartoffelsalat gemacht! Bestimmt habt ihr Hunger!«

»Mama«, murmele ich, »sie muss nach Hause, es ist schon spät.«

»Ach wirklich?« Knurrend zieht sie die Augenbrauen hoch. »Mir war gar nicht bewusst, *wie* spät es ist.«

Qamar lächelt entspannt und erwidert: »Ich bleibe gerne noch ein bisschen, wenn es Ihnen recht ist.«

»Wie schön!« Mama reißt begeistert die Arme in die Luft. »Dann kommt mal mit!«

Mittlerweile liegt Papa am Boden und krault Rami selig seufzend den Bauch – und als er keine Anstalten macht, uns in die Küche zu folgen, sagt meine Mutter mahnend: »Constantin, reiß dich zusammen!«

Nahtlos schließe ich mich ihr an: »Genau, Papa, das ist schließlich kein *Dugong*!«

Während der nächtlichen Mahlzeit lerne ich überraschend viel über Qamar: Sie erzählt meinen Eltern, dass sie eine kleine Wohnung im *Old Airport* bewohnt, ein Stadtteil, in dem sich der ehemalige Flughafen Dohas befindet. Sie ist ein Jahr älter als ich und macht ebenfalls gerade ihren Schulabschluss. Ein paar Mal die Woche arbeitet sie in einer Tankstelle. Auf die Frage hin, ob sie studieren wolle, schüttelt sie den Kopf und berichtet von ihrem Vorhaben, eine eigene Fahrschule zu gründen.

»Beeindruckend! Rea will Astronautin werden. Hat beides mit Fortbewegungsmitteln zu tun, das passt irgendwie«, lässt mein Vater verlauten und stellt dann eine peinliche Anzahl an Fragen über Ramis Ess-, Schlaf- und Gassigewohnheiten.

Heldenhaft isst Qamar ihren Kartoffelsalat auf, der viel zu viele Kartoffeln und viel zu wenig von allem anderen beinhaltet, und als meine Mutter ihr eine zweite Portion anbietet, nimmt sie dankend an.

»Hast du vor dem Gebäude geparkt, Qamar?«, fragt Mama mit dem Blick aus dem Fenster, während sie eine lebensgefährliche Menge an Kartoffeln auf ihren Teller schaufelt.

»Ja«, antwortet sie. »Ich stehe im Parkverbot, aber um diese Uhrzeit kontrolliert das niemand mehr.«

»Mama, willst du sie *umbringen*?!«, krächze ich und zeige auf den Kartoffel-Kilimandscharo.

»Oh, entschuldige!« Hastig schippt sie eine Ladung zurück in die Schüssel.

»Hmm, das schmeckt wirklich vorzüglich, Frau Augustin!«, schwärmt Qamar und schluckt ehrgeizig einen mehligen Bissen nach dem anderen.

Ich ziehe die Stirn kraus – doch als ich meine Mutter tadeln möchte, stelle ich fest, dass sie mich eindringlich mustert.

»Alles in Ordnung?«, frage ich auf Deutsch.

Sie lächelt und antwortet: »Mehr als in Ordnung, Rea.«

Nachdem wir die Zimmertür hinter uns geschlossen haben, kollabiert Qamar auf meinem Bett und keucht völlig entkräftet: »Du musst heute ohne mich zum Mond fliegen, kleines Gespenst! Keine Rakete dieser Welt kann mich vom Fleck bewegen.«

Ich kichere leise und setze mich neben sie auf die Bettkante. »Du hättest wirklich nicht aufessen müssen.«

»Und riskieren, dass deine Mutter beleidigt ist? Niemals!« Ächzend greift sie sich an den Bauch. »Bald werde ich dir etwas Anständiges kochen, etwas *Arabisches*. Wir müssen deinen Magen dringend von diesem grauenhaften Knollengemüse entwöhnen.«

Ich räuspere mich verlegen. »Wirst du mich dafür in deine Wohnung einladen?«

Grinsend stützt sie sich auf. »Mit Freuden, Frau Astronautin.«

»Ich wollte *als Kind* Astronautin werden«, grummele ich.

»Und jetzt?«

»Nun, ich liebe es, zu fliegen, nur nicht unbedingt ins *Weltall*.« Ich zucke mit den Schultern. »Eine Pilotin zu sein, das wäre bestimmt cool.«

»Du würdest also gerne *fliegen*?«, fragt Qamar und auf einmal wallt glühende Verheißung in ihrer Stimme auf.

Erwartungsvoll beuge ich mich zu ihren Lippen, doch anstatt mich zu küssen, lacht sie tadelnd. »Nein, Rea, ich *flirte* nicht mit dir. Das war eine ernst gemeinte Frage.«

»Ehm.«

»Würdest du gerne fliegen? Mit *mir*?«

Ich nicke verdattert.

In den nächsten fünf Minuten schildert sie mir ihre verrückte, waghalsige, wunderbare Idee und ich starre sie dabei mit offenem Mund an.

»Was sagst du?«, fragt Qamar abschließend. »Bist du dabei?«

»Ja«, entgegne ich mit pochendem Herzen. »Ich hoffe nur, dass ich mutig genug sein werde.«

Sie küsst meine Stirn. »Das wirst du. Ich glaube fest an dich.«

»W-warte! Bleib noch ein bisschen!«, rufe ich, als sie Anstalten macht, zu gehen.

»Du hast doch gehört, was deine Eltern gesagt haben: Es ist schon spät und wir haben morgen beide Schule.«

»Aber Papa bürstet Rami gerade!«

Sie schmunzelt schalkhaft. »Ich sollte jetzt wirklich aufbrechen. Wir sitzen zusammen in einem Bett, und es fällt mir zunehmend schwer, nicht über dich herzufallen.«

»Fall über mich her.«

»Na gut.«

Ehe ich mich's versehe, nagelt sie mich unter sich fest und schaut mir auf solch laszive Weise in die Augen, dass mir bloß ein hilfloser Piepton entfährt.

Sie drückt mir einen Kuss auf die Nasenspitze und verkündet: »Wir sehen uns morgen wieder, meine übermütige Pilotin.«

21.
Shamal

Die letzten zwei Oktoberwochen sind die schönsten meines Lebens gewesen. Ich bin unbeschreiblich glücklich und unendlich, unendlich verliebt. Es gibt kein Gestern mehr, kein Morgen, nur pure Gegenwärtigkeit, der so viel Gefühl und Empfindung innewohnt, dass ich nicht mehr suche, nicht mehr zweifle, sondern ganz im Pulsschlag des Augenblicks lebe. Mit ihr, die meinem Leben Licht und grenzenlose Freude verleiht. Jeder Tag, den ich mit Qamar verbringe, ist ein Wunder, ein nie endender Frühling, und abends, wenn ich im Bett liege und über unsere gemeinsamen Stunden nachdenke, gerate ich ins Staunen. Ich staune darüber, wie sehr sie mich stärkt, bewegt und berührt. Wie weder Dunkelheit noch Kälte neben ihr bestehen können, nur berauschende Süße und sinnbetäubender Überfluss. Ich staune über ihre Unerschrockenheit, ihre Leidenschaft, die Art, wie sie redet und durch die Welt geht, wie sie jeden Moment zu etwas ganz Besonderem macht, etwas Magischem und Unvergesslichem. Wie sie mich festhält und beschützt, darüber staune ich, wie sie mich zum Lachen bringt und atemlos macht. Unter ihrem Blick fühle ich mich geliebt, wertvoll und unbezwingbar. Sie ist mein Platz, mein ewiges Willkommen.

Wir verbringen jede freie Minute miteinander. Wenn

wir nicht gerade in der Wüste bei den Accelerate-Frauen sind, dann führt sie mich durch ihr ganz persönliches Doha. Stundenlang spazieren wir die Strandpromenade entlang, erkunden Basare, Gewürzmärkte und versteckte Galerien, besuchen Museen und Ausstellungen oder schlendern durch die kunterbunten Häuserreihen des Mina-Viertels. Sie hat mir die Taubentürme in Katara Village gezeigt, ich habe die goldene Moschee und das Amphitheater gesehen. Auch der geschäftige Souq-Waqif-Markt ist mittlerweile zu einem unserer Lieblingsorte geworden – und dann erst die wunderschöne Nationalbibliothek! Wer hätte gedacht, dass Qamar Bücher genauso sehr liebt wie ich ...

Und mein Leben wäre perfekt, wäre da nicht diese dumpfe Angst in mir, sie zu verlieren. Nicht, weil sie gehen, sondern weil sie mir genommen werden könnte, von Mächten, die ich noch nicht einmal richtig greifen kann: die Polizei. Die Spitzel. Die Tracker. Die, die uns nicht sehen dürfen. Die, vor denen wir uns immerzu verstecken müssen.

Und <u>Gott</u>.

Dass Gott mir Qamar nehmen könnte, davor habe ich am meisten Angst. Zwischen Momenten der Euphorie und des Verlangens erwische ich sie manchmal dabei, wie sie mit sich hadert. Im Verborgenen nur, flüchtig, trotzdem fühle ich es.

Aber noch bevor ich sie darauf ansprechen kann, küsst sie mich – und das bleierne Gewicht um mein Herz fällt ab.

Denn Qamars Küsse sind wie ein Zauberbann: betörend, überwältigend und absolut süchtig machend. Sie schalten meine Gedanken aus, sie lassen mich schweben, fließen, pulsieren ... Und rauben mir jedes Mal aufs Neue den Verstand. Ich bin ihnen verfallen, so verfallen, dass es im ganzen Körper schmerzt, wenn sich ihre Lippen von meinen lösen.

Wie gerne würde ich mein Glück in die Welt hinausschreien! Jedem erzählen, wie verliebt ich bin! Aber ich kann nicht. Ich bin in eine Realität hineingeraten, in der unsere Liebe illegal ist, ein Vergehen, etwas, das nicht sein darf. Wir leben in einer Gesellschaft, die uns - wider alle Vernunft - verbietet, zusammen zu sein. Und Qamar ist immer vorsichtig, immer wachsam und immer auf der Hut. Nur in Situationen totaler Abgeschiedenheit lässt sie Nähe zu - nicht einmal vor den Accelerate-Frauen und niemals, wirklich niemals, wenn wir zu zweit in der Stadt unterwegs sind.

Aber all das nehme ich gerne in Kauf, Hauptsache, Qamar ist in meinem Leben. Hauptsache, wir können im verborgenen Schatten der Sterne wir selbst sein und uns das geben, was alle Menschen brauchen und alle Menschen gleichermaßen verdienen - nämlich <u>Liebe</u>.

Hastig vergrabe ich mein Tagebuch unter dem Kopfkissen, als mein Handy klingelt.

»Hello! Hello! HELLOOO!!!«, trällert Mira überschwänglich, und ich muss darüber lachen.

»Du bist heute aber gut gelaunt.«

»Nun, ich hoffe auf pikante News von dir und Shabah – *hit me*!«

»Heute ist *Sonntag*«, bemerke ich.

»Und?«

»Seit gestern hat sich nicht viel getan.« Ich gehe zum Spiegel und zupfe an meiner Hochsteckfrisur, die aufgrund der Luftfeuchtigkeit bereits fürchterlich zerzaust aussieht. Gleich holt mich Qamar ab, und wir fahren zusammen in die Wüste, um zu üben.

»Oh.« Sie schnaubt ernüchtert. »Dann hat er dich also immer noch nicht zu sich nach Hause eingeladen?«

Ich spüre einen leichten Stich in meiner Brust. »Nein.« Mira, die offensichtlich *keine* Sonntagspläne hat, fährt mit analytischer Stimme fort: »Bist du sicher, dass er nicht bloß Frau und Kinder vor dir verstecken möchte?«

»*Ganz* sicher«, grummele ich. Tatsächlich kränkt es mich ein wenig, dass Qamar mir noch nicht ihre Wohnung gezeigt hat. Und dass sie keine weiteren Versuche mehr unternommen hat, mir *näher* zu kommen, verunsichert mich ebenfalls. *Ich weiß, sie möchte mich nicht unter Druck setzen, aber ...*

»Können wir vielleicht das Thema wechseln?«

»Solange wir weiterhin über dein geheimnisumwobenes Phantom reden, gerne.«

Seufzend schlüpfe ich in meine rutschfesten Turnschuhe, die ich mir extra für unser Training gekauft habe.

»Komm schon!«, quengelt Mira. »Meine beste Freundin ist zum ersten Mal im Leben richtig verliebt! Ich brauche mehr Infos!«

»Na gut, wir *fliegen* viel.«

»Orgasmisch?«

»Mechanisch.«

»Mit einem Vi-brä-tör?«, näselt sie.

Ich verdrehe die Augen, kann mir ein Grinsen jedoch nicht verkneifen. »Du kennst die Antwort doch!«

»Euer *Geheimprojekt*, ja, ja, ja.« Sie seufzt und fügt in einem sarkastischen Tonfall hinzu: »Beamer, Muckibuden, Auto-Stunts – du hast dir da echt einen vollkommen klischeefreien, durch und durch originellen Kerl ausgesucht. Wirklich, der lässt sich in keine Schublade stecken.«

Mein Herz macht ein paar Extraschläge. *Ich dürfte es eigentlich nicht herausposaunen, aber Mira ist so weit weg, und ich vertraue ihr blind. Außerdem muss ich es einfach endlich mit jemandem teilen ...* »Da gibt es etwas, dass du noch nicht über ihn weißt.«

»Hm?«

»Erinnerst du dich an Shabahs eigentlichen Namen?«

»*Qamar*. Wieso?«

»Fällt dir da nicht etwas auf? Ich meine, bestimmt hast du deine *Hausaufgaben* gemacht.«

Sofort aktiviert Mira den Geheimagentinnen-Modus: »Ich erinnere mich, dass Qamar *Mond* bedeutet.«

»Und sonst?«, frage ich bedeutungsträchtig.

Ich kann ihre Laptop-Tasten hören. »Am meisten verbreitet ist er im arabischen und persischen Raum. Außerdem steht hier, dass *Qamar* sowohl ein Jungen- als auch ein Mädchenname sein kann.«

Mein Schweigen nimmt den ganzen Raum zwischen Katar und Deutschland ein.

»Moment mal!« – Ihre Stimme bricht weg – »Willst du mir etwa sagen, dass Shabah ein *Mädchen* ist?«

»Richtig«, antworte ich.

»Nein.«

»*Doch*.«

»Nein!«

»*Doch*.« Ein Lächeln wandert über mein Gesicht. »Qamar ist ein Mädchen. Sie ist meine feste Freundin. Und sie bedeutet mir mehr als alles andere auf der Welt.«

Mira kreischt los, so laut und schrill, dass ich das Handy von meinem Ohr weghalten muss. »Wieso bin ich nicht von selbst draufgekommen?! Ich habe ja geahnt, dass sich hinter Shabah mehr verbirgt – aber *damit* hätte ich niemals gerechnet! *Ahhh!* Ich freue mich so sehr für euch! Wirklich, von ganzem Herzen!« Sie schluchzt und jubelt im Wechseltakt – und auch mir kommen vor Rührung die Tränen.

»Es tut so gut, endlich die Wahrheit auszusprechen«, stammele ich. »Ich hoffe, du bist nicht enttäuscht.«

»Warum sollte ich *enttäuscht* sein, Rea? Weil du es mir nicht früher gesagt hast?« Sie wartet meine Antwort nicht ab, sondern plappert einfach weiter: »Nicht im Geringsten! Es ist doch völlig verständlich, dass du das Ganze erst einmal mit dir selbst ausmachen musstest. Das ist eine große Sache!«

»N-nein, das meine ich nicht«, druckse ich herum. »Sondern, weil sie ein *Mädchen* ist.«

»Hä?« Meine beste Freundin klingt aufrichtig verwirrt. »Ich kann dir nicht folgen.«

Auf einmal befällt mich eine seltsame Unruhe. »Du darfst es niemandem erzählen, hörst du? Keiner weiß davon – und das muss auch so bleiben.«

Es klingelt an der Tür.

»Versprichst du es mir?«, frage ich mit Nachdruck. »Schwörst du, dass du es keiner Menschenseele verraten wirst?«

»Ich verspreche es, Rea«, antwortet Mira gedämpft. »Aber ich verstehe nicht, warum du es unbedingt geheim halten möchtest. Es ist doch nichts dabei, dass ihr beide in einer Beziehung seid. Darauf geschissen, was die Leute denk…«

»Ich lebe in *Katar*«, fahre ich dazwischen – und am anderen Ende der Leitung wird es still.

⌣

»Das waren schon über dreißig Sekunden!«, ruft Qamar triumphierend, als der BMW zum Stehen kommt.

Ich gleite zurück auf den Beifahrersitz und wische mir den Schweiß von der Stirn. »Wir werden immer besser!«

»*Du* wirst immer mutiger.« Sie küsst meine Schulterspitze. »Bald hat die Angst keine Chance mehr gegen dich!«

Ich schaue ihr in die Augen und wünschte, sie hätte recht.

»Alles in Ordnung, kleines Gespenst?«

So gerne würde ich ihr von meinem Telefonat mit Mira erzählen. Darüber, wie sehr sie sich für uns gefreut hat – und wie beflügelnd das Gespräch gewesen ist. Doch das Risiko, Qamar dadurch in Panik zu versetzen, ist viel zu hoch.

»Wäre es nicht schön, an einem Ort zu leben, an dem wir genau so akzeptiert werden, wie wir sind?«, frage ich stattdessen und schmiege mich an ihre Brust. »Wo Leute denken: *Wow, die geben aber ein süßes Paar ab.*«

Ich merke an Qamars Atmung, dass sie lächelt.

»Wo wir uns nicht ständig verstecken müssen, sondern stolz darauf sein können, dass wir einander gefunden haben«, setze ich fort. »Wo es keine Straftat ist, uns an den Händen zu halten oder zu küssen, nur weil irgendein Mann mal gesagt hat, das passe ihm nicht in den Kram. Wo Menschen wie wir heiraten und sogar eine Familie gründen dürfen. Wo man uns hilft und uns Schutz gewährt, wenn wir uns bedroht fühlen. Stell dir vor, wir leben in einem Land, in dem wir das Recht haben, uns zu lieben – in Freiheit.«

»D-darüber habe ich auch schon nachgedacht«, sagt Qamar stockend.

»Wirklich?«, frage ich hoffnungsvoll und richte mich auf.

»Ja, natürlich.« Sie weicht meinem Blick aus.

»*Aber?*«

Sie zögert kurz, ehe sie antwortet: »Kein Aber, kleines Gespenst.«

»Du könntest dir also vorstellen, nach dem Abschluss woanders hinzuziehen?«

»Wenn das bedeutet, dass wir in Sicherheit sind, dann ja.«

Ich mustere sie stirnrunzelnd, denn irgendetwas stimmt nicht. Aber dann tut sie das, was sie am besten kann: Sie presst ihre Lippen auf meine und küsst mich so hingebungsvoll, dass ich alles um mich herum vergesse.

Als Farah an die Autoscheibe klopft, stößt Qamar mich mit einem erschrockenen Aufschrei von sich weg.

»*Das* ist also euer *Geheimprojekt*«, röhrt Farah ungeniert. »*Hemmungsloses Rumgeknutsche*. Darf ich mitmachen?«

Qamar scheint in eine Art Schockstarre verfallen zu sein, daher ergreife ich das Wort: »Was gibt es?«

»Ehm, habt ihr mal rausgeschaut?«

Mir wird bewusst, dass die Sonne hinter einer scharlachroten Wolke verschwunden ist. Gelbe Schwaden hängen über dem Boden und verbreiten ein ominöses, nahezu gespenstisches Leuchten. Der Horizont ist wie ausgeblichen und die Linie zwischen Himmel und Erde flackert eigenartig.

»Du meine Güte«, keuche ich. »Geht gerade die Welt unter?«

»Nein, aber gleich wird es richtig ungemütlich.«

»Das ist *Shamal*, der Wüstensturm«, wirft Qamar ein. Ihr Blick ist seltsam verschleiert. »Wir müssen von hier verschwinden.«

»Die anderen sind schon aufgebrochen«, berichtet Farah und deutet mit dem Kopf auf die Sandsteinformation, hinter der die Accelerate-Frauen heute ihre Stunts geprobt haben. »Aber ich hab irgendwie geahnt, dass ihr nicht einmal einen Kometeneinschlag mitbekommen würdet.«

»Danke«, murmelt Qamar und pfeift Rami herbei.

Während der Fahrt zurück in die Stadt wechseln Qamar und ich kaum ein Wort miteinander. Nicht nur die gewaltigen Sphären über uns sind in Bewegung geraten, sondern auch der kleine Raum zwischen uns. Ich spüre ihren inneren Aufruhr, dieses dunkle, grollende Chaos, das sich in ihr zusammenbraut. So viele Emotionen rühren in der Luft, so viel Unausgesprochenes, das plötzlich gegen die Oberfläche drängt.

Ich frage mich, ob ich vorhin etwas Falsches gesagt habe oder ob ihre Getriebenheit daher rührt, dass Farah uns in einem Moment der Intimität erwischt hat.

Eine dichte Wolke aus kupfernem Staub hüllt uns ein und Qamar muss mehrmals gegen die heftigen Böen lenken.

»Keine Sorge, normalerweise ist Shamal nicht gefährlich«, sagt sie, nachdem sie meinen beunruhigten Gesichtsausdruck bemerkt hat. Sie trägt wieder Frauenkleidung, Hijab und Abaya, so wie jedes Mal, wenn sie mich nach Hause fährt. »Er ist aber wunderschön, der rote Wind, denn er lässt alles verschwimmen: Formen, Strukturen, Grenzen. Die Welt wird unsichtbar, und es gibt nichts mehr, was uns voneinander unterscheidet. Wenn der Sturm beginnt, sind alle gleich und alle gleich frei.«

Wellen aus Umbra und Rostbraun eilen uns voraus und die Skyline Dohas verschwindet hinter einer flirrenden Sandmauer.

»Ich werde das Gefühl nicht los, dass dich unser Gespräch vorhin irgendwie verstimmt hat«, bricht es aus mir heraus. »Bitte versteh mich nicht falsch, Katar ist ein wunderbares Land mit den freundlichsten Menschen, die mir je begegnet sind. Du hast hier dein Leben, deine Familie, deine Freunde. Es ist *dein* Zuhause. Ich wollte nicht respektlos sein, als ich gesagt habe, dass ich wegziehen möchte. Und es tut mir leid, dass Farah uns gesehen hat. Mir ist bewusst, wie viel für dich auf dem Spiel steht. Ich würde dich niemals einer Gefahr aussetzen wollen, das schwöre ich. Allein der Gedanke, dass dir etwas zustoßen könnte, ist für mich unerträglich. Es ist nur …« Mein Herz zieht sich zusammen. »Manchmal glaube ich, dass du dir immer noch wünschst, die Dinge wären anders. Dass du es vorziehen würdest, anders zu fühlen oder jemand anderes zu sein. Ich hasse den Gedanken, dass du dich meinetwegen schämst. Ich will nicht, dass du wegen mir unsichtbar sein möchtest … W-wieso parkst du?«

Qamars Blick umfängt mich wie eine Flamme. »Komm mit!«

Ich japse ungläubig nach Luft, als sie aussteigt. Das Auto steht nur ein paar Sekunden lang offen, trotzdem überzieht eine dicke Sandschicht die Sitze.

Erst als Qamar mehrmals hintereinander gegen meine Fensterscheibe klopft, wage ich es, die Beifahrertür zu öffnen.

Der Wind ist warm und duftet nach Sonne, Eisen und feuchter Erde. Am Himmel heult es metallisch, gleichzeitig fühlt es sich so an, als steckte mein Kopf in einer surrenden Bienenwabe. Überall schwirren bunte Leuchtfetzen, abstrakte Schatten und purpurne Spiralen, wie bei einem Kaleidoskop, in das man hineinblickt, oder einem rauschhaften Fiebertraum.

Windzungen lecken über meine Haut und binnen Sekunden verliere ich jeden Sinn für Raum und Richtung. Härte, Schwere, Kanten und Widerstände, sie alle lösen sich auf; und ich bin sicher, dass ich einfach davonwehen und der Wirklichkeit entgleiten würde, wenn Qamar meine Hand jetzt losließe.

Ungefähr fünf Minuten lang laufen wir durch das surreale Naturschauspiel, mit Rami an unserer Seite, der nur noch ein rauchartiger Schemen ist. Bald werde ich ganz von diesem wirbelnden, machtvollen, wunderschönen Sturm eingenommen – und zwischen zwei Lidschlägen glaube ich sogar, dass Qamar wallend rote Flügel wachsen …

Als ich die gelbe Fanar-Moschee mit ihrem spiralförmigen Turm ausmache, begreife ich endlich, wohin Qamar mich geführt hat: Wir befinden uns auf dem Souq-Waqif-Markt, wo sich die Menschen normalerweise in Scharen tummeln. Nun sind wir die einzigen Besucher dieses märchenhaften Ortes, an dem wir uns zum ersten Mal begegnet sind.

Qamar bleibt stehen und ruft mir etwas zu, aber im lauten Tosen kann ich sie nicht verstehen. Sie nimmt das Kufiya-Tuch von meinen Schultern und legt es über uns, sodass es uns wie ein Schutzschild umgibt. Ich muss an unsere Nacht unter den Sternen denken ... und heiße Tränen steigen mir in die Augen.

»Rea.« Qamar zieht mich an sich – und ihre Nähe ist genau wie Shamal: magisch, berückend und fesselnd. »Rea, hörst du, was ich sage?«

Als ich sie fragend ansehe, führt sie ihre Lippen dicht an mein Ohr. »Ich liebe dich.«

Ich muss mich an ihrer Abaya festhalten, um nicht das Gleichgewicht zu verlieren.

»Ich liebe dich so sehr, Rea.« Dann sagt sie wieder *my girl* auf Arabisch – und eine alles überstrahlende Sonne geht in mir auf.

»I-ich liebe dich au...«

Sie lässt mich nicht ausreden, sondern küsst mich – unbeschreiblich zärtlich.

Was tust du da, möchte ich rufen, weil uns jeder sehen kann, weil unsere Liebe nun fühlbarer ist als dieser wilde, blutende Wüstensturm – doch sie küsst mich einfach weiter.

Und plötzlich reißt sie das Tuch von unseren Köpfen und wirft es in den Wind.

»Ich will nicht unsichtbar sein«, keucht sie, küsst mich zwischen jeder Silbe und jedem Atemzug. »Und ich wünsche mir so sehr, dir vor der ganzen Welt zeigen zu können, wie sehr ich dich liebe, jeden Tag, ohne Furcht und Reue.«

Ich klammere mich an ihren Hals, sie schlingt die Arme um mich – und minutenlang halten wir einander fest.

Bis wir beide mit dem Husten anfangen.

Rami schlägt bellend Alarm und wir folgen ihm in den überdachten Eingangsbereich eines Geschäfts.

»Bist du sicher, dass der Sturm nicht gefährlich ist?«, frage ich krächzend, nachdem wir schon etwa zehn Minuten lang in unserem Unterschlupf ausgeharrt haben.

In der Hoffnung, dass Abbas gerade in der Gegend ist, habe ich ihm unseren Standort gesendet, allerdings noch keine Antwort erhalten. Und die Lage spitzt sich zu: Mehrere Restaurantstühle und ein großer Terrassenschirm fegen über den Platz, irgendwo geht eine Fensterscheibe zu Bruch.

»Bleib ganz ruhig, ich lasse mir was einfallen!«, keucht Qamar. Sie hat ihren Hijab um mein Gesicht gebunden und ist dem Wind nun selbst schutzlos ausgeliefert.

Inzwischen haben sich die Sandkörner in scharfe Klingen verwandelt und brennen wie Säure an den Schleimhäuten.

»Sollen wir nicht doch versuchen, zu deinem Auto zurückzulaufen?«, brülle ich gegen Ramis markerschütterndes Winseln an. Der Windhund ist in Qamars Abaya gehüllt, trotzdem zittert er wie Espenlaub.

»Nein, das ist zu weit! Wir könnten von umherfliegenden Gegenständen verletzt werden.«

In diesem Moment empfängt mein Handy zwei Mitteilungen: eine von Mira und eine von Abbas.

»*Bitte sei vorsichtig!*«, schreibt Mira. »*Mir war nicht bewusst, wie gefährlich die Lage für euch in Katar ist.*«

Rasch schließe ich ihre Nachricht und lese die von Abbas.

»Unser Fahrer ist hier!«, rufe ich erleichtert. »Er müsste gleich da unten an der Hauptstraße stehen!«

Qamar legt den Arm um mich und röchelt: »Halt die Luft an und atme erst wieder, wenn wir im Wagen sind – verstanden?!«

Ich nicke.

Sie spricht ein paar ermutigende Worte zu Rami ... dann laufen wir los.

∪

Rami springt auf den Beifahrersitz, wir steigen hinten ein – und prompt verwandelt sich der Range Rover in einen staubigen Sandkasten.

»Kinder, Kinder, geht es euch gut?«, fragt Abbas und sendet eine SMS (vermutlich eine Entwarnung an meine Eltern). »Was habt ihr bei diesem Wetter auf dem Souq zu suchen?«

Ich antworte ihm mit einer überschwänglichen Dankesrede und auch Qamar will etwas sagen, wird jedoch von einem rasselnden Hustenanfall heimgesucht.

Abbas reicht mir eine Wasserflasche. »Dein Freund sollte jetzt viel trinken, Frau Rea. Wir müssen den Sand aus seinem Hals spülen.«

Qamar, die mich noch immer eng umschlungen hält, zieht den Arm mit einer abrupten Bewegung zurück.

»Schon gut, schon gut, mein Junge.« Der alte Fahrer lächelt verständnisvoll. »Ich war auch mal frisch verliebt.«

Ich öffne den Deckel und helfe Qamar beim Trinken. Sie verschluckt sich mehrmals, und als sie endlich mit dem Husten aufhört, ist ihr Kinn ganz nass.

»Und wer bist *du*?«, fragt Abbas den zerzausten Windhund, der gerade dabei ist, die Abaya abzuschütteln.

»Das ist Rami«, krächzt Qamar mit geschundener Stimme. »Er erinnert mich ein bisschen an meine Urgroßmutter.« Ich quittiere den Kommentar des Irakers mit einem Schmunzeln und wickle den Hijab auf, in der Absicht, Qamars Gesicht damit zu trocknen.

Wir fahren los – ausgesprochen langsam und vorsichtig für katarische Verhältnisse – und Abbas murmelt diskret: »Wo wohnt dein Freund, Frau Rea? Ich kann ihn noch schnell nach Hause bringen, nicht dass ihr beide Ärger bekommt.«

»Das ist nicht nötig«, erwidere ich. »Meine Eltern kennen Qamar bereits.«

»*Qamar*«, wiederholt er erfreut und beginnt daraufhin ein Gespräch auf Arabisch.

Irgendwie beruhigt es mich, den beiden zu lauschen. Mein Puls entschleunigt sich und ich blicke tief atmend aus dem Fenster. *Ich liebe dich* – in den roten Wirbeln hallen ihre Worte. Wenn man Glück messen könnte, reichte meines bis zur höchsten Spitze des Himmels …

Ich linse zu Qamar, spüre, mit welch ungeheuerlicher Wucht ich für sie brenne und wie unbeschreiblich schön es sich anfühlt, von ihr geliebt zu werden.

Dann fällt mir wieder ein, weshalb ich den Hijab in den Händen halte.

In der Sekunde, in der ich mit dem Stoff über Qamars Kinn tupfe, verstummen sowohl sie als auch der Fahrer schlagartig. Ich sehe, wie Abbas das Kopftuch durch den Rückspiegel hindurch mit schreckgeweiteten Augen anstarrt. Schließlich wandert sein Blick zur Abaya, die Rami mittlerweile im Maul hält, und ein Laut der Fassungslosigkeit entfährt ihm.

Er weiß es.
Ein Palmenzweig peitscht gegen die Windschutzscheibe und wir alle drei schreien leise auf. Qamars Körper beginnt zu beben; das Grauen in ihrem Gesicht jagt mir einen entsetzlichen Schauer über den Rücken.

Während der restlichen Fahrt herrscht Totenstille. Abbas in diesem Zustand völliger Entrüstung zu erleben, ist verstörend. Aber auch Qamar scheint derart aufgewühlt, dass ich mich nicht traue, sie anzusprechen.

Als wir endlich vor unserem Wohnkomplex halten, hat sich der Wind ein wenig gelegt, die Anspannung hingegen bis ins Unerträgliche zugespitzt.

Plötzlich sagt Abbas etwas auf Arabisch.

Qamar antwortet mit hohler Stimme – und ich stelle erschrocken fest, dass ihr Tränen über die Wangen laufen.

Allah – immer wieder fällt das Wort *Allah*.

Das Gefühl überwältigender Hilflosigkeit sprudelt in mir hoch. Doch gerade als ich den Mund öffnen will, um dieser absurden Situation ein Ende zu setzen, reißt Qamar die Tür auf und verlässt das Fahrzeug fluchtartig.

»Warte!«, rufe ich und zerre hektisch an meinem Gurt. »Qamar, warte auf mich!«

Aber Qamar wartet nicht.

Rami hüpft auf die Rückbank, schleckt mir kurz über den Scheitel und eilt seinem Frauchen hinterher.

»W-was haben Sie zu ihr gesagt?«, stammele ich und beobachte, wie sich die Silhouetten der beiden im Flirren auflösen. Dann wiederhole ich brüllend: »Was haben Sie gesagt, verdammt noch mal!?«

»Dass Gott ihr vergeben möge«, antwortet Abbas dunkel. »Euch beiden.«

22.
Sachmet

Als Qamar die Eingangstür zu ihrer Wohnung öffnet, braucht sie einen Augenblick, um zu begreifen, dass ich vor ihr stehe. »R-Rea, woher hast du meine Adresse?«
Ich mustere sie wortlos, fühle die Traurigkeit, die meine Adern wie schwarzes ledernes Gift durchströmt. Ich habe die ganze Nacht durchgeweint, und nun wiegt mein Körper schwerer als ein Granitberg, der in dunkle Wolken gehüllt ist.
»Rea?«
»Farah hat mir deine Adresse gegeben«, antworte ich kaum hörbar.
»Verstehe.« Sie räuspert sich beklommen. »Ist alles in Ordnung?«
»Nein. Ich habe mir schreckliche Sorgen um dich gemacht. Du hast weder auf meine Anrufe noch auf meine Nachrichten reagiert.«
Sie verschränkt die Arme vor der Brust. »Ich hatte vor, mich bei dir zu melden, aber ich musste erst mal selbst mit der Situation klarkommen.«
»Du bist einfach *abgehauen*!«
Sie senkt den Blick. »Ich weiß.«
»Bitte, sei ehrlich zu mir.« Ein raues Aufschluchzen entfährt mir. »W-willst du mit mir Schluss machen?«

»Was redest du da?« Sie schüttelt schnaubend den Kopf. »Ich habe dir gesagt, dass ich dich *liebe*! Warum sollte ich dich verlassen wollen?«

»Weil ich merken kann, dass etwas nicht stimmt!«, bricht es aus mir heraus. »Ich kann fühlen, wie sehr du zu kämpfen hast. Und ich *verstehe* es. Aber mittlerweile sollten wir über unsere Ängste und Zweifel miteinander reden können!« Meine Nägel bohren sich in meine geballten Fäuste. »Dass du gestern ohne ein Wort gegangen bist, hat mir verdammt wehgetan.«

Sie erwidert nichts.

Und weil mich das noch mehr verletzt, hole ich zum großen Schlag aus: »Hast du mir deine Wohnung deshalb nie gezeigt, damit du bei Bedarf einfach verschwinden kannst?«

»Sag so etwas nicht.«

»Oder wolltest du verhindern, dass wir miteinander schlafen, weil das eine Grenze ist, die du nicht überschreiten möchtest?«

»Mir gefällt dein Tonfall nicht!«, faucht sie. »Du machst mich langsam echt wütend, Rea.«

»Schön, dann gehe ich eben wieder!«

Qamar hält mich am Handgelenk fest. »Jetzt warte doch mal.« Sie sammelt sich, bevor sie mit beschwichtigender Stimme ansetzt: »Es tut mir leid, dass ich gestern ohne ein Wort gegangen bin.«

»Das reicht nicht.«

Sie weicht einen Schritt zurück – und kurz habe ich Angst, dass es nun wirklich vorbei ist –, doch dann schwingt sie die Eingangstür auf und verkündet niedergeschlagen: »*Das* ist der Grund, weshalb ich dich noch nicht zu mir eingeladen habe.«

Ich blinzle erstaunt, als ich die kleine Wohnung betrete. Das Erste, was mir auffällt, ist die verblichene Streifentapete, die sich an allen vier Raumecken bereits ablöst. Der Boden ist mit zerkratzten Fliesen belegt, auf denen Feuchtigkeitsschlieren erkennbar sind. Das mickrige Gaubenfenster lässt kaum Tageslicht hinein, über uns verströmen flackernde Röhrenstrahler ihr blassgraues Licht. Qamars Bett nimmt beinahe den gesamten Platz ein und dient gleichzeitig als Ablagefläche für Handtücher, Taschen, Jacken und Schulsachen. Weder ein Regal noch ein Schreibtisch passen in das Zimmer; als Kleiderschrank muss eine alte Rattan-Truhe herhalten. Klaustrophobische Kapseln beherbergen Küche und Bad, dicke Plastikvorhänge ersetzen die Türen.

Aber in diesem Kosmos der Winzigkeit verbirgt sich auch so viel Schönes: Qamars Bücher, die sich am Boden stapeln. Schwarz-Weiß-Fotografien an den Wänden von Rami, der Wüste und Menschen, die auf poetische Weise in Alltagssituationen vertieft sind. Ein gekippter Halbmondspiegel, von dem Lichterketten, Nazar-Augen und bunte Tücher baumeln. Der Duft nach frischer Wäsche, bedrucktem Papier und Safran. Und selbst Rami hat sein liebevoll hergerichtetes Reich: eine Lammfelldecke mit gemütlichen Kissen und bunten Plüschtieren.

»Ich bin keine verdammte Sultanin wie Farah«, murmelt Qamar. Sie steht am Fenster, die Hände hat sie tief in den Hosentaschen vergraben. »Und ich besitze auch keinen lebensgroßen Porzellanpanther namens Achmed.«

»Achmed?«, frage ich. »Du meinst *Hartmut*.«

Sie zuckt mit den Achseln. »Seitdem ich ausgezogen bin, nehme ich kein Geld mehr von meinen Eltern an. Aber das, was ich in der Tankstelle verdiene, reicht kaum aus.«

»Mir ist völlig egal, ob du Geld hast oder nicht! Ich will nur …« Erst jetzt entdecke ich den königsblauen Gebetsteppich neben dem Bett. Auf Qamars Kissen liegt ein Buch mit goldverzierten Seiten und arabischer Schrift. Es ist in der Mitte aufgeschlagen, und sie muss gerade daraus gelesen haben, als ich angekommen bin.

Zweifelsohne handelt es sich um den Koran.

»Es ist also Gott.«

Meine Aussage bringt sie sichtlich aus dem Konzept.

»W-was?«

»Wegen *ihm* magst du deine Erdenversion nicht. Weil er sagt, dass du schlecht bist.« Ich zeige auf das Buch. »Weil auf diesen Seiten geschrieben steht, dass es eine Sünde ist, mit mir zusammen zu sein. Gott ist der Grund für deine Zweifel; diese innere Zerrissenheit, die dich ständig quält. Du fühlst dich immer noch schuldig dafür, so zu sein, wie du bist. Du fürchtest seine Bestrafung, seine Abweisung – mehr als alles andere.«

Sie taumelt leicht und sackt auf die Bettkante.

»Du hattest gestern keine Angst davor, dass Abbas uns bei der Polizei verpfeift, richtig?«, fahre ich mit bebender Stimme fort. »Du hast dich *geschämt*, weil du *Gott* in ihm gesehen hast, einen Gott, der über dich richtet.«

»Es ist wahr«, sagt sie vollkommen tonlos.

»Aber das ist völliger Blödsinn!«, rufe ich so energisch, dass Rami verschlafen blinzelnd unter der Bettdecke hervorlugt. »Abbas hat keine Ahnung! *Jeder*, der meint, anderen seine Ansichten und Moralvorstellungen aufdrängen zu müssen, hat keine Ahnung! Wie viele Menschen mussten schon leiden, weil Worte falsch ausgelegt wurden? Wieso lässt man uns nicht einfach in Ruhe?! Wir schaden niemandem! Wir kränken niemanden! Das muss doch reichen, verdammt noch mal!«

»Du glaubst nicht einmal an Gott, *trotzdem* drängst du mir gerade deine Meinung auf«, zischt Qamar und erscheint auf einmal unglaublich zermürbt. »Mir ist meine Religion nun mal sehr wichtig! Sie hat mich schon mein ganzes Leben lang begleitet und mir in schweren Zeiten als Wegweiser und Stütze gedient. Allah ist nicht diese brutale, willkürliche Gewalt, die du hier darstellst. Er hilft uns, ein gutes, erfülltes, sinnhaftes Leben zu führen. Er ist Liebe, Weisheit, Hoffnung und Gerechtigkeit.« Sie schließt kurz die Augen, Tränen dringen durch den Kamm ihrer Wimpern. »Und ja, ich fürchte mich vor seinem Urteil. Ich habe schreckliche Angst davor, dass er mich hasst für das, was ich bin. Es macht keinen Sinn, an Allah zu glauben und ihm nicht zu gehorchen.«

Ich nicke langsam, lasse das Gewicht ihrer Worte auf mich wirken. »Wenn du auch an unsere Liebe glaubst – und Gott wirklich *Liebe* ist –, dann solltest du dieses Buch jetzt zuschlagen und nach deiner eigenen Wahrheit suchen.«

Sie blickt überrascht zu mir auf.

»Und ich sollte jetzt besser gehen.« Innerlich kämpfe ich gegen die Tränen an. »Du weißt, wo du mich findest.«

»Ich liebe dich, kleines Gespenst«, haucht sie.

»Ich liebe dich auch, Qamar.«

Rami jault leise.

Bevor ich die Tür hinter mir schließe, drehe ich mich noch einmal zu ihr um und sage: »Wenn Gott dich wirklich hasst, dann hat er kein Herz.«

∪

»Ich habe ein komisches Gefühl«, murmelt Sepideh. Sie steht auf dem Dach ihres Autos und hält nach den fehlenden Accelerate-Frauen Ausschau. »Wann hast du das letzte Mal mit Farah gesprochen?«

Es fällt mir schwer, den Blick vom Horizont abzuwenden, denn auch *ich* warte auf etwas, und zwar mit jeder bangenden, lechzenden Faser meines Körpers. Ich warte darauf, dass Qamar im goldenen Sandwehen erscheint und mich endlich von dieser folternden Ungewissheit befreit. »Heute Morgen, als ich nach Qamars Adresse gefragt habe«, antworte ich zeitverzögert. »Wir haben normal telefoniert und ausgemacht, dass wir uns später in der Wüste treffen.«

»Danach nichts mehr?«

»Nein.«

»Deshalb habe ich Rea ja auch abgeholt und hergefahren«, ergänzt Bronze.

»Merkwürdig. Nour hat seit gestern Abend kein Lebenszeichen mehr von sich gegeben.« Sepideh springt auf den Boden und wischt sich den Staub von der Lederjacke. »Das sieht den beiden überhaupt nicht ähnlich.«

»Entspann dich, Sep!« Stöhnend wälzt sich Bronze auf ihrer Motorhaube. »Du machst mich noch ganz verrückt!«

»Was, wenn die Polizei ihre Finger im Spiel hat?« Die Miene der Perserin verfinstert sich. »Was, wenn sie *ihn* gefunden haben?«

Bronze schnellt in die Höhe und zischt: »Unsinn! Dieses Monster ist schon lange verrottet.«

»Wovon redet ihr?«

»Nicht wichtig«, erwidert Sepideh – und als Bronze das Wort an mich richten möchte, wiederholt die Iranerin mit Nachdruck: »*Nicht wichtig.*«

Die Frauen diskutieren auf Arabisch weiter und mein Fokus richtet sich wieder auf Qamar. *Ich hoffe, sie wird kommen. Ich hoffe, dass dieser eine Gott, an den sie so fest glaubt, den sie so sehr liebt und so sehr fürchtet, ihr ein Zeichen schicken wird.*

Vielleicht ist es wahnsinnig, vielleicht ist es absurd, aber an diesem Wendepunkt, in diesem Moment schmerzlicher Verschwommenheit und ultimativer Hoffnung, beginne ich zu *beten*.

Noch bevor der silberne BMW zwischen den Sandsteinformationen auftaucht, kann ich Qamar spüren. Eine Supernova des Glücks leuchtet in mir auf. Das Mädchen meiner Träume rauscht mir entgegen und ich begebe mich laut lachend auf Kollisionskurs. Und als ich schließlich die Augen öffne und Qamar im Honigschein der Wüste Gestalt annimmt, schwöre ich mir, dass ich niemals aufhören werde, für unsere Liebe zu kämpfen.

»Phantom!«, ruft Bronze.

Qamar kichert verlegen und ich schmecke unsere Tränen auf meiner Zunge. Sie schmiegt ihre Wange an meine, liebkost meine Stirn, meine Nasenspitze, knabbert sanft an meinen Lippen. Wir halten uns in den Armen – und dass sie mich gerade vor Bronze und Sepideh geküsst hat, erfüllt mich mit schwindelerregender Euphorie.

»*Phantom!*«

»Ich bin so froh, dass du gekommen bist«, wispere ich.

Qamar lächelt. »Danke, dass du auf mich gewartet hast, kleines Gespenst.«

Rami wufft lobend, und ich bin sicher, dass mein Herz vor Glück gleich platzt.

»*PHANTOM!!!*«, kreischt Bronze nun schon zum dritten Mal. Sie zeigt mit dem Finger in die Ferne – und als ich ihrem Blick folge, verkrampft sich mein ganzer Körper.

Ein schwarzer Van rast auf uns zu.

»W-wer ist das?«, fragt Qamar, ihr Griff um mich wird fester.

Statt zu antworten, schüttelt Bronze bloß unheilvoll den Kopf.

»Wir müssen von hier verschwinden!«, krächze ich alarmiert.

»Zu spät«, entgegnet Sepideh, die auf einmal einen Baseballschläger in den Händen hält. »Wer auch immer in diesem Wagen sitzt, hat uns längst im Visier.«

»Versteck dich im Auto!«, weist Qamar mich an.

»Nein!«

»Los!« Sie schubst mich in Richtung der parkenden Fahrzeuge. »Und egal, was passiert, rühr dich nicht!«

»Auf keinen Fall!«, brülle ich und kralle mich in den Stoff ihrer Dischdascha fest. »Ich bleibe genau hier – bei *dir*.«

»Wartet!«, fährt Bronze dazwischen und bedeutet uns, still zu sein. »Das Kennzeichen kommt mir bekannt vor … D-das ist Farah.«

Eine Woge der Erleichterung durchpeitscht mich, Sepideh, Bronze und Qamar hingegen wirken nur mäßig beruhigt.

Als der Van hält und Farah aussteigt, werde ich stutzig. Sie trägt einen schwarzen Anzug, ein schwarzes Hemd, schwarze Glacéhandschuhe, schwarze Slipper und einen schwarzen Hut – Kleidung, die man normalerweise auf einer Beerdigung tragen würde, nicht zum Stunt-Fahren in der Wüste.

»Alles in Ordnung?«, ruft Bronze ihr zu.

Farah reagiert nicht. Sie geht an uns vorbei und starrt wie gebannt geradeaus.

Sepideh beginnt, ihr Fragen auf Arabisch zu stellen, dabei wird sie vor Nervosität ganz flatterig.

»Irgendetwas stimmt hier nicht«, flüstert mir Qamar zu und deutet auf Rami. Der Hund hat sich unter dem BMW verkrochen und winselt kläglich.

Im nächsten Augenblick erscheinen die Schemen zweier Autos am Horizont.

Farah zündet sich eine Zigarette an, und noch bevor sie den Rauch aus ihrem Mund strömen lässt, verkündet sie: »Wir müssen jetzt sehr stark sein, Schwestern.«

Bald wird klar, dass es sich beim ersten Auto um Nours dunkelblauen Suzuki handelt. Der Geländewagen hat einen deutlichen Vorsprung und kommt mit quietschenden Reifen zum Stehen.

Nour steigt aus – und als ich ihr Gesicht sehe, entfährt mir ein heiserer Aufschrei. Sie hat schlimme Blessuren am Kinn und am rechten Auge. Ihre Nase blutet, ihre Lippen sind an mehreren Stellen aufgeplatzt.

Sie öffnet die Hintertür und beugt sich über die Rückbank. In der nächsten Sekunde schlüpfen zwei kleine Jungen aus dem Auto; der Jüngere wird von Nour getragen, der Ältere hält sich mit angstverzerrtem Gesicht an ihrer Hand fest.

Sie eilen auf uns zu und Farah schließt alle drei stürmisch in die Arme.

Die Kinder sehen mitgenommen aus; Nour selbst schluchzt so heftig, dass sie mehrere Anläufe benötigt, um einen vollständigen Satz zu bilden.

»Was sagt sie?«, raune ich.

Das Entsetzen steht Qamar ins Gesicht geschrieben. »Dass ihr Mann es herausgefunden hat. E-er will sie umbringen.« Ein ersticktes Keuchen entweicht ihr. »Offenbar ist er bewaffnet.« Schlagartig wird mir klar, dass Nours Ehemann derjenige ist, der im Verfolgerauto sitzt. Und er rückt unaufhaltsam näher.

Farah redet beruhigend auf Nour ein, streichelt ihr geschundenes Gesicht und küsst ihre Wangen. Ich habe Farah noch nie so emotional gesehen, und es berührt mich auf eine Art und Weise, die ich nicht in Worte fassen kann.

Es ist, als würde jemand von Zeitlupe auf Zeitraffer umschalten, denn plötzlich ist alles in Bewegung: Die Saudi-Araberin flüchtet mit ihren Kindern in den abgedunkelten Van, gerade als der schmutzige Pick-up-Truck neben dem Geländewagen bremst.

Sepideh und Bronze weichen ein paar Schritte zurück, und auch Qamar beginnt, mich in Richtung BMW zu zerren.

»Nein!« Ich mache mich von ihr los. »Farah ist unsere Freundin! Wir müssen ihr helfen!«

»Es ist zu gefährlich!«, zischt sie. »Farah beschützt Nour, ich beschütze *dich*!«

Im selben Augenblick steigt ein Mann aus dem Auto – schäumend und rasend vor tödlichem Zorn. Er zückt ein Messer und geht schreiend auf die junge Araberin los.

Farah hebt den Arm und drückt auf einen ferngesteuerten Schlüssel.

Der Kofferraum des Vans schwingt auf.

Ein tiefes Grollen ertönt.

Qamar stolpert zu Boden, ich bleibe wie angewurzelt stehen.

Die Welt löst sich auf.

Und im schwarz-weißen Bildrauschen des Unmöglichen tritt sie hervor: eine majestätische Tigerin. Ihr Brüllen dröhnt lauter als Donner, ihre Kraft spaltet die Luft in zwei und ihre Wut bringt das ganze Universum zum Erzittern.

Sie rauscht an uns vorbei, gewinnt an Geschwindigkeit, springt über Farah hinweg … und stürzt sich wie ein flammender Bernstein auf den schockstarren Mann.

Schreie mischen sich mit dem Zerreißen von Fleisch und dem Brechen von Knochen.

Die Tigerin schleift den Mann hinter die parkenden Autos und bald ist nur mehr ein kehliges Rasseln zu vernehmen. Ein hohles Röcheln. Und schließlich eine Stille, die unseren Herzschlägen auf ungeheuerliche Weise Geltung verleiht.

»Sachmet, verdirb dir nicht den Magen!«, ruft Farah und dreht sich mit einem triumphierenden Lächeln zum Van um.

Plötzlich packt Qamar mich an den Beinen und zieht so ruckartig an ihnen, dass ich nach vorne auf den Bauch falle.

Hastig klettert sie über mich, und als ich mein Gesicht aus dem Sand hebe, realisiere ich, dass sie sich schützend vor mir aufgestellt hat.

Jetzt sehe ich die Tigerin.

Sie jagt uns entgegen, so übernatürlich schnell, dass sie sich kurz im Wüstenlicht aufzulösen scheint. Dann bleckt sie die gewaltigen Reißzähne und aus Fantasieflimmern wird gestochen scharfe Realität.

Doch Qamar weicht nicht zurück. Sie öffnet die Arme und stößt einen brachialen Schrei aus.

Die Tigerin bleibt stehen, derart abrupt, dass ich glaube, die Erde aus ihrer Umlaufbahn springen zu fühlen.

Qamars Knie knicken weg und auf einmal befindet sie sich in Augenhöhe mit der Raubkatze.

Die beiden sehen sich an – ich kann Qamars Gesicht in den glühenden Pupillen der Jägerin erkennen. Der Sand summt numinos, der Boden vibriert, die Atome um mich herum laden sich elektrisch auf. Die ganze Landschaft reagiert auf dieses unglaubliche Wunder; und jetzt verstehe ich, was mit der alten Beduinenweisheit gemeint ist, die Qamar mir erzählt hat: Die Wüste ist wahrlich ein Ort, an dem sich alles zurücknimmt, um das Göttliche hervorzubringen.

In einem Augenblick unvorstellbarer Monumentalität und tiefgreifender Schönheit schmiegt die Tigerin ihren Kopf an Qamars Stirn. Lange, lange verharren die beiden in dieser magischen Berührung, hören einander an, ohne zu sprechen, erzählen sich ihre Geheimnisse und ziehen gemeinsam durch die höchsten, paradiesischsten Himmel.

∪

»Was wirst du mit ihm machen?«, frage ich Farah, nachdem sie den leblosen Körper mit Bronzes Hilfe auf den Pick-up-Truck geladen und mit einer Plastikplane zugedeckt hat. Qamar sitzt etwas abseits und streichelt Rami. Auch ich musste mich bis gerade eben noch vom Tatort fernhalten, damit mir der *Anblick* erspart bleibt.

»Ich werfe ihn zum anderen Mann, der versucht hat, das Leben eines unschuldigen Mädchens zu zerstören. Sie können gemeinsam darüber sinnieren, wie unratsam es ist, sich mit einer Frau und ihren Schwestern anzulegen.«

Ich begreife sofort. »D-du meinst deinen Vater?«

Sie spart sich die Antwort.

»Mir war nicht bewusst, dass Sachmet eine Tigerin ist«, bemerke ich nach einer kurzen Weile.

»Hmm, dabei hat sie die ganze Zeit neben uns gelegen, als du im Hamam von Shabah erzählt hast«, entgegnet sie. »Deshalb hat sie deine Freundin auch sofort wiedererkannt.«

Verblüfft schaue ich zu Qamar – sie fängt meinen Blick ein und winkt kurz.

»Es war eigenartig«, murmele ich, »beinahe, als hätten die beiden mittels Telepathie kommuniziert.«

»Das haben sie auch, da bin ich mir sicher.« Sie lächelt bedeutungsvoll. »Tigerinnen haben eine ganze Bandbreite von übersinnlichen Fähigkeiten.«

Sepideh fährt hupend an uns vorbei. Sie bringt Nour und die Kinder zu Farahs Anwesen, wo sie bereits von einer Ärztin erwartet werden. Als ich dem Van hinterherschaue, glaube ich, Sachmets Citrin-Augen hinter den dunklen Scheiben aufleuchten zu sehen.

»Warum hat sie nur den Mann angegriffen und niemand anderen?«, frage ich ehrfurchtsvoll.

»Weil sie verdorbenes Fleisch riechen kann«, antwortet Farah und steigt zusammen mit Bronze in den Pick-up-Truck ein. »Es ist besser, wenn ihr jetzt geht. Wir haben hier noch einiges zu erledigen.« Ihr Tonfall wird ernst. »Man wird nach Nours Ehemann suchen und das könnte die Polizei auch in die Wüste führen. Wir sollten die Gegend für ein paar Wochen meiden ... Aber so, wie sie dich gerade ansieht, werdet ihr das Schlafzimmer in nächster Zeit wohl sowieso nicht verlassen.«

Erneut blicke ich zu Qamar. Da ist etwas an ihr, das sich verändert hat. Und es zieht an mir, wie ein Planet an seinen Trabanten.

»Aber hört trotz der ganzen Emotionen bloß niemals auf, vorsichtig zu sein.« Farah dreht den Zündschlüssel und der Motor heult auf. »Heute hast du hautnah miterlebt, wie grausam und gefährlich die Welt für uns sein kann.«

Qamar blinzelt in den Sonnenuntergang, und ich staune darüber, wie schön sie ist. Sie wirkt so friedlich, so losgelöst, so befreit. Wir sitzen auf der Motorhaube des BMWs und halten uns an den Händen. Rami schläft auf der Rückbank; ab und zu gibt er gurrende Traumlaute von sich.

Eine Träne läuft über Qamars Wange.

»Alles in Ordnung?«, frage ich sanft.

»Gott hat durch die Tigerin zu mir gesprochen.« Sie lächelt mich an – voller Liebe. »Er ist nicht zornig auf mich, er ist zornig auf *sie*, weil sie mir mein ganzes Leben lang das Gefühl gegeben haben, dass etwas mit mir nicht stimmt.« Sie senkt den Blick und die Abenddämmerung färbt ihre Wimpern fliederblau. »Es tut mir so leid, kleines Gespenst, dass ich gestern einfach abgehauen bin. Ich verspreche dir, dass ich nicht mehr zweifeln werde. Ich werde dich nie wieder im Stich lassen.«

»Nichts muss dir leidtun«, erwidere ich. »Die Dinge sind für uns eben nicht so leicht wie für andere.«

»Dafür aber umso klarer«, ergänzt Qamar mit bebender Stimme. »Ich bin jetzt bereit.«

»Was meinst du damit?«

Sie grinst verschmitzt – und ich merke, wie meine Wangen zu glühen beginnen. Zärtlich zeichnet sie mit ihrem Finger die Linien meiner Lippen nach, vergräbt die andere Hand in meinem Nacken und beugt sich über mich. Ich versinke in der Tiefe ihres Blickes, erschaudere, als sie Küsse über meinen Hals haucht, die mich kaum berühren, aber umso sinnlicher quälen.

»S-sollen wir zu dir fahren?«, keuche ich.

»Ich weiß nicht, ob ich warten kann.«

Sie küsst mich lang und leidenschaftlich, erweckt Dinge in mir, die ich noch nie zuvor gespürt habe.

Und dann gleitet sie an mir herunter.

23.
Wie es sich anfühlt, zu fliegen

Ich trage meine drei Textzeilen als Vampirjägergehilfin vor und mein Vater springt begeistert klatschend vom Stuhl auf. Mama zerrt an seiner Anzugjacke und Qamar kämpft merklich gegen einen Lachkrampf an. Als er sich endlich wieder hinsetzt – sichtlich verdutzt über die Tatsache, dass ihn *alle* anstarren –, beschließe ich, meinen Vater nie wieder an einen öffentlichen Ort mitzunehmen.

Trotzdem zucken meine Mundwinkel nach oben. Nach allem, was Qamar und ich durchgemacht haben, erfüllen mich diese wunderbar chaotischen Alltagsmomente mit einer tiefen Freude und Dankbarkeit. Dass unser größtes Problem darin besteht, Constantin Augustins tollpatschige Exzentrik im Zaum zu halten, fühlt sich einfach verdammt gut an.

Mein Blick schweift über die festlich drapierten Reihen des Mondreichs und ich entdecke Sepideh, Bronze und Nour mit ihren beiden Söhnen. Seit dem Vorfall in der Wüste sind knapp zwei Monate vergangen, und unsere Gruppe so munter und unbeschwert zu sehen, beweist mir, dass Sachmet das Richtige getan hat.

Auch Frau Nasir, Amilas Bruder Mohammed und ihre Cousine Nilu sitzen im Publikum. Meine Beziehung zur alten Lehrerin ist enger denn je, wenngleich es ihr schwerfällt, hinzunehmen, dass ihre Enkelin und ich keine Freundinnen mehr sind. Die Tatsache, dass Farah ein unverzichtbarer Bestandteil meines Lebens geworden ist, hat Amila so weit von mir entfremdet, dass sich unser Kontakt nur mehr auf genuschelte Begrüßungen beschränkt.

Sogar Abbas ist zur Aufführung gekommen. Obwohl ich das, was er am Tag des Sandsturms gesagt hat, nie richtig verschmerzen konnte, bin ich froh, ihn zu sehen. Der gutmütige Fahrer hat den Zwischenfall nie wieder erwähnt – weder vor uns noch vor irgendjemand anderem – und seine Diskretion rechne ich ihm hoch an.

Qamar verbringt viel Zeit bei uns und ich kann mich an kein Abendessen mehr ohne sie erinnern. Sie hat meiner Mutter ein paar köstliche Reisgerichte beigebracht, und gelegentlich kochen die beiden zusammen, während Papa und ich bloß hilflos im Weg rumstehen. Auch Rami ist quasi bei uns eingezogen, denn der zimperliche Windhund und mein Vater sind zu einem unzertrennlichen Duo geworden. Nichts bereitet ihnen größeres Vergnügen, als sich auf der Couch einzukuscheln und langatmige Dokumentarfilme anzuschauen.

Rami hat sogar sein eigenes Bettchen im Schlafzimmer meiner Eltern bekommen, und zwar neben Porzellanpanther-Hartmut (aka Achmed). An den Wochenenden übernachte ich bei Qamar, in ihrer gemütlichen Wohnung, die mittlerweile zu meinem Lieblingsort auf Erden geworden ist. Was dort zwischen uns passiert, ist so unglaublich, dass allein der Gedanke daran mein gesamtes Inneres zum Prickeln bringt.

Bald werde ich es meiner Familie erzählen. Ich werde

ihnen sagen, dass Qamar die Liebe meines Lebens ist. Aber bis dahin möchte ich an unserem Frieden noch ein klein wenig festhalten. Es hat uns so viel Kraft gekostet, an diesen Punkt zu gelangen, und ich finde, wir haben uns diese magische Zeit der Leichtigkeit reichlich verdient.

Nach der Aufführung – und ausgiebigen Standing Ovations für Farahs Darbietung der Gräfin Dawulah – werden wir im Backstagebereich von einer ekstatischen Miss Hollywood in Empfang genommen. Sie überschlägt sich beinahe vor Begeisterung und hält eine fulminante, tränenreiche Siegesrede. Meinen Dreizeiler beschreibt sie darin als *kolossal* und *bahnbrechend*, worüber wir dezent schmunzeln müssen.

»Du warst fantastisch! Herzlichen Glückwunsch!«, sage ich anschließend zu Farah und drücke sie fest.

»Dir gratuliere ich noch nicht, Diplomatentochter, denn *dein* großer Auftritt steht ja noch bevor.« Sie zwinkert verheißungsvoll. »Der Wüstenprinz hat mir heute die Koordinaten geschickt. Ich bin schon so gespannt, was du und das Phantom ausgeheckt habt!« In ihrer herrschaftlichen Robe dreht sie sich im Kreis herum. »Hach, das wird eine unvergessliche Party!«

Adel (heute in einem schicken Herrenanzug) und die Accelerate-Frauen gesellen sich zu uns. Bunte Pralinen und innige Umarmungen werden verteilt, während sich die Kinder auf die Requisitensammlung stürzen. Vom anderen Ende des Raumes wirft Nilu mir ein strahlendes Lächeln zu, Frau Nasir drückt mir beim Vorbeigehen einen dicken Schmatzer auf die Wange. Ich winke hierhin, sende Luftküsse dorthin – und warte darauf, dass Qamar im fröhlichen Durcheinander erscheint.

Plötzlich steht Mohammed vor mir. »Salam Alaikum, Rea.« Er legt die Hand auf sein Herz und neigt respektvoll den Kopf. »Lange nicht mehr gesehen.«

»Wa aleikum assalam.«

Er hebt überrascht die Augenbrauen. »Du sprichst Arabisch?«

»Ich habe gerade erst mit dem Lernen begonnen«, sage ich abwinkend.

»Das war eine tolle Leistung heute.« Er zupft an seinem Ghutra-Tuch und seufzt bedauernd. »Allerdings ist es jammerschade, dass du und meine Schwester nur noch auf der Bühne ein Team seid.«

»Wie geht es ihr?«, frage ich gedämpft.

»Sie vermisst dich«, antwortet er und setzt ein zweideutiges Lächeln auf. »Ich vermisse dich übrigens auch.«

Ich erröte leicht. »Und was macht dein Falke?«

»Saja erfreut sich bester Gesundheit, dank...« Er verstummt und sein Blick wandert zur Seite.

In derselben Sekunde spüre ich Qamars Anwesenheit – und meine Haut reagiert mit einem wohligen Schauer.

»I-ich gehe wohl besser«, stammelt Mohammed nervös blinzelnd. »War schön, dich wiederzusehen, Rea.« Mit diesen Worten sucht er das Weite.

Freudestrahlend drehe ich mich zu Qamar um und pralle mit dem Blumenstrauße zusammen, den sie in den Händen hält.

»Wow!«, keuche ich. »Sind die etwa für mich?«

Qamar hat heute weder Dischdascha noch Abaya an, sondern einen lässigen Hosenanzug. Sie traut sich zurzeit häufiger, androgyne Kleidung zu tragen. Nichts, was die Aufmerksamkeit der Falschen auf sich lenken könnte, aber immerhin.

»Nur die allerschönsten Blumen für die allerschönste Vampirjägergehilfin«, sagt sie und zwinkert charmant.

»Wie schnulzig!«, lache ich und merke, wie meine Ohrspitzen zu glühen beginnen. Am liebsten würde ich ihr auf der Stelle einen Kuss geben, aber das geht natürlich nicht. Stattdessen nehme ich die purpurnen Pfingstrosen an mich und koste von ihrem herrlichen Duft. »Vielen Dank. Du ... Du machst mich so glücklich!«

»Du machst mich noch glücklicher, kleines Gespenst«, flüstert sie. »Übrigens warten deine Eltern mit Rami vor der Bühne auf dich. Ich glaube, dein Vater hat Angst, dass du ihm gleich an die Gurgel gehst.«

»Oh, das werde ich!«, knurre ich grinsend.

»Ich sammele die anderen ein. Treffen wir uns dann gleich am Ausgang?«

Ich nicke – und weil ich weiß, was uns noch bevorsteht, schließe ich kurz die Augen und küsse den Nazar-Anhänger um meinen Hals.

Als ich in den schmalen Korridor biege, der zur Bühne führt, stoße ich mit Amila zusammen. »Oh ... Tut mir leid.«

Sie entschuldigt sich ebenfalls und zeigt auf die Blumen. »D-die sind schön.«

Ich löse eine Pfingstrose aus dem Strauß und reiche sie ihr. »Für dich. Weil du heute so eine großartige Vampirjägerin gewesen bist.«

»D-danke.« Sie lächelt verlegen. »Das ist lieb von dir.«

»Du suchst bestimmt nach Mo und den anderen. Sie

sind hinten im Kostümraum.« Ich deute auf die Tür am Ende des Gangs. »Es hat Spaß gemacht, Untote mit dir zu jagen, Ami.«

Ich will an ihr vorbeigehen, doch sie hält mich am Arm fest und fragt: »Habibti, wir besuchen gleich ein ganz tolles neues Restaurant. Hättest du Lust, meine Familie und mich zu begleiten? Ich möchte dich einladen.«

»Ehm.« Ich räuspere mich peinlich berührt. »Leider habe ich heute Abend schon was vor.«

Ihre Miene verdunkelt sich. »Mit deinen neuen Freunden?«

»J-ja ... aber ein andermal gerne!« Und da ihre Enttäuschung so offensichtlich ist, füge ich eilig hinzu: »Wenn du willst, kann ich dir nachher schreiben, wo wir sind. Es wird sicher lustig!«

»Geht ihr etwa wieder auf eine Party?«, murmelt sie. »In der *Wüste*?«

»Natürlich nicht«, haspele ich, dabei ist mir klar, dass Amila die Situation bereits durchschaut hat. Eisige Beklommenheit erfasst mich. »D-du verpetzt mich doch nicht, oder?«

Sie mustert mich, bevor sie quälend langsam den Kopf schüttelt.

»Und du möchtest sicher nicht mitkommen?«, frage ich aus einem Impuls panischer Höflichkeit heraus.

»Auf gar keinen Fall.«

Sofort bereue ich es, ihr eine von Qamars Blumen geschenkt zu haben. Überhaupt würde ich am liebsten die Zeit zurückdrehen. Ich hoffe, ich habe gerade keinen Fehler begangen.

»Cool«, nuschle ich. »Wir sehen uns dann im neuen Jahr.«

Amila setzt ein abscheuliches Lächeln auf und entgegnet: »Viel Spaß auf der Party, Habibti.«

︶

Doha im Dezember ist wunderschön. Die Färbung des Himmels erinnert an das blaue Gefieder eines Hyazintharas, die Sonnenuntergänge sind von zauberischer, bildgewaltiger Dramatik. Die flirrende, sich immerzu windende Hitze ist einer kristallenen Schwerelosigkeit gewichen und die Nächte erscheinen mit ihren zwanzig Grad Celsius nahezu kühl.

Die Straßen sind schon nachmittags voller Menschen, und während sich das Leben der Katarer in den Sommermonaten hauptsächlich in klimatisierten Shopping Malls abgespielt hat, pilgern nun alle in Richtung Parks, Strandpromenaden und Restaurantterrassen. Wo man nur hinsieht, schmückt sich die Stadt mit aufregenden Kunstinstallationen; beinahe täglich finden Freiluftkonzerte und kulturelle Veranstaltungen statt. In ein paar Tagen, am 18. Dezember, wird der Nationalfeiertag Katars gefeiert und die Menschen bereiten sich voller Eifer auf die Festlichkeit vor. Es wird eine Parade geben, sogar ein Feuerwerk – alles unter dem Banner der katarischen Flagge. Und obwohl mir die weihnachtliche Dekoration von zu Hause ein wenig fehlt, ist die Atmosphäre hier nicht minder festlich und stimmungsvoll.

Nachdem ich mich von meinen Eltern verabschiedet habe (es ist Samstag, deshalb gehen sie davon aus, dass ich bei Qamar übernachte), schlendern wir noch ein wenig die Straßen auf und ab. Nours Jungen spielen mit Rami, wir anderen plaudern über Belanglosigkeiten, die dem Herzen dieses lauschig warme Gefühl von Geborgenheit schenken.

Denn genau *das* habe ich in Katar gefunden: eine zweite Familie, die mir jeden Tag Inspiration, Stärke und Zuversicht schenkt.

»Wir bringen noch schnell die Kleinen ins Bett, dann brechen Adel und ich auf.« Farah ist vor ihrem familienfreundlichen Fünfsitzer-Maserati stehen geblieben, der seit Nours Einzug immer häufiger zum Einsatz kommt. Natürlich ist er ebenfalls knall*pink*.

»Kommst du auch mit?«, frage ich Nour, während ich ihr eine Umarmung gebe.

Sie antwortet in ihrer Muttersprache, und Bronze übersetzt: »Ihr ist noch nicht so recht nach Feiern zumute. Aber sie sagt, ihr sollt Rahim heute ordentlich in den Hintern treten.«

»Das werden wir«, entgegne ich lachend. »Verlass dich drauf.«

Lange winke ich den abfahrenden Autos hinterher, bis Qamar mit kämpferisch funkelnden Augen fragt: »Bist du bereit, kleines Gespenst? Für diesen Tag haben wir wochenlang trainiert.«

Ich schaue mich um – *sorgfältig* –, dann drücke ich ihr einen Kuss auf die Wange und laufe fröhlich voraus.

Als wir in der Wohnung ankommen, ist es halb acht und draußen bereits stockfinster. Ich bereite uns einen Karak Chai zu und Qamar serviert Rami sein Abendessen. Den Windhund lassen wir heute zu Hause, da viele Partygäste erwartet werden. Der Wüstenprinz dürstet nach Rache, und offensichtlich will er, dass jeder dabei zusieht, wie er Shabah zum Duell herausfordert. Was er noch nicht weiß: Das Phantom hat ein *Gespenst* in petto.

Mein Handy vibriert und ich winke Qamar her. »Mira schreibt. Sie möchte wissen, wie die Aufführung gelaufen ist.« Mein Tonfall wird sarkastisch. »Und sie fragt, ob wir es heute Nacht *tun* werden.«

Mittlerweile kennen sich Qamar und meine beste Freundin von Videoanrufen, und nach einer Serie kompetenter emotionaler Erpressung hat Mira sogar herausgefunden, was sich hinter unserem *Geheimprojekt* verbirgt.

Qamar setzt sich neben mich auf die Bettkante und entgegnet mit verruchter Stimme: »Sag ihr, wir werden es *so was von* tun.«

Ich tippe kichernd ... Doch plötzlich nimmt sie mir das Handy aus der Hand, hält es in die Luft und presst ihre Lippen auf meine. Ich höre das Klicken der Handykamera – *unser erstes Kuss-Selfie.*

»Ich dachte, das sei zu riskant«, sage ich verdattert.

Sie zuckt mit den Schultern. »Die Liebe macht mich wohl leichtsinnig.«

Wir schicken das Selfie an Mira und bekommen Unmengen an Herz-Emojis zurück.

»Ich freue mich schon darauf, sie irgendwann mal persönlich kennenzulernen«, sagt Qamar und schmiegt sich an mich.

Sofort kribbelt es in meiner Magengrube, denn ich denke an die Flugtickets, die ich (mit Farahs Hilfe) für Qamar und mich gekauft habe. Qamar hat Ende Dezember Geburtstag und ich werde sie mit einer Reise nach München überraschen. Eine Woche im April, wenn überall der Frühling ausbricht und die Biergärten öffnen.

»Es ist langsam Zeit, loszufahren«, bemerke ich mit einem Blick auf die Uhr. »Ich sollte mich umziehen, schließlich kann ich schlecht im Kostüm gegen Rahim antreten.«

»Warte.« Sie legt den Arm um mich. »Du weißt doch, dass ich eine Schwäche für Vampirjägergehilfinnen habe.« Ein übermächtiges Verlangen überkommt mich. Sie flüstert mir ins Ohr, wie sehr sie mich begehrt, küsst mich zärtlich, küsst mich stürmisch und gleitet mit der Hand unter meine Kleidung.

»Ich wollte dir etwas geben«, beginnt sie, als wir wenig später verschwitzt und schwer atmend nebeneinanderliegen.

»Du willst noch einmal?«, frage ich und ziehe sie an mich.

»Nein, kleines Gespenst, das muss für heute reichen«, lacht sie und schüttelt tadelnd den Kopf.

»Oh.«

Sie dreht sich zur Ablagefläche neben dem Bett und gibt mir einen unbeschrifteten Briefumschlag. »Für dich.«

»Ein Schlüssel?«, frage ich überrascht, nachdem ich das Kuvert geöffnet habe.

»Ja, für meine Wohnung.« Sie räuspert sich verlegen. »Und nach dem Abschluss, wenn ich meine Fahrschule habe, kaufe ich uns ein Haus in einer Stadt deiner Wahl.«

Ich gebe ihr einen langen Kuss.

»Wie wäre es mit *Doha*?«, flüstere ich lächelnd. *Irgendwie kann ich mir überhaupt nicht mehr vorstellen, jemals von hier wegzugehen ...*

∪

Den drei Accelerate-Frauen bei ihren atemberaubenden Stunts zuzusehen, erfüllt mich mit dem Stolz einer Löwin. Sie driften, machen 180-Grad-Drehungen, fahren Sand speiende Schleifen und kommen sich dabei immer wieder gefährlich nahe. Sepideh stoppt so abrupt, dass sich der hintere Teil des Autos vom Boden löst, dann gibt sie rückwärts Gas, und der Toyota rauscht ein paar Sekunden lang auf den Vorderrädern über den Boden. Bronze rotiert ihren Mustang um die eigene Achse und erzeugt dabei eine Staubspirale, die wie ein wilder Tornado durch die Luft fegt. Am Ende lassen Sepideh und Bronze eine schmale Lücke zwischen ihren Fahrzeugen entstehen und schalten die Motoren ab. Der pinke Lamborghini jagt brüllend durch die nächtliche Wüstenlandschaft, ehe er wendet und mit haarsträubender Geschwindigkeit auf die geparkten Autos zurast. In einem spektakulären Bremsmanöver gelingt es Farah, den Sportwagen zwischen dem Toyota und dem Mustang zum Stehen zu bringen.

Die Menge bricht in haltlosen Jubel aus.

»Wahnsinn!«, kreische ich. »Einfach unglaublich!«

Qamar fragt mich etwas, aber meine Ohren klingeln vom Röhren der Motoren. »Wie bitte?«

»Willst du *tanzen*?«, wiederholt sie und deutet auf den Bereich, der von türkisen Solarfackeln umgrenzt ist.

»Vergiss es!«, krächze ich.

»Komm schon, kleines Gespenst! Es kann noch dauern, bis Rahim aufkreuzt, und ich habe dich noch nie auf einer Tanzfläche gesehen!« Sie zieht mich an der Hand hinter sich her und ich kann die neugierigen Blicke der anderen in meinem Rücken spüren.

Qamar ist *Shabah*, und dass der geheimnisvolle Mädchenschwarm heute eine Freundin im Schlepptau hat, ist eine riesengroße Sensation. Es ist schon ein wenig verrückt, wie Qamar von den ahnungslosen Partybesucherinnen angeschmachtet wird, aber umso mehr genieße ich es, dass sie nur Augen für mich hat.

Eine Windmaschine bläst uns schillernden Kunstschnee entgegen, über uns funkeln kitschige Lichterketten aus Sternen, Rentieren, Zuckerstangen und Eiszapfen um die Wette. Nostalgische Holzschlitten dienen als Sitzgelegenheiten, die Kissen haben die Form von Geschenkboxen und Lebkuchenhäusern. Wie der Wüstenprinz es geschafft hat, mitten im Nirgendwo ein Winterwunderland zu errichten, ist mir ein Rätsel. Er hat sogar Tannenbäume aufstellen lassen – und ich könnte schwören, dass es sich bei den Christbaumkugeln um apfelgroße Diamanten handelt.

Die arabische Musik, die aus den Lautsprechern dröhnt, ist hingegen alles andere als weihnachtlich. Wummernde Bässe mischen sich mit gewichtigen, rebellisch klingenden Rap-Zeilen; das einzige englische Lied, das bisher gespielt wurde, ist *Bad Girls* von M.I.A.

Genau wie die anderen Tanzenden bewegt sich Qamar rhythmisch und cool, während ich – samt meines deutschen Taktgefühls – an eine Kartoffel mit eingebautem Flummi erinnere. Aber jedes Mal, wenn mich die Blamage zu lähmen droht, lächelt mich Qamar so verliebt an, dass ich einfach weiter*hüpfe*.

Die Ankunft des Wüstenprinzen wird durch ein alles übertrumpfendes Hupen bekannt gegeben. Diesmal wird der junge Mann nicht von einem *Zuchthengst* eskortiert, sondern von drei futuristisch anmutenden Motorrädern. Die

Verkleidungen sind mit Neonlichtlinien nachgezeichnet, die Räder blinken wie aufgekratzte Raumschiff-Discokugeln. Rahim selbst sitzt in einem wuchtigen Mercedes-Benz-Geländewagen, mit dem man vermutlich auch die Chinesische Mauer einfahren könnte. Sein linker Arm baumelt aus dem Fenster und bewegt sich aufschneiderisch zum Beat. Zwischen seinen Fingern klemmt eine goldumwickelte Zigarre.

Die Accelerate-Frauen stellen sich zu uns und beschauen die Tragödie toxischer Männlichkeit mit sichtlicher Belustigung.

»Der Typ hat ein gewaltiges Ego-Problem«, kommentiere ich kopfschüttelnd.

»Wohl eher ein *Schwanz*-Problem«, murmelt Farah amüsiert.

Ich bemerke, dass Qamar die Hände zu Fäusten geballt hat. »Was ist los?«, frage ich leise.

»Ich verabscheue diesen Mistkerl.« Zornesfalten ziehen sich über ihre Stirn. »Was er dir angetan hat, ist unverzeihlich. Wer weiß, wie viele Mädchen er schon belästigt hat.«

»Und wir lassen ihn heute bitter dafür büßen.«

»Du hast recht.« Sie nickt entschlossen. »Geh und versteck dich im Auto! Er darf dich noch nicht sehen.«

»Viel Glück, meine Damen.« Adel, der sich zu seiner Verlobten gesellt hat, klatscht gespannt in die Hände. »Lasst den Schweinehund bluten!«

☾

Ich sitze geduckt auf dem Beifahrersitz und warte darauf, dass Qamar losfährt. Die Musik ist verstummt, und die gesamte Partygesellschaft hat sich versammelt, um das große Duell zwischen Shabah und dem Wüstenprinzen zu verfolgen.

Mein Atem dröhnt durch die Stille.

Meine Sinne sind bis auf das Äußerste geschärft.

Ich höre das Echo meines Herzens, fühle den Widerhall seiner Schläge in jeder Zelle meines Körpers.

Die Verbindung zwischen Qamar und mir gleicht jetzt einem elektrischen Band; jedes Mal, wenn sie sich rührt, stellen sich die feinen Härchen auf meiner Haut auf, und eine kribbelnde Energie durchzuckt mich.

Ich konzentriere mich auf meine Atmung, spanne meine Muskeln an, bündele meine Kräfte. Die letzten Nebelstreifen in meinem Kopf lichten sich und weichen einer alles überstrahlenden Klarheit.

Ich komme ganz im Augenblick an.

Und in diesem Moment fundamentaler Losgelöstheit fühle ich, wie er in mir erwacht, der *Mut*. Er legt sich wie eine magische Rüstung um mich, und ich lade mich an ihm auf, bis meine Brust zu flammen beginnt.

In der nächsten Sekunde erklingt das Grollen von Motoren. Es ist Rahims Geländewagen, der sich neben uns in Bewegung setzt.

Ich schlage die Augen auf.

Koste von dem Gefühl, vollkommen bereit zu sein.

Mein Denken schaltet aus – zurück bleibt nur die unverrückbare Gewissheit, genau zu wissen, was gleich zu tun sein wird.

Ich habe keine Angst mehr.

Denn mit Qamars Hilfe habe ich gelernt, mir selbst wieder zu vertrauen. Sie hat mir geholfen, die Fesseln der Zweifel zu durchreißen und meinen inneren Unfrieden zu heilen. Sie hat mir mein Selbstbewusstsein zurückgegeben, meine Intuition.

Dank Qamar habe ich gelernt zu *fliegen* – in einem Himmel voller Möglichkeiten.

Das Auto fährt los.

Ich halte inne, achte genau auf die Veränderungen in der Geschwindigkeit, so wie wir es in den letzten Wochen geübt haben.

Dem lauten Aufseufzen der Menge kann ich entnehmen, dass Rahim seinen Wagen zum Kippen gebracht hat.

Es ist so weit.

Der BMW beginnt, blitzartig hin und her zu ruckeln.

Ich begebe mich in Position und halte mich am Sitz fest. Spreche Qamars Namen in Gedanken aus und spüre, dass sie dasselbe tut.

Plötzlich entflieht der BMW der Gravitationskraft und schwingt auf das linke Vorder- und Hinterrad.

Sofort zieht mich mein Gewicht nach unten, und ich beginne, aus dem Fenster zu klettern. Kühler Fahrtwind schlägt mir ins Gesicht. Er ist vollgesaugt mit dem mystisch-sandigen Duft der Wüste, der mir so vertraut geworden ist. Ich stemme meinen Oberkörper aus dem Auto und setze mich auf das hintere Beifahrerfenster, während ich die Beine vorsichtig nachziehe.

Qamar gibt leicht Gas.

Ich sehe den Benz vor mir, höre das Raunen der Zuschauer, die nicht glauben können, was sich gerade vor ihren Augen abspielt.

Adrenalin peitscht durch meine Adern.

Langsam, ganz langsam erhebe ich mich und stehe sogleich auf dem gekippten Auto.

Eine gar überwältigende Lebendigkeit erfüllt mich. Zügellose, sprudelnde Lebensfreude. Das Gefühl, genau zur richtigen Zeit am richtigen Ort zu sein. Und *Hoffnung.* Warme, gewaltige, wunderschöne Hoffnung für meine gemeinsame Zukunft mit dem Mädchen, das ich liebe.

Ich breite die Arme aus.

Über mir: die Sterne. Unter mir auf dem Fahrersitz: Qamar. Und dazwischen: Freiheit.

Ich *fliege.*

Wir rauschen an Rahim vorbei – und unser Plan geht auf: Mich in meinem wehenden Kleid auf dem BMW stehen zu sehen, bringt ihn dermaßen aus dem Konzept, dass er die Kontrolle über seinen Wagen verliert. Der Motor des Benz poltert, und die Reifen quietschen, als er Sekunden später auf dem Boden aufschlägt.

Ich stoße einen hellen Freudenschrei aus.

Dann drehe ich mich zum Wüstenprinzen um, der mich durch die Windschutzscheibe hindurch völlig fassungslos anstarrt, und zeige ihm den Mittelfinger.

Die Menge grölt vor Begeisterung – und als die Accelerate-Frauen in ihren Autos angerast kommen, um uns auf den letzten Metern zu begleiten, fühle ich mich unbezwingbar. Es ist der glücklichste Moment meines Lebens.

Wir steigen aus und werden sofort mit frenetischem Beifall überschüttet. Qamar nimmt meine Hand und gemeinsam klettern wir auf das Dach des BMWs. Die Menge kreist uns ein, feiert uns so überschwänglich, dass mir vor Ergriffenheit die Tränen kommen. Auch die Accelerate-Frauen befinden sich unter den Jubelnden und Adel springt mehrmals triumphierend in die Luft. Nur am Rande nehme ich wahr, wie der Wüstenprinz mitsamt Motorradkolonne das Weite sucht.

Qamar hält mich fest, denn sie ahnt wohl, dass meine butterweichen Knie jederzeit nachzugeben drohen. Der Zauber ihres Lächelns dringt tief in meine Seele ein – und für einen kurzen Moment verinnerliche ich, wie viel sich verändert hat, seitdem wir uns begegnet sind. Ich denke an all die Hindernisse, die wir überwinden mussten, daran, wie sehr ich an den Herausforderungen gewachsen bin. Nach Katar zu ziehen, ist mir wie das Ende vorgekommen, dabei habe ich genau hier den wertvollsten Schatz des Universums gefunden: *die Liebe.*

Und plötzlich tut Qamar etwas, womit ich niemals gerechnet hätte: Sie zieht mich an sich, streicht mir zärtlich durch die Haare ... und *küsst* mich vor der gesamten Zuschauerschaft.

Ein gigantisches Feuerwerk entfacht in mir. Wenn es einen vollkommenen Kuss gibt, einen Kuss, der alles umwälzt und alles in den Schatten stellt, dann ist es dieser hier. Mein Herz ist so reich, so erfüllt, so zum Bersten voll ...

Ich habe mich geirrt, das *ist der glücklichste Moment meines Lebens.*

Blaues Licht sickert durch meine geschlossenen Lider. Wie das ätherische Leuchten eines Traums, kurz bevor man aus dem Schlaf erwacht.

Ein Schrei zerreißt den Himmel.

Der Geschmack von Qamars Kuss verändert sich.

Schlagartig erstirbt der Freudensturm um uns herum und Totenstille kehrt ein.

Qamars Lippen lösen sich von meinen.

Ich öffne die Augen und sehe, dass ihre Miene zu einer Maske des Schreckens gefroren ist. Gleißendes Blau reflektiert sich auf ihrer Haut. Rot. Wieder Blau.

Automatisch wandert mein Blick zu Farah: Unaussprechliches Grauen spiegelt sich in ihrem Gesicht.

Dann höre ich die Sirenen.

»Rea …«, presst Qamar hervor.

Ich falle – falle tausend Abgründe tief in namenloses Nichts hinein. Sie sind überall: Polizeiautos und schwarze Vans. Die uniformierten Männer huschen wie Dämonen durch die Dunkelheit und schließen uns von allen Seiten ein.

Panik bricht aus.

»Rea«, krächzt Qamar erneut. »Sieh mich an!«

Ein ersticktes Röcheln entfährt mir.

»Sieh mich an!«

Mein Blick findet das funkelnde Sternennetz ihrer Iris.

»Ich liebe dich, kleines Gespenst«, flüstert sie. »Alles wird gut, hörst du?«

Ihr Gesicht verschwimmt hinter einem Wall aus Tränen.

»Hab keine Angst.« Sie legt ihre Stirn an meine. »Wir werden uns wiedersehen. Ich verspreche es.«

In dieser Sekunde springt ein Polizist auf die Motorhaube des BMWs und reißt Qamar von mir weg. Mit einer solchen Brutalität, dass mir vor Entsetzen kurz schwarz vor Augen wird. Er zerrt sie zu Boden, biegt ihre Arme auf den Rücken und legt ihr Handschellen an. Dann zieht er sie an ihrer Dischdascha hoch und brüllt etwas auf Arabisch.

Sie blickt noch einmal zu mir auf – *lächelnd* –, bevor ihr der Polizist einen Stoß versetzt und beide von der Menge verschluckt werden.

Qamar.

Das Gewicht eines lichtlosen Ozeans bricht auf mich ein und bringt jeden Hohlraum meines Körpers zum Implodieren. Die Welt entgleist, so rasend schnell, dass sich alles zu einer schauderhaft makabren Phantasmagorie verzerrt. Ich kann mich nicht mehr rühren, kann nicht mehr atmen. Meine Zähne klappern und eine malmende Kälte senkt ihre Zähne in mein Fleisch. Immer größer werden die Risse auf der Membran der Wirklichkeit, immer klaffender das tödliche Vakuum in mir.

Viel Spaß auf der Party, Habibti.

»N-nein«, stammele ich – dicht gefolgt von einem bestialischen Aufschrei. »Qamar!«

Ich spüre, wie der BMW hinter mir absinkt. Schritte poltern über die Karosserie. Der Geruch von beißendem Aftershave steigt mir in die Nase.

Jetzt bin ich an der Reihe.

Eine Männerhand packt mich am Arm, Handschellen schneiden in meine Haut. Er brüllt mich an, wieder und wieder. Und weil ich trotzdem bloß wie versteinert dastehe, hebt er mich hoch und hievt mich vom Auto.

Ich falle rücklings in den Sand. Er gibt mir keine Zeit, aufzustehen, sondern schleift mich an den Haaren hinter sich her.

Der Terror durchbläst mich wie eine Feuerwalze.

Ich reiße mich vom Polizisten los und kämpfe mich zurück auf die Beine. Beginne zu laufen. »Qamar!« Ich stolpere. Rapple mich wieder auf. Die Handschellen schnüren mir das Blut ab. Ich habe das Gefühl, Fieber zu bekommen. Mein Herz pumpt; meine Haut sticht und brennt unter meinem Schweiß. »Qamar, wo bist du?«

Ich drehe mich im Kreis – mein Blick flattert über angstverzerrte Gesichter und wulstige Schutzwesten.

»Qamar!«, brülle ich aus Leibeskräften. Noch nie im Leben habe ich mich so verzweifelt gefühlt. »Qamar! ... Qamar! ... QAMAR!«

Dann zieht mir jemand einen schwarzen Sack über den Kopf und die Nacht, die Wüste, die Sterne verschwinden.

Im Van ist es stockdunkel und unerträglich heiß. Der Stoff des Sichtschutzes stinkt nach Erbrochenem, oder Moder, ich weiß es nicht. Meine Kehle ist so eng, jedes Mal, wenn ich meinen Speichel runterschlucke, muss ich würgen. Ich zittere. Versuche, einen klaren Gedanken zu fassen, aber mein Schädel blitzt und rumort vor Überreizung.

Ich höre das verstörte Wimmern anderer Gefangener, die mit mir im Fahrzeug sitzen. Einer von ihnen scheint verletzt zu sein, immer wieder heult er qualvoll auf.

»Qamar.« Der Van ruckelt und eine heftige Übelkeit brandet in mir auf. »Qamar«, ächze ich erneut.

»*Rea!*«

»Farah!«

Ihre Stimme kommt von weiter vorne.

»Keine Sorge, wir sind in ein paar Stunden wieder draußen!«, ruft sie mir zu. Es klingt, als hätte sie Flüssigkeit im Mund, und ich frage mich, ob sie jemand geschlagen hat. »Adel konnte entkommen. Er wird sich um alles kümmern. Du bist eine Diplomatentochter. Man hätte dich überhaupt nicht verhaften dürfen. Wer auch immer das getan hat, steckt in großen Schwierigkeiten!«

Jemand brüllt eine schmetternde Warnung durch den Van.

»Sie haben Qamar!«, schluchze ich. »S-sie haben Qamar!«

Die Stille, die meinen Worten folgt, erfüllt mich mit bleischwerer Düsternis.

Doch dann verkündet Farah: »Qamar gehört zu uns – wir werden sie retten. Wir sind Accelerate! Flammen der Wüste und Schwestern der Geschwindigkeit!« Sie schreit: »Wir sind der Sturm!«

24.
Die Nacht des Dschinns

Der Geschmack auf meiner Zunge ist metallisch, meine Haut schnürt sich eng um meinen Brustkorb. Ich kann kaum atmen, alles schmerzt. Sogar das Licht der Straßenlaternen brennt wie Nervengift hinter meinen Augäpfeln. Die Stimme meines Vaters gleicht einem ausgehöhlten Raunen, das aus einer anderen Dimension einsickert. Meine Sinneswahrnehmungen sind verzerrt, als bewohnte ich nicht länger einen menschlichen Körper.

Obwohl das Auto in einer geraden Linie fährt, habe ich das Gefühl, dass wir über die Straße geschleudert werden. Dass die Reifen abheben und wir uns in der Luft überschlagen. Wie beim Einschlafen, wenn man zwischen Wachzustand und Traum schwankt, zucke ich immer wieder unkontrolliert zusammen.

»Schatz, alles in Ordnung?«, fragt meine Mutter und schließt ihre Hand um meine. Kurz fängt mich ihre Stimme ein und ich drehe mich zu ihr. Sie sitzt neben mir, aber nichts daran fühlt sich real an. Dass ich mich mit meinen Eltern in einem Wagen befinde, fühlt sich nicht real an. Nichts von dem, was heute Nacht passiert ist, fühlt sich real an. Die Welt ist nur mehr ein albtraumhafter Abdruck, eine Blaupause vollkommener Dunkelheit.

»Du hattest unglaublich großes Glück, Rea. Das hätte

auch ganz anders enden können. Wärst du nicht meine Tochter, würdest du jetzt im Gefängnis sitzen! Du könntest tot sein, verdammt noch mal!«, schimpft mein Vater. Seit unserer Abfahrt von der Polizeistation redet er sich in Rage.
»Fahr langsamer, Constantin«, sagt Mama mahnend.
Mir wird schwindlig. Ich denke an den Gestank in der Arrestzelle, an das Gemisch aus Urin, Schweiß und Erbrochenem.
»Eine illegale Autoparty in der Wüste – was hast du dir nur dabei gedacht? Angeblich hat die Polizei alle möglichen Drogen beschlagnahmt.« Mein Vater biegt mit quietschenden Reifen in unsere Straße ein. »Wir haben dir doch tausend Mal gesagt, das Katar eine Nulltoleranzpolitik führt, wenn es um Rauschmittel geht! Und dann erst diese ganzen halb nackten Leute! Wolltet ihr da draußen etwa eine Orgie feiern?! Deinetwegen müssen wir Katar womöglich verlassen!«
Ich lasse das Autofenster runter und übergebe mich.
»Rea!« Mama klopft besorgt auf meinen Rücken.
»Das kommt davon, wenn man zu viel Alkohol trinkt!«, schnaubt mein Vater.
»Constantin, es reicht!«, zischt sie. »Ganz offensichtlich steht Rea unter *Schock*! Siehst du nicht, wie sehr sie zittert!?«
Tränen strömen über meine Wangen, als ich mich wieder in den Sitz zurücksinken lasse.
»Sollen wir dich zu einem Arzt bringen?«, fragt mein Vater, nachdem wir vor unserem Wohnkomplex gehalten haben.
Ein raues Aufschluchzen entfährt mir. »Sie haben Qa-

mar. Ich habe keine Ahnung, wo sie ist. S-sie war nicht in der Arrestzelle.«

»Sie ist Katarerin«, entgegnet Papa ungerührt. »Bestimmt hat ihre Familie längst einen fünfstelligen Betrag hingeblättert, um sie freizukaufen. Du hast ja gesehen, wie leicht das geht.«

Er verweist auf die Tatsache, dass Farah bereits nach zehn Minuten entlassen wurde, weil Adel ein paar Fäden gezogen hat. Am Ende hat sich die gesamte Polizeistation sogar persönlich bei ihr entschuldigt. Mir haben sie erst viele Stunden später gestattet zu gehen, und das nur, weil mein Vater den Verantwortlichen mit diplomatischen Konsequenzen gedroht hat.

»Da ist niemand, der Qamar zu Hilfe kommt«, schluchze ich. »Sie hat nur mich!« Erneut verkrampft sich mein Unterleib und bittere Galle steigt meine Speiseröhre auf.

»Wer ist sie heute Nacht gewesen?«, fragt Mama plötzlich.

»Was?«

Sie schaut mir fest in die Augen. »Qamar oder *Shabah*?«

Das Chaos in mir nimmt neue Ausmaße an. »D-du weißt es?«

Sie nickt.

»Wie lange schon?«

»Seitdem sie das erste Mal bei uns zu Abend gegessen hat«, entgegnet sie. »Ich habe ihr Auto sofort wiedererkannt.«

»Aber ... W-wieso hast du nie etwas erwähnt?«

»Ich wollte, dass du es uns selbst sagst, wenn du bereit dazu bist.«

»Kann mir mal einer erklären, worum es geht?«, fährt mein Vater dazwischen.

»Sie ist als *Shabah* auf die Party gegangen«, offenbare ich stockend.

Meine Mutter nickt langsam. »Und man hat euch gesehen?«

»Ja.«

»Wovon redet ihr?« Papa blickt zwischen uns hin und her.

»Qamar und ich sind zusammen!«, rufe ich lauter als beabsichtigt.

Er ächzt verblüfft. »Ihr seid ein ... *Paar*?«

Mama legt den Arm um meine Schultern. »Ja, Constantin, das sind sie.«

»Sie hat Männerkleidung getragen«, füge ich hinzu. »Und die Polizei hat gesehen, wie wir uns geküsst haben.«

»Aber das ist verboten!«, verlautbart Papa panisch. »Ich meine, sowohl Crossdressing als auch die Ausübung homosexueller Handlungen!«

»Wow.« Mama tadelt ihn mit einem Blick.

»Ich habe solche Angst um sie.« Hysterische Heiserkeit belegt meine Stimme. »Ich darf sie nicht im Stich lassen!«

»Niemand lässt Qamar im Stich, wir alle lieben sie. Aber wir müssen jetzt genau überlegen, was zu tun ist. Jeder Fehler unsererseits könnte fatale Folgen für sie haben.« Sie streichelt über meine Haare. »Wie wäre es, wenn wir nach oben gehen und dir ein Bad einlassen? Dann kannst du mir in Ruhe erzählen, wie sich die Dinge zugetragen haben.«

»Okay«, hauche ich – da fällt mir ein: »Rami ist ganz allein in Qamars Wohnung!«

Mein Vater räuspert sich. »Wenn du mir die Adresse gibst, kann ich hinfahren und ihn abholen. Allerdings wüsste ich nicht, wie ich reinkomme ...«

Ich greife in meine Tasche und hole den Schlüssel heraus, den Qamar mir am Abend geschenkt hat. Ich betrachte ihn, das Bruchstück eines Sterns, der nun unerreichbar scheint. Fühle sein Gewicht auf meiner Handfläche, all die Erinnerungen, die an ihn gebunden sind. Mit ungeheuerlicher Gewalt wurzelt sich die Verzweiflung in meinem Herzen fest, und ich frage mich, ob sich Sterben ähnlich anfühlt. »Hier.« Ich senke den Blick und reiche meinem Vater den Schlüssel. »Es tut mir leid … Alles, meine ich.«

Meine Mutter hilft mir beim Aussteigen und ich torkele kraftlos auf den Gebäudeeingang zu.

»Rea!«, ruft mein Vater aus dem Autofenster.

Ich drehe mich zu ihm um.

»Du hast heute Nacht viele Fehler begangen, aber du brauchst dich niemals dafür zu entschuldigen, dass du jemanden liebst. Ganz gleich, was auch passiert, wir sind für dich da.«

◡

In dieser Nacht schlafe ich nicht. Und auch in der Nacht darauf tue ich kein Auge zu. Ich liege regungslos im Bett und starre Brandlöcher an die Wand, bis mir schwindlig wird und mein Zimmer sich zu drehen beginnt. Stellenweise erfasst mich eine wahnhafte Getriebenheit. Dann husche ich ziellos in der Wohnung umher, folge Irrlichtern, die überhaupt nicht existieren, und breche schließlich wieder auf der Matratze zusammen.

Die Traurigkeit, die sich wie Blei mit meinem Körper verschweißt hat, ist so einnehmend, so zerstörerisch, dass immer weniger von mir übrig bleibt. Ich löse mich auf, genau wie Qamar sich aufgelöst hat – ohne die geringste Spur zu hinterlassen.

Wenn ich ihren Namen ausspreche, wütet der Schmerz mit einer solchen Unerbittlichkeit in mir, dass ich ins Kissen schreien muss. Ich fühle mich krank, fühle mich so elend und machtlos wie noch nie zuvor in meinem Leben. Keine Worte können zum Ausdruck bringen, welche Sorgen ich mir mache und wie sehr ich sie vermisse. In Dauerschleife gehe ich die Ereignisse von Sonntagnacht durch und jedes Mal überkommt mich ein schier grenzenloses Grauen. Ich schmecke ihren Kuss auf meinen Lippen, der bereits mit Blaulicht durchmengt ist, schmecke ihre Angst, schmecke den Schrecken, der wie giftiger Funkenregen auf uns niedergeht.

Ich schmecke meinen Hass.

Amila – sie hat uns verraten.

Es ist Rami, der mich davon abhält, völlig den Verstand zu verlieren. Seitdem mein Vater ihn zu uns gebracht hat, weicht der Windhund nicht mehr von meiner Seite. Voller Hingabe wacht er über mich und spendet mir Trost in der geisterhaften Anderswelt meiner Trauer. Und manchmal, wenn ich besonders schlimm weine, klingt sein Winseln so, als würde auch er bitterlich schluchzen …

Es ist alles meine Schuld.

Meine Eltern telefonieren ununterbrochen. Bisweilen brüllt mein Vater dabei so ungehalten in den Hörer, dass Rami erschrocken aufhorcht. Die meisten Gespräche erfolgen auf Arabisch, aber auch mit den deutschen Behörden scheinen sie in regem Austausch zu stehen. Heute Morgen ist meine Mutter kurz ins Zimmer geplatzt, um zu verkünden, dass sie mit Nachrichtenkanälen in Verbindung stehe.

Ein paar Stunden später, als sie sowohl Rami als auch mir eine kleine Mahlzeit gebracht hat, sind Wortfetzen über Anwälte und Gerichtsverfahren gefallen. Aber da ist zu viel Rauch in meinem Kopf, zu viel Terror und Finsternis, um zu begreifen, was um mich herum geschieht. Ich schließe einfach die Augen, lasse die Dämonen einkehren und flute die ganze Leere mit Schatten ...

∪

In der dritten Nacht nach der Verhaftung erscheint mir Shabah im Traum. Er steht im Hitzeflimmern und unterhält sich mit einer Gruppe fahlgrauer Silhouetten. Seine Stimme ist tief, seine Schultern sind breiter, als ich sie im Gedächtnis habe. Er lacht fremd, bewegt sich auf eine Art und Weise, die mir nicht vertraut ist. Er ist jemand anderes. Einer, der mir vollkommen unbekannt ist.

Fragend wispere ich Qamars Namen – und sofort sieht Shabah in meine Richtung. Blankes Entsetzen durchrauscht mich. Seine Augen bestehen nur mehr aus weißer Lederhaut, sowohl Iris als auch Pupillen sind verschwunden. Durch die milchige Membran hindurch betrachtet er mich, sein Blick ist verschleiert, leer, wie die Hülle eines Geistes.

»Qamar!«, rufe ich, und eine sonderbare Regung durchwirkt ihn. Es scheint, als kehre etwas zu ihm zurück, eine Erinnerung, die seine Wirbelsäule hinaufschießt und ihn vor Schmerz erzittern lässt.

»Qamar, ich bin es – Rea!«

Er krümmt sich, ächzt qualvoll. Hebt immer wieder abwehrend die Hände und schüttelt den Kopf. Allmählich gerät die Luft um ihn herum in Bewegung – schwillt an und bäumt sich seltsam auf –, und bald schon winden sich flammrote Wirbel um seinen Körper.

»Was ist los mit dir?«, krächze ich panikerfüllt und möchte mich rühren, kann es aber nicht. Ich bin substanzlos, ein Eindringling, der nicht in Shabahs Welt gehört.

»Qamar!«, wimmere ich abermals. Er fasst sich ins Gesicht und ein markerschütternder Schrei entfährt ihm.

Doch auf einmal verändert sich etwas.

Als sie sich aufrichtet und mich ansieht, hat sie wieder ihre alten Augen. Sie sind gestochen scharf, voller Wahrheit, und blicken mir so liebend entgegen, dass ich mich auf der Stelle geborgen fühle. Sie ist wieder *meine* Shabah. Der Wind hat sich zu einem engelsgleichen Flügelpaar geformt, das sie jetzt schützend umhüllt. Sie ist nackt, ganz sie selbst, frei von Schein und Lüge. »Kleines Gespenst«, sagt sie lächelnd.

Grenzenloses Glück durchströmt mich. »Qamar.«

Die grauen Silhouetten, mit denen sich der fremde Shabah unterhalten hat, schwellen plötzlich zur doppelten Größe an und beginnen, unruhig zu zucken.

Angst unterwandert Qamars Gesichtszüge – und was als Nächstes passiert, lässt mir das Blut in den Adern gefrieren: Mit beispielloser Brutalität stürzen sich die Gestalten auf Qamar, zwingen sie zu Boden und umschließen sie wie eine Kuppel des Todes.

»Nein! Nein! Nein!«, brülle ich aus Leibeskräften. »Lasst sie los! Bitte! Ich wollte das nicht!«

Sie ertrinkt im gewaltsamen Wüten, nur ihre Hand greift nach mir, ehe sie erstarrt und leblos herabsinkt.

Vakuumartige Schwärze flutet meine Sicht.

Qamar.

In diesem Moment entflammt vor mir ein gelber Körper, über den sich schwarze Streifen ziehen. Es ist Sachmet, die mächtige Tigerin, die über jene richtet, die gesündigt haben. Sie schnellt auf mich zu, fährt die Krallen aus, fletscht die messerscharfen Zähne – und plötzlich *habe* ich wieder einen Körper. In den sich jetzt ihre Fangzähne bohren, tief, tief hinein in meine Haut, mein Fleisch, meine Muskeln, bis meine Knochen brechen und das Blut aus mir herausspritzt.
Es ist alles meine Schuld. Ich habe Qamar verwundbar gemacht. Ich bin diejenige, die sie ins Verderben gestürzt hat.

Die Tigerin beugt sich über mein Gesicht und ein höllengleiches Grollen sprudelt aus ihrer Kehle. *Ihre Augen – kein leuchtendes Citrin, sondern totes Weiß.*
Das ist nicht Sachmet.

»Weiche, Dschinn!«, röchle ich mit letzter Kraft.

Über mir reißt die Dunkelheit auf und ein blauer Himmel strömt ein. Eine majestätische Falkin stürzt herab und packt den Tiger am Nackenfell. Noch im selben Atemzug verändert sich die Gestalt der Raubkatze: Sie verwandelt sich in einen glimmenden, entstellten Dämon, der nun bestialisch aufbrüllt.

Während mein Herzschlag ausklingt, beobachte ich den Kampf zwischen Falke und Dschinn, zwischen Gut und Böse. *Wer wird siegen?*

Meine Gedanken schweben hinfort.

Mein Körper wird schwer.

Ganz gleich, wo ich erwachen werde, ob Himmel oder Hölle, Hauptsache, Qamar wartet dort auf mich.

∪

Als ich die Augen aufschlage, sitzt meine Mutter neben mir auf der Bettkante.

»Du musst etwas essen, Rea«, sagt sie bestimmt.

Ich blinzle orientierungslos und frage mich, wie lange sie schon in meinem Zimmer wartet. »I-ich kann nicht.«

»Doch, du kannst.« Sie reicht mir eine dampfende Schüssel. »Wenigstens ein paar Bissen.«

»Habe ich geschlafen?«, frage ich, während mir Blut in die Mundwinkel rinnt. Meine Lippen sind derart spröde, dass sie beim Sprechen aufgerissen sind.

»Ja, tief und fest.«

Benebelt linse ich auf die Matratzenmulde neben mir.

»Wo ist Rami?«

»Dein Vater macht gerade einen Spaziergang mit ihm.«

»Wie spät ist es?«

»Schon gegen Mittag.« Sie klimpert demonstrativ mit Gabel und Löffel. »Du brauchst Energie, Rea.«

»Nein«, brumme ich.

»Wann haben wir jemals etwas erreicht, indem wir einfach aufgeben?«, ruft meine Mutter überraschend energisch. »Ganz genau, *niemals*. Qamar ist irgendwo da draußen! Und sie braucht jetzt unsere Hilfe! Du kannst dich nicht geschlagen geben, noch bevor du überhaupt gekämpft hast. Bevor *wir* gekämpft haben. Seien wir ihre Stimme – und seien wir ohrenbetäubend laut!« Sie erzittert leicht. »Lass Qamar nicht im Stich, Rea.«

Mit einer ruckartigen Bewegung setze ich mich auf. »Das würde ich niemals tun.« Ich nehme die Schüssel aus ihrer Hand und spähe hinein: *Bolognese mit Ringelnudeln statt Spaghetti und extra viel Parmesan.* »D-danke.«

»Schon besser.« Mama nickt zufrieden. »Wir müssen

in einer Stunde im Mondreich sein, ich empfehle dir also, schnell aufzuessen, eine Dusche zu nehmen und dich anzuziehen.« Weil ich sie bloß mit offener Kinnlade anstarre, zwinkert sie liebevoll und gibt mir mein Handy zurück, das auf der Polizeistation konfisziert wurde. »Du hast in Katar ein paar außergewöhnliche Freunde gefunden. Farah ist gerade dabei, eine ganze Armee für Qamar aufzustellen. Die Einzige, die noch fehlt, bist du.« Bevor sie mein Zimmer verlässt, dreht sie sich noch einmal zu mir um und sagt: »Liebe bewegt mehr, als Hass jemals könnte. Vergiss das nicht, Rea.«

Nachdem ich aufgegessen habe, ertönt *Adhān*, der Ruf zum Gebet. Ein sanftes Beben durchwirkt mich. Ich steige aus dem Bett und schreite zum Fenster. Vor mir erstreckt sich Msheireb mit seinen blütenweißen Dächern, dahinter liegt Al Jasra und der Goldglimmer des Souq-Waqif-Markts. Orte voll magischer Schicksalhaftigkeit und ergreifender Schönheit.

Der Gebetsruf tropft wie Regen auf die Straßen hinab, zerplatzt auf dem warmen Sandstein und hinterlässt einen duftenden Glanz. Worte, die mir Tränen in die Augen treiben, obwohl ich sie noch nicht einmal verstehen kann. Worte, die heute von einer tiefen Schwermut durchwoben sind.

Ob die Moschee deshalb so traurig klingt, weil Gott um Qamar weint?

Entschieden reiße ich das Fenster auf und lehne mich weit hinaus. Hole tief Luft und fühle, wie die Kräfte schäumend in mir hochschlagen. »Ich werde nicht eher ruhen, bis ich uns einen Platz in dieser Welt erkämpft habe, Qamar!«, rufe ich. »Du wirst frei sein, das verspreche ich dir! Jeder wird deine Geschichte kennen, und jeder wird um die Ungerechtigkeit wissen, die dir widerfahren ist!« Mehrmals hintereinander spreche ich ihren Namen aus. »Ich liebe dich – im Sand, im Sturm, in jeder Version und jedem Universum. Ich werde niemals aufhören, mutig für dich zu sein.«

Ich senke den Blick – und mit allem, was ich bin, hoffe ich, dass *Adhān* meine Worte zu ihr tragen wird.

25.
Sturmflirren

Ich traue meinen Augen nicht, als ich die schmale Wendeltreppe zum Mondreich hinabsteige. Die Stuhlreihen, die normalerweise nur bei Aufführungen zum Einsatz kommen, sind alle besetzt. Die Sitzecke, die wir vor den Proben für Besprechungen nutzen, ist ebenfalls gedrängt voll. Ich entdecke Miss Hollywood und die Mädchen aus der Theatergruppe. Auch einige Partygäste erkenne ich wieder. Die meisten Gesichter sind mir jedoch unbekannt: junge Frauen und Männer, die mir nun voll fiebriger Erwartung entgegensehen.

Auf der Bühne stehen Farah, Nour, Bronze und Sepideh. Sie lächeln mich an – und der Anblick der vier Accelerate-Frauen erfüllt mich sofort mit einem bittersüßen Trost.

»Da bist du ja endlich!« Farah stemmt die Hände in die Hüften, ihr Gesicht glüht vor Entschlossenheit. »Wir haben schon auf dich gewartet.«

»W-was hat das zu bedeuten?«, keuche ich baff.

Sie öffnet die Arme. »Darf ich vorstellen: Qamars Rettungskomitee!«

Meine Mutter bestätigt die Aussage mit einem Nicken. »Wir haben uns gestern zum ersten Mal versammelt, um einen Plan auszuarbeiten.«

Vor Dankbarkeit schießen mir Tränen in die Augen.

»Du bist nicht allein«, verkündet Sepideh. »Wir stehen

hinter dir, und wir werden alles dafür tun, dass Qamar wieder freikommt.«

»Jeder von uns könnte Shabah sein«, wirft ein Jugendlicher ein. »Ihr Schicksal betrifft uns alle.«

Nour sagt etwas auf Arabisch, und Bronze übersetzt für sie: »Wir haben Qamar versprochen, dass ihr Accelerate Schutz gewährt – und an dieses Versprechen werden wir uns auch halten!« Sie reißt die Faust in die Luft und fügt mit kämpferischer Stimme hinzu: »Sie haben sich mit den falschen Schwestern angelegt!«

»Mir fehlen die Worte«, stammele ich und tupfe mit dem Ärmel über meine Wangen.

»Macht nichts. Hauptsache, du hörst jetzt gut zu«, erwidert Farah in ihrem unverwechselbaren Kommandoton. »Carolin, willst du anfangen?« Dass sie meine Mutter beim Vornamen nennt, verblüfft mich. Und als sich *Carolin* auch noch zu den Accelerate-Frauen auf die Bühne gesellt, gerate ich endgültig ins Staunen.

»Wir sind uns einig, dass wir uns zu diesem Zeitpunkt nicht auf Institutionen verlassen können. Hier ist zu viel Politik im Spiel, zu viel Geld. Katar ist in den letzten Jahren nicht nur für Deutschland ein wichtiger Ressourcenpartner geworden und kein Land dieser Welt würde sich die Gunst eines so einflussreichen Mitspielers verscherzen wollen. Außerdem ist Qamar Katarerin, also hat sowieso niemand etwas zu melden. Unser großer Trumpf jedoch ist, dass wir durch die Verhaftung einer Diplomatentochter die Aufmerksamkeit der ausländischen Medien auf uns lenken konnten.« Meine Mutter zeigt auf mich und ist auf einmal ganz die nüchterne Journalistin. »Noch wird das rabiate Einschreiten der Polizei dadurch gerechtfertigt, dass Drogen konsumiert wurden, was – wie wir bereits ausführlich erörtert haben – nicht der Wahrheit entspricht. Ich habe meinen Kontakten weitergegeben, dass die Wüstenpartys in Wirklichkeit ein Refugium queerer Gemeinschaften sind. Sie wissen um Qamars Sexualität und um die Umstände, unter denen sie festgenommen wurde. Zudem habe ich geleakt, dass diejenigen mit Geld und Status noch in derselben Nacht freigelassen wurden.«

»Wenn wir alle zusammenlegen, wäre es dann nicht möglich, Qamar freizukaufen?«, erkundigt sich Pria aus der Theatergruppe.

»Wir haben bereits versucht zu verhandeln, aber die Behörden blocken ab«, erklärt Farah. »Ich glaube, sie haben Verdacht geschöpft und wollen unter keinen Umständen bestechlich wirken.«

Nachdenklich reibe ich mir das Kinn. »Wie steht es um die anderen, die in Gewahrsam genommen wurden?«

»Schatz …«, beginnt meine Mutter gedämpft. »Soweit wir wissen, ist Qamar die Einzige, die ins Gefängnis überführt wurde.«

»Was?«, krächze ich ungläubig. »*Wieso?*«

»Diese Frage stellen wir uns auch.« Sie seufzt leise. »Es könnte daran liegen, dass man euch beim Küssen erwischt hat. Möglicherweise ist ihre Kleidung schuld daran gewesen. Oder das Stuntfahren. Eventuell hat sie bei der Verhaftung Widerstand geleistet. Kurz gesagt: Sie haben einen Sündenbock gesucht und Qamar ist das schwächste Glied gewesen.«

Ich merke, wie sich ein Knoten in meinem Hals bildet. »D-das ist so verdammt ungerecht!«

»Ja, ist es«, sagt Farah. »Aber vielleicht ist Qamar die Veränderung, die wir so dringend brauchen.« Tief atmend konzentriert sie sich auf die nächsten Worte: »Wir werden sie da rausholen, Rea, das schwöre ich dir.«

»Zurück zu unserem Plan.« Mama tritt in die Bühnenmitte. »Die Presse hat angebissen. Das bedeutet, wir haben jetzt ein kleines Zeitfenster, um uns Gehör zu verschaffen. Wir müssen die Story so weit publik machen, dass sie sich nicht mehr eindämmen lässt. Denn genau das werden sie versuchen: uns zu übertönen und einzuschüchtern.« Zu meiner Verwunderung schnappt sie sich die Zigarette, die Farah angezündet hat, und zieht daran. »Preisfrage: Um was sorgt sich jedes Land am mei-he-he-he-sten?«

Weil sie mit dem Husten angefangen hat, übernimmt Farah das Ruder: »Um seinen *Ruf* – das ist unser größtes Druckmittel. Im offiziellen Bericht heißt es, dass Qamar wegen Drogenbesitzes verhaftet wurde, was eine Lüge ist. Dieser Schachzug verrät uns allerdings, dass hier jemand einen Image-Schaden vermeiden möchte. Strukturen der Macht wollen immer mitmischen, um noch mächtiger zu werden, doch das erfordert einen gewissen Konsens, also zumindest den *Anschein* einer übereinstimmenden Meinung. Und heutzutage schickt es sich nicht mehr, ein junges Mädchen aufgrund ihrer sexuellen Orientierung einzusperren.«

»Das passiert in der Politik übrigens andauernd«, bemerkt Sepideh. »Nach außen hin präsentiert man sich progressiv und kompromissbereit, hinter den Kulissen dagegen hält man an den autoritären Prinzipien fest.«

Nour murmelt etwas von *Sportswashing* und facht dadurch erregte Einzelgespräche an.

»Ich verstehe, was ihr sagt«, unterbreche ich die allgemeine Unruhe. »Aber wie hilft das Qamar weiter?«

»Ein Video!«, trillert Miss Hollywood, als hätte sie auf diesen Moment gewartet. »So bewegend, so echt, so aufrüttelnd, dass die Menschen gar nicht anders können, als *hinzusehen*!« Auf ihren Eiszapfen-Stilettos stöckelt sie nach vorne. »Du wirst zur Welt sprechen, Rea. Du wirst ihnen die Wahrheit über dich und Qamar erzählen. Und wir werden dir dabei zur Seite stehen.«

Rufe der Zustimmung mischen sich mit Applaus.

»Jeder von uns wird die Kleidung tragen, in der Qamar verhaftet wurde«, setzt Miss Hollywood fort. »Außerdem werden wir uns alle *outen* – und zwar als Befürworter der einzig wahren, rechtmäßigen und zulässigen Form von Liebe: die des eigenen Herzens!« Sie dreht sich im Kreis und ihr weißer Flatterrock weht weit hoch.

»Natürlich nur, wenn du das möchtest, Rea«, fügt Mama hinzu.

Mein Blick schweift über die Stuhlreihen – die meisten Anwesenden sind Einheimische, viele von ihnen werden Musliminnen und Muslime sein. »Ist das nicht gefährlich für euch?«

»Qamar hat nur dieses eine Leben. Wir *alle* haben nur dieses eine Leben. Und wir sind es leid, die kostbare Zeit, die uns geschenkt wurde, mit Angst zu verschwenden«, antwortet eine Frau und nimmt die Hand ihrer Sitznachbarin.

Diese ergänzt unter Tränen: »Der einzige Ort, an dem wir uns sicher gefühlt haben, wurde uns genommen. Jetzt bleiben uns nur Verdammnis und Einsamkeit – oder aber wir setzen uns endlich zur Wehr!«

»Man ächtet uns, behandelt uns wie Kriminelle, obwohl wir nichts getan haben!«, ruft ein Junge, der kaum älter ist als ich. »Wir werden uns nicht länger verstecken!«

»Liebe darf niemals mit Schuld gleichgesetzt werden«, schließt Sepideh.

»Da gibt es noch etwas, das ihr wissen solltet.« Heftig branden die Emotionen gegen meine Brust. »E-es ist meine Schuld – der Polizeieinsatz, die Festnahmen. Qamar sitzt wegen *mir* im Gefängnis.«

»Was redest du da?«, fragt Bronze.

»Ich bin unvorsichtig gewesen und habe ausgeplappert, dass wir auf eine verbotene Party gehen.«

»Seit wann verkehrst du mit Tannenbaumlieferanten?« Mein Blick schnellt zu Bronze hoch. »Wie bitte?«

»Wir haben schon längst herausgefunden, wer uns verpfiffen hat: Es war ein Auftragnehmer von Rahim«, erläutert sie. »Der Idiot hat sich Christbäume mitten in die Wüste liefern lassen. Kein Wunder, dass die falschen Leute auf uns aufmerksam geworden sind.«

»D-dann hat Amila überhaupt nicht die Polizei gerufen?«, stottere ich.

»Ich traue dem Dschinn zwar vieles zu, aber das war sie nicht. Wie so oft in der Geschichte der Menschheit hat das krankhafte Geltungsbedürfnis eines einzelnen Mannes alles zu Fall gebracht«, antwortet Farah trocken und löscht den Zigarettenstummel in einem Wasserglas. »Der Einladung zu unserem Treffen ist Amila bisher allerdings nicht gefolgt. Wir haben sie vor zwei Tagen kontaktiert, genau wie die anderen. Gerade können wir jede Hilfe gebrauchen, und ich hatte gehofft, sie würde sich dir gegenüber loyal zeigen.«

Ich benötige einen Augenblick, um das Gesagte zu verarbeiten – da ruft Sepideh: »Lasst uns loslegen! Die Uhr tickt und wir haben einiges vorzubereiten.«

»Eins noch«, wendet Farah ein. »Konntest du mittlerweile einen Anwalt auftreiben, Carolin?«

Meine Mutter schüttelt den Kopf. »Ich suche, aber die Angelegenheit erweist sich als äußerst schwierig. Wie du weißt, haben Homosexuelle hierzulande kein Recht auf einen Strafverteidiger.«

»Mist«, knurrt sie. »Tja, dann müssen wir die Sache eben selbst in die Hand nehmen! Diplomatentochter« – ihre Stimme umbläst mich wie Feuer – »überlege dir genau, was du sagen möchtest. Wir haben nur diese eine Chance. Heute Abend senden wir das Video in die Welt hinaus!«

Ich nicke.

»An die Arbeit!«, trällert Miss Hollywood, und das Schieben von Stühlen mischt sich mit eifrigem Gemurmel.

◡

Alles ist vorbereitet. Zwölf Stühle haben auf der Bühne Platz gefunden, inklusive meinem, der in der Mitte der vorderen Reihe steht. Elf Frauen haben sich bereit erklärt, Dischdaschas anzuziehen und mit mir im Video zu erscheinen, darunter Sepideh, Bronze und natürlich Farah. Nour bleibt hinter der Kamera – wie einige andere auch –, denn für sie wäre es schlichtweg zu gefährlich, ins Visier der Polizei zu geraten. Fragen werden keine gestellt.

Der Rest der Gruppe formiert sich unter Miss Hollywoods Anweisung vor der Bühne. Sie halten Schilder, auf denen entweder **#ACCELERATE** oder **#FREEQAMAR** geschrieben steht.

Chloe, Thea und Min-seo aus der Theatergruppe flattern mit Puderquasten umher, zupfen Kleider zurecht und scheitern am Versuch, meine Locken zu bändigen. Pria belichtet die Bühne mit einem zusätzlichen Scheinwerfer.

Schließlich posaunt Miss Hollywood: »Ich glaube, wir sind so weit! Rea – *Text?*«

Ich zeige den Daumen hoch.

»Gut« – sie klatscht anspornend in die Hände – »brennen wir die Grenzen des Möglichen nieder!«

»*Die unendliche Fantasie ist unsere Spielweise!*«, rufen wir im Chor.

»Moment!« Farah wedelt mit ihrem Handy herum. »Zwei Statistinnen fehlen noch.«

Wie auf Knopfdruck ertönen Schritte auf der Wendeltreppe und zu meiner großen Überraschung betreten Frau Nasir und Amila das Mondreich. Sie stoppen im Eingangsbereich, und ich kann an Amilas Gesichtsausdruck ablesen, dass sie mit mir sprechen möchte. Unter den forschenden Blicken der Anwesenden erhebe ich mich und gehe auf die Neuankömmlinge zu.

Frau Nasir begrüßt mich mit einer innigen Umarmung, und als ich vor ihre Enkelin trete, merke ich, wie viel Überwindung es mich kostet, sie anzusehen.

»Ich kann leider nicht bleiben, weil gewisse Mitglieder meiner Familie es nicht gutheißen würden«, beginnt Amila mit einem traurigen Lächeln. »Aber ich wollte dir sagen, dass ich immer für dich da bin, wenn du Gesellschaft brauchst, oder Trost. Meine Großmutter hat mir erzählt, was geschehen ist. *Wallah*, es bricht mir das Herz.«

Fragend neige ich den Kopf zur Seite. »Aber ich dachte, du bist böse auf mich, weil ich mit Farah befreundet bin.«

»Ich gebe zu, dass es mich verletzt hat, als du mir wegen

ihr die kalte Schulter gezeigt hast«, entgegnet sie. »Aber langsam verstehe ich, warum du das getan hast. Ich habe dir das Gefühl gegeben, dass du nicht offen mit mir reden kannst. Vor lauter Eifersucht ist mir völlig entgangen, dass du eine schwere Zeit durchmachst. Bitte, Rea, verzeih mir.«

»O-okay«, krächze ich, immer noch perplex über Amilas Sinneswandel.

Plötzlich nimmt sie meine Hand. »Was sie mit deiner Freundin gemacht haben, ist schrecklich. Qamar hat niemandem etwas zuleide getan.«

»Aber du *hasst* Menschen wie uns!«, platzt es völlig ungefiltert aus mir heraus. »Du verurteilst doch alles, wofür wir stehen.«

»D-das ist nicht wahr.« Beschämt senkt sie den Blick. »Vielleicht erwecke ich manchmal den Eindruck, konservativ zu sein, aber ich würde *niemals* befürworten, dass jemand wie Qamar eingesperrt wird. Laut Koran ist es sogar unsere heilige Pflicht, die Verwundbaren in unserer Gesellschaft besonders zu schützen. Es liegt nicht an uns, über sie zu richten und über die Sprache ihrer Herzen zu urteilen.«

Ich keuche leise. Ihre Worte lösen in mir ein solch ergreifendes Gefühl aus, dass mir erneut die Tränen kommen.

»Du musst mir glauben«, fügt sie beinahe verzweifelt hinzu. »Ich bin auf eurer Seite.«

Im nächsten Augenblick schließe ich sie fest in die Arme – und sie seufzt erleichtert auf.

»War die Blume, die du mir geschenkt hast, von ihr?«, flüstert sie in meine Locken hinein.

Ich denke an die purpurnen Pfingstrosen, die Qamar

mir nach der Theateraufführung überreicht hat, und nicke schmerzlich.

Sie streichelt meinen Rücken. »Es tut mir unfassbar leid, Habibti. Ich hoffe so sehr, dass ihr bald wieder vereint seid. *In sha Allah.*«

»Wir sollten jetzt wirklich anfangen«, ermahnt uns Sepideh.

»Bis bald, Rea«, schnieft Amila. »Nilu und Mo richten dir übrigens ganz liebe Grüße aus.«

»Bis bald, Ami. Und ... *danke*«, sage ich, während ich mich von ihrer Umarmung löse.

Beim Betreten der Wendeltreppe dreht sie sich noch einmal um. »Ich hole dich in zwei Stunden ab, Großmutter!«

»Frau Nasir«, frage ich verdutzt, »bleiben Sie etwa hier?«

»Natürlich, Ronja!«, kräht diese schmetternd laut. »Ich bin eine alte Witwe! Mir ist völlig gleich, was die Leute über mich denken! Was mir *nicht* egal ist, ist, dass ein unschuldiges Mädchen im Gefängnis sitzt!« Sie zieht ihre rechte Sandale aus und hält sie wie eine Streitaxt in die Luft. »Also, zeigen wir diesen Ignoranten, wo es langgeht!«

Fünf Minuten später hat Frau Nasir ihren Karak Chai ausgetrunken (»Keine Widerrede, Rela, eine Tasse Tee muss sein, bevor wir die Welt retten!«) und sich auf die Bühne bequemt. Sie sitzt auf einem Stuhl, den sie hemmungslos krakeelend zwischen Farah und Bronze gezwängt hat, und wirkt *endlich* zufrieden.

Miss Hollywood seufzt erschöpft (die zeitweilige Unordnung auf der Bühne hat sie an den Rand eines Nervenzusammenbruchs getrieben) und beugt sich über die Standkamera. »Sind alle bereit?«

»Fast. *Eine* Statistin fehlt immer noch«, antwortet Farah verheißungsvoll. »Ich möchte euch darum bitten, keine hektischen Bewegungen zu machen. An die Männer unter euch: Vermeidet Blickkontakt, das könnte sie als Provokation missverstehen. Großmutter« – sie grinst Frau Nasir an – »nicht mehr herumbrüllen, in Ordnung? Miss Hollywood, lenken Sie die Emotionen, die Sie gleich empfinden werden, bitte nach *innen*. Und Carolin« – sie schaut zu meiner Mutter, die verdattert blinzelnd vor der Bühne steht – »bitte sei nicht so *deutsch* wie deine Tochter und bleib einfach locker.«

In derselben Sekunde, in der mich eine Ahnung beschleicht, klatscht Farah dreimal in die Hände ... und der Bühnenvorhang bauscht sich auf.

»Ach, du heiliger Strohsack!«, keucht Mama taumelnd. Miss Hollywoods Augen werden groß wie Untertassen.

Gleich einer Fantasiegestalt entschlüpft Sachmet dem Verborgenen und stolziert majestätischen Schrittes über die Bühne. Auf das Seufzen und Stöhnen ihrer Zuschauer reagiert die mächtige Raubkatze mit einem sinnesberauschenden, beinahe schon *verzauberten* Grollen, das aus jeder Pore ihres Körpers zu dringen scheint. Ihr citringelber Blick wandert durch die Reihen, ist so fühlbar wie eine echte Berührung. Sie nimmt den ganzen Raum ein, erfüllt die Luft mit Hitze, summender Elektrizität und einer Melodie von Unbesiegbarkeit.

Dann bleiben ihre Pupillen an mir haften – und eine merkwürdige Regung durchfährt mich. Im brillanten Schwarz entdecke ich Qamars Abdruck; Tropfen ihres

Wesens und Spuren ihrer Gegenwart. Sachmet hat die Erinnerung an sie konserviert, und nun, da ich im Bann der Tigerin stehe, fühlt es sich so an, als wäre Qamar bei mir. Als küsste ich sie noch einmal im wilden Sturmflirren. Ich spüre die ganze Weite und die ganze Tiefe meiner Liebe zu ihr. Spüre die Dunkelheit meines Schmerzes, das Licht meiner Hoffnung – und all die Schattierungen dazwischen.

»*You are my girl*«, klingen ihre Worte in den Hallen meines Herzens wider … bevor Sachmet unsere Verbindung kappt und sich vor meinen Füßen niederlegt.

»*Jetzt* sind wir bereit.«

»Äh, m-mit dem Tiger?«, stammelt Mama.

»Wir wollen doch, dass die Menschen uns *sehen*«, erwidert Farah bedeutungsvoll.

Miss Hollywood unterdrückt einen Freudentanz und ruft leise: »Drei, zwei, eins … ACTION!«

Sachmet stößt ein Brüllen aus, das keinen Widerspruch zulässt – und ich erzähle die Geschichte von Qamar und mir.

∪

Nach einer halben Stunde sind wir mit der Aufnahme fertig, und die Technikbegabten unter uns haben sich mit ihren Laptops in den Kostümraum zurückgezogen, um das Video zu bearbeiten. Auch meine Mutter klebt am Bildschirm und versendet eine E-Mail nach der anderen. Der Rest der Gruppe bespricht Social-Media-Strategien und diskutiert über Hashtags und Reichweiten. Gemeinsam mit Miss Hollywood überwachen die Accelerate-Frauen das produktive Durcheinander und mahnen immer wieder zur Eile.

Ich sitze neben der ruhenden Tigerin auf der Bühne und fühle mich noch ganz benommen vom Dreh. Qamar und ich haben mit allen Mitteln versucht, unsere Beziehung geheim zu halten, deshalb ist es eigenartig, nun so offen darüber zu sprechen. Nichtsdestotrotz bin ich der festen Überzeugung, die richtige Entscheidung getroffen zu haben. Dass die Menschen in diesem Raum ihre eigene Sicherheit aufs Spiel setzen, um uns zu helfen, erfüllt mich mit einer tiefen Demut. Wie viel sie riskieren – für ihre Ideale, für die Liebe, für eine bessere Zukunft –, ist wahrlich bemerkenswert. Und obwohl *ich* diejenige gewesen bin, die vor der Kamera gesprochen hat, ahne ich, dass jede und jeder der hier Anwesenden bereits ähnlich schmerzhafte Erfahrungen gemacht hat.

Alle sind so sehr in ihre Aufgaben vertieft, dass ich die Erste bin, die das Eintreffen von Abbas bemerkt – beziehungsweise *Sachmet*, denn sie spitzt die Ohren, und der gelbe Schein ihrer Augen richtet sich auf die Wendeltreppe.

»Herr Abbas!«, rufe ich erstaunt.

Schlagartig verstummen die Gespräche.

Der Iraker trägt einen eleganten Anzug und dazu eine schwarze perfekt instand gehaltene Aktentasche. Er bleibt auf der letzten Stufe stehen und räuspert sich verlegen. »F-Frau Augustin?«

»Herr Abbas!« Meine Mutter schiebt überrascht den Stuhl zurück. »Was tun Sie hier?«

»I-ich bin gekommen, um mich für die Stelle als Qamars Strafverteidiger vorzustellen«, antwortet er etwas steif.

»Nun, ich habe ja bereits mehrfach betont, wie sehr ich Ihre Hilfe zu schätzen wissen würde. Ihre Referenzen sind hervorragend und in der Vergangenheit konnten Sie große Gerichtsverfahren für Ihre Mandanten gewinnen. Aber gestern am Telefon haben Sie noch gesagt, dass Sie kein Interesse an dem Fall haben. Sie meinten, die Angelegenheit ließe sich nicht mit Ihrem *moralischen Gewissen* vereinbaren.«

»Das stimmt.« Abbas zupft an seiner tintenblauen Krawatte. »Aber Moralvorstellungen sind schon immer austauschbar gewesen.«

Als meine Mutter bloß verständnislos die Stirn runzelt, sammelt er sich und erläutert mit fester Stimme: »Seitdem Sie mir geschildert haben, was vorgefallen ist, finde ich einfach keine Ruhe mehr. Ich habe selbst zwei Töchter und frage mich die ganze Zeit, was ich tun würde, wenn ihnen etwas Ähnliches widerfahren würde. Ob ich dann trotzdem auf dieselbe Weise urteilen würde. Mag sein, dass meine Erziehung mir vorschreibt wegzusehen, meine *Menschlichkeit* hingegen zwingt mich zum Handeln. Ich möchte dem Mädchen helfen.« Er sieht mich an und sein gezwirbelter Schnurrbart hebt sich über einem Lächeln.

Sachmets Körper neben mir entspannt sich – und noch bevor meine Mutter etwas erwidern kann, richte ich mich auf und verkünde: »Es wäre mir eine Ehre, Herr Abbas, wenn Sie uns dabei helfen würden, Qamar zu befreien. Ich weiß, dass es ihr sehr viel bedeuten wird, wenn ich ihr eines Tages von diesem Moment erzähle.«

26.
#Accelerate

Gedankenversunken betrachtet Timo Holz das lehmbraune Terrarium. Armin, der namibische Schwimmfußgecko, steht vor der Scheibe und blickt mit vorstehenden Glupschaugen zu ihm hoch. »Was sagst du dazu, mein Hübscher – hmm?«, seufzt er und streckt dem blassrosa Reptil die Hand entgegen. Armins Zunge schnellt heraus und kitzelt seine Fingerspitzen. *Keine Aranea für Armin* – schwer beleidigt flitzt der Gecko in seine Höhle und schaufelt den Eingang mit Sand zu.

Den Fahrprüfer beschäftigt, was er gerade in den Acht-Uhr-Nachrichten gesehen hat: eine Gruppe junger Frauen, die orientalische Männerkleidung trägt und die katarische Regierung dazu auffordert, eine achtzehnjährige Inhaftierte namens Qamar aus dem Gefängnis zu entlassen. Zu ihren Füßen sitzt ein *echter* Tiger.

Er hat sie sofort wiedererkannt: Rea Augustin, das lockenköpfige Mädchen, das letztes Jahr durch seine praktische Führerscheinprüfung gefallen ist. Er bekommt heute noch Schnappatmung, wenn er daran denkt, wie sie mit ihren Fahrkünsten beinahe die ganze Stadt dem Erdboden gleichgemacht hätte. Aber die Dinge, die sie im Fernsehen gesagt hat, sind ihm sehr mutig vorgekommen. Wie sie von ihrer großen Liebe gesprochen hat, dem muslimischen Mädchen Qamar, hat ihn tief berührt. Er selbst hat sich nach all den Jahren immer noch nicht getraut, sich zu outen.

Es ist ganz besonders gewesen, mit welcher Eindringlichkeit Rea über Würde und Toleranz gesprochen hat, darüber, dass Identität keine Erlaubnis brauche. Gemeinsam haben die Frauen an die Welt appelliert, dass Mitgefühl nicht nur das oberste Gebot einer jeden Religion sei, sondern auch das höchste Postulat der Menschlichkeit. Dann haben sie sich an die Hände genommen und lautstark zur Solidarität aufgerufen. *Accelerate*, so nennt sich die Gruppe, welche – wenn er die Ansage der Nachrichtensprecherin richtig verstanden hat – innerhalb weniger Tage über eine Millionen Follower auf Social Media gewonnen hat.

Am Ende des Beitrags haben sie ein Selfie eingeblendet, auf dem Rea und Qamar sich küssen – und das hat ihm endgültig den Rest gegeben. *Sie haben so glücklich ausgesehen.*

Timo Holz bringt seine Kamera in Position und nimmt auf dem Sessel gegenüber Platz. Inspiriert von diesen jungen Frauen, die keine Angst zu kennen scheinen, fordert er die Freilassung Qamars und erzählt seine eigene Geschichte. Er erinnert seine Viewer daran, dass die Welt nicht wegsehen darf, wenn Unschuldige leiden; dass Schweigen immer den Falschen eine Stimme gibt, niemals denjenigen, die gehört werden müssen.»*I am Accelerate!*«, schließt er mit feuchten Augen und lädt das Video auf seinem *The-Lizard-Man*-Channel hoch.

Auch Gabriel, Leonardo Angelinis kleiner Bruder, teilt heute keine Fantasy-Buchempfehlung auf seinem Instagram-Account, sondern postet ein Reel, in dem er sich für Qamars Freilassung starkmacht – erst auf Deutsch, dann auf Elbisch.

»*I am Accelerate!*«, brüllt er mit derselben Inbrunst, mit der auch ein König Gondors zum Kampf aufrufen würde. Schon sein Lieblingsschriftsteller J. R. R. Tolkien wusste, dass die Hoffnung auf eine bessere Zukunft oft in den Händen derer liegt, von denen man es am wenigstens erwartet hätte: *Hobbits*. Oder in diesem Fall: Rea und Qamar.

Nachdem er das Video beendet hat, stellt er fest, dass unter dem Hashtag ACCELERATE bereits unzählige Beiträge hochgeladen wurden. Reas Rede ist noch keine Woche alt, trotzdem wurde sie über sechs Millionen Mal wiedergegeben.

Gabriel möchte in einer Welt aufwachsen, in der niemand aufgrund seiner Identität diskriminiert wird. Erst gestern haben seine Eltern darüber geredet, dass in den USA mehr als siebzig neue Gesetze verabschiedet wurden, welche die Rechte queerer Menschen einschränken. Da musste er gleich an seine Klassenkameradin Alex denken, die zwar als Junge geboren wurde, aber schon immer ein Mädchen gewesen ist – wie Blumen einfach Blumen sind oder die Sonne die Sonne. Am Dienstag ist sie wieder mit einem blauen Auge in den Unterricht gekommen, weil ältere Kinder sie auf dem Schulweg verprügelt haben. *Warum fällt es Menschen so schwer, Verständnis zu zeigen? Wieso fühlen sie sich bedroht, wenn sie etwas nicht auf Anhieb verstehen?* Alex könnte jedenfalls keiner Fliege etwas zuleide tun – und Gabriel nimmt sich fest vor, sie von nun an zu beschützen. Genau wie die Accelerate-Frauen einander beschützen ...

Montags trägt Mira jetzt immer eine Dischdascha in der Schule, so wie die meisten in ihrer Klasse. Nach dem Unterricht ziehen sie gemeinsam mit den Lehrern los, um an der ACCELERATE-Demonstration teilzunehmen. In der ersten Woche nach Qamars Verhaftung haben sich rund sechzig Menschen am Siegestor versammelt, heute, einen Monat später, zählt die Demo schon mehr als 30 000 Teilnehmer. 150 000 deutschlandweit, denn überall gehen Jung und Alt auf die Straße, um sich für Qamars Freilassung einzusetzen.

Aber es geht um viel mehr: Die Katarerin, die in die Rolle eines Jungen schlüpfen musste, um sie selbst sein zu können, ist zum Sinnbild struktureller Unterdrückung geworden. Langsam wächst ACCELERATE zu etwas heran, das größer ist; eine globale Widerstandsbewegung, ein Auflehnen gegen Herabwürdigung, Ausgrenzung und Diskriminierung – ein *Umbruch*.

Jeden Montag schickt Mira ihrer besten Freundin Bilder aus Deutschland, um ihr zu zeigen, wie viele Menschen an ihrer Seite kämpfen. Sie hofft, dass Rea und Qamar eines Tages mit eigenen Augen sehen können, was sie bewirken.

Vor der Finsbury-Park-Moschee in London versammeln sich Hunderte Menschen muslimischen Glaubens, um Solidarität zu zeigen.

Autos, die mit dem schnörkeligen Buchstaben A geschmückt sind, rauschen hupend durch die nächtlichen Straßen Ammans.

In einer U-Bahn in New York schwingen junge Musliminnen die Regenbogenflagge.

Die Spielerinnen einer Pariser Frauenfußballmannschaft übermalen ihre Trikots mit Qamars Namen. Auf einem gigantischen Spruchband, das durch das Stadion wandert, steht ACCELERATE geschrieben.

Über Nacht hängt jemand ein Schild an eine Säule der Athener Akropolis: *Scham ist der Anfang der Rechtschaffenheit (Free Qamar)*.

Die ACCELERATE-Bewegung besetzt die Schlagzeilen europäischer Zeitungen. Qamars Gesicht ziert das Cover eines bekannten Hochglanzmagazins.

In Wellington versammeln sich junge Maori-Frauen und führen einen Haka-Tanz auf, um Qamar Kraft zu spenden.

Unter dem Hashtag ACCELERATE tauchen Videobotschaften queerer Menschen auf, die in Ländern wie Nigeria, Singapur, Iran, Saudi Arabien, Bangladesch, Malaysia, China und Russland tagtäglich um ihr Leben bangen müssen.

In einem Zoo in Göteborg lernt ein Kolkrabe, das Wort *Accelerate* zu sagen, und geht damit viral.

In Palermo hängen Jugendliche Regenbogenflaggen von den Kirchendächern.

Über Budapest schreibt ein Propellerflugzeug LOVE IS LOVE! FREE QAMAR! in den Himmel.

Carolin Augustin veröffentlicht einen Artikel, der in über zwanzig Sprachen übersetzt wird, und dankt darin den Menschen vor Ort in Katar, die sich unermüdlich für Qamars Freilassung einsetzen.

Die Welt lernt Abbas Mahdi kennen, der sich trotz anfänglicher Vorbehalte dazu entschieden hat, als Qamars Anwalt zu fungieren. In einem Interview sagt der gebürtige Iraker: »Meine Töchter haben mir gesagt, dass ich dem Mädchen helfen muss. Und meine Töchter haben immer recht. Ich höre auf sie, bevor ich auf jemand anderen höre. Außerdem weiß ich, dass ich das Richtige tue. Man darf einen Menschen nicht dafür bestrafen, einen anderen Menschen zu lieben.«

In einer Wohnung im Herzen Tokios bricht Hektik aus.

»Das ist das Mädchen, von dem ich euch erzählt habe! Rea aus der Wüste! Sie ist wieder in den Nachrichten!«, kreischt

Aya aufgeregt und wirft ein Kissen nach ihrem kleinen Bruder Haruto, der neben Pompom auf dem Boden hockt. »Dreh lauter! Na los, dreh lauter!«

Der Junge zieht die Fernbedienung aus dem Maul des Königspudels, während Malu, Kentaro und Tasuku aus der Küche geeilt kommen.

Der Nacktkater Bratto Pitto krakeelt entgeistert – *Wer wagt es, sein Abendessen zu stören?!*

Rea schaut in die Kamera. »Bitte halte noch ein wenig durch, Qamar. Wir werden nicht aufgeben. Niemals.« Kurz versagt ihre Stimme. »I-ich liebe dich.«

Hinter ihr stehen stark und stolz die berühmten Accelerate-Frauen.

»Wow.« Haru wischt sich eine Träne aus dem Gesicht.

»Ich hoffe so sehr, dass Rea und Qamar sich eines Tages wiedersehen werden«, flüstert Malu und lehnt sich an Kentaro.

Er nimmt ihre Hand und erwidert lächelnd: »Wir beide wissen doch am besten, dass Wunder wahr werden können.«

∪

Ich vermisse sie so sehr.

Wir wären jetzt zusammen in München, würden Hand in Hand durch den Englischen Garten schlendern und uns mit Mira zum Eisessen treffen – aber von diesem Geschenk, mit dem ich sie letzten Dezember überraschen wollte, weiß sie nichts. Ihren Geburtstag vor vier Monaten musste sie ganz alleine in einer Gefängniszelle verbringen; ich durfte ihr noch nicht einmal gratulieren.

Seitdem Qamar verhaftet worden ist, wird uns jeglicher

Kontakt verwehrt. Niemand kann genau sagen, wo man sie festhält. Keiner weiß, wie es ihr geht. Ob sie Angst hat. Ob sie sich einsam fühlt. Ob ihr wehgetan wird. *Ob sie noch Hoffnung hat.* Unter mir summt die singende Düne sehnsuchtsvoll und schmerzerfüllt. Ich lausche ihrer Regung, versuche, Qamars Spur im magischen Rauschen auszumachen. So verzweifelt sucht mein Herz nach einem Zeichen. Sanft umspielen die Sandkörner meinen Körper. Eine Brise weht vom Persischen Golf herbei und streichelt meine Haut. Ich denke an ihre Berührungen, an die Art und Weise, wie sie mich angesehen hat, an ihr Lächeln. *Ich vermisse sie so sehr.* Morgen früh geht unser Flieger zurück nach Deutschland. Mein Vater ist von seiner Diplomatenstelle zurückgetreten und beginnt nächsten Monat mit seiner neuen Arbeit als Fremdsprachenkorrespondent bei einem Privatunternehmen. Die letzte Umzugskiste ist verladen und all die kunterbunten Aufbewahrungsapparate in unserer Msheireb-Wohnung sind leer. Es ist der schwerste Abschied meines Lebens. Später veranstaltet Farah ein Abendessen für meine Familie, und alle haben zugesagt: Nour, Sepideh, Bronze, Adel, Amila, Nilu, Mohammed, Frau Nasir, Abbas, die Mädchen aus der Theatergruppe, Miss Hollywood und meine neuen Freunde, die ich in den letzten Monaten kennenlernen durfte. Verbündete, die sich tagein, tagaus in Gefahr bringen, um den Widerstand am Leben zu erhalten. Menschen, die für mich unersetzlich geworden sind.

Länger in Doha wohnen können wir allerdings nicht. Es ist uns kaum noch möglich, das Haus zu verlassen, ohne in eine brenzlige Situation zu geraten. Für viele sind wir

Eindringlinge, Unruhestifter, die versuchen, die Gemeinschaft mit ihrem Gedankengut zu vergiften. Wir sind auf offener Straße beschimpft worden, in unserem Wohnkomplex wird häufig vandaliert. Beinahe täglich erreichen uns Morddrohungen, im Internet wird gegen uns gehetzt und Hass geschürt – auch in Deutschland.

Wie omnipräsent Homophobie ist, mit welcher Feindseligkeit, Ignoranz und Aggressivität sie einhergeht, schockiert mich immer wieder aufs Neue. Ich hätte niemals gedacht, dass sich so viele Menschen von der Liebe zweier Mädchen persönlich angegriffen fühlen. Noch verwirrender erscheint mir, dass sich ganze Institutionen bedroht und infrage gestellt sehen, bloß weil zwei Individuen den Wunsch verspüren, zusammen zu sein.

Und dann ist da noch der Rassismus. Denn Qamar ist nicht weiß, Qamar ist nicht privilegiert und Qamar kommt auch nicht aus einem westlichen Land. Dass wir Mitgefühl und Anteilnahme ungerecht portionieren, haben Kriege und Flüchtlingskrisen längst offengelegt; dass Hautfarbe und Herkunft jedoch auch in diesem Fall eine solche Rolle spielen, damit habe ich nicht gerechnet. Genug Leute sind der Meinung, dass wir allein deshalb kein Paar sein dürfen, weil ich eine Deutsche bin und Qamar eine Araberin.

Fest steht: Der Rückhalt ist groß, aber der Gegenwind ebenso. Für die einen sind wir *gut*, für die anderen *böse*. Schattierungen dazwischen – Räume für einen Austausch, für Dialoge – gibt es kaum. Und obwohl ich versuche, mich auf das *Positive* zu konzentrieren, auf all die Menschen weltweit, die sich heroisch und unerschütterlich für Qamars Freilassung einsetzen, kann ich nicht leugnen, dass die Beleidigungen, die Demütigungen tiefe Wunden in mir hinterlassen haben.

Wenn ich mit den Accelerate-Frauen Zeit verbringe, halten sich die Dämonen von mir fern, doch sobald ich alleine bin, beschleicht mich das beklemmende Gefühl, versagt zu haben. Seit über hundert Tagen harrt Qamar in einer Gefängniszelle aus, und seit über hundert Tagen scheitere ich daran, sie zu retten. Ich habe solche Angst, dass man ihr schreckliche Dinge antut, Dinge, die niemals heilen können. Es vergeht keine Nacht, in der ich nicht um sie weine – um *uns*. Trotzdem: Ich werde niemals aufgeben. Was auch geschieht, ich werde weiterkämpfen – morgen, übermorgen, für den Rest meines Lebens, bis Qamar wieder bei mir ist. Und wenn wir uns wiedersehen – wenn ich endlich vor ihr stehe –, werde ich sie um Vergebung bitten.

Ich vermisse sie so sehr.

Rami, der neben mir liegt, wird plötzlich unruhig. Er schnieft hörbar, während die Düne verheißungsvoll raunt und wispert. Als der Windhund auch noch mit dem Bellen anfängt, schlage ich die Augen auf. Und genau dort, wo mein Blick auf den Himmel trifft, erscheint es: das schwarz-weiße Kufiya-Tuch, das Qamar am Tag des Sandsturms in den Wind geworfen hat. Mein *Glückstuch*, unter dem wir einander festgehalten haben, als wir am verwundbarsten gewesen sind.

Wie das Aufblinken eines Wunders gleitet es über die singenden Dünen und schwebt langsam zu mir herab.

Kurz kann ich mich vor Ergriffenheit nicht rühren. Dann laufe ich los – schreiend, weil ich so unglaublich viel empfinde – und fange das Tuch im Sprung ein.

Ich sinke auf die Knie, schmiege mein Gesicht in den sonnenwarmen Stoff. Er duftet nach *ihr*. Winselnd bettet Rami den Kopf auf meinen Schoß – auch er vermisst sie bitterlich.

»Danke, Qamar. Danke für das Zeichen«, schluchze ich in das Tuch hinein. »Ich liebe dich ... *für immer*.«

Irgendwann liege ich wieder im Sand und lausche dem Gesang der Dünen. Leise spreche ich Qamars Namen aus, vermenge ihn mit den goldenen Klängen. Und mit dem Herzschlag der Wüste unter mir träume ich von einer Welt, in der alle Menschen frei sind.

Ich vermisse sie so sehr.

Sieben Monate später ...

Ich blicke in das Schneegestöber, das vor dem aschgrauen Himmel perlmuttern schimmert. Die Schneeflocken wirbeln auf und ab, tanzen gegen die eiserne Kälte an, die den Spätnovember vor ein paar Tagen befallen hat. Rami, der einen gelben Kapuzenparka, einen dicken Strickschal und wasserfeste Mini-Stiefel trägt, gibt ein unzufriedenes Grollen von sich. Dem Saluki-Windhund ist der deutsche Winter noch äußerst suspekt.

Wir sitzen im silbernen BMW, den meine Eltern bei unserem Umzug vor sieben Monaten nach München verschifft haben, und warten darauf, dass Mira mit der Arbeit fertig wird. Meine praktische Führerscheinprüfung habe ich inzwischen bestanden, und zwar unter der Aufsicht des amphibischen, wechselwarmen und allgemein gefürchteten Lizard Mans. Dass Timo Holz dieses Mal sogar beinahe so etwas wie *nett* zu mir gewesen ist, stellt mich, meinen Fahrlehrer und den gesamten TÜV-Süd bis heute vor ein Rätsel ...

Die letzten Besucher verlassen die weihnachtlich dekorierte Buchhandlung und binnen Sekunden verschwimmen ihre Umrisse im silbernen Flirren.

Mira hat diesen Herbst mit ihrem Germanistik-Studium begonnen und hilft nebenbei im Hugendubel aus. Ihr großer Traum ist es, eines Tages Lektorin bei einem Verlag zu werden. Ich selbst muss das Abschlussjahr wiederholen, weil ich seit jener verhängnisvollen Wüstennacht keinen Unterricht mehr besucht habe. Wieder zur Schule zu gehen, ist noch sehr ungewohnt; generell fühlt es sich unwirklich an, alltäglichen Dingen nachzugehen, während der Mensch, den ich liebe, im Gefängnis sitzt.

Manchmal glaube ich, Qamar auf der Straße zu sehen – nur einen flüchtigen Augenblick lang, wie eine Fata Morgana. Sobald ich blinzle, ist sie wieder verschwunden. Nicht selten meine ich sogar, ihre Stimme zu hören, wenn ich über den Marienplatz laufe, ein Café betrete oder in eine Bahn einsteige. *Kleines Gespenst*, wispert sie dann, und das Echo ihrer Worte dringt in die verborgensten Tiefen meines Herzens vor. Trotz ihrer Abwesenheit ist sie überall – und ich lüge nicht, wenn ich sage, dass ich *niemals*, nicht einmal für den Bruchteil einer Sekunde, aufhöre, an sie zu denken. Sie ist immer bei mir, überlagert das Hier und Jetzt mit ihrem Abdruck, alles andere ist bloß zweitrangig. Was ich auch tue, der Gedanke an sie eilt stets voraus, überstrahlt jedes Geschehnis und jede Empfindung und drängt den Rest der Welt in den Hintergrund.

Der Kontakt bleibt uns weiterhin untersagt, lediglich die Information, dass Qamar am Leben ist, erreicht uns in unregelmäßigen Abständen. Zu einem Gerichtsverfahren ist es – entgegen allen Bemühungen – bisher nicht gekommen.

Obwohl sich die Montagsdemonstrationen mit dem Wintereinbruch aufgelöst haben, ist die ACCELERATE-Bewegung nach wie vor ein ständig wiederkehrendes Thema in den Nachrichten. Ich persönlich habe mich nach Monaten der Medienpräsenz aus der Öffentlichkeit zurückgezogen. Seitdem ich meinen Lockenkopf dunkelbraun gefärbt habe, kann ich mich wieder ungehindert durch die Straßen bewegen, und es tut gut, keine aufdringlichen Fotografen mehr im Nacken zu haben.

Mit Farah telefoniere ich täglich und auch mit Frau Nasir, Amila, Bronze und Nour tausche ich mich regelmäßig aus. Ich vermisse meine Doha-Familie sehr und hoffe, dass wir uns bald wiedersehen werden – noch ist die Situation allerdings zu heikel. Die meisten unserer Gespräche werden abgehört, unsere Korrespondenzen überwacht, und wir müssen immerzu auf der Hut sein, keine sensiblen Informationen preiszugeben. Wenn es Neuigkeiten gibt, benutzen Abbas und Farah ein Wegwerfhandy.

Ramis Schwanz wedelt, als Mira aus der Buchhandlung tritt, aber ich merke sofort, dass etwas nicht stimmt. Ungeachtet der Minustemperaturen hat sie ihren Mantel hastig über den Arm geworfen, ihre Mütze trägt sie falsch herum. Sie rennt auf uns zu und stößt dabei mit mehreren Passanten zusammen.

»Was ist los?«, frage ich, nachdem sie sich auf den Beifahrersitz fallen gelassen hat. »Hast du gerade eine Limited Edition mitgehen lassen?«

»Du weißt es noch nicht?«, keucht sie, und ihre Stimme zittert bedenklich.

»Was?«

»Rea ...« Sie legt die Hand auf meine Schulter, bevor sie weiterspricht. »Qamar ist heute aus dem Gefängnis entlassen worden.«

Ein glühend heißer Blitz durchzuckt mich. »W-wovon redest du?«

»Die Mitteilung ist vor circa zehn Minuten rausgegan-

gen.« Sie deutet auf mein Handy, das zwischen uns auf der Ablagefläche liegt.»Überall spricht man darüber.« Flimmernder Nebel steigt um mich auf und Miras Gesicht dahinter zerläuft zu einem unförmigen Klecks. »I-ich verstehe nicht.«
»Wir haben es geschafft«, verkündet sie lächelnd.»ACCELERATE hat gesiegt!«
Mein Pulsschlag schwängert die Luft mit einem ohrenbetäubenden Dröhnen. Derselbe Schmerz, der mich am Tag ihrer Verhaftung heimgesucht hat, breitet sich so explosionsartig in mir aus, dass ich laut aufschreien muss.
»Was hast du?«, krächzt Mira erschrocken.
»Ich will nicht! Nein! Ich will nicht! *Bitte* ...!« Schluchzend raufe ich mir die Haare.»Ich will nicht aufwachen!«
Meine beste Freundin schlingt die Arme um mich.»Beruhige dich, Rea, das ist kein Traum. Du schläfst nicht. Das ist die Realität – ich *schwöre* es!« Sanft streichelt sie über meinen Rücken.»Qamar ist frei.«
Kurz steht die Zeit still.
Dann flutet hellstes Licht dunkelste Schwärze.
Eine unendliche Last fällt von mir ab, all die Schichten der Verzweiflung, all die Trümmer der Traurigkeit lösen sich auf. Als würde jemand Gift aus meinen Venen saugen, klären sich meine Sinne, und eine wunderbare Kraft durchrauscht mich. Nach meiner Irrfahrt durch die längsten Nächte und finstersten Abgründe der Einsamkeit kehre ich endlich wieder an die Oberfläche zurück. Und plötzlich bricht es aus mir heraus: ein *Lachen*.
Ich steige aus dem Auto und fange an zu tanzen. Ich hüpfe vor Freude, drehe mich im Kreis, jauchze und jubele, kreische, singe und gröle ihren Namen. Grenzenlose

Euphorie überschwemmt mich – und ich zerberste beinahe, fliege beinahe, schieße beinahe zu den Sternen. *Qamar ist frei.*

Irgendwann wischen Mira und ich uns gegenseitig die Tränen von den Wangen, während Rami herzzerreißend winselt. Er hält das Glückstuch im Maul, und ich bin sicher, dass auch er begreift, was gerade passiert.

»Was nun?«, frage ich atemlos, als wir wieder im Auto sitzen.

»Ruf sie an!«, hickst Mira.

»Wirklich?« Ich kaue nervös auf meinen Fingernägeln. »Ihre Nummer geht doch nicht mehr.«

»Weil sie eingesperrt gewesen ist«, zischt sie. »Aber jetzt nicht mehr! Einen Versuch ist es wert! Also, worauf wartest du noch?«

»Okay.« In meiner Magengrube entzündet sich ein Feuerwerk der Superlative, und ich schaffe es kaum, mein Handy festzuhalten – ich bestehe bloß mehr aus schwirrendem, butterweichem *Glück.* »Es klingelt!«

Mira quiekt heiser.

Mein Herz rast, hämmert, stolpert, schlägt Saltos … Nach einer knappen Minute lege ich jedoch wieder auf.

»S-sie geht nicht ran.«

»Oh.«

Unschlüssig sehen wir einander an.

»Dafür gibt es bestimmt eine Erklärung«, ergänzt Mira mit gewichtiger Stimme.

»Ja, ganz bestimmt.«

Während sie durch die Nachrichten scrollt, versuche ich, sowohl Farah als auch Abbas zu erreichen – ohne Erfolg. Auf einmal zerrt Mira an meinem Ärmel. »Gerade ist eine Eilmeldung reingekommen!« Sie verschluckt sich an ihrem Speichel und röchelt: »Q-Qamar tritt in einer halben Stunde vor die Presse!«

Sofort starte ich das Auto.

»Warte!«, ruft meine Freundin alarmiert. »Wir fahren jetzt nicht Doha-Style, sondern ganz *besonnen* und *zivilisiert* und *vorsichtig* und – AHHHHHH!!!«

Ich trete das Gaspedal durch und beginne, laut schimpfend zu hupen …

∪

Mira, Rami und ich stürmen ins Wohnzimmer, wo meine Eltern uns bereits erwarten. Sie sitzen auf der Couch und starren wie gebannt auf den Fernseher. Mein Vater muss gerade von der Arbeit nach Hause gekommen sein, denn er trägt noch immer Mantel und Stiefeln. Auf dem Boden unter seinen Füßen hat sich eine schmutzige Schneelache gebildet.

»Schnell! Schnell! Sie schalten gleich live nach Doha!«, ruft meine Mutter, ohne uns zu begrüßen.

»Hast du mit Abbas gesprochen?«, frage ich.

Sie schüttelt den Kopf. »Ich kann niemanden erreichen. Du?«

»Nein, keiner geht ans Telefon.« Als ich mich neben sie setze, merke ich, dass sie weint. »Alles in Ordnung?«

»Ich bin einfach so überglücklich«, erklärt sie schniefend. »Wir können die Welt vielleicht nicht retten, aber wir können sie zu einem sehr viel besseren Ort machen, wenn wir nur zusammenhalten.«

»Es ist wirklich bemerkenswert, was die ACCELERATE-Bewegung bewirkt hat«, fügt mein Vater hinzu. »Ich bin unheimlich stolz auf euch.«

»Du hast auch viel dazu beigetragen, Papa«, entgegne ich lächelnd. »Du hast sogar deinen Traumjob für uns an den Nagel gehängt.«

Er drückt meine Hand. »Und ich würde es wieder tun.«

»Willst du dich nicht setzen?«, frage ich Mira, die leicht wankend im Raum steht.

»Ich brauche noch einen Moment, um mich von dem Schreck zu erholen«, knurrt diese und funkelt mich böse an. »*Drei* rote Ampeln, Rea!«

»*Gelb*«, kontere ich. »Und die Kreuzungen waren leer.«

Rami jault leise und mein Vater legt seinen Finger an den Mund. »*Pssst.* Es geht los!«

Ein Rednerpult wird eingeblendet, im Hintergrund lässt sich das Verwaltungsgebäude Dohas erkennen. Ein roter Schriftzug wandert über den Bildschirm: BREAKING NEWS – ACHTZEHNJÄHRIGE INHAFTIERTE QAMAR ANSARI AUS DEM GEFÄNGNIS ENTLASSEN. PRESSEKONFERENZ JETZT LIVE.

Noch nie habe ich mein Herz so deutlich gespürt wie in diesem Augenblick. Ich fühle seine Wölbung, sein Gewicht, die Art, wie es pumpt, wie es sich in meinem Brustkorb zusammenzieht und weitet. Die Innenflächen meiner Hände sind nass und kalt. Eine Emotion nach der anderen durchpeitscht mich, ein rohes, ungefiltertes Tosen, das mich heftig erbeben lässt. Meine Wangen glühen, in meinem Inneren toben Gewalten unvorstellbaren Ausmaßes. *Es ist so weit. Das ist der Moment, auf den ich voller Sehnsucht und voller Verzweiflung gewartet habe ...*

Als Qamar vor die Kamera tritt, ist die Erleichterung so groß, dass mir sofort die Tränen kommen. Ich sacke in die

Knie, kralle mich in den Teppichboden fest und beginne, unkontrolliert zu schluchzen.

Sie ist verhüllt, lediglich ihr Gesicht lugt unter dem schwarzen Stoff hervor. *Ihr Gesicht. Wie ich diesen Anblick vermisst habe ...*

Mit gesenktem Blick räuspert sie sich, presst kurz die Lippen zusammen. Dann fängt sie an, auf Arabisch zu sprechen, langsam und auffallend monoton.

Sogleich übertönt die Stimme einer deutschen Übersetzerin ihre Worte: »Was die Leute im Internet sagen, die hinterhältigen Lügen, die sie über mich verbreiten ... das ist alles nicht wahr. Meine Verhaftung war rechtmäßig. Man hat mich mit illegalen Substanzen erwischt – und ein Vergehen wie dieses muss bestraft werden. Ich bereue sehr, was ich getan habe. Ich schäme mich vor meiner Familie ... und vor Gott. Dass meine Haftstrafe verkürzt wurde, erfüllt mich mit tiefer Dankbarkeit. Ich werde nie vergessen, welche Gnade mir zuteilwurde.«

Graues Störrauschen senkt sich über die Wirklichkeit, und ich kann hören, wie Mira entsetzt aufstöhnt.

»Haben sie eine Nachricht für die ACCELERATE-Bewegung?«, brüllt ein englischer Reporter.

»Nein«, entgegnet Qamar in missbilligendem Ton. »Sie sind Fremde für mich. Und ich möchte nicht länger mit der unmoralischen Propaganda dieser Gruppe assoziiert werden.«

»Was werden Sie nach Ihrer Freilassung tun?«, ruft ein anderer.

»Ich werde nach Hause gehen.«

»Zu Ihrer Familie?«

»Korrekt.« Abrupt tritt sie vom Rednerpult zurück, und

die Kamera verfolgt sie dabei, wie sie unter Blitzlichtgewitter und leicht hinkend auf einen weißen SUV zusteuert.

In der nächsten Sekunde ist alles vorbei und der Nachrichtensprecher schaltet zurück ins Studio.

»Was hat das zu bedeuten?«, krächzt Mira in die vakuumartige Schockstille hinein.

»B-bestimmt haben sie ihr ein Skript gegeben«, stammelt meine Mutter und ringt dabei sichtlich mit der Fassung.

»Ich fürchte, ja.« Mein Vater nickt mechanisch. »Mit Sicherheit hat man sie gezwungen, diesen gequirlten Mist von sich zu geben.«

»Mir ist schlecht«, stoße ich heraus.

Erneut meldet sich Mira zu Wort: »Ihre Familie hat doch die ganze Zeit über keinen Finger gerührt, um uns zu helfen. Wieso sollte sie ausgerechnet zu den Leuten zurückkehren, die sie verstoßen haben?«

Winselnd schaut Rami zwischen uns hin und her.

»Ich gebe zu, die Situation ist äußerst verwirrend«, haspelt meine Mutter und knetet sich die Stirn. »Das Einzige, was zählt, ist, dass Qamar frei ist. Alles andere wird bestimmt bald Sinn ergeben. Wenn ich nur Abbas irgendwie erreichen könnt…«

»Ich muss sofort nach Doha!«, unterbreche ich sie energisch. Ich habe das Gefühl, über den Rand einer Klippe getreten zu sein – und nun stürze ich in waberndes Nichts. »Ich muss mit Qamar reden! Ich muss herausfinden, was los ist!«

»Re…«

»Nein!«, rufe ich und verliere vollends die Beherrschung. »Ich *liebe* sie! Ich liebe Qamar mehr als alles andere! Und

jetzt, wo sie endlich frei ist, bin ich nicht an ihrer Seite, um ihr beizustehen!« Ich greife nach dem Couchkissen und heule hinein. »Ich will zu ihr, verdammt noch mal!«
»Beruhige dich, Schatz«, flüstert Mama und streichelt meine Haare. »Eine Reise nach Katar wäre viel zu gefährlich. Wenn du verhaftet wirst, hilft das niemandem weiter.«

»Ich verstehe das einfach nicht«, wimmere ich. »Was hat Qamar dazu bewegt, diese absurden Dinge zu sagen?«

»Wahrscheinlich ist das der Deal gewesen«, meint mein Vater. »Ganz offensichtlich ist der Druck von außen zu groß geworden, deshalb hat man sie freigelassen. Im selben Atemzug jedoch einen Fehler oder gar eine Niederlage eingestehen – das würde die katarische Regierung zu sehr schwächen. Mit ihrer Taktik haben sie gleich zwei Fliegen mit einer Klappe geschlagen: Die ACCELERATE-Bewegung wurde ihrer Glaubwürdigkeit beraubt und die Rechtmäßigkeit von Qamars Verhaftung besiegelt.«

»W-wenn sie es aber ernst gemeint hat?«, raune ich. »Was, wenn sie wirklich nichts mehr mit mir zu tun haben möchte?«

»Sagt dir dein Herz denn, dass es vorbei ist?«, fragt meine Mutter.

Ich horche in mich hinein; tauche in den leuchtenden Ozean hinab, der aus meiner Liebe zu Qamar besteht. »Nein«, antworte ich.

»Dann verschwende keinen Gedanken mehr daran, sondern halte an dem fest, was euch verbindet«, schließt sie bedeutungsvoll.

Papa tätschelt Ramis Stirn. »Wir müssen uns in Geduld üben. Sicherlich gibt es einen guten Grund dafür, weshalb sich noch niemand vor Ort mit uns in Verbindung gesetzt hat.«

»Ich glaube, deine Eltern haben recht.« Mira schenkt mir ein zuversichtliches Lächeln. »Wir stehen so kurz vor dem Ziel, es wäre schade, jetzt aufzugeben.«

»O-okay.« Ich muss meinen Händen etwas zu tun geben, um mich abzulenken. »Wie wäre es, wenn ich uns einen Karak Chai zubereite?«

Mein Vater gibt ein sarkastisches Schnauben von sich. »Ich glaube, wir können alle etwas Stärkeres vertragen! Carol*iii*n, wo ist der Whisky?«

Meine Mutter runzelt die Stirn. »Wieso packst du nicht gleich die Zigarren aus?«

»Oh, darf ich?«

»Constant*iii*n!«

Er hebt beschwichtigend die Hände. »Excuse-moi, excuse-moi! Ich hole die Flasche dann mal selbst …«

In der Ecke sitzt Hartmut, der lebensgroße Porzellanpanther, den meine Eltern dem Inhaber unserer Msheireb-Wohnung kurz vor unserem Auszug abgekauft haben. Er beobachtet uns mit seinen wachsamen Raubkatzenaugen, und ich kann spüren, dass er genau so sehr hofft und bangt wie wir.

Um drei Uhr nachts schrecke ich aus meinem Dämmerschlaf hoch. »Hast du das gehört?«, ächze ich und grabe hektisch im Gewirr aus Decken und Kissen.

Neben mir grummelt Mira leise.

Endlich finde ich mein Handy und entsperre den Bildschirm.

»Eine Nachricht!« – ich strample mit den Füßen – »von einem Wegwerfhandy!!!«

»Wie spät ist es?«, lallt meine beste Freundin benommen.
»Q, R ...« Ich springe aus dem Bett und beginne, quer durchs Zimmer zu laufen. »Das sind bloß Buchstaben – *AUTSCH*.« Ich stolpere über meine Büchertruhe und laufe polternd gegen den Schreibtischstuhl. »Drei Buchstaben, ein paar Zahlen, dann wieder ein Buchstabe.« Ich verheddere mich in meinem BH, der auf dem Boden liegt, und falle beinahe in den offenen Kleiderschrank. »Was zur Hölle soll das bedeuten?«

Gähnend schaltet Mira das Licht an und schleppt sich zu mir. »Zeig mal her.« Mit einem Schlag ist sie hellwach.

»I-ich glaube, das ist eine Flugnummer.«

In meinem Inneren wummert es, als würde jemand einen Lautsprecher voll aufdrehen. Mit glitschigen Fingern versuche ich, Qamar zu erreichen. »Mailbox«, presse ich hervor. »Ihr Handy ist ausgeschaltet.«

»Vielleicht schläft sie.« Mira nimmt ihr Gesicht in die Hände. »Oder aber ...«

»Sie ist in einem *Flugzeug*«, beende ich ihren Satz – und wir beide stoßen einen schrillen Quietschton aus.

Es herrscht totales Chaos: Nachdem ein Arbeitskollege meines Vaters bestätigt hat, dass es sich um die Flugnummer eines Privatjets handelt, gilt es nun, herauszufinden, wo und wann das Flugzeug landen wird. Ein Unterfangen, das sich als echte Herausforderung entpuppt, denn die Maschine taucht in keinem Flugverfolgungsdienst auf. Meine Mutter hängt seit einer halben Stunde am Telefon und redet beschwörend auf einen Fluglotsen ein, während Rami wie ein geölter Blitz durch die Wohnung fegt. Mein Vater, Mira und ich durchkämmen das Internet nach

Flugrouten und Startprotokollen, in der Hoffnung, den geheimnisvollen Phantomflieger doch irgendwie aufzuspüren. Das Müsli in unseren Schüsseln ist längst aufgeweicht, der Kaffeesatz in unseren Tassen festgetrocknet.

Als meine Mutter mit Neuigkeiten an den Tisch tritt, schieben wir sofort die Stühle zurück und springen auf die Beine.

»Also« – sie nestelt an ihrer Lesebrille – »es ist ein Flugzeug, es ist auf dem Weg nach München und es wird in einer Stunde landen. Aber ich habe keinerlei Auskunft darüber, wer mitfliegt. Und wir wissen auch nicht, von wem Rea die SMS bekommen hat. Wir dürfen unsere Hoffnungen also nicht zu hoch schrauben.«

»D-das Flugzeug landet in einer Stunde?«, stottere ich.

»Um fünf Uhr in der Früh«, bestätigt sie nickend.

»Dann mache ich mich sofort auf den Weg!«

»Ausgeschlossen!«, protestiert Mama. »Du bist viel zu aufgewühlt, um dich ans Steuer zu setzen. *Ich* fahre.«

»Und *ich* komme mit!«, ruft Mira.

Papa reißt die Faust in die Luft. »Wir *alle* fahren zum Flughafen!«

Mein Blick wandert meinen Körper hinab: Ich trage ein Nachthemd mit der Aufschrift *One does not simply walk into Mordor* und darüber einen ausgebeulten Frottee-Bademantel.

»Das kriegen wir schon hin«, sagt Mira zwinkernd. Sie hat wohl meine Gedanken gelesen. »Komm, ich helfe dir beim Fertigmachen.«

»Atmen, immer weiter atmen«, nuschelt meine Mutter und stößt eine Reihe ulkiger Keuchlaute aus.

Wir fahren über die eingeschneite Autobahn, und im Scheinwerferlicht erscheint die Düsternis wie eine zähflüssige Masse, die uns von allen Seiten umfängt. Ich schwitze, zittere, mein Magen schlingert, und in meiner Brust flattert es, als säße dort ein Kompass, der sich nach einer fünften Himmelsrichtung ausrichten möchte. Ich habe das Gefühl, mich auf ein gewaltiges Kraftfeld zuzubewegen, das meine Körperfunktionen völlig durcheinanderwirbelt.

»Oh weh«, murmelt Mira, die neben mir gerade Social-Media-Kommentare durchliest. »Das Internet ist mal wieder absolut gnadenlos.«

»Vermutlich hat Qamars Auftritt bei einigen für Verwirrung gesorgt«, wirft mein Vater ein, der sich den Beifahrersitz wie gewohnt mit Rami teilt.

»Das ist noch milde ausgedrückt«, erwidert Mira unheilvoll. »Die Leute nennen sie eine Verräterin, eine politische Marionette« – sie schluckt hörbar – »und auch sehr viel Gemeineres.«

»Diese vorschnelle, uninformierte Meinungsbildung ist wahrlich die schlimmste Krankheit unserer Zeit!«, schimpft meine Mutter. »Blende das Geschwätz einfach aus, Rea. Manche Menschen tragen so viel Bosheit in sich, die wollen schon aus Prinzip niemanden glücklich sehen!«

Aber ich höre ihr überhaupt nicht zu, denn ich stelle mir vor, wie es sein wird, wenn Qamar wirklich in diesem Flugzeug sitzt. Allein der Gedanke daran, dass wir uns in wenigen Minuten gegenüberstehen könnten, versetzt mich in eine Art fieberhafte, ekstatische Hochspannung. So magisch, so unglaublich erscheint mir die Möglichkeit, dass wir uns gerade aufeinander zubewegen, rasend schnell und unaufhaltsam. Ich blinzle aus dem Fenster, hoffe mit jeder

Faser meines Seins, dass Qamar gerade über diese Wolken fliegt, um mit mir zusammen zu sein. Und wäre ich noch meiner Stimme mächtig, würde ich vor brennender, überwältigender Glückseligkeit vermutlich laut losbrüllen.

Meine Tränendrüsen hingegen funktionieren einwandfrei, denn als wir endlich parken, ist die Umgebung nur mehr eine verschwommene Spirale aus Flugfeldbeleuchtungen und reflektierenden Auskunftsschildern.

Der Motor verstummt und ich höre das Rascheln von Mamas Notizblock. »Laut des Fluglotsen müsste sie hier landen« – sie tippt auf die Uhranzeige – »beziehungsweise vor drei Minuten gelandet sein.«

Wir befinden uns auf einem Gelände mit zwei Landebahnen, das sich vom Rest des Flughafens durch einen hohen Drahtzaun abgrenzt. Hier findet man keine Passagierflugzeuge, sondern kleinere Propellermaschinen und eine Handvoll spitznasiger Privatjets.

»Vielleicht ist es das da drüben?«, haucht Mira, als könnten ihre Worte etwas unsagbar Wertvolles zerbrechen.

Mein Blick findet den grauen Schemen, der langsam durch das weiß gefleckte Dunkel zieht. Trotz der Richtstrahler am Boden ist der Jet im Schneetreiben nahezu unsichtbar.

Entschlossen ziehe ich mein Kufiya-Tuch enger. »Ich danke euch von ganzem Herzen, aber ab hier muss ich alleine weiter.«

»Nicht gleich so dramatisch«, witzelt meine beste Freundin, und ich gebe ihr dafür eine Umarmung.

»Viel Glück, Re-Ra«, sagt mein Vater schniefend. »Ich wünsche mir mehr als alles andere auf der Welt, dass Qamar in diesem Flieger sitzt.«

Auch meine Mutter seufzt bewegt. »Ihr beide habt es so verdient, glücklich zu sein. Die Liebe ist das Menschlichste an uns, trotzdem muss sie gegen so viel Unmenschlichkeit bestehen.«

Ich drücke kurz ihre Schulter, um sie daran zu erinnern, wie lieb ich sie habe. »Ich bin bald wieder zurück.«

Als ich die Tür öffne, schießt Rami ohne Vorwarnung aus dem Wagen. Pfeilschnell flitzt er voraus – und ich laufe dem weißen Schatten lachend hinterher.

◡

Die letzten Schritte mache ich wie in Trance. Die Luft riecht nach Eis und Kerosin, der wolkenschwere Himmel wölbt sich tief hinab. Der Privatjet steht vollkommen still, seine Lichter sind erloschen. Der Schnee peitscht mir ins Gesicht und in der nachtschwarzen Kälte wird mein Atem sichtbar. Aus der Ummantelung des Flugzeugs steigen Dunstwirbel auf, die sich zu gewundenen Ornamenten vereinen und im Flutlicht seltsam lebendig wirken. Alles an diesem Moment fühlt sich unwirklich an; eine fantastische Vision, die flirrt und strahlt und doch voll quälender Unklarheit ist.

In der nächsten Sekunde ertönt ein metallisches Klicken. Mit wild pochendem Herzen beobachte ich, wie die Zugangstreppe der Maschine langsam auffährt. Die Taktschläge dieses Augenblicks sind so dicht gedrängt, so gravierend und messerscharf, dass sie unter ihrem eigenen Gewicht zu kollabieren drohen. Und dann, als ich glaube, vor Nervosität gleich das Bewusstsein zu verlieren, manifestiert sich eine Gestalt im Eingang des Flugzeugs.

»Salam Alaikum, Diplomatentochter.«

Nein.

Die Enttäuschung durchsticht mich wie eine Schwertklinge, und auf einmal fällt es mir extrem schwer, zu atmen.

Mit der Geschmeidigkeit einer Raubkatze stolziert Farah die Treppe hinunter und breitet die Arme aus. »Lass dich ansehen!«

Sie ist gekommen, um mir die schlechte Nachricht persönlich zu überbringen. Qamar möchte nichts mehr mit mir zu tun haben.

Die junge Araberin beginnt, mich nach altbekannter Manier zu umkreisen. »Hm, die neuen Haare sind noch ein wenig gewöhnungsbedürftig. Und dann trägst du schon wieder diesen alten Lappen, tststs ...« Sie zupft an meinem Glückstuch und grinst herausfordernd. »Aber im Großen und Ganzen hast du dich gut gehalten, Schwester.«

Mein Gesichtsausdruck muss Bände sprechen, denn sie hebt die Augenbrauen und murmelt sarkastisch: »Ich freue mich *auch*, dich zu sehen.«

Ich stelle mich auf die Zehenspitzen, um an ihr vorbeizuschauen, doch in der Dunkelheit rührt sich nichts.

»Gefällt dir mein Privatjet?«, fragt Farah amüsiert. »Du kannst auch mal darin fliegen, wenn du Lust hast ... Argh, diese Fussel sind ja überall! Verzieh dich gefälligst, du lästiger Flaum! *Husch!!!*« Sie fuchtelt mit den Händen vor ihrem Gesicht herum und versucht dadurch, die Schneeflocken zu verscheuchen. »Es ist fürchterlich kalt hier«, murrt sie anschließend und zieht den eleganten Wollmantel enger. »Kein Wunder, dass hier alle so stocksteif sind.«

»Q-Qamar«, bringe ich unter höchster Anstrengung hervor.

»Oh!« Sie macht ein überraschtes Gesicht. »Du kannst also doch noch sprechen! Welch eine Beruhigung!«
»Ist sie ...?« Meine Stimme versagt, und ich merke, wie mir ganz schummrig im Kopf wird.
»Ach, Diplomatentochter, fang jetzt bloß nicht mit dem Heulen an!« Sie nimmt mich in die Arme und drückt mir einen dicken Kuss auf die Wange. »Ich würde selbstverständlich *niemals* mit leeren Händen aufkreuzen!« Sie dreht sich um und ruft: »Du kannst rauskommen, Shabah! Ich hatte meinen Spaß! ... Na ja, ich habe es wenigstens *versucht*.«
Kurz habe ich einen Blackout.
Oder zumindest vernehme ich nur noch ein grelles Fiepen, das vermutlich von Rami stammt.
Ich löse mich auf, wehe in alle Richtungen, sehe, wie Qamar und ich uns zum ersten Mal auf dem Souq-Waqif-Markt begegnen, höre, wie Qamar jubelt, als ich aus dem gekippten BMW klettere, fühle, wie Qamar mich im roten Wüstensturm küsst; ich rausche durch jedes Kapitel unserer Geschichte, erklimme jede Station unserer Reise, kehre in die wunderschöne Wärme ihrer Umarmung zurück – und dann ...
»*Kleines Gespenst.*«
Mit bestechender Deutlichkeit steht sie auf der obersten Treppenstufe – keine Erinnerung, keine Traumgestalt, keine Wunschvorstellung, sondern *Qamar* aus Fleisch und Blut.
Ich schluchze laut auf, gerate sofort in ihren Sog, der mit unvorstellbarer Macht an mir zieht.
Lächelnd schreitet sie auf mich zu – und plötzlich erstreckt sich unsere gemeinsame Zukunft bis ins Unendliche. Sie und ich, *zusammen*. Der Abstand zwischen uns

verringert sich, der Raum um uns herum glüht mit der Liebe, die uns verbindet. Es ist alles da. Nichts ist verloren gegangen. Und das, was sich verändert hat, werden wir gemeinsam ergründen – und *heilen*.

Als sie näher kommt, merke ich, dass sie hinkt. Trotz des Anoraks und der weiten Jeanshose, die sie trägt, fällt mir auf, dass ihr Körper dünner geworden ist. Ihr Gesicht sieht gezeichnet aus. Das Strahlen in ihrem Blick hingegen, das Feuer in ihren Augen, ist heller denn je.

»Sala...«

»Hall...«

Weil wir gleichzeitig mit der Begrüßung begonnen haben, brechen wir unsere Worte ab und glucksen verlegen.

»Du hast ihn wiedergefunden?«, fragt sie sanft und deutet auf mein Glückstuch.

»Du hast ihn mir mit dem Wind geschickt«, hauche ich bebend.

Tränen steigen ihr in die Augen.

»Ich habe dich so vermisst, kleines Gespenst.« Als ich nichts erwidere, läuft sie rot an und spricht hastig weiter.

»Außerdem habe ich gehört, dass du sowohl meinen Hund als auch mein Auto nach Deutschland verschifft hast.«

In der nächsten Sekunde bricht es wie ein Sturm aus mir heraus: »Ich liebe dich!« Und da nun *sie* diejenige ist, die in Sprachlosigkeit verfallen ist, hänge ich stotternd an: »I-ich kann jetzt übrigens A-Auto fahren. Sogar G-Gangschaltung.«

Im Hintergrund kann ich Farah klatschen hören.

Qamar setzt ein schiefes Grinsen auf. »Das glaube ich erst, wenn ich es sehe.«

»Bleibst du hier?«, flüstere ich.

»Für immer, wenn du möchtest«, antwortet sie ohne Zögern. »Ich werde politisches Asyl beantragen.«

»Was passiert ist, tut mir schrecklich leid«, stammele ich. »Ich wünschte, ich könnte irgend…«

»Nichts davon ist mehr von Bedeutung«, unterbricht sie mich. »Was zählt, ist, dass wir vereint sind.«

Ich nicke. Möchte sie berühren, sie festhalten, ihr unbeschreiblich nahe sein, sie spüren – an meinem ganzen Körper.

»Ich liebe dich auch, kleines Gespenst«, sagt sie unvermittelt. »So sehr, dass ich es nicht mehr aushalte.«

Maßloseste Freude durchströmt mich – und eine Form von Dankbarkeit, die ich noch nie zuvor empfunden habe.

Zärtlich gleiten ihre Finger über meinen Hals, die Wirbel ihres Atems schmelzen auf meinen Lippen. Ich keuche leise. Erschaudere. Jeder Teil von mir will sich an sie binden, jede Pore meiner Haut brennt nach Kontakt.

Sie legt die Hand in meinen Nacken, flüstert meinen Namen, neigt sich zu mir herab … doch als eine Schneeflocke auf ihren Wimpern landet, hält sie inne und blinzelt verdutzt.

Der glücklichste Moment meines Lebens.

Und dann küsse ich sie.

Nachwort der Autorin

Warum ich diese Geschichte geschrieben habe: weil sie mir enorm wichtig ist. Weil ein Großteil meiner Familie in Unfreiheit lebt. Weil ich Vorurteile kenne. Weil ich weiß, wie es sich anfühlt, wenn man den Mut verliert. Und weil ich weiß, wie heilend und beflügelnd es sein kann, wenn man Menschen trifft, deren Herzen dieselbe Sprache sprechen.

Glaube kann etwas Wunderbares sein, etwas unfassbar Wertvolles und zutiefst Sinngebendes. Religion ist schon immer ein bedeutungsvoller Wegweiser für Moral gewesen und der wohl ausdrücklichste Aufruf zu einem friedlichen Miteinander. Ich habe den größten Respekt vor allen Religionen und fühle mich aufgrund meines familiären Hintergrunds sowohl dem Islam als auch dem Christentum sehr verbunden. Aber: Menschen müssen immer eine *Wahl* haben – dies hat mich mein Vater gelehrt, der aus seiner Heimat flüchten musste, weil er nicht tatenlos zusehen konnte, wie ein brutales Regime im Namen der Religion den Menschen genau das wegnahm, was am wichtigsten ist – nämlich ihre *Freiheit*.

Meiner Meinung nach sollte sich ein Mensch frei entscheiden können, wie er sein Leben gestalten möchte. Religion darf niemals zu einem Instrument politischer Unterdrückung und gesellschaftlicher Ausgrenzung werden. Sie darf nicht diskriminieren, sie darf nicht die Würde eines Menschen verletzen.

Religion sollte alle Menschen gleichermaßen anerkennen – unabhängig von ihrem Geschlecht, ihrer Hautfarbe, ihrer Herkunft oder ihrer sexuellen Orientierung. Und Religionsgemeinschaften sollten jene Individuen einer Gesellschaft schützen, die besonders verwundbar sind.

Mir wurde beigebracht, dass Religion Akzeptanz ist, Zusammenhalt, Mitgefühl und bedingungslose Liebe.

Und Liebe ist bunt. Liebe darf niemals mit Schuld gleichgesetzt werden. Ich verachte jede Form von Gewalt gegen Menschen, die der LGBTQIA+-Gemeinschaft angehören.

Ich danke den wunderbaren Menschen vor Ort in Katar, die mir ihre Geschichten anvertraut und mir ihre Stimmen geschenkt haben. Sturmflirren erzähle ich für euch. Ihr habt mir den Mut gegeben, offener mit meiner eigenen Sexualität umzugehen. Auch den Muslim*innen in meiner Familie und in meinem Freundeskreis danke ich für ihre Offenheit, ihren Rat und ihre Fürsprache. Ich liebe euch.

Katar ist ein traditionelles Land, das die arabische Kultur bis heute auf wunderschöne und faszinierende Weise auslebt und bewahrt. Auch wenn es berechtigte Kritik gibt, ist die Gastfreundschaft der Katarer*innen für mich beispiellos. Ich habe mich während meiner Recherche zu jeder Zeit sehr aufgehoben und sicher gefühlt. Das ist auch der Grund dafür, weshalb ich Katar als Schauplatz für meine Geschichte ausgewählt habe.

Lieber Papa,

ich hoffe, dass du in einem anderen Universum deine Heimat niemals verlassen musstest. Und noch mehr hoffe ich, dass du mir in *diesem* Universum eines Tages dein Zuhause zeigen kannst. Ich wünsche mir so unendlich, dass unsere Heimat *frei* sein wird. *Frau, Leben, Freiheit.*

Ich habe mir erlaubt, über das Diplomaten-Dasein in Katar ein wenig zu spekulieren. Zum Beispiel weiß ich nicht, wie die Wohnung einer Diplomatenfamilie eingerichtet ist. Ich bitte euch, darüber hinwegzusehen.

Und ich möchte euch, liebe Leser*innen, freundlich darauf hinweisen, dass die Figuren in meinem Buch Dinge tun und sagen, die nicht zwingend meiner eigenen Meinung entsprechen. Denn es ist immer noch eine Geschichte.

Von ganzem Herzen danken möchte ich meinen Eltern, die so viel durchmachen mussten und trotzdem immer mutig geblieben sind. Die so viel leisten und anderen Menschen unglaublich viel Kraft und Zuversicht schenken. Mama, du bist eine Löwin. Ich kenne niemanden, der so stark und tapfer ist wie du. Hundertprozentig sitzt du in einem Paralleluniversum auf einem Eisenthron und herrschst über Drachen.

Dan, jeden Tag ermutigst du mich darin, mein verrücktes, wildes, emotionales, impulsives, zerbrechliches, wirbelndes, lautes Ich zu sein. Du plottest mit mir, du grübelst mit mir, du diskutierst mit mir ... Und du rutschst mit mir über katarische Sanddünen, um ihnen Pupsgeräusche zu entlocken. Du jagst auch Kamelen hinterher, damit ich sie streicheln kann. Und du bist genauso süchtig nach Karak

Chai wie ich. Danke, dass du in meinem Leben bist. Ich liebe dich, T.

Michelle, du hast jede einzelne Seite dieses Manuskripts mehrmals durchgelesen. Du bist immer, immer, immer für mich da – du bist ein Wunder. Du bist meine Schwester, meine beste Freundin, meine engste Verbündete, (m)ein Opfer, meine Seelenverwandte. Ich liebe dich, B*.

Amina, unsere Verbindung ist einzigartig. Du bist meine Prinzessin Amidala und ich bewundere deine Kreativität und dein unglaubliches Talent als Fotografin. Danke, dass du mir bei dieser Geschichte geholfen hast. Und danke, dass ich dir auch mal peinliche Fragen stellen durfte. Ich liebe dich, Habibti!

Steffi, du bist die beste Lektorin der Welt. Brot. Brot hoch Tausend. Brot hoch eine Million. Du machst meine Geschichten einfach *immer* besser. Echt, du bist genial. Danke und arigatō und gamsahamnida für deinen unermüdlichen Einsatz und deine Unterstützung – du bist wirklich die Coolste! An dieser Stelle: cringe Herz-Emoji.

Und auch meinem wundervollen Verlagsteam möchte ich herzlich danken. Ihr habt das Unmögliche möglich gemacht. Dank euch kann ich meinen Traum vom Schreiben leben. Ihr fühlt euch wie Familie an und ich kann mir kein besseres Zuhause für meine Bücher vorstellen.

©Michelle Franka

Autorin

Yasmin Shakarami, Tochter einer Ungarin und eines Iraners, wurde 1991 in München geboren. 2010 verschlug es sie für einen Auslandsaufenthalt nach Tokio und im Anschluss studierte sie in München Philosophie mit dem Schwerpunkt Ethik. Nach ihrem Master-Abschluss gründete sie eine Schule für deutsche Sprache, Literatur und Philosophie in Vancouver, Kanada. Heute lebt sie wieder in München, wo sie 2021 das Literaturstipendium der Stadt München erhielt. Ihr Debütroman »Tokioregen« schaffte es auf Anhieb auf die Spiegel-Bestsellerliste.

Von Yasmin Shakarami sind bei cbj erschienen:
Tokioregen (16659)

Mehr über cbj auf Instagram

Yasmin Shakarami
Tokioregen

400 Seiten, ISBN 978-3-570-16659-8

Malu möchte nichts wie weg – weg von Zuhause, weg aus Deutschland, weg aus ihrem Leben. Als sie die Chance zu einem Schüleraustausch nach Japan bekommt, ergreift sie daher sofort die Gelegenheit. Und sie glaubt, sich bestens vorbereitet zu haben. Doch Tokio in seiner Andersartigkeit haut sie um, genauso wie ihr geheimnisvoller neuer Mitschüler Kentaro. Nur langsam lässt sie ihn an sich heran, aber Kentaro zeigt ihr sein ganz eigenes Tokio, und Malu entdeckt eine Seite an sich selbst, die sie alleine niemals gefunden hätte. Doch dann sucht eine verheerende Katastrophe Tokio heim, und Malu muss alles daransetzen, im Chaos der verwüsteten Millionenmetropole ihre große Liebe wiederzufinden ...

www.cbj-verlag.de